Das vorliegende Buch widmet sich einer der erfolgreichsten deutschsprachigen Fernsehreihen; es bietet – in vier unterschiedlich langen Abschnitten – den bislang vollständigsten und kompaktesten Überblick über fast zwei Jahrzehnte mit fast 400 Folgen TATORT. Dem einführenden Essay schließen sich im zweiten Abschnitt neun kürzere Texte zu einzelnen, markanten Filmen an. Die Auswahl dieser TATORTe ist subjektiv, beeinflußt von der einen oder anderen persönlichen Vorliebe und dem Bestreben, nicht nur die beim Publikum populärsten Figuren oder ausschließlich sogenannte Quotenknüller aufzunehmen. Die Abhandlungen wollen und sollen jedoch keine umfassenden Analysen liefern. Sie richten sich nach keinem festen Muster, sondern sind in ihren Schwerpunkten und ihrer inhaltlichen Ausgestaltung maßgeblich von filmischen Eindrücken bestimmt.
Der dritte Teil des Buches ist seiner Natur gemäß der umfangreichste. Hier werden sämtliche bisher ausgestrahlten TATORTe in lexikalischer Form aufgeführt. Der schnellen Orientierung dienen als Sortierkriterien die Sendeanstalt, der Kommissar/die Kommissarin (nach ihrem Erscheinen in der Reihe) und die Daten der jeweiligen Erstausstrahlung. Auf den Filmtitel folgt zunächst die Numerierung des Falles entsprechend seiner Position innerhalb der gesamten Reihe und dann das TV-Premierendatum. Den knappen Stabangaben zu Regie, Buch und Besetzung ist schließlich – ohne die Auflösung des jeweiligen Falles zu verraten – eine aussagekräftige Beschreibung des Inhalts angefügt.
Auch wenn viele TATORTe häufig wiederholt werden, sind nicht alle Filme auf Videokassetten verfügbar. Insofern ist es mir – trotz hervorragender Kooperation mit den Rundfunkanstalten – nicht möglich gewesen, jede bisher produzierte Folge per Aufzeichnung auszuwerten. Bei diesen wenigen Ausnahmen habe ich auf gedrucktes Archivmaterial der Sender – das aber mitunter nur sehr wenige Besetzungsangaben enthält – zurückgegriffen.
Im vierten Abschnitt sind die im lexikalischen Teil aufgeführten TATORTe in der Reihenfolge ihrer Erstausstrahlung noch einmal aufgelistet. Hierdurch ergibt sich ein schneller, vollständiger chronologischer Überblick – alle Sender, alle Folgen, alle Kommissare.

Holger Wacker

tatort

Köpfe, Krimis, Kommissare

Henschel Verlag Berlin

Die Deutsche Bibliothek – CIP-Einheitsaufnahme

Wacker, Holger :
Tatort : Köpfe, Krimis, Kommissare / Holger Wacker. – Berlin : Henschel, 1998
ISBN 3-89487-307-8

Umschlaggestaltung: Morian & Bayer-Eynck, Coesfeld
Gesamtgestaltung: Ingo Scheffler, Berlin
Satz und Litho: AS Satz & Grafik, Berlin
Lektorat: Jürgen Bretschneider
Druck und Binden: Thomas Müntzer, Bad Langensalza
Printed in Germany

ISBN 3-89487-307-8

Inhalt

Einführung

Die **ARD** rief 1970 mit der TATORT-Reihe ein Konkurrenz-Programm zum ZDF-»Kommissar« Erik Ode, der dann 1974 von »Derrick« Horst Tappert abgelöst wurde, ins Leben. Waren die ZDF-Beiträge eher unspektakulär und kammerspielartig inszeniert, setzten die Programmacher der ARD auf aktuellere Geschichten mit ausgeprägtem Lokalkolorit und nicht selten auch Sozialkritik. Als Plattform für die sogenannten Regionalkrimis war die ARD mit ihrer föderalistischen Struktur ideal, Provinzialität allerdings wurde Zielscheibe beißenden Spotts oder feiner Ironie. Mit dabei ist seit 1971 auch der Österreichische Rundfunk (ORF). Die Beiträge mit Oberinspektor Marek erfreuten sich stets besonderer Beliebtheit, die an Volkstheater erinnernden Filme erreichten Einschaltquoten bis zu 73 Prozent. Fritz Eckhardt, Marek-Darsteller und -Autor in Personalunion, war als Wiener mit der Szenerie bestens vertraut und traf daher lokale Eigentümlichkeiten sehr genau. Die ORF-TATORTe sind in ihrem Grundton gemütlicher als die ARD-Beiträge, häufig allerdings auch zynischer und sadistischer. Seit 1989 beteiligt sich das Schweizer Fernsehen an der Reihe; Frankreich und Ungarn signalisierten bereits vor Jahren Interesse an einer medialen Kooperation. Die erste Gemeinschaftsarbeit mit dem DFF, dem Deutschen Fernsehfunk der DDR, begann gleich nach der Wende. In UNTER BRÜDERN kooperierten Schimanski und Thanner mit zwei Ermittlern der ehemaligen Einsatzgruppe Fuchs (Peter Borgelt als Fuchs sowie Andreas Schmidt-Schaller als Grawe) aus POLIZEIRUF 110, einer Kriminalfilm-Reihe, die bereits seit 1971 in der DDR lief. 1992 erschien mit dem Dresdner Ehrlicher (Peter Sodann) der erste ostdeutsche TATORT-Ermittler. Zunächst mußte in jeder Folge ein Kommissar aus einer anderen Region als Gastkommissar auftreten, ein dramaturgisches Mittel zur stärkeren Vernetzung der Reihe. Es erschöpfte sich bald, wurde aber 1992 vorübergehend wieder aufgegriffen, als Veigl (samt Dackel) vorübergehend die Mordkommission in Dresden verwaltete, bis Ehrlicher sie dann übernahm.
Ziel der TATORTe ist primär die Unterhaltung des Publikums. Der TATORT soll, anders als seine Konkurrenz vom ZDF, DERRICK, eben nicht auf seltsame Weise philosophisch sein. Statt dessen rückt er aktuelle und brisante Themen ins Zentrum – Wohnungsbau-Skandale, Mafia, Organhandel, illegale Müllentsorgung, Rassismus, Homosexualität, AIDS, soziale und menschliche Konflikte wie Arbeitslosigkeit und Ehescheidung. Man wollte nicht die bekannten Klischees aus den Wallace-Gruselkrimis, keine »Häkelkrimis« im Geiste von Agatha Christie und auch keine Durbridge-Thriller nachahmen. Frei von Pathos und ohne grelle Effekte sollten die TATORTe sein, reale Gerichtsakten als Quellenmaterial für die Drehbücher herangezogen werden. Die ARD orientierte sich damit

Amtshilfe aus Bayern: Gustl Bayrhammer und Peter Sodann in »Ein Fall für Ehrlicher«

an einem Konzept, mit dem sie schon einmal erfolgreich gewesen war, nämlich mit der Reihe STAHLNETZ. Die Darstellung des Verbrechens wurde natürlich aus dramaturgischen Gründen abgewandelt, doch so präzise gehalten, daß die NDR-Folge HAIE VOR HELGOLAND sogar als ›Vorlage‹ für eine echtes Verbrechen dienen konnte. Diese Nähe zur Realität trieb auch sonst seltsame Blüten: Walter Richter, der Darsteller Kommissar Trimmels, wurde auf dem Weg zum Set von echten Beamten gegrüßt: »Guten Morgen, Herr Kommissar.« Und ein verzweifelter Vater, dessen Tochter ermordet worden war, bat Marek-Darsteller Fritz Eckhardt: »Ich weiß ja, daß Sie Schauspieler sind, aber nur Sie allein können den Täter fassen!«[1] Die Polizei stellte sogar Streifenwagen für die Dreharbeiten zur Verfügung, bis es zum Eklat kam. Die Hamburger Polizisten beschwerten sich über angebliche Fluch- und Sauf-Exzesse Trimmels im Dienst: Trimmel trank ab und zu einen Schnaps mit seinen Kollegen oder einem Verdächtigen. Bei der Polizei befürchtete man einen Imageverlust und forderte den NDR zur Zensur auf. Doch der stellte sich auf die Seite des Trimmel-Autoren Friedhelm Werremeier und verzichtete lieber auf die Überlassung offizieller Streifenwagen. Als dann aber am Rande eines Sets ein schwerer Unfall geschah, die falschen Polizisten in ihren falschen Streifenwagen saßen und sich nicht kümmerten, provozierte dies die Wut der Passanten, die nur schwer von der mangelnden Echtheit der »Polizisten« überzeugt werden konnten. Nach diesem Vorfall zeigte sich die Polizei wieder kooperativ.

»Die Planung dieses Projektes Tatort ist vorerst auf zwei Jahre begrenzt!«[2], so Horst Jaedicke, damaliger ARD-Fernsehspielkoordinator. Der TATORT, zunächst als Experiment gedacht, bei dem die Fernsehspiel-Chefs regelmäßig bei den ARD-Direktoren um Genehmigung zur Fortsetzung anfragen mußten, konnte sich neben der ZDF-Konkurrenz etablieren und entwickelte sich zur erfolgreichsten Sendung der ARD. Der Sonntagabend wurde als fester Sendeplatz eingerichtet, den sich der TATORT zwar mit zwei anderen beliebten Reihen teilen muß, DIE MÄNNER VOM K 3 und POLIZEIRUF 110, aber nach Quantität und Zuschauerresonanz bleibt der TATORT das dominierende Programm. Von den ersten 25 Folgen erreichten 22 Einschaltquoten zwischen 50 und 70 Prozent, einige sogar noch ein wenig darüber. Zwar sehen heute in der Zeit des Privatfernsehens nicht mehr 70 Prozent zu, wenn zu Klaus Doldingers Klängen in dem berühmten Fadenkreuz das Auge erscheint und dann unter einem Fingerabdruck jemand durch die Nacht davonläuft. Doch um die 20 Prozent sind heute durchaus eine gute Quote. Selbst im Nachtprogramm können die Wiederholungen Einschaltquoten bis 30 Prozent verzeichnen. Der TATORT ist als Krimi-Klassiker akzeptiert, mit ihm wurde Fernsehgeschichte geschrieben, er gilt als Hort deutscher Fernsehkultur. Er ist das Flaggschiff der ARD, ein Marathonläufer. REIFEZEUGNIS, mit dem Nastassja Kinski als Schülerin und Nymphe Sina über Nacht berühmt wurde, DUISBURG-RUHRORT und FRAU BU LACHT sind einige Highlights der Reihe. MOLTKE gewann den Adolf-Grimme-Preis in Gold, KINDERSPIEL vom ORF wurde mit dem Adolf-Grimme-Preis in Bronze ausgezeichnet. Die Experimentierfreude ist dem TATORT nie abhanden gekommen und macht ihn so vielfältig in Sujet und Stil. Daß es auch weniger gelungene, ja mißlungene Folgen gibt, scheint bei der Anzahl der Folgen schon beinahe unvermeidlich.

Gleich der erste Kommissar, Paul Trimmel (Walter Richter), bärbeißig, eigensinnig, zäh, ein »einzelgängerischer Bollerkopp, der vieles falsch macht« (Peter Schulze-Rohr)[3], und ein Mann mit Vergangenheit, war ein Glücksgriff. In der Figur Trimmel, entwickelt vom ehemaligen Gerichtsreporter Friedhelm Werremeier und von Regisseur Peter Schulze-Rohr, konnte sich eine ganze Generation wiederfinden. Trimmel verkörperte den Typus des Patriarchen; er duzte Verdächtige aus der sozialen Unterschicht ebenso wie seine Assistenten, während er sich von ihnen siezen und mit Chef anreden ließ. Er erwartete, daß seine Mitarbeiter ständig präsent waren und sich stets umgehend zum Rapport meldeten. Wenn seine hohen Anforderungen nicht erfüllt wurden, konnte der Choleriker mitunter recht ausfallend werden. So bezeichnete er Kriminalmeister Höffgen vor den Kollegen als dusselig und betitelte ihn als größte Nulpe. Trimmel, ganz das Gegenteil eines Diplomaten, wurde von seinen Aggressionen und Aversionen beherrscht. Aber als Patriarch war er nicht nur autoritär, er sorgte sich auch in geradezu altmodischer Weise um seine Leute und setzte

»Taxi nach Leipzig«: Auch mit Pistole kann Erich Landsberger (Paul Albert Krumm) Hauptkommissar Trimmel (Walter Richter, re.) nicht aus der Ruhe bringen.

sich für sie ein. Trimmel war ein kreativer Denker, aufgeschlossen für Neues. Er kannte keine Berührungsängste modernen Technologien gegenüber. Sein Engagement ging soweit, daß seine Arbeit ihm sogar einen Herzanfall einbrachte. Es bereitete ihm diebische Freude, Personen herauszufordern, die ihre hierarchische Überlegenheit demonstrieren wollten, beispielsweise Staranwälte oder berühmte Psychiater. Und fast unbemerkt von den Zuschauern durfte sich Trimmel, der seine Frau im Krieg verloren hatte, verlieben. Die erfolgreiche Zusammenarbeit endete aus Altersgründen Richters. Wenig später verstarb der Schauspieler.
Trimmels Nachfolger wurde Zollfahnder Kressin (Sieghardt Rupp), eine von Wolfgang Menge entworfene Figur. Kressin war ein Anti-Trimmel, ein flotter, auf jugendlich getrimmter Mann vom Typ James Bond, mit einer Vorliebe für schöne Frauen und schnelle Autos. Mit ihm konnte sich die jüngere Generation identifizieren. Auch die erotischen Wünsche weiblicher Zuschauer wurden durch ihn angesprochen. Kressin ging in seiner freien und unorthodoxen Art selbst soweit, seine Freundinnen an den Ermittlungen zu beteiligen. Einmal hatte er gar zwei Liebhaberinnen gleichzeitig, die zudem beide verheiratet waren. Doch Rupp fand die Figur, eine Genre-Parodie, bald zu konstruiert und beendete seine Dienstzeit im TATORT.

Seinem sensiblen, zweifelnden und introvertierten Nachfolger Haferkamp (Hansjörg Felmy), der mit seinem Assistenten Kreutzer (Willy Semmelrogge) in Essen auf Verbrecherjagd geschickt wurde, gelang es, sich in die Herzen der Zuschauer zu spielen. Außer seiner Ex-Frau Ingrid liebte Haferkamp Jazzmusik und Bouletten. Mehr erfuhr man jedoch nicht über den stets korrekten, einsamen und manchmal sarkastischen Ermittler. 1980 kündigte Felmy, da ihm die Drehbücher nicht mehr gefielen.
Finke (Klaus Schwarzkopf) war das ruhige Schlitzohr aus dem Norden, der sensible Intellektuelle, der sich sanft in die Psyche des Verbrechers einfühlte. Marek (Fritz Eckhardt) war der ältliche, korpulente Oberinspektor in einem österreichischen Bezirkskommissariat; den Dienstgrad gibt es dort allerdings nicht, auch war Mareks Ermittlungsarbeit kaum alltäglich. Er spielte häufig den Ignoranten und verdeckte dadurch seine ausgeprägte Intelligenz. Der pfiffige Kieberer war mit einer typisch österreichischen morbiden Boshaftigkeit ausgestattet.
Beliebt war auch Konrad (Klaus Höhne), der Ermittler aus dem Hessischen, der, wie sollte es im Bankenzentrum Frankfurt anders sein, vornehmlich mit durch Geldgier motivierten Verbrechen zu tun hatte. Konrad, dessen Markenzeichen der beigefarbene Regenmantel und karierte Hut waren, fiel vor allem durch seine Bescheidenheit auf. Wie Marek und dessen amerikanischer Kollege Columbo wurde er gerne unterschätzt, was ihm durchaus bewußt war. Konrad lebte mit seiner Frau, die er selbst einmal hartnäckig nannte, in einer kleinen Mietwohnung. Als Kind war er wie alle Jungen in der Hitlerjugend gewesen und hatte davon geträumt, Kapitän, General oder reich zu werden. Doch die schwere Kriegs- und Nachkriegszeit ließen ihn dem kleinbürgerlichen Milieu nicht entkommen, trotz seiner Bildung und Intelligenz. Er sprach Französisch und kannte sich in der Malerei aus, was sich in einem Fall sogar als hilfreich erwies. Seine wahre Leidenschaft aber galt der Zauberei. So überraschte er die Kollegen an seinem 48. Geburtstag mit einigen effektvollen Tricks. Seine Assistenten waren ihm weniger Hilfe denn Hemmschuhe. Daß er trotzdem eine hundertprozentige Erfolgsquote erzielte, lag an der interessanten Kombination von Menschenkenntnis, kriminalistischem Spürsinn, gründlicher Recherche und Genie. Vor allem war er ein Meister des perfekten Timings. Dummheit allerdings sorgte bei dem ansonsten stets höflichen Ermittler für Gereiztheit. Zu Handgreiflichkeiten ließ er sich nie hinreißen, nur wenn er es mit einem besonders niederträchtigen Kriminellen zu tun hatte, konnte er schon mal grob werden. Konrad war ein Ermittler, der von den Umständen zu einem Leben weit unter seinen Möglichkeiten gezwungen wurde. Aber als Realist hatte er sich damit arrangiert.

Damals in Essen: Hansjörg Felmy als WDR-Kommissar Heinz Haferkamp, links sein Assistent Kreutzer (Willy Semmelrogge)

Heute in Köln: Klaus J. Behrendt (li.) als WDR-Kommissar Max Ballauf

Lutz (Werner Schumacher) gab sich schwäbisch-spießig und hatte jedesmal in einer anderen Stadt Baden-Württembergs zu ermitteln. Der schlitzohrige Gemütsmensch Veigl (Gustl Bayrhammer) war das autoritäre Urgestein aus Bayern. Gegen alle Vorschriften brachte er gleich in der ersten Folge seinen geliebten Dackel mit ins Büro und gab ihm sogar Bier zu trinken. Mit seinem Team gehörte er viele Jahre zum festen Inventar der Reihe. 1981 gab auch er enttäuscht auf: »Die Linie von einst ist verloren, die Stoffe sind ausgegangen.«[4] Qualität ist nun einmal nicht beliebig reproduzierbar. Assistent Lenz (Helmut Fischer) wurde befördert und zu Veigls Nachfolger auserkoren. Er war ein zurückhaltender und zugleich neugieriger Ermittler, der Distanz zu seiner Dienststelle hielt und die Freizeit gerne am Stammtisch verbrachte.
Über das Privatleben von Haferkamp, Konrad oder Veigl erfuhr das Publikum nur wenig. Im Zentrum standen immer der Fall, die Determinanten und Akteure des Verbrechens, nicht hingegen die Kommissare. Dies änderte sich mit dem Auftritt von Horst Schimanski (Götz George), der beim WDR Nachfolger Haferkamps wurde. Schimanskis Revier war aber nicht das feinere Essen, sondern die von Eisen, Kohle und Stahl geprägte Arbeiterstadt Duisburg mit ihren qualmenden Schloten und Kühltürmen, den Kokereien, Stahlwerken und dem größten Binnenhafen Europas. Die Figur, miterfunden von Regisseur Hajo Gies, sorgte für Aufregung. »Schmuddelkommissar« Schimanski wurde beschrieben als ein ordinärer Prolet mit reichlich Sex-Appeal, ein sentimentaler Robin Hood mit dem Herzen auf dem rechten Fleck, der in viele Fettnäpfchen trat und in viele Fallen ging. Das Verbrechen war zwar noch wichtig, jedoch wichtiger als alles andere war Schimanski, die zentrale Figur, die den Blickwinkel der Zuschauer und Zuschauerinnen bestimmte. Bei Schimanski war die Arbeit immer auch Privatsache, nicht nur wegen seines uneingeschränkten Engagements, sondern weil er oft selbst versehentlich in ein Verbrechen hineingeriet, zum unfreiwilligen Komplizen wurde oder gar zum Opfer. Mitunter verstieß er, um einen Fall zu lösen, auch selbst gegen Gesetze. Er war der nach Trimmel erste Kommissar mit Vergangenheit, wohl auch deshalb, weil er erst gegen Kriegsende geboren wurde und generationsmäßig betrachtet zu den 68ern zählte. Schimanski, als Flüchtlingskind aus dem Osten gekommen, wuchs in Duisburg-Homberg auf. Der Vater früh gestorben, von der Mutter als einziges Kind verhätschelt. Bewegte Jugendzeit – Mitglied einer Clique, gekifft, Autos gestohlen ... Schimanski war das Klischee des Ruhrgebietsmenschen, offen, ehrlich und direkt bis zur Beleidigung. Er mochte Fußball, Pommes Frites und Currywurst. Seine Freizeit verbrachte er am liebsten in der Eckkneipe, wo er sich regelmäßig betrank und das Geld im Automaten verspielte. Er wettete beim Pferderennen, ebenfalls ohne viel Erfolg. Aber der spielerische Reiz war

Überflieger Schimanski (Götz George)

größer. Wenn er Jungs beim Kicken sah, mußte er mitspielen. Kein Wunder, wenn er sich mit Kindern ausgezeichnet verstand, denn im Grunde war er selbst eines. Sein unkompliziertes Wesen, seine Spontaneität und nicht zuletzt sein Aussehen machten ihn für Frauen äußerst attraktiv, sein Freiheitsdrang sorgte jedoch dafür, daß diese Beziehungen nur von kurzer Dauer blieben. Solange die Affäre anhielt, konnte sich die Partnerin auf ihn aber verlassen. Schimanski verliebte sich oft, hatte aber nicht selten auch rein physische Verhältnisse. Schimanski, dessen Markenzeichen der graue Parka war, stammte aus dem Arbeitermilieu und machte daraus keinen Hehl. Als kontrastive Figur und Partner wurde ihm mit Thanner (Eberhard Feik) ein Beamtentyp und Intellektueller als Partner zur Seite gestellt. Beide rieben sich aneinander und lernten voneinander. Ärger provozierten die Schimanski-Beiträge nicht nur wegen der Kraftausdrücke, sondern auch, weil in einer Folge hemmungslos Schleichwerbung für Hustenbonbons, Bier, Aspirin und Zigaretten getrieben wurde. George verabschiedete sich schließlich vom TATORT, er fand die Drehbücher teilweise unverständlich (»Kinder, ich möchte die Handlung so gern verstehen«[5]) und die Figur inzwischen anachronistisch. Zwar hatte er nie wieder Schimanski spielen wollen, doch dann drehte er vier, in jeder Hinsicht »neue« Schimanskis, die 1997 ausgestrahlt wurden, allerdings nicht als TATORTe.
Schimanskis wortkarger Nachfolger Flemming (Martin Lüttge) ermittelte mit seinen Assistenten Miriam Koch (Roswitha Schreiner), Tochter aus gutem Hause,

und dem immer verschuldeten und oft irritierten Max Ballauf (Klaus J. Behrendt) im Duisburg benachbarten, noblen Düsseldorf. Flemming war geschieden, hatte einen fast erwachsenen Sohn und lebte allein in einem alten Bauernhaus. Auch modisch orientierte er sich mit seinen Breitcordhosen eher am ländlichen Leben. Seine soziale Kompetenz war schwach ausgeprägt. Flemming, der Einzelgänger, konnte ziemlich schroff und abweisend sein. Oft genug monierte Koch, die mädchenhafte Kommissarin mit dem frechen Mundwerk und einem sie prügelnden Staatsanwalt als Freund, daß der Chef es nicht für nötig befindet, seine Mitarbeiter zu informieren. Flemmings Stärken waren seine Menschlichkeit, Sensibilität und Unkonventionalität. So konnte es durchaus geschehen, daß der Herr Hauptkommissar zu einem Joint griff. Ab und an hatte er sogar eine Freundin, aber zu einer längeren Beziehung kam es nie.
Nach 15 Folgen trat Lüttge ab, er wollte mehr Theater spielen. In seinem letzten Fall sahen wir ihn in einer Doppelrolle, da ihm das Drehbuch überraschend einen Zwillingsbruder zugewiesen hatte, der unter Mordverdacht geriet. Ballauf war bereits nach der achten Folge von Europa nach Kanada ausgewandert, um sich eine neue Existenz aufzubauen. 1997 kehrte er als Flemmings Nachfolger zurück, mittlerweile gereift. Um dies nachvollziehbar zu erklären, zeigt ihn der Beginn der ersten Folge als Mitglied der American Drug Enforcement Agency, zu der er nach seinem Scheitern in Kanada durch Vermittlung eines Freundes beim Landeskriminalamt vermittelt worden war und bei der er eine vierjährige Spezialausbildung erhalten hatte. Während eines Drogendeals starb seine Kollegin und Freundin, er betrank sich daraufhin und wurde wegen angeblicher Bedrohung eines Polizisten aus den USA ausgewiesen. Durch seinen Freund, den Kriminalrat, bekam er die Stelle in Köln. Sein neuer Kollege Freddy Schenk (Dietmar Bär) war anfänglich wenig begeistert von ihm, denn schließlich hatte er selbst monatelang kommissarisch die Stelle des Leiters der Mordkommission 3 verwaltet und auf den Posten spekuliert. Erst als Schenk in Ballauf einen guten Polizisten und echten Kumpel erkannte, wurden sie Freunde. Schenk verbringt halbe Nächte vor dem Computer, von der Ehefrau fühlt er sich bevormundet, von den beiden pubertierenden Töchtern nicht ernstgenommen. Er liebt seine Magnum, die er im Dienst bedauerlicherweise nicht benutzen darf, und die abgetragenen Cowboystiefel mit dem Reptilienmuster, die er immer erst im Auto vor dem Präsidium anzieht, weil sie seine Frau verabscheut. Da Ballauf der Großstadtcowboy ist, der Freddy gerne wäre, bewundert er ihn – jedoch nur heimlich.
Felix Hubys beharrlicher, dem Genuß zugewandter Bienzle (Dietz Werner Steck) aus dem Ländle hat (vorübergehend?) aufgehört; Palu (Jochen Senf), der lebenslustige Vertreter der Toskana-Fraktion, ist beurlaubt. Markowitz (Günter

Großstadtcowboys in Köln: Die Kommissare Ballauf (Klaus J. Behrendt) und Schenk (Dietmar Bär, re.)

Lamprecht) wurde abgelöst vom Team Roiter (Winfried Glatzeder) und Zorowski (Robinson Reichel). In München ermitteln die Hauptkommissare Batic (Miroslav Nemec) und Leitmayr (Udo Wachtveitl). Leitmayer lebt gerne über seine Verhältnisse und verschleiert, daß er aus einfachen Verhältnissen stammt. Zu Beginn fuhr er gerne im roten (gebrauchten) Porsche vor und bandelte mit verzogenen Blondinen an, die er aber aus Zeit- und Geldmangel schnell wieder verlor. Leitmayr ist ein echtes Münchner Kindl. Batic ist drehbuchgemäß jugoslawischer Abstammung, genaugenommen Kroate. Trotz mancher Streitigkeiten halten sie zusammen, wie es sich für Partner gehört, vor allem dann, wenn sie ihr Kollege Carlo Menzinger, der ihnen zuarbeiten muß und oft genug der bessere Ermittler ist, seine Überlegenheit und Verachtung spüren läßt. Die Scharmützel zwischen den Kommissaren und dem rassistischen, mit Vorurteilen behafteten und engstirnigen Menzinger sind kleine Highlights an Boshaftigkeit und Bissigkeit.

Unter all diesen Kommissaren wirkt der penible, biedere Kommissar Brinkmann (Karl-Heinz von Hassel) aus dem Hessischen leicht antiquiert, nicht nur wegen

Das Duo von der Waterkant: Brockmöller (Charles Brauer) und Stoever (Manfred Krug)

seines Outfits – Fliege und Weste – sondern auch, weil er die Verkörperung des Patriarchen ist, überlegen, kontrolliert, abgeklärt. Oft spielt er nur eine Nebenrolle. Die Brinkmann-TATORTe überschreiten häufig die Grenze zur Farce. Dazu paßt die Kuriosität, daß seine Assistenten immer denselben Namen, Robert Wegner beziehungsweise Alice Bohte tragen, auch wenn sie von wechselnden Schauspielern verkörpert werden.

Obwohl ebenfalls nicht mehr ganz jung, wirkt das Team von der Waterkant, Stoever (Manfred Krug) und Brockmöller (Charles Brauer), dynamisch, provokativ, hochaktuell. Stoever mußte anfangs allein ermitteln, erst seit dem vierten Film lösen sie ihre Fälle gemeinsam. Oft genug sind sie unterschiedlicher Meinung. Aber trotz oder gerade wegen ihrer Gegensätzlichkeit – Stoever ist unordentlich, faul, penetrant wie ein Inquisitor und hat eine Aversion gegen Autoritäten, Brockmöller ist korrekt, höflich, sensibel und gutmütig – passen beide so gut zusammen, daß Stoever nach dem Verlust seiner Wohnung bei Brockmöller einzieht. Natürlich verwandelt er die Wohnung in eine Müllhalde. Er trinkt Brockmöllers Biervorräte leer, plündert den Kühlschrank und läßt, als sein Freund in Urlaub fährt, dessen geliebte Zimmerpflanzen vertrocknen. Ihr gemeinsames Hobby ist die Musik, und so geben sie seit einiger Zeit gerne ein Ständchen zum besten. Tatsächlich war Manfred Krug in der DDR auch als Sän-

Hauptkommissarin Lena Odenthal (Ulrike Folkerts) und ihr Assistent Kopper (Andreas Hoppe)

ger überaus populär; und Charles Brauer ist erst kürzlich im Musical MY FAIR LADY als Professor Higgins aufgetreten. 1992 wollte Krug aus der Reihe aussteigen, weil ihm die Drehbücher nicht mehr gefielen. Doch dann kam mit Werner Masten ein Regisseur, mit dem er sich bestens versteht. Krugs Einfluß auf die Gestaltung der Figur Stoever ist unübersehbar und trägt zweifelsohne zum Erfolg des Hamburger Duos bei.

Frauen sind eher selten in realen Mordkommissionen zu finden. Dies spiegelt sich auch in den TATORTen wider. Zwar hatte schon Trimmel eine überaus fähige Assistentin, aber eben nur eine Assistentin. Als erste eigenständige Ermittlerin trat 1977 Marianne Buchmüller (Nicole Heesters) vor das Publikum. Intuition und das Erkennen menschlicher Schwächen halfen ihr im Kampf gegen das Verbrechen. Doch Heesters verabschiedete sich nach erst drei Folgen aus dem TATORT. Buchmüller hatte nie Probleme mit ihrer Rolle, ihre Kompetenz zweifelte niemand an. Anders verhielt es sich mit der ebenfalls emanzipierten, aber überaus sensiblen und zerbrechlich wirkenden Hauptkommissarin Wiegand (Karin Anselm), die nicht nur gegen die Verbrecher, sondern auch gegen männliche Vorurteile zu kämpfen hatte. In sieben von acht Fällen hatte sie es mit Verbrechen aus Leidenschaft zu tun, mit affektiven Reaktionen auf monate- und jahrelang angestaute Frustration, mit Eifersucht, Haß, Enttäuschung und

Betrug. Die Täter waren in einem engmaschigen Netz aus emotionalen Abhängigkeiten und Intrigen gefangen, das nur schwer zu durchdringen war. In den TATORTen mit Wiegand gab es keine einzige intakte Beziehung. Auch sie selbst lebte allein, ein Verhältnis mit einem verheirateten Mann zerbrach nach kurzer Zeit. Da die Drehbuchautoren der Hauptkommissarin kaum Privatleben zubilligten, stieg Anselm nach acht Folgen aus. Ihren Platz nahm wenig später Lena Odenthal (Ulrike Folkerts) ein, die am liebsten Jeans trägt, sich aber, wenn es der Fall erfordert, auch als Femme fatale mit Minirock und Stöckelschuhen verkleidet. Mit Männern hat die Odenthal wenig Glück. Ein Kollege, in den sie sich verliebt, entpuppt sich als Krimineller und kommt um. Ein rachsüchtiger Häftling, den sie ins Gefängnis gebracht hat, bedroht ihr Leben; ein Pathologe, der gerade eine Studentin versandfertig zerstückelt hat, erwählt sie zu seinem nächsten Opfer. Während sie zu ihrer Mutter kaum Kontakte pflegt, hat sie seit kurzem eine Ersatzfamilie, denn mit ihrem italienischstämmigen Kollegen Kopper und dessen Mutter versteht sie sich hervorragend und verliert dabei ein wenig von ihrer Strenge.

»Die Kommissarin« Lea Sommer (Hannelore Elsner) ermittelte zweimal für den TATORT. Da Elsner sich heftig dagegen wehrte, daß ihre »Kommissarin«, ursprünglich eine Vorabendserie, als TATORT ausgestrahlt wurde, ist mit weiteren Folgen nicht zu rechnen. Seit Ende 1997 ist mit Inga Lürsen (Sabine Postel) nach langer Zeit auch Radio Bremen wieder im TATORT vertreten. Lürsen ist geschieden und unterhält eine Beziehung zum Polizeipsychologen ihres Reviers. Ihre halbwüchsige Tochter lebt beim Vater, einem Lehrer. Lürsen ist eine

Staatsanwalt Dr. Risterer (Walter Kreye) und die Kommissarin Lea Sommer (Hannelore Elsner)

Powerfrau, die einem aufdringlichen Kerl schon mal Handschellen anlegt und sich ein Vergnügen daraus macht, ihren Ex-Mann sanft zu verspotten.
So verschieden die Ermittler sind, so haben sie doch auch ihre Gemeinsamkeiten. Da ist zum einen ihre ständige Verfügbarkeit, ihr Hang zur Selbstausbeutung. Ob am Wochenende oder im Urlaub, sie sind immer einsatzbereit, was nicht ohne Auswirkungen auf das Private bleibt. Es gibt keinen Ermittler, keine Ermittlerin mit einem im bürgerlichen Sinne normalen Familienleben. Die meisten sind entweder ledig oder geschieden; häufig bilden die Kollegen die Ersatzfamilie. In faktisch nicht-hierarchischen Beziehungen wird der Partner zum echten Freund. Schimanski und Thanner teilten den Tisch und manchmal unfreiwillig auch das Bett miteinander. Nicht umsonst spricht Zorowski vom »Hochzeitstag«, wenn er auf den Tag anspielt, an dem seine Partnerschaft mit Roiter begann. Stoever und Brockmöller sind wie ein altes Ehepaar. Darüber hinaus ist für alle Ermittler charakteristisch, daß sie keine Karrieristen sind. Eine Ausnahme bildete höchstens Thanner, der oft an seine Pension und manchmal an berufliche Verbesserung gedacht hat.
Vielmehr sind die Suche nach der Wahrheit und das Streben nach Gerechtigkeit die motivierenden Größen, wobei sich die individuellen Vorstellungen von Gerechtigkeit nicht immer mit den Gesetzen decken. Bei den Ermittlungen überschreiten sie auch schon mal ihre Kompetenzen oder brechen Gesetze, geraten sie in Konflikt mit ihren zumeist negativ gezeichneten Vorgesetzten. Zivilcourage und Menschlichkeit sind ihnen wesenseigen. Keiner hat seine Dienstmarke so oft wie Schimanski abgegeben. In Ausnahmefällen schwindet die Grenze zwischen Polizist und Verbrecher dann wirklich, wechselt der Ermittler auf die andere Seite. Weil sie an der systemimmanenten Ungerechtigkeit nichts ändern können, weil sie oft die zu Tätern gewordenen Opfer fassen, die wahren Schuldigen aber laufenlassen müssen, haben sie in der Regel kein wirkliches Erfolgserlebnis, auch wenn sie den Fall lösen. Bis auf den dickhäutigen Stoever leiden sie alle mehr oder weniger darunter. Sie fühlen sich keineswegs als Helden. Erfolge sind immer mit einem bitteren Beigeschmack verbunden. Am stärksten wird dies von Ehrlicher, der wohl melancholischsten Figur, dargestellt.
Nach 28 Jahren und bald 400 filmischen Beiträgen ist die Reihe TATORT weitab davon, sich zu einer Untoten zu entwickeln. Mit Ballauf und Schenk vom Westdeutschen Rundfunk sowie Lürsen von Radio Bremen wurde die Reihe um Protagonisten erweitert, die für ihre Zukunft hoffen lassen. Nicht zuletzt deshalb, weil diese Figuren klar profiliert und entwicklungsfähig sind.
Wird mitunter die These vertreten, Fernsehen sei schädlich als Schule der Gewalt und des Verbrechens, dann liegen ihr Konzeptionen zugrunde, die dem

Fernsehen eine kriminogene Bedeutung zuweisen: Im Hinblick auf Anschluß- und Nachahmungsdelikte, auf die Verflachung des individuellen Werte- und Normensystems, was über kumulative Wirkungen schließlich den Verfall der Gesellschaft bedingt. Insbesondere neuere TATORT-Sendungen gehen von der Prämisse eben dieses Verfalls aus, der materiellen und sozialen Korrumpierbarkeit ökonomischer und politischer Eliten, das Ganze nicht selten sexuell konnotiert. Zugrunde liegen ihnen bestimmte Vorstellungen über die unterschiedliche soziale Konditionierbarkeit von Individuen. Sie betrachten weniger individuelle denn strukturelle und institutionelle Ursachen für die Entstehung von Gewaltverbrechen. In DERRICK und vielen anderen Kriminalfilm-Serien wird (unausgesprochen) von der Theorie rationaler, unbedingter Wahlhandlungen ausgegangen. Menschen stellen hiernach Kosten-Nutzen-Überlegungen an, die auch durch Kategorien wie Schmerz und Lust sowie moralische Erwägungen bestimmt sein können, und entscheiden sich letztlich für oder gegen das Verbrechen. Lohnt sich die Tat in irgendeiner Weise, dann wird sie auch begangen. Menschen können – diesem Ansatz folgend – nicht zu Verbrechern gemacht werden, sie entscheiden sich bewußt für diese Alternative. Faktisch werden mögliche Wahlhandlungen jedoch durch einen Katalog vorgegebener Rahmenbedingungen eingeschränkt. Diese Bedingungen können so stark wirken, daß es Entscheidungsfreiheit kaum mehr gibt. In jüngerer Zeit verabschieden sich TATORTe recht häufig vom Denkmodell der unbedingten Wahlhandlungen. Gleichwohl begünstigen diese Beiträge nicht Gewalt oder erzeugen sie gar, sondern sie thematisieren vielmehr Ursachen von Gewalt, gestalten sie mehr oder weniger durchschaubar und nachvollziehbar. Insoweit sind sie grundlegend politisch, nicht mehr nur reine Unterhaltung oder triviale Pop-Kultur. Filme wie FRAU BU LACHT, ZAHN UM ZAHN, IN DER FALLE, PARTEIFREUNDE, BIENZLE UND DER TRAUM VOM GLÜCK, BOMBENSTIMMUNG, HAHNENKAMPF, BIERKRIEG, EULENBURG, MORDE OHNE LEICHEN und BUNTES WASSER sind gelungene Beispiele für diesen Wandel.

Anmerkungen

[1] vgl. Friedhelm Werremeier: Methusalems Jugend. In: Pressestelle und Abteilung Öffentlichkeitsarbeit des Westdeutschen Rundfunks (Hrsg.): Tatort: 300! Oktober 1994, S. 42

[2] zitiert nach Friedhelm Werremeier, a.a.O., S. 38

[3] zitiert nach Tilmann P. Gangloff: Reifezeugnis. In: Pressestelle und Abteilung Öffentlichkeitsarbeit des Westdeutschen Rundfunks (Hrsg.): Tatort: 300! Oktober 1994, S. 16

[4] zitiert nach Der Spiegel 45/1987, S. 246

[5] In: Der Spiegel 14/1991, S. 246

Essays

Trimmel: Der Richter in Weiß

(NDR, 1971, 11)

Brigitta Beerenberg erschießt ihren Ehemann, einen angesehenen Hamburger Arzt, und wird mit dem Verdacht auf Eifersuchstwahn in die psychiatrische Klinik von Professor Kemp eingewiesen. Der Mediziner, der Brigitta Beerenberg kennt, stellt sie dem Kollegium als »BB« vor – sie sehe mit ihren Körpermaßen auch so aus wie Brigitte Bardot. Kemp, der die Beerenberg begehrt, soll ein Gutachten erstellen. Er behauptet, die seelisch instabile Frau habe in Notwehr gehandelt und sei psychisch völlig gesund.

Der Tote ist lediglich Auslöser für die folgenden Ereignisse und Entwicklungen, die Aufklärung des Mordes ist, wenngleich notwendig, so doch nachrangig. Dem Beziehungsdreieck aus Hauptkommissar Trimmel, Brigitta Beerenberg und Psychiater Kemp gilt das Hauptaugenmerk dieses TATORTs, der mehr als mit der Fallösung damit befaßt ist, uns zu zeigen, wie ein Mediziner durch Amts- und Machtmißbrauch versucht, sich eine begehrte Frau anzueignen, wie der Polizist hingegen bemüht ist, sie ihm zu entreißen und ihn seiner Bestrafung zuzuführen.

Für den Psychiater gibt es nur zwei Möglichkeiten, in den Besitz der verführerischen Frau zu gelangen, als diese nach der Tötung ihres Mannes auf eigenen Wunsch in seine Klinik eingeliefert und von ihm unter Verweis auf das zu erstellende Gutachten gegen die Außenwelt – und damit auch gegen Trimmel – abgeschirmt wird. Kemp kann mit Brigitta Beerenberg eine stille Vereinbarung schließen oder mit dem Gericht, was die Frau aber nicht erkennen darf. In beiden Fällen ist die Übereinkunft natürlich nicht rechtsverbindlich, hat jedoch nachhaltige Wirkungen. Erst als sich das Scheitern der Vereinbarungen mit Brigitta Beerenberg ankündigt, wählt Kemp den zweiten Weg, der ihm von Anbeginn bewußt gewesen ist. Behilflich hierbei sind ihm Informationsvorteile, über die er als Facharzt dem Gericht gegenüber verfügt.

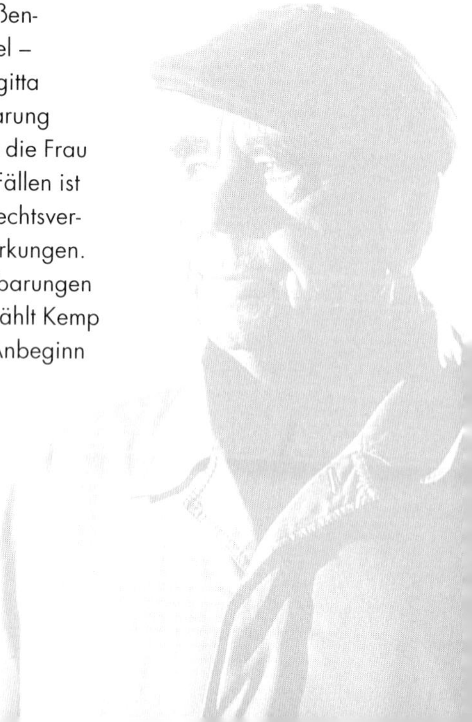

Beerenberg begreift im Verlaufe der psychologischen Sitzungen, daß Kemp sie begehrt und bereit ist, eine für sie vorteilhafte ›Wahrheit‹ zu gestalten. Sie bietet sich dem Psychiater als Preis für dessen Dienstleistung an. Seinen Kollegen gegenüber, die Brigitta Beerenberg untersucht haben, kann Kemp sich nur schwer durchsetzen. Letztlich hilft ihm aber, daß seine Mitarbeiter und Mitarbeiterinnen abhängig beschäftigt sind und daß der wichtigste Kollege in absehbarer Zeit die Leitung der Klinik übernehmen soll.
Als sich die Sachlage zuungunsten der Notwehr-Lösung verändert, sieht Kemp seine Chancen schwinden, sich die Beerenberg anzueignen. Damit sie nicht ins Gefängnis kommt, verändert er während eines weiteren Verhandlungstages die Expertise. Aufgrund aktueller Entwicklungen sei er nun zu dem Ergebnis gelangt, die Angeklagte sei schizophren und habe einen sehr ausgeklügelten Mordplan entwickelt. Als die Frau daraufhin im Gerichtssaal einen Nervenzusammenbruch erleidet und herausschreit, Kemp wolle sie hier rausbringen, er habe mit ihr geschlafen, wird dies nur als weiterer Beweis ihrer geistigen Verwirrung gewertet. Brigitta Beerenberg wird des Mordes überführt und als Geisteskranke auf unbestimmte Zeit, zunächst für fünf Jahre, in Kemps Klinik untergebracht. Zu gegebenem Zeitpunkt wird er ein ihm genehmes Gutachten vorlegen.
Nun, da Brigitta Beerenberg in der Klinik eingesperrt ist, erinnert sie an eine lebende Tote. Die Schönheit, so Edgar Allen Poe (»The Philosophy of Composition«, 1846), findet ihren höchsten Ausdruck in Trauer und Melancholie – die beiden letzten Eindrücke, die der Anblick der eingesperrten Frau vermittelt.

Nagel: Alles umsonst

(NDR, 1979, 97)

ALLES UMSONST: Kleine Geschichten und wie diese ineinander verwoben sind zu einer großen Geschichte. Ein Ehepaar mittleren Alters und der Tod der Liebe. Das Leben, was es nicht war und was es hätte sein können. Eine verbotene Beziehung in Liebe und über den Tod, weil eine heimliche Geschichte nicht öffentlich sein darf. Die Kleinstadt, in der strenge Spielregeln sozialer Kontrolle jene, die dazugehören wollen, einengen und erdrücken, bildet den Rahmen für diese Geschichte um eine tragische Liebe und um einen Mord, der erst durch diesen Regelmechanismus herbeigeführt wird. Die tyrannische Frau, die über Macht und Geld in der ehelichen Gemeinschaft verfügt, ist ein Dämon, den der unterdrückte Erich austreiben muß, um sich selbst zu befreien für ein neues

Leben mit der jungen Anni und deren Tochter Monika. Doch, so die bittere Erfahrung, es gibt kein neues Leben, das hier beginnen könnte. Das Leben ist ein Fluß, mit einer Entwicklungsgeschichte, die sich nicht leugnen läßt. Es gibt kein neues Leben, keine Stunde Null. Auf Gewesenem läßt sich allenfalls aufbauen, mitunter ist es eine schwere Hypothek. Einen Mord als Ausgangspunkt für den Wandel zu wählen, ist eine erfolglose Strategie. Der Keim des Neubeginns kann nur in der Vergangenheit eingebettet sein. Würde das mörderische und sensible Paar nicht im Gefängnis enden, so wäre die Zukunft der kleinen Familie dennoch düster.

Es ist alles umsonst in dieser Dreiecksgeschichte, in der ein kaum noch Lebender den Drachen tötet, um mit seiner Prinzessin fortan im Glück vereint zu sein. Der Drache ersteht jedoch erneut, nun in Gestalt des Kommissars Nagel – der einen gut gewählten Namen trägt, wie auch die Namen Schmidt und Klein wohlüberlegt sind. So wie Olga zu Lebzeiten Detektivarbeit geleistet hat, so setzt Nagel nach Olgas Tod dem tragischen Mörderpärchen zu. Die Höhle des Drachen ist die Kleinstadt, die soziale Ordnung und die ordentlichen Bürger liefern ihm das Feuer. Als Nagel die traurige Anni in die Enge treibt und auf seine Weise peinigt, kann Erich ihr nicht helfen; er selbst vermag dem Kommissar nur vorübergehend zu widerstehen.

Auch die Kleinstadt wendet sich gegen Anni und Erich. Wie sie immer das Individuum unterdrückt, so ist sie auch dem Paar ein Feind. Die Kleinstadt hat nicht nur Erich und Anni gezwungen, sich zu verstecken und schließlich gar einen Mord zu begehen, sie hat auch – so steht zu vermuten – aus Olga erst jenen Drachen gemacht. Im Gespräch zwischen Nagel und dem Uhrmacher gibt es einen Hinweis darauf, daß Olga kurz nach dem Krieg als guter Mensch in Erscheinung getreten sein soll. Aber das mag verklärte Erinnerung sein. Eine Mieterin des Hauses, in dem auch Anni wohnt, entgegnet Kriminalhauptmeister Henkel auf eine Frage, natürlich würde sie jeden Nachmittag die Treppe feucht reinigen. Und natürlich sehe sie da, wer sich im Haus aufhalte. Als Annis Eltern die Tochter besuchen, beherrscht die Mutter das Gespräch und den Vater. Die Mutter erdrückt auch ihre Tochter, die sich zwar endlich einen Vater für ihr Kind suchen solle, aber doch keinen verheirateten Mann.

Anni will dieser Enge entfliehen, andernorts ein Geschäft eröffnen. Es könnte auch ein kleines Geschäft sein, es geht ihr nur um die Unabhängigkeit. Einmal erzählt Erich der Geliebten, er habe früher Ingenieur werden wollen, aber dem Willen seines Vaters folgend Bäcker werden müssen.
Mehr als 25 Jahre nach dem Tod von Olgas Vater steht über dem Geschäft noch immer »Gustav Fischer – Bäckerei u. Conditorei«. Am Telefon meldet sich Erich mit den Worten: »Bäckerei Fischer. Schmidt.« In einem solchen Umfeld kann ein Stadtrat natürlich keine Aussage machen, da auch er eine heimliche Geliebte hat. Ihn ängstigt jedoch nicht die Vorstellung, die Frau, die Verhältnisse mit mehreren verheirateten Männern des Ortes hat, zu verlieren, sondern nur, sein guter Ruf könne Schaden nehmen.
Erichs und Annis Übergang in die Liebesbeziehung, obgleich fließend, wird formal als Bruchstelle inszeniert. Er kommt für uns so überraschend wie für die beiden, die bis dahin immer nur von einem anderen Leben geträumt haben. Die eindeutigen Sympathieträger des Filmes sind Erich und Anni. Deshalb auch wird der Mord nicht gezeigt, als wolle Regisseur Griesmayr die tragisch Liebenden damit nicht unmittelbar in Verbindung bringen. Olga bestimmt die Geschicke Erichs (und Annis) über den Tod hinaus. Durch ihren Ehebruch, der früher vollzogen wurde und länger andauerte als der ihres Mannes.

Horst Michael Neutze, Diether Krebs, Katharina Tüschen, Michael Gahr (v.l.n.r.)

Die ersten Bilder in ALLES UMSONST zeigen uns das Städtchen von oben. In der letzten Einstellung spielt sich Kegelbruder Rickert aus der Freizeitgemeinschaft, dem Männerverein, damit auf, er habe, als er Erich neben der Leiche stehen sah, diesem gleich etwas angesehen. Ihm sei ein kleiner, leiser Verdacht gekommen, aber ohne Beweise habe er lieber den Mund gehalten.
Mit dieser Lüge entlassen uns Drehbuchautor Theodor Schübel und Regisseur Hartmut Griesmayr aus einer Kleinstadt, die in ihrer Doppelmoral verharrend aus dem tragischen Vorfall nichts gelernt hat. Die lediglich glaubt, von einem Krebsgeschwür befreit worden zu sein, obgleich sie selbst dieses Geschwür ist.
Jahre später werden Stoever und Brockmöller, zwei andere Kommissare des NDR, manchmal in ebensolchen kleinen Orten ermitteln. Stoever droht mehrfach daran zu verzweifen und läßt seiner Wut lauthals freien Lauf.

Haferkamp: Ein Schuß zuviel

(WDR, 1979, 100)

Zentrale Figuren dieses TATORTs sind der ältere Justiz-Vollzugsbeamte Rudi Jakobs und der jugendliche Straftäter Tomi Selzer. Die erzählerische Grundstruktur, wonach Hauptfiguren in die Geschichte eingeführt werden, um sie in einer späteren Situation nicht selten in schicksalhafter Weise aufeinandertreffen zu lassen, wird in EIN SCHUSS ZUVIEL auf den Kopf gestellt. Im Essener Untersuchungsgefängnis kreuzen sich die Wege von Rudi und Tomi, es folgen Geiselnahme, Flucht und Rudis Todesschuß auf den Mit-Flüchtling, danach begegnen sich die zwei Männer nie wieder. Die Exposition leitet eine Entwicklung ein, in deren Verlauf Haferkamp immer wieder die Verbindungsstelle zwischen beiden bildet, und an deren Ende Rudi Selbstanzeige erstattet wegen fahrlässiger Tötung und Tomi in den Tod stürzt.
Rudi wird nach seinem Todesschuß Opfer von Anfeindungen und Übergriffen. Wörlemann, ein Kollege, gibt naiv zu Protokoll, Rudi habe geschossen, nachdem sich der türkische Flüchtling bereits ergeben hatte. Von den anderen Kollegen daraufhin als Nestbeschmutzer gemieden, gesteht Wörlemann in einer späteren Aussage ein, er könne sich auch geirrt haben. Rudi wird von Häftlingen beschimpft und attackiert, nach kurzer Zeit liegen vier Strafanzeigen gegen ihn vor, eine seitens der türkischen Botschaft. Bis zur Aufklärung des Vorfalls wird er in die Poststelle versetzt.
Über Rudis Vergangenheit erfahren wir fast nichts. Im Zweiten Weltkrieg ist er wohl Soldat gewesen, danach Justiz-Vollzugsbeamter geworden. Seit nunmehr

20 Jahren im Beruf, ist der tödliche Schuß auf den Ausbrecher die erste dienstliche Verfehlung. In seiner phlegmatischen Art – er hat immer nur funktioniert – fällt es ihm schwer, eigene Entscheidungen zu treffen. Ganz anders seine aktive, selbständige, pragmatische Frau, die auch aus dieser schwierigen Situation das Beste zu machen versucht. Doch gegen ihren Willen – und obwohl die Ermittlungen schon eingestellt sind – entschließt sich Rudi zur Selbstanzeige: Kulminationspunkt eines kaum gelebten Lebens.

Im Gegensatz zu Rudi ist Tomi ein Mensch, der vom Leben etwas erwartet, um so mehr, als er einen Gefängnisaufenthalt durchgestanden hat. Während der Haft hat sich seine Freundin Birgit um ihn gekümmert und ihn ständig besucht, doch weil er sich eingeengt fühlte durch ihr Liebe, wandte er sich nach der Entlassung einer anderen zu. Birgit wollte sich rächen und belastete ihn hinsichtlich eines Raubmordes, was zu seiner neuerlichen Inhaftierung führte. Mit der Absicht, Beweismaterial für seine Unschuld beizubringen, flieht Tomi. Er sucht Birgit auf, die ihre folgenschwere Lüge aus der Welt schaffen soll, aber sie verrät ihn erneut. Wenn sie ihn nicht von sich abhängig machen kann, will sie seine Existenz vernichten.

Von Verlustängsten getrieben, ist Birgit in ihrer Beziehungsarmut neurotisch auf Tomi fixiert. Für sie bedeutet sein Eingesperrtsein auch Schutz vor dem Zugriff durch Konkurrentinnen wie Sisi, denen sie sich nicht gewachsen fühlt. Aber auch Schutz vor der Gefahr, den Menschen, der für sie Lebensmittelpunkt sein soll, zu verlieren. Eine merkwürdige »Liebe«, deren Mittelpunkt eingekerkert werden soll, um die eigenen Verlustängste verdrängen zu können.

Tomi, über dessen familiäre Bindungen sich der Film ausschweigt, hat, wie sich zeigt, weder mit dem Raubmord zu tun noch mit einem späteren Einbruch in seiner alten Firma, bei dem ein Wachmann erschossen wird. Erst seine Flucht aus der Untersuchungshaft und die Geiselnahme machen ihn zum Gegner der bürgerlichen Ordnung und Gemeinschaft. Nie wieder würde er in ein Gefängnis gehen, hat er seiner hilflos-liebevoll um ihn bemühten Freundin Sisi gesagt.

Mehr aus Sorge um Tomi als im Namen der öffentlichen Ordnung versucht Haferkamp, den Jungen von seinem fragwürdigen Streben nach Freiheit abzubringen. Tomi ist gefesselt an eine Kette von Abhängigkeiten, verstrickt in verzweifelte Hand-

Nora Barner als Birgit und Hansjörg Felmy als Kommissar Haferkamp

lungen ohne Unterbrechung – darin Birgit nicht unähnlich. Erst jenseits der Mauern der Haftanstalt ist er wirklich gefangen, ohne Aussicht auf Entlassung. Nach seiner Flucht gleicht er einem Tier, das sich in einem unterirdischen Labyrinth geborgen wähnt. Als er auf dem stillgelegten Zechengelände aufgespürt wird, bleibt ihm als endgültiger Fluchtpunkt nur noch der Tod.
Am Ende konstatiert Haferkamp im Verdruß, man könne alles richtig machen und trotzdem Mist bauen. Fehler hat er nicht begangen, aber seine Arbeit hat sich als sinnlos erwiesen.

Buchmüller: Mitternacht, oder kurz danach

(SWF, 1979, 103)

Marianne Buchmüller, die erste TATORT-Kommissarin, ist eine Ermittlerin, die sich in hohem Maße auf ihre Intuition verläßt. Sie versucht nicht, die in Verdacht geratenen Menschen in Bedrängnis zu bringen, sondern stellt sie in bestimmte Situationen, um dann zu beobachten, wie sie sich verhalten. Die Verdächtigen fließen im Strom des eigenen Lebens; Marianne Buchmüller wirft allenfalls Kieselsteine ins Wasser und schaut, was passiert.
Die Einleitung von MITTERNACHT, ODER KURZ DANACH lenkt den Blick der Zuschauer auf Umstände und Zusammenhänge einer Tat, die nicht sind, was sie zu sein scheinen. Der Künstler Kurt Homberg, ein erfolgreicher Maler, und dessen Frau Regine geben eine kleine Party. Spät am Abend kommt noch der Maler Manfred Enders hinzu, der nicht nur Kurts bester Freund ist, sondern auch mit Regine ein Verhältnis hat. Reichlicher Alkoholkonsum führt bei Kurt kurz vor Mitternacht zu einem Stimmungsumschwung. Nachdem er die Gäste aus dem Haus geworfen hat, folgt eine Auseinandersetzung zwischen dem Ehepaar, in deren Verlauf Kurt ein Bild von Manfred übermalt und zerreißt. Wir sehen noch, wie Regi-

nes Blick, ehe sie das Zimmer verläßt, auf einen Gegenstand fällt – am nächsten Morgen wird Kurt tot im Wohnzimmer aufgefunden. Die Spuren deuten auf einen Mord hin.
Der Rhythmus des Films ist sehr langsam, die Ereignisse werden gereiht, der Einführung folgt der erste Auftritt der Oberkommissarin. Am Tatort sehen wir, wie die Spurensicherung ihrer Arbeit nachgeht und Marianne Buchmüller Gespräche führt. Die Dialoge sind sehr sparsam und zielgerichtet eingesetzt, auch wird relativ wenig Musik verwendet. Von Menschen verursachte oder – in den wenigen Außenaufnahmen – Naturgeräusche gibt es kaum.
Die Kamera erfaßt die Personen zumeist in geschlossenen Räumen, wobei sie sich selten bewegt und die Handlung zu rahmen scheint. Diese Rahmung wird von Marianne Buchmüller oft aufgebrochen, indem sie grundsätzlich vom außerbildlichen in den sichtbaren Handlungsraum eintritt. Anders ist das nur in den wenigen Außenaufnahmen und wenn Marianne Buchmüller in ihrer Wohnung oder in Dienstbesprechungen ist – Momente, die eine Gleichsetzung von privatem und beruflichem Bereich erzeugen.
Über Nahaufnahmen wird Wohnraum häufig in Bruchstücke zerlegt, es erwachsen Gefühle der Enge. Die Kommissarin ermittelt in einer abgeschlossenen kleinen Welt, die die Menschen in bürgerlichen Werte- und Normensystemen gefangenhält, in Systemen, die keinen Bezug (mehr) zu ihnen aufweisen. In dieser Enge sind die Beziehungen zwischen den Menschen nicht selten feindselig.
Kurt Homberg war ein unangenehmer Mensch. Zwar hat er seinen Freund, den erfolglosen Künstler, finanziell unterstützt, indem er ihm Bilder abkaufte, gleichwohl hat er Manfred gelegentlich auch gedemütigt. Enders ist seinen Grundsätzen treu geblieben, er ist ehrlich bis zur Selbstentblößung. Kurt wußte vom Verhältnis seiner Frau mit Manfred, sah es aber vordergründig als eine Sache des Teilens an, konnte die Liaison tatsächlich jedoch nie akzeptieren. Die Ehe der Hombergs war weit davon entfernt, eine glückliche Partnerschaft zu sein. Sie mag durch vieles geprägt gewesen sein, nur nicht durch Liebe und Vertrauen.
Der Film vermittelt nicht nur das Gefühl bedrückender Enge, sondern auch den Eindruck, daß es ein Leben außerhalb der Erzählung nicht gibt. Selbst innerhalb der filmischen Welt scheint Leben mitunter nur bloße Behauptung zu sein.
Die Oberkommissarin hält Manfred, der in der fraglichen Nacht so betrunken war, daß sein Erinnerungsvermögen zeitweilig aussetzte, nicht für den Täter. Hingegen verdächtigt sie Regine. Die hatte ihren Mann verlassen wollen und sich bei einem Anwalt schon über eine Scheidung informiert, den letzten Schritt aber nie vollziehen können. Als Achtzehnjährige hatte sie Kurt geheiratet, sich aber immer mehr von ihm abhängig gefühlt, bis sie ihn schließlich haßte. Man-

Nicole Heesters als Oberkommissarin Buchmüller und Otto Sander als Manfred Enders

fred jedoch liebt sie, und so vermutet die Kommissarin, Regine habe ihren Gatten umgebracht, als der Bilder ihres Geliebten zerstörte. Im Kommissariat will sie Regine zu einem Geständnis bewegen, da erscheint Manfred und sagt, er könne sich jetzt wieder erinnern: In der Todesnacht habe er Kurt noch einmal aufgesucht. Als der Freund plötzlich seine Bilder zu zerstören begann, mußte er dies verhindern. Während des folgenden Streits sei Kurt unglücklich gestürzt, er habe ihn nicht umbringen wollen. Regine halte sich für schuldig, weil sie Kurts Tod oft gewünscht habe.

Der Täter in MITTERNACHT, ODER KURZ DANACH ist kein Mörder, der Tod seines Freundes, den er trotz dessen Demütigungen geliebt hat, hinterläßt bei ihm tiefe Spuren. Enders gilt innerhalb des Wertesystems jener Welt, in der er leben muß, als Versager. Er geht nicht zugrunde an sich selbst, sondern an seiner Umwelt, durch die er zum Alkoholiker geworden ist. Regine stellt sich als Mörderin ihres Mannes hin, weil sie ihn ermorden wollte. Ihre Selbstbezichtigung wird jedoch entkräftet durch Manfreds Aussagen. Er ist ohne Schutzhaut und rückhaltlos ehrlich, und das nicht nur, weil er Regine vielleicht liebt, von der er einmal behauptet hat, sie bedeute ihm nichts.

Schimanski/Thanner: Duisburg-Ruhrort

(WDR, 1981, 126)

Duisburg-Ruhrort ist ein poetischer Film – traurig, manchmal lustig – über die Existenz eines desillusionierten, gleichwohl nicht traumlosen Menschen als Polizist. Der Kriminalfall und die besondere regionale Atmosphäre interessieren vorrangig in Bezug auf ihn. Die eindringlichen Bilder der wortlosen Einführung sind geprägt durch Einsamkeit und Zerfall. Jedes dieser Eingangsbilder verkündet seine eigene Unvollständigkeit, seinen eigenen bruchstückhaften Charakter. Schimanski lebt in einer Wohnung, die einer Müllkippe gleicht, die ihm fremd scheint, so wie er sich in ihr bewegt und zu orientieren versucht. Sie ist spartanisch und billig eingerichtet, es herrscht eine fortdauernde Unordnung, überall findet sich Schmutz. Der Kühlschrank ist vornehmlich mit Bier bestückt.

Schimanski ist codiert über sein privates und berufliches Verhalten, seine Sprache, seine äußere Erscheinung schließlich. Er ist das Klischee eines Ruhrgebietsmenschen.

Gründliche Ermittlungen und systematisches Vorgehen sind nicht Elemente seiner Arbeitsweise. Schimanski handelt reflexartig, schafft sich und der Polizei dadurch bisweilen Probleme. Oft bringt ihn nur eine Eingebung auf die richtige Spur. So weiß er um Frau Poppingas Schwäche für ihn und besucht sie, vorgeblich rein freundschaftlich, um sie zur Identifizierung eines Messers zu bewegen. Schimanski versieht seinen Dienst nicht kühl und distanziert. Seine persönliche Betroffenheit erkennt er selbst als problematisch. Er bringt es nicht über sich, den Mörder zu verhaften, weil er Mitleid mit ihm hat. Er verfügt über ein ausgeprägtes Gerechtigkeitsempfinden.

Anzug und Parka Hand in Hand: Eberhard Feik und Götz George

Schimanskis Kleidung ist seine zweite Haut, folglich schläft er auch häufig in seinen Klamotten. Sein Outfit ist einerseits funktionell angelegt, er ist in ihm flexibler als beispielsweise Thanner in seinem Anzug. Gleichzeitig wird es auch begriffen als Symbol seiner persönlichen Haltung. Schimanski sieht sich mit dem Problem konfrontiert, als Vertreter staatlicher Autorität zugleich Autorität abzulehnen. Das beschert ihm innere Konflikte, die er auszutragen nicht in der Lage ist. Es bleibt ihm lediglich der Versuch, das Ganze einigermaßen im Lot zu halten, was auch einschließt, ungewollte Ausschläge in die eine Richtung durch gewollte in die andere auszugleichen.
In DUISBURG-RUHRORT ist Schimanski ein *loser*, der an Gestalten des *film noir* erinnert. Besonders an Jimmy Doyle aus William Friedkins BRENNPUNKT BROOKLYN. Auch das eine Kriminalgeschichte um Mord und Drogenhandel; Verbrechen, die ein Beziehungsgeflecht schaffen, in dem alles auf Doyle ausgerichtet ist.
Es scheint, als würde Schimanski einzig seine Existenz als Polizist am Leben halten. Er ist unfähig, das Private auch nur im Ansatz zu gestalten oder in den Griff zu bekommen. Leben bedeutet für Schimanski, als Polizist zu arbeiten.

Seine Privatangelegenheiten hören dadurch auf, privat zu sein. Dies wird in keinem Schimanski-TATORT deutlicher als in DUISBURG-RUHRORT.
Schimanski entstammt dem Arbeitermilieu und ist Delinquenten aus diesem Umfeld häufig stärker verbunden. Ihnen bringt er meist ein tieferes Verständnis entgegen als dem herrschenden Ordnungssystem, das er vertreten muß. Was nach dem Gesetz Recht ist, stimmt mitunter bei ihm nicht mit dem persönlichen Gefühl für Gerechtigkeit überein. Er reagiert in gewissen Situationen nicht mit dem für Polizeibeamte üblichen Instrumentarium und Verhaltensrepertoire, sondern als stark sensibler Mensch, der sich unter extremen Bedingungen extrem verhält. Er agiert und reagiert eher spontan als überlegt, gleichsam aus dem Bauch heraus. Seine Gedanken sind nicht im Kopf vorkonstruiert, vielmehr scheint es, als wären sie immer just in diesem Moment entstanden. Emotionen vermag er kaum in Worte zu fassen, dadurch kann er sie und auch sich bisweilen nur schwer vermitteln. Andererseits sind seine Gefühle sehr direkt und wahrhaftig vom Gegenüber wahrnehmbar. Auch mimisch und gestisch gibt es bei ihm keine Verstellungen.
Bestimmend für Schimanski ist die nonverbale Kommunikation und die bruchstückartige Selbstvermittlung. Auffallend, daß er in den TATORTen vergleichsweise häufig beim Schlafen und beim Essen oder Trinken zu sehen ist, was die elementaren Momente seines Charakters betont. Erstaunlich ist die Direktheit, mit der die Kunstfigur Schimanski präsentiert wird. Durch ihren Darsteller, der keine Distanz spüren läßt zwischen sich und der Rolle, wirkt sie authentischer als viele andere – im Zuschnitt realistisch gemeinte – Ermittlerfiguren.

Stoever/Brockmöller: Blindekuh

(NDR, 1992, 256)

Die Einleitung verweist bereits auf das tragische Ende und liefert gleichzeitig eine Erklärung. Irene ist unterwegs zu den Samows, wo sie als Kindermädchen arbeitet. Sie kommt an Landschaftspflegern vorbei, die eine nackte Kinderpuppe im Gestrüpp finden. Im nächsten Moment nähert sich ein Auto, von dessen Fahrer sie in eindeutig sexueller Absicht angesprochen wird. Sie reagiert nicht, er wird unverschämt anzüglich, ist von ekelhafter Aufdringlichkeit. Irene geht nicht einmal im Ansatz auf ihn ein. Schließlich fährt er pöbelnd davon.
Unweit jener Puppe finden die Gärtner am nächsten Morgen Irenes Leiche. Einige Spuren deuten auf eine Vergewaltigung hin, die Obduktion kann jedoch diesen Verdacht nicht bestätigen.

Irene war die jüngere Tochter des erfolgreichen Geschäftsmannes Frevert. Dessen Versuch, seine ältere Tochter, Sandra, zu unbedingtem Gehorsam zu erziehen, ist fehlgeschlagen, das Mädchen hat das Elternhaus verlassen und sich als Altenpflegerin eine eigene Existenz aufgebaut. Ihren Vater haßt sie, mit ihrer Mutter spricht sie nur noch am Telefon. Sandra will dieses ungeliebte Land – mit seinem grauen Himmel und seinen grauen Seelen – verlassen. Irene hatte die Absicht, sie zu begleiten. Ihre Schwester, sagt Sandra, habe sich bei den Samows wohler gefühlt als bei den Eltern. Auf Stoevers Einwand, der Vater habe Irene sehr lieb gehabt, entgegnet sie, Faschisten würden eben Schäferhunde lieben.

Frevert, dem Tyrannen und Herrn über seine Familie, ist es gelungen, wenigstens sein jüngeres Kind zum unterwürfigen Püppchen zu erziehen, es im kindlichen Zustand zu halten und völlig zu kontrollieren. Obwohl bereits 16 Jahre alt, bringt er ihr noch häufig Puppen zum Spielen mit, noch immer bewohnt sie ein Klein-Mädchenzimmer, und Besuch darf sie im Elternhaus nie empfangen. Mit seiner Gattin hat Frevert offensichtliche Probleme. Die Szenen, in denen beide zusammen zu sehen sind, zeigen sie immer voneinander abgewandt. Die Frau ist verschlossen, sie war auch eine Zeitlang in der Klinik, was im Film nicht näher ausgeführt wird. Wohl aber gibt es Hinweise darauf, daß während ihrer Abwesenheit die Vergewaltigungen Irenes durch den Vater begonnen haben. Ob die Mutter davon wußte, bleibt ungeklärt. Freverts Videoaufnahmen von sich und der Tochter sind ihr jedoch zugänglich gewesen. Frevert, so belegen die Bilder, hat Irene offensichtlich all seine sexuellen Fantasien aufgezwungen. Zugleich hat er stets darauf geachtet, sie von den »degenerierten« Mitmenschen fernzuhalten, niemand außer Papa durfte sie anrühren.

Die einzigen zwischenmenschlichen Beziehungen, die das Mädchen – in der Schule – unterhielt, endeten, als die Vergewaltigungen anfingen. Irene legte fortan einen Abwehrpanzer um sich, niemand durfte ihr zu nahe kommen. Sie sprach wohl noch über ihre Familie, nicht jedoch über ihren Vater.

Diether Krebs (Frevert), Charles Brauer (Brockmöller), Manfred Krug (Stoever) v.l.n.r.

Auch Jakov Samow hat Irene benutzt – als Objekt seiner Projektionen und Fantasien. Er konnte nicht anders, als dieses sanfte und verletzliche Mädchen, das ein Geheimnis in sich verschlossen hielt, zu begehren. Zur Geburtstagsfeier seiner achtjährigen Tochter beteiligt sich Jakov am Blindekuh-Spiel. Indem er sich nicht an die Regeln hält, kann er – unauffällig, wie er glaubt – Irene berühren. Jakovs Mutter aber hat es gesehen, und mit ihrer ausgeprägten Beobachtungsgabe registriert sie selbst feine Stimmungsabstufungen.

Als Irene vor ihrer geplanten Auswanderung nach Griechenland ein letztes Mal zu den Samows kommt, will Jakov sie zum Abschied einmal wenigstens im Arm halten. Irene jedoch habe überraschend heftig auf dieses Ansinnen reagiert und sei auf ein weggeworfenes Metallteil, einen Kotflügel, gestürzt. Dabei, so der Gerichtsmediziner, habe sie sich das Genick gebrochen.

Stoever und Brockmöller tauschen während der Ermittlungen aus ihrer Sicht »abenteuerliche« Psychologien aus. Stoever entwickelt eine Inzest-Theorie, Brockmöller will sich an Samow halten. Am Ende, als der Fall geklärt ist und Jakov abgeführt wird, meint Brockmöller, er sei diesmal nicht besonders stolz. Worauf Stoever einräumt, Jakov sei ja eigentlich der Falsche. Beide hatten sie einen anderen Verdächtigen, und am Ende stellt sich heraus, eigentlich hatten sie beide recht.

Opfertypologisch war Irene vollkommen unschuldig. Zwei Männer, Familienväter, beruflich erfolgreich, geben vor, ein Mädchen zu lieben, das ihre Liebe auch erwidert habe. Inwieweit Jakov über den Kindergeburtstag hinaus Blindekuh gespielt hat, erfahren wir nicht. Beide haben sie Irene gegen deren Willen angerührt; der eine hat sie psychisch ausgelöscht, der andere hat die seelische Auslöschung über die physische Tötung vollendet. Blindekuh ist nicht nur ein Spiel für Kinder, sondern in Blindekuh auch für Erwachsene. Alle haben weggesehen. Niemand will den Kindesmißbrauch bemerkt haben. Selbst Frevert, der Vergewaltiger, leugnet seine Tat: Irene habe freiwillig mitgemacht.

Ehrlicher: Bomben für Ehrlicher

(MDR, 1995, 319)

Im Italo-Western, der zielsicher die Mythen des amerikanischen Western zerschossen hat, gibt es neben den wenigen Guten und Bösen, die sich zudem oft nur marginal voneinander unterscheiden, noch die breite Masse. Mitunter werden Freunde zu Feinden und ehemalige Hüter des Gesetzes zu Rechtsbrechern. In den Kriminalfilmen eines Jean-Pierre Melville finden sich diese Merkmale ebenfalls, und auch in der TATORT-Folge Bomben für Ehrlicher gibt es Elemente, die typisch sind für den Italo-Western.

Im Film ist mehrmals ein Foto zu sehen, auf dem vier Freunde – Bruno, Leo, Willy und Walter – abgebildet sind. Die Aufnahme stammt aus einer Zeit, die ebenso vergangen ist wie die Freundschaft. Endgültig zerbrochen ist sie, als Bruno Ehrlicher gegen Leo Kleiber ermitteln mußte. Der wurde daraufhin unehrenhaft aus dem Polizeidienst entlassen. Mit Walter – »dein Oberst«, wie Lore Ehrlicher zu ihrem Mann sagt – betreibt Kleiber nun die Reinigungsfirma Blitz Blank. Von Menschen, die – aus ihrer Sicht betrachtet – einer niederen Schicht, der breiten Masse, angehören, müssen sich sich jetzt kritisieren und demütigen lassen, müssen sie sich um Aufträge bemühen, damit sie sich ihren Lebensunterhalt verdienen können.

Der vierte Mann aus dem alten Bunde, Willy,

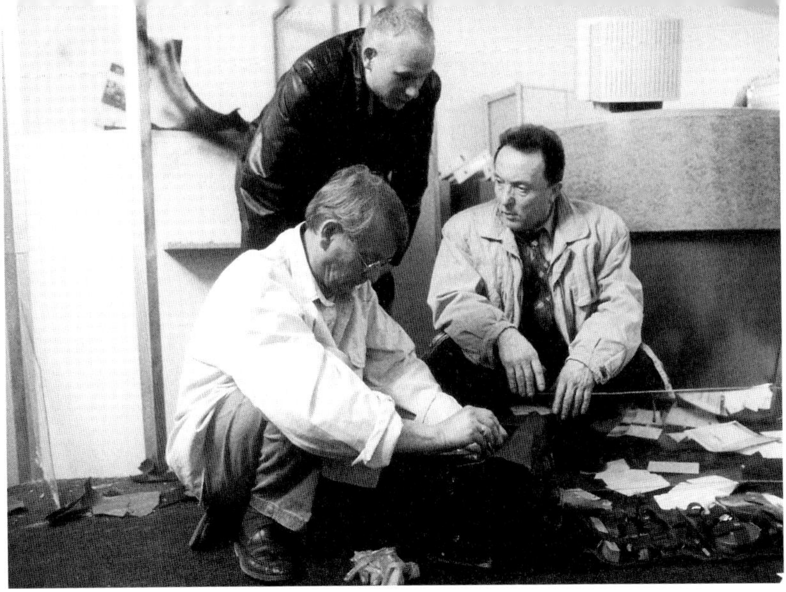

Wem galt der Anschlag? Ratlosigkeit beim Kriminaltechniker (Walter Nickel) und den Kommissaren Kain (Bernd Michael Lade) und Ehrlicher (Peter Sodann)

arbeitet noch als Polizist beim Erkennungsdienst und weiß Ehrlicher etwas sehr Aufschlußreiches zu berichten: Jene, die solch spezielle Bomben bauen könnten, wie sie bei den aufzuklärenden Banküberfällen verwendet wurden, hätten mittlerweile allesamt den Polizeidienst quittieren müssen.

Ein Hinweis, der nicht nur insofern wesentlich ist, als er den Kommissar auf die richtige Spur führt. Kleiber gibt Ehrlicher die Schuld an seiner persönlichen Situation. Der jedoch sagt, die Freundschaft sei nicht seinetwegen zerbrochen, er habe nur nichts zu ihrem Erhalt getan. Ehrlicher hat noch immer Achtung vor dem ehemaligen Freund, der nun seine Rache vollziehen will. Die Beute aus den Banküberfällen interessiert ihn nicht. Wichtig ist sie für die Räuber Siggi und Wolf, nicht jedoch für deren Auftraggeber. Dem liegt auch nichts an der erpreßten Million. Das Lösegeld will er samt den Komplizen – damit sie ihn nicht verraten können – in die Luft jagen. Doch Kleiber möchte weder, daß dem zehnjährigen Jungen, den Wolf als Geisel genommen hat, etwas geschieht, noch ist er – wie Ehrlicher zu Recht annimmt – auf ein Blutbad aus. Eine Erkenntnis, die ihn letztlich noch rechtzeitig die Bombe finden läßt.

Kleiber erinnert in seiner Haltung an den von Clint Eastwood verkörperten Helden aus Sergio Leones Dollar-Trilogie (FÜR EINE HANDVOLL DOLLAR, FÜR EIN PAAR DOLLAR MEHR, ZWEI GLORREICHE HALUNKEN). Auch der gibt das erhaltene Geld nie aus; es scheint ihn nur zu interessieren, weil es für andere so wichtig ist. Kleibers vorrangige Motivation ist es, sich zu rächen. Im neuen Leben dreht sich alles nur um das Geld, für das man sich verkaufen muß. Kleiber indes benutzt

es lediglich, um die Polizei und die Banken zu treffen – stellvertretend für eine Gesellschaft, die Geld zum zentralen Lebensinhalt macht. Geld ist für ihn das Symbol einer Zeit, in der es für Leute wie ihn keinen Platz (mehr) gibt.
Der Mythos vom *Borderland* im amerikanischen Western, häufig angesiedelt im texanisch-mexikanischen Grenzgebiet, findet hier seine Entsprechung im Lausitzer Braunkohlerevier. Der *Outlaw* Wolf ist mit seiner Geisel in die Ödnis eines Tagebaus geflohen. Als sollte dieser Zusammenhang noch stärker hervorgehoben werden, verstecken sich beide in einem Eisenbahnwaggon, der auf einem toten Gleis steht. (Nur am Rande: Siggi und Wolf sehen, nachdem sie die Geldbombe aus ihrem dritten Überfall gesprengt haben, im buchstäblichen Sinne wie *Rothäute* aus.) Kleibers Handlanger sind zwei Charaktere, die nicht auf der Suche nach (Selbst-)Erkenntnis sind, sondern sich vielmehr in einen lustbestimmten Goldrausch steigern, für den sie alsbald die Rechnung zu begleichen haben.
Bruno Ehrlicher, sensibel und gutmütig, Individualist und sympathischer Melancholiker, trifft sich vor dem Finale (einer Variante des Schluß-Duells) in der Kneipe, die seiner Familie gehört, mit Leo Kleiber. Sie trinken Bier, umkreisen einander, verständigen sich in knapp gehaltenen Andeutungen. Ehrlicher läßt durchblicken, daß er von Kleibers Racheplan und dessen spezifischer Umsetzung weiß. Gleichzeitig signalisiert er ihm, daß er keine Chance hat. Kleiber indes will von seinem Vorhaben nicht ablassen; nachdem das Unternehmen fehlgeschlagen und sein ehemaliger Freund erschienen ist, ihn zu verhaften, sprengt er sich selbst in die Luft.
Die Charaktere in BOMBEN FÜR EHRLICHER, auch das eine Analogie zum Italo-Western, sind Randfiguren der alltäglichen politischen und gesellschaftlichen Ereignisse. Sie leben in einer Welt, für die der Spruch Sergio Leones gilt: Das Leben hat keinen Wert, aber der Tod, manchmal, seinen Preis.

Bienzle: Bienzle und der Traum vom Glück
(SDR, 1996, 342)

Bei Sprengungen in einem Steinbruch nahe Stuttgart kommt ein englischer Arbeiter zu Tode. Weil der Vorfall im Zusammenhang mit den Auseinandersetzungen zwischen deutschen Beschäftigten und englischer Lohn-Dumping-Konkurrenz stehen könnte, ermitteln Kommissar Bienzle und dessen Assistent Gächter wegen Mordverdachts. Sie kommen jedoch zum Ergebnis, daß es sich um einen Unfall gehandelt hat. Als sich indes herausstellt, daß der tödlich Verunglückte mit giftigen Substanzen in Berührung gekommen sein muß, beginnt Bienzle hartnäckig zu recherchieren. Dem Bauunternehmer Zanker ist allerdings nichts nachzuweisen …

Auch Edward, der Verlobte von der Wirtin der Baustellen-Kantine, wird mit schweren Vergiftungserscheinungen ins Krankenhaus eingeliefert, wo er bald darauf stirbt. Klaras Traum vom Glück ist zerstört, die Kantinenwirtin bricht ihr Schweigen und berichtet Bienzle von kriminellen Aktivitäten: Für viel Geld läßt Zankers Schwiegersohn Schweickardt den hochgiftigen Abfall eines Recycling-Unternehmens im Steinbruch zwischenlagern und später illegal entsorgen. Nachts beseitigen die englischen Arbeiter – ohne Schutzausrüstung – den Sondermüll, um dadurch ihren kargen Lohn aufzubessern.

Unabhängig von Bienzle ist inzwischen auch Zanker seinem Schwiegersohn auf die Spur gekommen. Die beiden repräsentieren zwei Unternehmer-Generationen und darüber hinaus zwei Zeitalter. Zanker betrachtet die Firma als Lebenswerk, das über seinen Tod hinaus Bestand haben soll. Ein Patriarch, der für eine Generation des Aufbaus und Erhalts von – nicht nur materiellen – Werten steht und der sich seinen Angestellten verpflichtet fühlt. Der Juniorchef Schweickardt hingegen ist der Vertreter eines feudalistischen Blutsaugertums, der selbst keine Werte erschafft und sich nicht im geringsten um jene sorgt, die er für seine kriminellen Machenschaften einspannt. In seiner Gier beutet er insbesondere die englischen Arbeiter aus, die aus dem ›Steinbruch‹ des Thatcherismus geflüchtet sind in eine ihnen aufgezwungene Schein-Selbständigkeit auf deutschen Baustellen. Lohn-Dumping zum Nachteil der Deutschen wird nicht, wie sich herausstellt, von den englischen Arbeitern praktiziert, sondern vom deutschen Unternehmer. Zur ökonomischen Ausbeutung kommt bei Schweickardt – den Tod von Menschen im Kalkül – noch die einträgliche Umweltkriminalität hinzu. Zanker weiß nichts von den Aktivitäten des Schwiegersohnes, die schon Merkmale organisierten Verbrechens aufweisen.

So hat sich eine solidarische Interessengemeinschaft von minde-

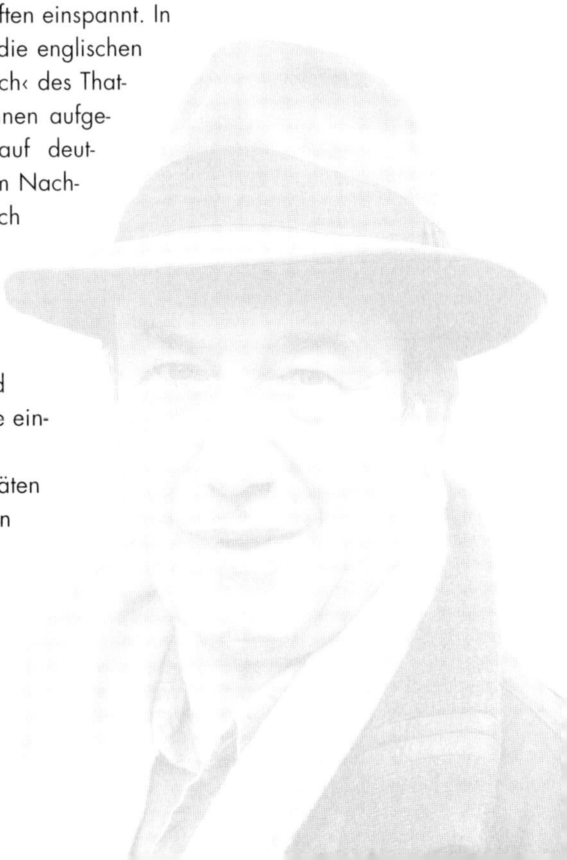

stens drei Personen gebildet, gewinnorientiert und auf Dauer angelegt. Legale und illegale Geschäfte sind miteinander verknüpft, persönliche und geschäftliche Verbindungen dienen kriminellen Zwecken. Vorhandene Infrastruktur wird bewußt genutzt, nicht der Täter, sondern der Kunde bestimmt die Tat.
Während Schweickardt durch seine materialistische Gier bestimmt ist, wollen sich Edward und Klara lediglich das Startkapital für den Absprung in ein anderes, besseres Leben erarbeiten. Ihr gemeinsamer Traum vom Glück versperrt ihnen nicht die Sicht auf die negativen Seiten der Welt. Sie leben nicht in einer oberflächlichen Idylle, unter der sich Abgründe auftun, sondern sie versuchen vielmehr, sich im Abgrund eine sorglose Welt zu schaffen.
In BIENZLE UND DER TRAUM VOM GLÜCK gibt es viele Nahaufnahmen; nur zweimal folgt der Film diesem Prinzip nicht. Von der Obduktion des Toten wird auf eine Totale des Steinbruchs geschnitten, über den dunkle Wolken ziehen. Später ist in einer halbtotalen, kurzen Einstellung die nächtliche Beseitigung des Giftmülls zu sehen. Ebenfalls zweimal wird Natur gezeigt: Zum einen sind es Landschaftsaufnahmen, als sich Klara und Edward einen Fotoband über Großbritannien anschauen. Zum anderen gehen Klara, als sie am Krankenbett des sterbenden Geliebten sitzt, Bilder durch den Kopf, die das Klischee fliegender Möwen und dem Häuschen an der Küste spiegeln (in einer Kombinationsaufnahme finden Regisseur und Kameramann hierfür die visuelle Entsprechung).
Der Tristesse und Monotonie ihrer Existenz, in der sie sich gefangen fühlen, sind Klara und Edward zuerst gedanklich entflohen. Der Traum vom Glück ist Bestandteil einer Wunschmaschine, die sie am Leben hält. Sie bricht zusammen im Moment der unabweisbaren Erkenntnis, daß sich diese Vorstellung von einem anderen Leben nicht erfüllen wird.
Sinn für dokumentarischen Realismus bildet das Fundament dieses Films, an dessen Oberfläche sich eine Romanze von karger Schönheit entwickelt, bis sie jäh zerstört wird. In ihrer Traumwelt streuen die Liebenden Sternenstaub, der in ihrer Wirklichkeit nichts anderes ist als der Sand im Steinbruch ...

»Alice öffnete die Tür und sah, daß sie in einen engen Gang führte, nicht viel höher als ein Mausloch. Sie kniete nieder, und als sie hineinschaute, fiel ihr Blick in den schönsten Garten, den ihr euch nur denken könnt. Da hätte sie freilich gern den düstern Saal hinter sich gelassen und sich zwischen den bunten Blumenbeeten und den kühlen Springbrunnen getummelt; aber nicht einmal den Kopf bekam sie durch die Tür. ›Und selbst wenn mein Kopf hindurchginge‹, dachte die arme Alice, ›könnte ich mit ihm ohne die Schultern auch nicht viel anfangen ...‹« (Lewis Carroll, Alice im Wunderland)

Lürsen: Inflagranti

(RB, 1997, 376)

Eine Frau zwischen zwei Männern, in einem Gewirr vielschichtiger Emotionen. Beide versichert Nicole ihrer Liebe – bei ihrem Mann Ehemann Peter tut sie es aus Angst, bei ihrem Geliebten Achim aus Zuneigung. Peters Aufforderung, sie möge ihn doch verlassen, widerspricht Nicole: Das könne sie nicht, sie brauche ihn und den gemeinsamen Sohn Jan. Tags darauf aber sagt sie Achim, sie wolle sich scheiden lassen, um mit ihm und Jan ein neues Leben anzufangen. Achim meint, dann würde sie von ihrem Gatten wohl totgeschlagen.

Peter, der selbst ein Verhaltnis mit seiner Sekretärin hat, für die er der Traummann ist, prügelt seine Frau. Er haßt sie, weil er von Achim – der ihm als Geschäftspartner lukrative Aufträge vermittelt – zum »Hampelmann« gemacht wird. Er haßt aber auch sich selbst, weil er sich dazu machen läßt.

Nachdem Peter seine Frau mit dem Gürtel traktiert hat, fällt er über sie her, und so wie diese beiden Einstellungen inszeniert sind, kommt der Akt einer Vergewaltigung gleich. Auch der Sohn ist ein Opfer seines Vaters, allerdings nicht in gleichem Maße wie Nicole. Jan möchte nicht, daß die Mutter geschlagen wird; wenn es geschieht, flüchtet er mit seinem Hamster namens Lehmann in sein kleines hölzernes Eigenheim, das im Garten eigens für ihn gebaut wurde.

Jan Broders ist ein Kind, das zu zeitiger Selbständigkeit nicht nur schlechthin erzogen wurde, der Vater hat die relativ frühe Eigenständigkeit vom Sohn ganz offensichtlich verlangt. Zudem läßt sich aus einer Reihe von Zeichen schließen, daß auch die Mutter eher selten für den Jungen dagewesen ist. Als Jan eines Tages den Vater in die häusliche Sauna einsperrte, glaubte er bestimmt, der starke Mann würde seinem Gefängnis schon entkommen. Jan hatte Angst, war wütend, wußte sich nicht mehr zu helfen und machte sich so – wahrscheinlich ungewollt, wie die Kommissarin am Ende des Films (re-)konstruiert – schuldig am Tod des Vaters.

Im Verlauf der Geschehnisse versucht Jan, Achim als den Mörder seines Vaters hinzustellen. Er erhärtet die Anschuldigungen, indem er seinen Hamster Lehmann tötet und den Geliebten der Mutter auch dieser Tat bezichtigt. Jan erzählt, Achim hätte gesagt, er würde Papa umbringen, sollte der die Mama nochmal schlagen. Schließlich gelingt es ihm sogar, sich selbst als Achims voraussichtlich nächstes Opfer erscheinen zu lassen.

Achim wiederum denkt, Nicole hätte Peter umgebracht; für ihn ist sie erotischer, seit er sie für eine Gattenmörderin hält. Die Tat interpretiert er als außergewöhnlichen Liebesbeweis.

Jans fingierte Verdächtigungen führen schließlich dazu, daß Achim – verfolgt von der Kommissarin – durch einen Schuß von ihr zu Tode kommt.
Die Ermittlerin Inga Lürsen ist eine interessante Figur: Sie lebt von ihrem Mann Lothar getrennt, vielleicht sind sie geschieden, die gemeinsame Tochter wohnt jedenfalls beim Vater. Der ist Lehrer und Zielscheibe des Spotts von Ex-Frau und Tochter. Als sich das frühere Paar einmal abends in Ingas Stammkneipe trifft, bittet sie Lothar, mit zu ihr zu kommen. Vielleicht brächte sie sein eindimensionaler Verstand ja noch auf eine Idee zur Lösung des Falls ...
Die Tochter kreuzt mitunter überraschend bei der Mutter auf, um dem ewig gutgelaunten Vater zu entfliehen. Nachdem sie die Wohnung in einen »Schrottplatz« verwandelt und den Inhalt des Kühlschranks in sich hineingeschaufelt hat, badet sie genüßlich in Mutters Wanne. Die Kommissarin ist befreundet mit dem Polizeipsychologen ihres Reviers, mit dem sie – zu dessen Leidwesen – noch im Bett über den Fall Broders diskutieren will.
Familiäre Gewalt, mit der sich die Kommissarin in diesem Film konfrontiert sieht, ist ein komplexes soziales, ökonomisches und psychologisches Phänomen. Zumeist ist sie Ausdruck des Wunsches, über Drohungen, Zwang oder psychische Kraft andere zu beherrschen und zu kontrollieren. Sie ist auch gebunden an emotionalen Mißbrauch, der als systematische Demütigung seinen tiefen Ausdruck findet. Männer, die sich in ihren Familien gewalttätig verhalten, genießen empirischen Untersuchungen zufolge nicht selten gesellschaftliches Ansehen und sind von einnehmendem Wesen. Verbunden ist dies aber mit geringem Selbstwertgefühl, mit starker Unsicherheit und der Unfähigkeit, nahestehenden Menschen zu vertrauen, schließlich mit der Ablehnung von Verantwortung für das eigene gewalttätige Handeln. Dieser Komplexität wird INFLAGRANTI insoweit gerecht, als der Film gar nicht erst den Versuch unternimmt, die Problematik in ihrer Geschichte und all ihren Erscheinungen vollständig und widerspruchsfrei zu vermitteln. Statt dessen gibt es konkrete, nachvollziehbare Hinweise, die eine Annäherung an das Ganze ermöglichen.
Die Ermittlungsarbeit wird detailliert gezeigt, die Handlung linear erzählt. Ein Geflecht von Abhängigkeiten dynamisiert die nicht völlig transparenten Beziehungen und Ereignisse. Die Klärung des Mordfalls ist nur sachlich eindeutig, Triebkräfte und Motivationen der Charaktere sind nicht gänzlich aufzudecken. Einmal liegen Nicole und Jan in dem kleinen Holzhaus, und die Mutter sagt zu ihrem Sohn, sie sei genauso allein wie er. Das Ende des Films zeigt Mutter und Sohn in ihrer künstlichen Idylle. Zwar sollte Jan erst einen neuen Hamster als Ersatz für Lehmann bekommen, aber nun hat er eine Katze: schon ein kleines Raubtier und nicht mehr einen zum Opfer geschaffenen kleinen Nager ...

Kompendium

Bayerischer Rundfunk

Oberinspektor/Hauptkommissar Veigl
Kommissar Lenz
Hauptkommissar Riedmüller
Kommissar Scherrer
Hauptkommissar Brandenburg
Hauptkommissar Batic und Hauptkommissar Leitmayr

Oberinspektor/Hauptkommissar Veigl

Mit: Gustl Bayrhammer (Oberinspektor Melchior Veigl; ab 63 Hauptkommissar), Helmut Fischer (Oberwachtmeister Ludwig Lenz; ab 63 Kriminalhauptmeister), Willy Harlander (Kriminalwachtmeister Brettschneider; ab 63 Kriminalmeister; ab 88 Kriminalobermeister)

Münchner Kindl

(14, EA: 9.1.1972) Regie: Michael Kehlmann, Buch: Michael Kehlmann und Carl Merz

Darst.: Achim Benning (Kriminalrat Schneehans), Marianne Nentwich (Martha Hobiehler), Louise Martini (Frieda Klumpe), Ulrike Nentwich (Micaela Benssen), Hans Reiser (Herr Benssen), Gisela Tantau (Frau Benssen), Walter Kohut (Franz Ziehsl), Hanns Otto Ball (Dr. Halbscheit), Franziska Stömmer (Frau Korass), Harry Fuss (Hlotschek)

Eine aus der Nervenklinik entwichene Frau entführt vom Spielplatz ein kleines Mädchen, nimmt es mit zu Bekannten und gewinnt das Vertrauen des Kindes. Ein mit den Bekannten befreundeter Zuhälter fordert von den Eltern ein Lösegeld. Um zu verhindern, daß der Zuhälter das Kind nach der Zahlung an die Eltern zurückgibt, bringt die Entführerin es dazu, sich den Namen des Zuhälters zu merken. Sie kommt dabei nicht auf den Gedanken, daß sie damit das Kind in Lebensgefahr bringt.

Weißblaue Turnschuhe

(30, EA: 24.6.1973) Regie: Wolf Dietrich, Buch: Herbert Rosendorfer

Darst.: Hans Baur (Kriminalrat Schneehans), Franziska Liebing (Muatterl), Karl Obermayr (Sondermeier), Nikolaus Schilling (Schilling), Edd Stavjánik (Zimmermann), Günther Stoll (Rechtsanwalt Stählin), Ernst Schmucker (Inspektor Miltacher), Maria Stadler (Stallwangerin), Franz Rudnick (Dr. Rucht), Dieter Eppler (Gastkommissar Liersdahl)

Eine Rentnerin wird von einem Mann überfallen und ihrer Handtasche beraubt. Ihre Täterbeschreibung ist jedoch nur dürftig. So erinnert sie sich lediglich an die blauweißen Turnschuhe. Obwohl eine Aufklärung unmöglich scheint, gelingt es einem Kriminalbeamten, der besonders aufmerksam ist, den Dieb zu fassen. Durch die Ergreifung des Täters kommt Veigl einem Kapitalverbrechen auf die Spur, das bereits längere Zeit zurückliegt und nie geklärt werden konnte.

Tote brauchen keine Wohnung

(34, EA: 11.11.1973) Regie: Wolfgang Staudte, Buch: Michael Molsner
Darst.: Hans Baur (Kriminalrat Härtinger), Andreas Seyferth (Josef Bacher), Arthur Brauss (Rudi Mandl), Maria Singer (Mutti Mandl), Wilhelm Zeno Diemer (Opa Hallbaum), Elisabeth Karg (Liese Hallbaum), Veronika Fitz (Terry Hallbaum), Robert Seidl (Jürgen Hallbaum), Mady Rahl (Nadja Bacher), Walter Sedlmayr (Pröpper), Hans Häckermann (Gastkommissar Böck)
Eine Rentnerin wird vergiftet in ihrer Wohnung entdeckt. Tage später findet man in den Isaranlagen die Leiche des erschlagenen Josef Bacher, eines Ex-Häftlings, der gerade entlassen worden war. Bacher hatte für einen Immobilienmakler gearbeitet, der seine alten Häuser verfallen und abreißen läßt, um Platz für teure Bürobauten zu schaffen. Die ermordete Rentnerin wohnte in einem dieser zum Abbruch bestimmten Häuser. Veigl erfährt, daß der Makler auch vor krassen Methoden nicht zurückschreckt.

3:0 für Veigl

(40, EA: 26.5.1974) Regie: Michael Kehlmann, Buch: Michael Kehlmann und Carl Merz
Darst.: Achim Benning (Kriminalrat Schneehans), Edwin Noëll (Lohse), Franz Keck (Schwarzmeier), Gustl Weishappel (Kuhnert), Uli Steigberg (Nissel), Elisabeth Karg (Sekretärin), Klaus Löwitsch (Johann Strasser), Gaby Herbst (Helga Strasser), Karl-Maria Schley (Madlmeier), Fritz Straßner (Richter), Werner Schumacher (Gastkommissar Lutz)
Die Fußball-WM steht kurz bevor und beansprucht die Polizei zusätzlich. Doch trotz Personalmangels kann Veigl alle vier Fälle aufklären, mit denen er beauftragt wird: die Fälschung von Eintrittskarten für die Spiele, einen vorgetäuschten Selbstmord, den Ausbruch eines Gangsterbosses aus dem Gefängnis und den Mord an zwei Verbrechern durch ihre ehemaligen Komplizen.

Als gestohlen gemeldet

(48, EA: 16.2.1975) Regie: Wilm ten Haaf, Buch: Erna Fentsch
Darst.: Hans Baur (Kriminalrat Härtinger), Gisela Uhlen (Frau Stumm), Susanne Uhlen (Gigga), Beate Hasenau (Mathilde), Ralf Wolter (Leu), Ursula Luber (Kathi), Hans Löscher (Professor), Walter Richter (Gastkommissar Trimmel), Joachim Richert (Kripomeister Laumen, Trimmels Assistent)
Der vorbestrafte Otto Jirisch wird Opfer eines als Verkehrsunfall getarnten Mordes. Der Kraftfahrzeugmeister arbeitete für eine renommierte Werkstatt, mit deren Besitzerin, Frau Stumm, er ein Verhältnis hatte. Veigl ermittelt, daß Jirisch neue, gerade verkaufte Fahrzeuge mittels Nachschlüsseln stahl, umfrisierte und

ins Ausland verschob. Frau Stumm, die von den Diebstählen wußte, gerät in Veigls Verdachtskreis. Aber dann stößt Veigl auf einen Schlüsselfachmann und Ganoven, den Jirisch von früher kannte.

Das zweite Geständnis

(51, EA: 11.5.1975) Regie: Wilm ten Haaf, Buch: Michael Molsner
Darst.: Hans Baur (Kriminalrat Härtinger), Eberhard Peiker (Kriminalobermeister Meindl), Thorwald Lössl (Staatsanwalt), Eva Christian (Dr. Saarstedt), Wilmut Borell (Leo Koczyk), Veronika Fitz (Adelheid Koczyk), Lisa Fitz (Thea Schwaiger), Siegfried Rauch (Mergentheimer), Peter Schiff (Otto Tamm), Heinz Schimmelpfennig (Gastkommissar Gerber)
Der wegen Brandstiftung und Mordes an seiner Schwägerin Thea angeklagte Untersuchungshäftling Leo Koczyk gibt unter dem Einfluß seiner Mithäftlinge plötzlich den Mord zu, den er bis dahin stets bestritten hat. Die Staatsanwaltschaft beauftragt Veigl, die Recherchen nochmals aufzunehmen. Veigl geht diesmal gründlich vor und entdeckt, daß Koczyk aus Liebeskummer und Gewinnsucht zum Brandstifter und Versicherungsbetrüger wurde. Aber für den Mord ist er nicht verantwortlich.

Wohnheim Westendstraße

(63, EA: 9.5.1976) Regie: Axel Corti, Buch: Herbert Rosendorfer
Darst.: Hans Baur (Kriminaldirektor Härtinger), Renzo Martini (Ernesto Legrenzi), Piero Gerlini (Cesare Dall'Antonio), Ugo Fangareggi (Alberti), Carlo Valli (Darfù), Margot Leonard (Frau Welponer), Veronika Fitz (Eva Krüner), Toni Berger (Roßtanner), Karl Obermayr (Alois Winninger), Jörg Hube (Bauführer), Kurt Weinzierl (Murad Bugra)
Ein italienischer Arbeiter wird tot auf dem Gelände der Bundesbahn aufgefunden. Sein Tod durch Starkstromeinwirkung läßt einen Betriebsunfall vermuten. Doch Brettschneider stellt Ungereimtheiten fest und glaubt an ein Verbrechen, zumal ein italienischer Kollege des Toten plötzlich verschwunden ist und sich damit verdächtig macht. Gleichzeitig entdeckt Lenz, daß die Arbeiter Schwarzarbeiten mit Material der Bundesbahn durchführen. Die Freundin des verschwundenen Italieners bringt Veigl auf die richtige Spur.

Das Mädchen am Klavier

(70, EA: 2.1.1977) Regie: Lutz Büscher, Buch: Erna Fentsch
Darst.: Hans Baur (Kriminaldirektor Härtinger), Otto Bolesch (Schubart, Branddezernent), Volker Prechtel (Landpolizist), Michael Degen (Ruby), Carline Seiser (Swetie, seine Tochter), Karin Hübner (Dr. Hildegard Förster), Werner Asam

(Enrico Riedel), Ruth Drexel (Sophie Riedel), Sissy Höfferer (Babette Götz), Ulli Günther (Barbara), Helen Vita (Stucki)
In einer ausgebrannten Schule wird die Leiche eines jungen Mädchens entdeckt, das zunächst nicht identifiziert werden kann. Der Hausmeister erscheint Veigl höchst verdächtig, hat jedoch ein Alibi. Er war mit seinem Freund zum Wasserski. Später stellt sich heraus, daß die beiden Männer einen Raubüberfall begangen haben. Schmuckstücke in der Schule führen Veigl zu einem Architekten, dessen Tochter den Brand gelegt hat, um ihm einen Auftrag zu verschaffen. Mit dem Tod des Mädchens hat sie aber nichts zu tun.

Schüsse in der Schonzeit

(77, EA: 17.7.1977) Regie: Helmuth Ashley, Buch: Willy Purucker
Darst.: Eberhard Peiker (Hauptwachtmeister Rotter vom LKA), Werner Asam (Bibi Landthaler), Martin Semmelrogge (Dscho), Siegfried Rauch (Hannes Mader), Veronika Fitz (Frau Mader), Jörg Hube (Wirt), Hans Stadtmüller (Großvater), Ingrid Capelle (Frau Hansen), Viola Böhmelt (Mädchen aus Selb), Ludwig Wühr (Nachbar), Constanze Engelbrecht (Gast)
In der Jagdhütte von Hannes Mader wird ein junges Mädchen erschossen. Der erste Verdacht fällt auf Mader, der mit dem Opfer befreundet war. Mader ist verheiratet mit einer Frau, die zur alteingesessenen, wohlhabenden Familie Landthaler gehört. Veigl bemerkt, daß es innerhalb der Familie starke Spannungen gibt, denn Maders erwachsener Stiefsohn Bibi Landthaler verachtet Mader als Habenichts. Bibi macht keinen positiven Eindruck auf Veigl, ebensowenig wie sein dubioser Freund Dscho.

Schlußverkauf

(88, EA: 21.5.1978) Regie: Wilm ten Haaf, Buch: Konrad Sabrautzky
Darst.: Ida Ehre (Alma Spränger), Werner Schulze-Erdel (Uwe Wagner), Mijou Kovacs (Petra Wagner), Marianne Lindner (Elsa Rothermund), Hans-Dieter Asner (Haslauer), Uli Steigberg (Hausmeister), Kyra Mladek (Eva-Maria Wagner), Manfred Lehmann (Heinz Bücken), Erika Guter-Wackernagel (Elfriede Draxel), Ilse Neubauer (Frau Seidl)
Mitten im Winterschlußverkauf wird Manfred Spränger, Abteilungsleiter eines Kaufhauses, erstochen. Der Täter entkommt in der Menschenmenge. Veigl hat bald eine ganze Reihe von Verdächtigen, denn der Tote war nicht beliebt. So wollte er seine Mutter gegen deren Willen in ein Altersheim bringen; sein Vorgänger wurde seinetwegen entlassen, seine Geliebte Eva-Maria Wagner ließ er sitzen, um ein Verhältnis mit ihrer 17jährigen Tochter Petra zu beginnen. Auch Frau Wagners Sohn Uwe ist verdächtig.

Schwarze Einser

(94, EA: 3.12.1978) Regie: Wolf Dietrich, Buch: Willy Purucker

Darst.: Hans Baur (Kriminaldirektor Härtinger), Karlheinz Böhm (Dr. Ferdinand Prelinger), Marilene von Bethmann (Eva Ertl), Renate Grosser (Herta Simon), Joseph Saxinger (Hans Simon), Helena Rosenkranz (Brigitte Alhauser), Hans Reinhard Müller (Egloff Döring), Claude Bertrand (Kommissar Häberlin), Robert Naegele (Dr. Richter)

Ein Kellner kommt im Morgengrauen von der Arbeit und entdeckt auf dem Fußweg die Leiche einer Frau, die vom Balkon in den Tod gestürzt ist. Veigl bezweifelt bald einen Selbstmord. Er entdeckt, daß eine wertvolle Briefmarkensammlung aus dem Besitz der wohlhabenden Toten fehlt. Sein Verdacht richtet sich gegen den Freund, einen Cellisten, der mit der Verstorbenen häufig Gast im Spielcasino war. Dieses pflegt er aber seit einiger Zeit auch mit einer anderen Dame zu besuchen.

Ende der Vorstellung

(99, EA: 6.5.1979) Regie: Georg Marischka, Buch: Hans Riesling

Darst.: Robert Freitag (Liebold), Sabine von Maydell (Johanna), Thomas Astan (Fritsche), Werner Asam (Inninger), Elmar Wepper (Klaus), Ingeborg Schöner (Ursula), Claudia Demarmels (Andrea), Klaus Schlette (Mario), Maria Sebaldt (Karin), Klaus Abramowsky, Ulrich Beiger, Harry Kalenberg, Alexandra Marischka, Mathias Eysen, Wolfried Lier

Als die Theaterschauspielerin Andrea Bäumler ermordet wird, gerät ihr Kollege und Ex-Freund Carl Liebold unter Verdacht. Der lebt inzwischen mit Andreas Cousine, der jungen und hübschen Johanna Prasch, zusammen. Liebold wird, wie Veigl herausfindet, von dem Ganoven Toni Inninger erpreßt. Der wird überwacht und kurz darauf tot aufgefunden. Alle Indizien deuten auf Selbstmord, doch bald stellt sich heraus, daß Inninger ermordet wurde. Die Spur führt Veigl zurück zu Liebold.

Maria im Elend

(107, EA: 16.12.1979) Regie: Wolf Dietrich, Buch: Willy Purucker

Darst.: Uwe Falckenbach (Lansky), Felix von Manteuffel (Andreas Niebler), Art Brauss (Rudi Mack), Silvia Janisch (Gabi Sachs), Elert Bode (Breitner), Hans Stetter (Dr. Minetti), Richard Lauffen (Werner Zylke, Chefredakteur), Rainer Basedow (Redakteur), Veronika Faber (Redakteurin), Marianne Brandt (Resi-Tant)

Eine Diebesbande fordert für die Rückgabe der wertvollen Madonnenstatue »Maria im Elend« von einer Boulevardzeitung 300 000 Mark. Auf eine heiße

Story spekulierend, stimmt der Verlag zu und beauftragt den Fotografen Lansky, Bilder von der Lösegeldübergabe zu machen. Alles verläuft reibungslos. Doch kurz darauf ist Lansky plötzlich verschwunden. In seiner Garage findet die Polizei Blut- und Schleifspuren. Lanskys Leiche wird in seinem ausgebrannten Wagen in einer Gebirgsschlucht entdeckt.

Spiel mit Karten

(114, EA: 27.7.1980) Regie: Wolf Dietrich, Buch: Theo Regnier
Darst.: Ilse Neubauer (Angelika Geroth), Georg Marischka (Paul Kronhoff), Claus Eberth (Werner Steffen), Franz Xaver Kroetz (Walter Schwarz), Michael Stippel (Schmidtbauer), Gaby Herbst (Rita), Franz Keck, Gerd Deutschmann, Eberhard Peiker, Maria Bardischewski, Ursula Ludwig, Peter Gebhart, Rolf Castell, Dieter Stengel
Der Anzeigenwerber Hansgünther Geroth kommt bei einem Mordanschlag ums Leben: Ein Unbekannter hat die Bremsschläuche seines Wagens durchschnitten. Von Frau Geroth, die die Nachricht ungerührt aufnimmt, erfährt Veigl, daß Geroth Stammkunde in der »Waldschänke« war. Auf dem Parkplatz des Gasthofes findet die Polizei Druckspuren eines Wagenhebers im Boden. Offenbar hat der Täter hier Geroths Wagen manipuliert. Veigl entdeckt, daß Geroth einige seiner Kunden erpreßt hat, und er sucht nun den Täter im Kreis der Opfer.

Usambaraveilchen

(123, EA: 20.4.1981) Regie: Wilm ten Haaf, Buch: Herbert Rosendorfer
Darst.: Stefan Orlac (Rechtsanwalt Berg), Maria Körber (Frau Berg), Karin Kernke (Ulla Brendl), Otto Stern (Dr. Dluhos), Maddalena Kerrh (Frau Dluhos), Enzi Fuchs (Frau Hoiß), Wolfgang Büttner (Wiedemann), Robert Naegele (Froschhammer), Marianne Lindner (Frl. Seufzger), Franz Hanfstingl (Staatsanwalt), Margot Mahler (Frau Hoiß)
Die junge Apothekerin Ulla Brendl wird in ihrer Wohnung durch vier Pistolenschüsse getötet. Dank eines aufmerksamen Nachbarn kann Veigl den Liebhaber der Toten ermitteln, Rechtsanwalt Berg, seinen ehemaligen Kollegen. Berg, der verheiratet ist und zwei Kinder hat, gibt an, er habe sich von Ulla getrennt. Veigl will ihn schon verhaften, als er zufällig von der Tante der Toten erfährt, daß Ullas Arbeitgeber, Apotheker Froschhammer, erst kürzlich sein Geschäft auf sie überschrieben hat.

Kommissar Lenz

Mit: Helmut Fischer (Kommissar Ludwig Lenz), Henner Quest (Kriminalmeister Anton Faltermeyer), Rolf Castell (Kriminalrat Schubert)

Im Fadenkreuz

(130, EA: 15.11.1981) Regie: Thomas Engel, Buch: Peter Hemmer

Darst.: Willy Harlander (Kriminalhauptmeister Hans Brettschneider), Peter Fricke (Rechtsanwalt Overdieck), Almut Eggert (Birgit Overdieck), Ralph Schicha (Theo Scholz), Herbert Stass (Kurt Gebele), Hubert Münster (Harry Klönne), Hannelore Gray (Gloria), Peter Moland (Amann), Max Griesser (Grabfelder), Werner Singh (Schörg), Charly Huber (Meier)

Der mehrfach vorbestrafte Theo Scholz flieht vor einer Kontrolle auf dem Münchner Hauptbahnhof und wird von einem Polizisten erschossen. Am nächsten Tag wird der Taxifahrer, der ihm bei der Flucht helfen mußte, ermordet aufgefunden. Der Täter vermutete offenbar einen Schlüssel von Scholz bei ihm. Ein Gastarbeiter findet zufällig den Schlüssel, der zu einem Schließfach gehört, in dem ein Geldkoffer deponiert ist. Lenz stellt das Geld sicher. Die Entdeckung, daß es aus einem Bankraub stammt, führt ihn zu dem Mörder.

Tod auf dem Rastplatz

(135, EA: 12.4.1982) Regie: Wilm ten Haaf, Buch: Frank Lämmel

Darst.: Willy Harlander (Kriminalhauptmeister Hans Brettschneider), Pierre Franckh (Rolf Widerberg), Manfred Lehmann (Werner Latsche), Gisela Freudenberg (Nina Friedrich), Rainer Goernemann (Bernd Hellweg), Werner Schulze-Erdel (Bruno Harkort), Toni Berger (Josef Oberkirchner), Marianne Brandt (Nachbarin), Thomas Reiner (Krankenhausarzt)

Der Student Bruno Harkort, der als Kraftfahrer für die Spedition von Josef Oberkirchner jobbt, wird in einem Lastwagen erschossen. Die Mitbewohner seiner Wohngemeinschaft in Schwabing stehen Lenz mißtrauisch gegenüber. Nur die Studentin Nina Friedrich, Harkorts Freundin, ist zur Kooperation mit der Polizei bereit. Lenz erfährt, daß Harkort an seinem Todestag einen Kollegen, Werner Latsche, vertrat. Er glaubt, daß der Täter sein Opfer verwechselt hat.

Roulette mit sechs Kugeln

(151, EA: 16.10.1983) Regie: Lutz Büscher, Buch: Peter Hemmer

Darst.: Willy Harlander (Kriminalhauptmeister Brettschneider), Manfred Zapatka (Arthur Steinemann), Ilona Grübel (Ruth Steinemann), Simon Winkler (Martin Steinemann), Edwin Noël (Felix Steinemann), Franz Boehm (Karlo Bronner)

Der dreijährige Martin, Sohn des wohlhabenden Ehepaares Steinemann, wird entführt. Als der Kriminalbeamte Seibold auf Bitten Steinemanns das Lösegeld in Höhe von 200 000 Mark, das sich Steinemann mit Hilfe seines Bruders bei einer Bank geliehen hat, überbringt, wird er überraschend vom Erpresser erschossen. Martin wird am selben Abend in einem Bierlokal unversehrt aufgefunden. Lenz verdächtigt Steinemann, von dem geplanten Attentat gewußt zu haben. Auch Frau Steinemann verhält sich auffällig.

Heißer Schnee

(161, EA: 9.9.1984) Regie: Wilma Kottusch, Buch: Plym Pahl
Darst.: Willy Harlander (Kriminalhauptmeister Brettschneider), Peter Musäus (Hauptkommissar Lerchenfeld), Peter Bertram (Gröner, Polizeibeamter), Andreas Lindinger (Streifenführer Pauli), Brigitte Obermeier (Petty), William Mang (Burt Baxter), Herbert Knaup (Carlos), Angela Stresemann (Ingrid Elstner)
Eine Prostituierte wird zusammengeschlagen und dabei erheblich verletzt. Lenz ermittelt in diesem Fall, wobei ihm zunächst nicht klar ist, ob er es mit Körperverletzung oder einem Mordversuch zu tun hat. Die Spur führt ihn zu einem Rauschgifthändlerring, dessen Kunden vor allem GIs sind. Die Besitzerin einer dubiosen, von US-Soldaten frequentierten Bar, ein desertierter GI und der mysteriöse »General« erscheinen Lenz höchst verdächtig, doch erst ein zweiter Mordanschlag führt ihn zu den eigentlichen Tätern.

Schicki-Micki

(176, EA: 29.12.1985) Regie: Hans-Reinhard Müller, Buch: Herbert Riehl-Heyse und Ernst Fischer
Darst.: Willy Harlander (Kriminalhauptmeister Brettschneider), Hannelore Elsner (Vera Jansen), Erich Hallhuber (Bruno Richert), Felix von Manteuffel (Mike Zoller), Hans-Reinhard Müller (Franz Hörmann), Volker Prechtel (Stadtindianer), Franz Boehm (Peppi Stiegler), Klaus Guth (Erich von Plottwitz), Norbert Castell (Stadtrat Völk), Enzi Fuchs (Frau Maier)
Als der Journalist Mike Zoller erschlagen wird, verdächtigt Lenz zunächst den ihm unsympathischen Geschäftsmann Franz Hörmann, der alte Gaststätten aufkauft, um sie, nachdem er das Publikum vergrault hat, in exklusive Lokale für die Münchner Schickeria umzuwandeln. Zoller hat in eben dieser Szene recherchiert. Die Journalistin Vera Jansen bringt Lenz auf die Spur ihres Kollegen Bruno Richert, der einen geheimen Beratervertrag mit Hörmann abgeschlossen hat und deshalb von Zoller erpreßt worden ist.

Die Macht des Schicksals

(189, EA: 25.1.1987) Regie: Reinhard Schwabenitzky, Buch: Ulf Miehe und Klaus Richter

Darst.: Georg Einerdinger (Kriminalobermeister Schneider), Gunnar Möller (Heinz Eckhoff), Karl Merkatz (Berti Hawratil), Nate Seitz (Erika Hawratil), Hans Clarin (Rudi Sink), Elfi Eschke (Liane Sink)

Privatier Lange wird erschossen. Kurz darauf bezichtigt sich der Friseur Böse des Mordes an seiner Frau, deren Leiche er in einem Baggersee versenkt haben will. Dort entdeckt die Polizei tatsächlich eine Leiche, allerdings die eines als Polizisten verkleideten Mannes, mit dessen Tod Böse nichts zu tun hat. Die Untersuchungen ergeben, daß der Mann zu einem Betrügertrio gehörte, auf das Lange hereingefallen war. Lange und der falsche Polizist wurden mit der gleichen Waffe getötet. Die Spur führt Lenz zu dem heruntergekommenen Kameramann Stolle.

Gegenspieler

(197, EA: 13.9.1987), Regie: Reinhard Schwabenitzky, Buch: Ulf Miehe und Klaus Richter

Darst.: Georg Einerdinger (Kriminalobermeister Schneider), Uschi Wolff (Kern), Karl Michael Vogler (Hartung), Johanna von Koczian (Hannelore), Ellen Umlauf (Irmgard), Horst Kummeth (Jürgen Koch), Elfi Eschke (Elli Reisinger), Max Tidof (Dieter Wenig), Ellen Frank (Frau von Bredow), Richard Lauffen (Oberst von Bredow), Mogens von Gadow (Wohlers)

Bei einem Raubüberfall auf eine Tankstelle wird das Auto des Täters, des vorbestraften Jürgen Koch, von einem Unbekannten gestohlen. Koch kann trotzdem entkommen. Kurz darauf wird Oberst a.D. von Bredow in seiner Villa erschossen. Zeugen haben das Autokennzeichen des Täters notiert: es ist Kochs. Der gibt den Überfall zu, leugnet aber den Mord. Lenz entdeckt, daß Hartung, der langjährige Chauffeur des Obersten, ein Geheimnis hat, mit dem Bredow ihn schikaniert und erpreßt hat.

Hauptkommissar Riedmüller

Riedmüller, Vorname Siggi

(181, EA: 19.5.1986) Regie: Michael Kehlmann, Buch: Franz Xaver Wendleder

Darst.: Günther-Maria Halmer (Hauptkommissar Siggi Riedmüller), Gustl Weishappel (Kriminalhauptmeister Wislitschek), Michael Lerchenberg (Kriminalmeister Augenthaler), Rolf Castell (Kriminalrat Schubert), Harry Kalenberg (Staatsanwalt), Werner Asam (Herbert Golasch), Heide Ackermann (Frau Bleyfuß), Maria Singer (Maria Pausinger)

Der Lastwagenfahrer Herbert Golasch, der in einschlägigen Kreisen verkehrt, fällt dem zweiten Mordanschlag innerhalb weniger Tage zum Opfer. Die Suche nach dem Mörder führt Hauptkommissar Riedmüller zu dubiosen Autohändlern und in ein Münchner Viertel, das auch Klein-Chicago genannt wird. Dort gerät er an die kriminellen Brüder Franz und Josef. Da sich jeder der beiden selbst bezichtigt, will Riedmüller den Fall schon aufgeben. Überraschend jedoch macht Werner, der dritte Golasch-Bruder, eine wichtige Aussage.

Kommissar Scherrer

Pension Tosca

(195, EA: 12.7.1987) Regie/Buch: Michael Kehlmann

Darst.: Hans Brenner (Kommissar Scherrer), Gustl Weishappel (Kriminalhauptmeister Wislitschek), Michael Lerchenberg (Kriminalmeister Augenthaler), Rolf Castell (Kriminalrat Schubert), Walter Buschhoff (Haubenwald), Barbara Kutzer (Emilie Obenwald), Dagmar Mettler (Christa Nolte), Joachim Wichmann (Löwenstern), Grete Heger-Medicus (Adelina)

Adelina Löwenstern, die mit ihrem Mann die Pension Tosca führt, wird Opfer eines Mordanschlags. Scherrer ermittelt unter den Gästen, einer Ansammlung merkwürdiger Personen, darunter ein Ost-Agent, ein glückloser Amateurfußballer und gefährliche Neonazis. Er entdeckt, daß Löwensterns Hobby, die Astrologie, eine wichtige Rolle in dem Fall spielt. Offenbar wollte einer der Gäste verhindern, daß Löwenstern ein Horoskop über ihn anfertigt. Dabei tötete er versehentlich Alina.

Hauptkommissar Brandenburg

Mit: Horst Bollmann (Hauptkommissar Otto Brandenburg), Alexander Duda (Assistent Christoph Lugginger), Michele Olivieri (Assistent Giovanni Santini), Heide Ackermann (Gerda Bleifuß)

Programmiert auf Mord

(213, EA: 11.12.1988) Regie: Konrad Sabrautzky, Buch: Peter Hemmer

Darst.: Petra Maria Grühn (Hella Küpper), Martin Lüttke (Helmut Küpper), Maja Maranow (Steffi Neuhaus)

Als Alfred Küpper und dessen Schwägerin Sybille ermordet im Bett aufgefunden werden, verdächtigt Brandenburg zunächst die betrogenen Ehepartner, Helmut und Hella Küpper. Beide haben jedoch ein Alibi. Kurz darauf entgeht Hella nur knapp einem Mordanschlag. Offensichtlich verschweigt sie der Polizei etwas. Die Spur führt Brandenburg zu einem dubiosen Unternehmen in Monte Carlo, das der Firma Küpper wertvolle Mikroprozessoren anbietet, die ihr vor dem Doppelmord gestohlen worden waren.

Bier vom Faß

(218, EA: 14.5.1989) Regie: Rüdiger Graf, Buch: Frank Lämmel

Darst.: Franz Boehm (Xaver Heindl), Suzanne Geyer (Edith Wagner), Toni Berger (Fritz Schweikert), Tommi Piper (Ronny Tiefenbacher), Philipp Seiser (Rudi Kirchler), Gabriele Grund (Rita Kirchler)

Fritz Schweikert, der Betreiber eines Bierzeltes auf dem Garchinger Volksfest, wird in seinem Wohnwagen erschossen. Tage später entdeckt eine Polizeistreife zufällig die Leiche des Schankkellners Rudi Kirchler im Wagen des Kneipiers Ronny Tiefenbacher. Ronny gesteht, gemeinsam mit Rudi den Bierzeltwirt Schweikert ausgeraubt zu haben, leugnet aber die Morde. Im Verhör erinnert er sich an eine merkwürdige Begegnung mit dem Schankkellner Karl Nachrainer. Verdächtig ist aber auch Schweikerts Partner Heindl.

Hauptkommissar Batic und Hauptkommissar Leitmayr

Mit: Miroslav Nemec (Hauptkommissar Ivo Batic), Udo Wachtveitl (Hauptkommissar Franz Leitmayr)

Animals

(238, EA: 1.1.1991) Regie: Walter Bannert, Buch: Max Zihlmann und Veith von Fürstenberg

Darst.: Anke Sevenich (Caroline Sommer), Angelika Bartsch (Angelika Weiss), Bela Erny (Klaus Pelzer), Edwin Noël (Peter Turm), Wilfried Klaus (Mühlbauer), Udo Thomer (Georg Kollberger), Michael Fitz (Fred Grimm), Andreas Borcherding (Gehilfe Kollbergers), Manuela Bauer (Laura), Ingeborg Sassen-Haase (alte Frau)

Das Fotomodell Angelika Weiss wird mit durchbissener Kehle aufgefunden. Kurz zuvor hatte sie noch Anzeige gegen die Kosmetikfirma Pelzer wegen unerlaubter Tierversuche erstatten wollen. Pelzer behauptet, er habe Angelika, die für ihn als Modell arbeitete, schon lange nicht mehr gesehen. Auch seien seine Tierversuche legal. Den dressierten Rottweiler habe er abgeschafft. Leitmayr erhofft sich von dem Bauern, der Pelzer mit Versuchshunden versorgt, eine Spur und gerät in eine Falle.

Wer zweimal stirbt

(240, EA: 3.3.1991) Regie: Ilse Hofmann, Buch: Thomas Wesskamp und Stefan Cantz

Darst.: Heiner Lauterbach (Georg Zenker/Hugo Zenker), Cathrin Vaessen (Ingrid Paulus), Holger Mahlich (Osswald), Saskia Vester (Elisabeth Zenker), Diego Wallraff (José), Monika Schwarz (Oberstaatsanwältin), Manuela Bauer (Laura)

Der Polizeispitzel Jürgen Siebrich kommt bei einem vom Drogendezernat überwachten Rauschgifttransport ums Leben. Der Kokain-Transporter ist leer. Unternehmensberater Zenker, der als Empfänger der Sendung verdächtigt wird, gibt sich ahnungslos. Bei seinen Recherchen stößt Batic auf den Unternehmer Osswald, den er für den Boß eines Drogenringes hält. Zenker will als Kronzeuge gegen Osswald aussagen, wird aber erschossen. Heimlich nimmt sein Zwillingsbruder seinen Posten ein. Batic benutzt ihn, um Osswald eine Falle zu stellen.

Die chinesische Methode

(251, EA: 10.11.1991) Regie: Maria Knilli, Buch: Volker Maria Arend und Andreas Missler-Morell

Darst.: Michael Fitz (Menzinger), Ric Young (Chow), Karl Friedrich (Röder), David Tse (Mok), Grace Yoon (Mui), Dschingis Bowakow (Lo), David Yip (Chow Hap-Man), Hi Ching (Herr Wang), Manuela Bauer (Laura), Li Yang, Kathrin Richter, Michael von Au, Martin Abram, Erdal Merdan, Werner Penzel, Amorn Surangkanajanajai, Raymond Chai

Während eines Faschingsfestes wird der Chinese Cheung Yi von einem Mann im Gorilla-Kostüm erstochen. Wie sich herausstellt, war der Ermordete ein kleines Rädchen im Getriebe der chinesischen Mafia, die von den China-Restaurants in München Schutzgelder über die Vermietung von Zierfischen eintreibt. Offenbar wurde er von einem der Erpreßten ermordet. Doch die Restaurantbesitzer hüllen sich in Schweigen, verraten auch nicht die Mafia oder deren Münchner Boß Chow. Batic und Leitmayr greifen zu einem Trick.

Kainsmale

(262, EA: 20.9.1992) Regie: Erwin Keusch, Buch: Wolfgang Hesse

Darst.: Claudia Messner (Susanne), Michael von Au (Bulli Rülicke), Gunter Schoß (Hannes Gilhoff), Matthias Fuchs (Klaus Bräuninger), Thomas Fischer (Alois Kogl), Thorsten Münchow (Kaule Sawatzki), Detlef Kügow (Bernd Heise), Hans Schuler (Alfons Modauer), Josef Thalmeier (Oskar Storr)

Der aus der ehemaligen DDR stammende Dr. phil. Bernd Heise wird ermordet. Er gehörte zu einem Trupp von Leiharbeitern, die von der Potsdamer Firma »Zeit-Work« vermittelt werden. Heise galt als unangepaßt und hatte der »Zeit-Work« illegale Geschäftspraktiken unterstellt. Sein bester Freund und Kollege Bulli verschweigt etwas. Wenig später wird auch er ermordet. Die Spur führt Leitmayr und Batic zum Kollegen der Opfer, Gilhoff, sowie zu dessen Chef Bräuninger. Leitmayr schleust sich als Arbeiter bei »Zeit-Work« ein.

Ein Sommernachtstraum

(278, EA: 25.7.1993) Regie: Walter Bannert, Buch: Franz Geiger und Hans Dräxler

Darst.: Michael Fitz (Menzinger), Max Tidof (Hinky), Gerald Günther (Cheesy), Wolfgang Bauer (Ratte), Luci Langenwalter (Margot), Konstantin Moreth (Foxy), Beatrice Murmann (Aramis), Simone Semenoff (Sabrina), George Lenz (Answald), Eric Gira (Jörg), Detlef Bothe (Hubert), Janina Hartwig (Olga)

Die Recherchen in einem Mordfall führen Batic und Leitmayr in den Englischen Garten zu einer Gruppe von Satanisten, den »Jüngern Luzifers«, die von dem ehemaligen Krankenpfleger Hinky angeführt werden. Neben den Teufelsanbetern probt eine studentische Theatergruppe Shakespeares »Sommernachtstraum«. Zwischen den beiden Gruppen kommt es zu Spannungen. Die junge Margot, die von der Schauspieltruppe zu den Teufelsanbetern gewechselt ist, erkennt bald, wie gefährlich die Satanisten sind.

Alles Palermo

(279, EA: 29.8.1993) Regie/Buch: Josef Rödl
Darst.: Michael Fitz (Menzinger), Jacques Breuer (Karl Schweitzer), Andreas Giebel (Sandler), Friedrich von Thun (Reisinger), Ruth Drexel (Anna Bürgl), Veronika Ferres (Maria Zell), Hans Brenner (Anton Berger), Werner Abrolat (Baurat), Helmut Hagen (Senator Schwaninger), Ulf Söhmisch (Sigmund), Ludwig Schütze (Herbig)
Der Gärtnereibesitzer Anton Berger wird ermordet. Laut Aussage seines Geschäftspartners, des aalglatten Bauunternehmers Reisinger, hatte Berger eine Vorliebe für Prostituierte. Auf der Suche nach seiner letzten Freundin, Maria, stoßen die Kommissare auf einen alten Bekannten, den Zuhälter Sandler. Trotz eines Alibis will Batic ihn überführen. Leitmayr entdeckt, daß das Gärtnereigelände für die Erweiterung einer Mülldeponie wichtig ist. Seine Hauptverdächtigen sind Reisinger und dessen Assistent Schweitzer.

Himmel und Erde

(284, EA: 28.11.1993) Regie: Markus Fischer, Buch: Ljubisa Rictic
Darst.: Susanne Lothar (Nina), Detlef Kügow (Klaus), Stefan Witschi (Marjan), Joost Siedhoff (Hans Zobel), Robinson Reichel (Schultz), Regine Vergeen (Ingrid Zobel), Andreas Mannkopf (Bruno), Gisela Hoeter (Frau Naumann), Ulrich Radke (Betrunkener), Brigitta Köhler (Dagmar Braun)
Bei einem Hütchenspiel wird Batic von der attraktiven Serbin Nina hereingelegt, einer Trickdiebin, die darauf spezialisiert ist, mit zwei männlichen Komplizen alleinstehende Damen mittleren Alters zu bestehlen. Fasziniert von ihrer Ausstrahlung sucht Batic ihre Bekanntschaft. Alle Warnungen Leitmayrs, sie sei ein ausgekochtes Luder und benutze ihn nur, schlägt er in den Wind. Selbst als er erfährt, daß sie hohe Spielschulden hat und ihr die Gläubiger auf den Fersen sind, hält er zu ihr. Als ein Mord geschieht, wird Nina verdächtigt.

Klassen-Kampf

(293, EA: 5.6.1994) Regie/Buch: Friedemann Fromm
Darst.: Michael Fitz (Menzinger), Axel Milberg (Rainer Schäfer), Thomas Eggart (Renner), Benno Fürmann (Drago Stepanowic), Christa Posch (Regine

Heppa), Glenn Goltz (Frank Hoffmann), Elisabeth von Koch (Elke Seidel), Friedemann Thiele (Goran Stepanowic), Dieter Kirchlechner (Dr. Klaus Sperber), Heinrich Schmieder (Kalle), Bruno Eiron (Robert)
Der Hauptschüler Kalle, Mitglied einer Gruppe von Skinheads, stirbt bei einem Sturz aus dem Fenster. Sein Mitschüler Drago, Anführer der rivalisierenden Gruppe von ausländischen Schülern, gerät unter Mordverdacht. Der unschuldige Drago versteckt sich, wird verfolgt von der Polizei und den Skinheads. Elke, als Kalles Schwester und Dragos Freundin zwischen den Fronten, versucht vergebens zu vermitteln. Erst als die Skinheads Dragos kleinen Bruder Goran entführen und es zu einem Unglück kommt, stellt sich der Täter.

... und die Musi spielt dazu

(300, EA: 11.12.1994) Regie: Hanns Christian Müller, Buch: Orkun Ertener
Darst.: Michael Fitz (Menzinger), Hans Brenner (Hermann Beck), Claudia Wipplinger (Jenny Beck), Wolf Brannasky (Jens Kühn), Veronika Ferres (Nele Hinrichs), Maria Peschek (Ellen Wagner), Gottfried Drexler (Meyer), Thomas Piper (Aumann), Georg Einerdinger (Anton Jäger), Richard Süßmaier (Volksmusikstar), Hanna Köhler (Ruth Beck)
Der Moderator und Sänger Anton Jäger wird während der Proben zu einer

»Im Herzen Eiszeit«: Die Kommissare Batic (Miroslav Nemec) und Leitmayr (Udo Wachtveitl, re.) im Geschäft von Rudolph Moshammer (li.)

Volksmusik-Show ermordet. Hinter der glatten Fassade der Volksmusik-Szene entdecken die Kommissare ein Netz von Intrigen. Sie stoßen auf einen dunklen Fleck in Jägers Vergangenheit – Unfall mit tödlichem Ausgang und Fahrerflucht – und erfahren, daß der zweifelhafte Boulevardjournalist Kühn kürzlich in dieser Sache recherchiert hat. Die Sängerin Jenny weiß mehr als sie sagt und gerät dadurch in Lebensgefahr.

Im Herzen Eiszeit

(307, EA: 2.4.1995) Regie: Hans Noever, Buch: Peter Probst
Darst.: Michael Fitz (Menzinger), Rio Reiser (Reinhard Kammermeier), Gunda Ebert (Susanne Koron), Tobias Hoesl (Rick), Wilfried Hochholdinger (Oliver Reichle), Elisabeth Jaenicke (Anett), Otto Grünmandl (Vater Kammermeier), Rudolph Moshammer (Moshammer), Edeltraud Schubert, Helmut Wechsler
Reinhard Kammermeier wird nach zwölf Jahren Haft, die er für einen Überfall auf eine Edelboutique, bei dem ein Wachmann ums Leben kam, aus dem Gefängnis entlassen. Den Mord hat er nicht begangen, seine Komplizen nicht verraten. Nun geraten Oliver, Rick, Anett und Cheesy, seine alten Freunde aus der Anarcho-Szene, die jetzt etablierte Yuppies sind, in helle Aufregung. Cheesy wird ermordet, ein Anschlag auf Oliver schlägt fehl. Batic und Leitmayr verdächtigen zunächst Reinhard, bis sie der Wahrheit auf die Spur kommen.

Blutiger Asphalt

(321, EA: 12.11.1995) Regie: Vivian Naefe, Buch: Harald Göckeritz
Darst.: Michael Fitz (Menzinger), Hansa Czypionka (Herman), Ulrich Wiggers (Treiber), Annemarie Bubke (Jutta), Konstantin Baier (Martin), Maria Bachmann (Tine), Katharina Abt (Carola), Wolfgang Hinze, Peter Rühring, Thomas Döttling, Werner Haindl, Horst Kotterba, Rudolf Kowalski
Eine junge Frau wird im Waschkeller eines Mietshauses erstochen. Die Mitbewohner und ihr Verlobter, der Sushi-Barbesitzer Treiber, belasten den Nachbarn Herman, einen exzentrischen Ingenieur. Herman opfert seine ganze Zeit seiner neuesten Erfindung. Das Patent dafür ist Millionen wert. Er scheint unter Verfolgungswahn zu leiden. Als er glaubt, man wolle ihm das Patent stehlen, gerät er außer Kontrolle. Erst der Zufall liefert den nötigen Beweis für die Verhaftung des Mörders.

Frau Bu lacht

(322, EA: 26.11.1995) Regie: Dominik Graf, Buch: Günter Schütter
Darst.: Michael Fitz (Menzinger), Barbara-Magdalena Ahrens (Jenny), Anna Villadolid (Sita Mauritz), Sabine Speicher (Soey), Gisela Kraus (Susan), Mave-

rick Quek (Crickett), Petra Kleinert (Dim), Ulrich Noethen (Dr. Zimmer), Yo Gerhardt, Hildegard Kuhlenberg, Lilith Ungerer, Werner Haindl, Gabi Geist, Minh-Khai Phan-Thi
Als der Konditormeister Mauritz erschossen wird, fällt der Verdacht auf seine thailändische Ehefrau Sita, die ihre offensichtlichen Ängste mit heimischen Ritualen zu bannen sucht. Die Ehe war von dem Heiratsinstitut Flügel vermittelt worden. Sita brachte eine kleine Tochter, Soey, in die Ehe ein. Die Recherchen führen zu Rechtsanwalt Dr. Zimmer, der mit der Asiatin Dim verheiratet ist. Auch sie wurde über Flügel vermittelt und hat ein Mädchen. Dim ist untergetaucht. Leitmayr spürt sie auf und erfährt von ihr das mögliche Mordmotiv.

Aida

(337, EA: 7.7.1996) Regie: Klaus Emmerich, Buch: Wolfgang Hesse
Darst.: Irmin Schmidt (Hubert Kramitz), Victor Schefé (Harald Landau), Angelika Bartsch (Anita Kaden), Carola Regnier (Ines Liens), Fred Stillkrauth (Prof. Alfred Rücker), Felix von Manteuffel (Lothar Wickert), Martin Wuttke (Intendant), Reri Grist (Karen Priest), Michael Habeck (Luigi Bassano), Özay Fecht (Gerichtsmediziner), Gert Anthoff (Intendant)
Der Dirigent Hubert Kramitz wird vor der Premiere von »Aida« ermordet. Batic und Leitmayr entdecken bald, daß der despotische Kramitz viele Feinde an der Oper hatte: die junge Aida-Sängerin Anita Kaden, Regisseur Wickert, Flötist Rücker und Chorsänger Harald Landau. Kurz darauf stirbt der Tenor Bassano nach einem Streit mit Landau und anschließendem Eklat mit Kaden und Wickert an einem Asthmaanfall. Jemand hatte dem Katzenhaar-Allergiker die Theater-Katze Maxi in die Garderobe gesperrt.

Schattenwelt

(341, EA: 22.9.1996) Regie: Josef Rödl, Buch: Joachim Masannek und Josef Rödl
Darst.: Michael Fitz (Menzinger), Bruno Ganz (Bombadil), Dominic Raacke (Ingmar Borg), Karl Friedrich (Polizist Flach), Marion Mitterhammer (Michelle), Erwin Leder (Rabe), Peter Bachmayer (Schinderhans), Victor Schenkel (Charly), Lisa Kreuzer (Sarah), Peter Rappenglück (Jörg Kross), Luise Kinseher (Anna), Rosemarie Gerstenberg
Die Obdachlose Sarah wird ermordet. Batic vermutet den Täter in Obdachlosen-Kreisen und begibt sich als verdeckter Ermittler ins Milieu. Er findet heraus, daß Sarah immer in Begleitung ihres Freundes Bombadil war, des ehemaligen Anwaltes Dr. Bomberg. Bombadil, von der Justiz seit langem enttäuscht, schweigt jedoch. Derweil untersucht Batic die Verbindung zwischen dem dubio-

sen Benefiz-Veranstalter Borg und den Obdachlosen. Borg, der offenbar erpreßt wird, schweigt ebenfalls.

Perfect Mind

(348, EA: 15.12.1996) Regie: Friedemann Fromm, Buch: Christoph Fromm
Darst.: Michael Fitz (Menzinger), Ulrich Tukur (Hanno Haak), Natalia Wörner (Milena Ems), Jürgen Hentsch (Gassner), Annette Kreft (Beate Helmstedt), Jürgen Tonkel (Herbert Renz), Edgar Selge (Dr. Jens Fasold), Christian Schneller (Gerhard Bach)
Batic und Leitmayr ermitteln im Mordfall Philipp Ems, Mitglied der internationalen Sekte »Perfect Mind«, die Batic für gefährlich hält. Da ihre Ermittlungen stocken, will Ems' Schwester Milena, selber hochrangiges Sektenmitglied, als Spitzel arbeiten. Die Kommissare erfahren, daß die Sekte gerade einen Antrag auf Anerkennung als Religionsgemeinschaft gestellt hat. Die zuständige Richterin ist Beate Helmstedt, die Geliebte des Toten. Milena wird enttarnt und gerät in Lebensgefahr.

Liebe, Sex, Tod

(356, EA: 6.4.1997) Regie: Peter Fratzscher, Buch: Christian Jeltsch
Darst.: Michael Fitz (Menzinger), Barbara Rudnik (Pathologin Kathrin), Alana Bock (Ira Berg), Oliver Hasenfratz (Lukas Homann/Judith Homann), Dietmar Mössmer (Felix Rust), Dietmar Mues (Dr. Seebaum-Lang), Karina Marmann, Dorothea May, Eva Behrmann, Christian Koch, Alexander Duda, Reinhold Lampe, Herman van Ulzen
Angler entdecken in einem See ein Auto mit der Leiche des Polizisten Felix Rust. Der hatte in der Mordnacht ein Treffen mit einer gewissen Cocoon, die für die exklusive Partner-Agentur des Sexualtherapeuten Dr. Seebaum-Lang arbeitet. Doch dieser will ihre Identität nicht preisgeben. Bald haben die Kommissare zwei Verdächtige: die Nachbarin Ira Berg, die von Rust sexuell genötigt wurde und eine notorische Aufschneiderin ist, sowie die mysteriöse Judith Homann, die am See war, aber von ihrem Bruder Lukas ein Alibi bekommt.

Der Teufel

(369, EA: 14.9.1997) Regie: Thomas Freunder, Buch: Alexander Adolph
Darst.: Michael Fitz (Menzinger), Sebastian Feicht (Christian Spindler), Sepp Schauer, Anne-Marie Bubke, Jochen Nickel, Martin Gruber, Michael Lerchenberg, Michael Harles, Markus Eberhard, Rudolf W. Brem, Edeltraud Schubert, Volker Kühn, Heinz Rilling, Kathrin Freundner, Gabriele Kestner, Josef Hannesschläger

Der Polizist Richard Ertl wird bei einem Streifengang niedergeschossen. Er bittet seinen Kollegen Christian Spindler um den merkwürdigen Gefallen, seine Milchflasche verschwinden zu lassen. Spindler findet Heroin in der Flasche, behält die Entdeckung jedoch aus Angst, weil er für Ertl gelogen hat, für sich. In der folgenden Nacht wird Ertl im Krankenhaus von dem Mann, der ihn niedergeschossen hat, ermordet. Batic und Leitmayr entdecken, daß Ertl in dunkle Geschäfte verwickelt war und seinen Mörder kannte.

Bluthunde

(375, EA: 21.12.1997) Regie: Peter Schulze-Rohr, Buch: Norbert Ehry
Darst.: Michael Fitz (Menzinger), Armin Rohde (Hendrik Graf), Brigitte Karner (Ruth Graf), Steffen Schroeder, Wanja Mues, Jenny Deimling, Simon Licht, Katja Weizenböck, Edeltraud Schubert, Christoph Wettstein, Florian Ernstberger, Alexander Osterroth, Stefan Rabow, Ann-Maria Scholz
Der Privatsender Isar TV zeigt den tödlichen Bungee-Sprung des Sport-Stars Petra Nickel und den Hooligan-Überfall auf einen gegnerischen Fan. Leitmayr verdächtigt den freien Videoreporter Hendrik Graf, die Unfälle inszeniert zu haben. Batic versucht, Graf zu entlasten. Er fühlt sich schuldig an dessen Lebenskrise, denn er hatte einst ein Verhältnis mit Grafs Frau Ruth. Ruth hat derweil Karriere bei Isar TV gemacht und bietet nicht nur ihrem Ex-Mann, sondern auch Sohn Oliver und dessen dubiosen Freunden Linda und Mike ein Forum.

In der Falle

(379, EA: 1.3.1998) Regie: Peter Fratzscher, Buch: Orkun Ertener
Darst.: Michael Fitz (Menzinger), Sascha Laura Soydan (Bengi Can), Haydar Zorlu (Sinan Kurt), Burcu Dal (Meliha Can), Cornelia Corba (Annette Rohloff), Berrit Arnold, Christoph Krix, Silvia van Spronsen, Ceren Dal, Slir Eloglu, Erman Okay, Bernd Dechamps, Wilhelm Beck
Die türkische Modezeichnerin Bengi Can, die sich illegal in München aufhält, entdeckt im Büro ihres Ex-Freundes Sinan Kurt einen Fremden mit der Leiche von Sinans Chef Rohloff, einem Bauunternehmer. Sie flüchtet vor dem Fremden, dem vermeintlichen Mörder, und wird von Sinan versteckt. Als Sinan unter Mordverdacht gerät, geht Bengis jüngere Schwester Meliha als angebliche Zeugin zu Batic und Leitmayr und beschreibt den Fremden. Er heißt Klaus Grawe, ist Frau Rohloffs Geliebter und sollte den Verkauf der maroden Firma organisieren. Doch erst ein Kabel führt die Kommissare auf die richtige Spur.

Hessischer Rundfunk

Kommissar Konrad
Kommissar Bergmann (Treuke)
Hauptkommissar Sander
Polizeihauptmeister Rolfs
Hauptkommissar Rullmann
Polizeihauptmeister Dietze
Hauptkommissar Bergmann (Moik)
Hauptkommissar a.D. Felber
Kommissar Brinkmann

Kommissar Konrad

Mit: Klaus Höhne (Kommissar Konrad)

Frankfurter Gold

(6, EA: 4.4.1971) Regie/Buch: Eberhard Fechner

Darst.: Michael Gruner (Johannes Stein), Hans-Christian Blech (Günther Ackermann), Karl Lieffen (Dr. Achim Otto), Jean Wimper (Fritz Rasp), Käthe Wimper (Doris Masjos), Gert Wimper (Til Erwig), Günther Strack (Teufel), Rolf Schimpf (Preuss), Ilona Grübel (Barbara Ratzmann), Sonja Karzau (Madame Nana), Mila Kopp (Mutter Ackermann)

Der Makler Johannes Stein gilt unter seinen Bekannten als Finanzgenie, weil er ihnen mehrfach zu Gewinnen verholfen hat. Als Stein der Familie Wimper anbietet, einer Schweizer Bank gegen eine Sicherheit in Goldbarren eine größere Summe aus ihrem Schwarzgelddepot zu leihen, stimmt Wimper zu und verschafft ihm noch weitere Kunden. Bald tauchen in einem Bankschließfach falsche Goldbarren auf. Die Spur führt Konrad zu dem Aufsteiger Stein und dessen Bekannten, dem Fälscher Günther Ackermann.

Der Fall Geisterbahn

(16, EA: 12.3.1972) Regie: Hans Dieter Schwarze, Buch: Hansjörg Martin und Hans Dieter Schwarze

Darst.: Herbert Bötticher (Hauptmeister Klipp), Barbara Klein (Toni Forster), Ursula Herking (Madame Silvia), Hanskarl Friedrich (Paul Horn), Rainer Basedow (Paganini), Wolfram Mucha (Karl), Ferdy Mayne (Zink), Lia Wöhr (Wurstverkäuferin), Sieghardt Rupp (Gastzollfahnder Kressin)

Als Hauptmeister Klipp vom Einbruchsdezernat, ein begeisterter Rummelplatzbesucher, nach einer Sitzung bei der Wahrsagerin Madame Silvia zur Geisterbahn kommt, findet er dort den Chef der Geisterbahn, Otto Forster, erschossen vor. Da Klipp gerne einen Mord bearbeiten möchte, vertraut ihm der kranke Kommissar Konrad die Ermittlungen an. Forsters Ehefrau Toni weiß nichts; ein Mitarbeiter vom Rummel, der eine Aussage machen will, kommt ums Leben. Klipps Verdacht richtet sich gegen Forsters auffallend wohlhabenden Chef Zink.

Kennwort Gute Reise

(24, EA: 10.12.1972) Regie: Georg Tressler, Buch: Daniel Christoff

Darst.: Horst Reichel (Kriminalassistent Robert), Manfred Lehmann (Rudi Emser), Frithjof Vierock (Jürgen Fischer), Wilfried Freitag (Fred Langendörfer), Heinz Werner Kraehkamp (Seibert), Reinhold Voss (Friese), Mike Gross (Sielmann),

Günter Spörrle (Leibel), Karl-Dieter Rinn (ein Förster), Gustl Bayrhammer (Gastoberinspektor Veigl)
Bei einem perfekt geplanten Überfall auf einen Geldtransporter erbeuten die drei Täter 700 000 Mark und entkommen unerkannt und ohne die geringste Spur zu hinterlassen. Konrad kann nur darauf warten, daß sie das Geld ausgeben oder einen Fehler machen. Schon bald meldet ein Fred Langendörfer seinen Wagen als gestohlen. Mit eben diesem Wagen wird ein Förster ganz in der Nähe des Tatortes von einem Unbekannten angefahren, den er beim Graben überrascht. Konrad läßt Fred beschatten.

Eine todsichere Sache
(37, EA: 17.2.1974) Regie: Thomas Fantl, Buch: Herbert Lichtenfeld
Darst.: Manfred Seipold (Assistent Robert Luck), Siegfried Wischnewski (Georg Moll), Corny Collins (Isabell Moll), Reiner Schöne (Dr. Pechelt), Katharina Lopinski (Ingeborg Ahlfeld), Hans-Helmut Dickow (Norbert Großmann), Marianne Lochert (Nina Großmann), Klaus Herm (Kunach), Hildegard Krekel (Claudia), Klaus Schwarzkopf (Gastkommissar Finke)
Ein Kidnapper fordert von dem Industriellen Georg Moll 100 000 Mark für das Leben von dessen Frau Isabell. Am Fuß einer Felsengruppe entdeckt die Polizei Isabells Wagen. Die Fingerabdrücke daran finden sich auf der Türklinke eines nahen Wochenendhäuschens wieder, das Molls Angestelltem Dr. Pechelt gehört. Pechelt gesteht eine Affäre mit Isabell, die Entführung bestreitet er. Mit dem nach der Geldübergabe gestellten Erpresser Großmann hat Konrad einen zweiten Verdächtigen, der jedoch für eine Überraschung sorgt.

Die Rechnung wird nachgereicht
(47, EA: 19.1.1975) Regie: Fritz Umgelter, Buch: Herbert Lichtenfeld
Darst.: Gunther Beth (Assistent Rolf), Herbert Stass (Felix Wuntsch), Sabine von Maydell (Elke Wuntsch), Udo Vioff (Theo Klein), Günter Strack (Nicklisch), Heinz Werner Kraehkamp (Hans Nicklisch), Günter Spörrle (Schuckert), Willi Rose (Mai, Gefängnisaufseher), Barbara Schöne (Elli), Sky Dumont (Grassitsch), Walter Richter (Gastkommissar Trimmel)
Konrad versucht vergebens, dem todkranken Häftling Felix Wuntsch das Versteck der 1,2 Millionen Mark zu entlocken, die Wuntsch und sein Komplize Fritzsche vor acht Jahren erbeuteten. Wuntsch verrät jedoch seinem Mithäftling Theo Klein, wo Fritzsche angeblich das Geld vergraben hat. Als es Theo nach seiner Entlassung holen will, entdeckt er, daß über dem Versteck ein Wochenendhäuschen gebaut wurde. Durch ihn erfahren der Bauunternehmer Nicklisch und sein Sohn von dem Geld. Auch einige Gangster sind interessiert an der Million.

Zwei Flugkarten nach Rio

(62, EA: 11.4.1976) Regie: Fritz Umgelter, Buch: Herbert Lichtenfeld
Darst.: Manfred Seipold (Kriminalmeister Robert Luck), Christian Quadflieg (Harry Meier), Heinz Werner Kraehkamp (Hannes Knaab), Siegurd Fitzeck (Alex Dehn), Hans-Helmut Dickow (Lassky), Hans-H. Hassenstein (Schütz), Ingmar Zeisberg (Frau Conndorf), Liesel Christ (Frau Horchwald), Angelika Bender (Helga Böker)
Die beiden Bankräuber Knaab und Dehn entkommen nach dem gelungenen Überfall samt einem Kunden als Geisel, den sie wenig später, nachdem sie ihm einen Schmuckkoffer abgenommen haben, laufen lassen. Kurz darauf bemerkt die Industriellenwitwe Conndorf den Diebstahl ihres Schmucks aus dem Schließfach eben jener überfallenen Bank. Für Konrad steht fest, daß der entführte Kunde der Dieb ist, doch der ist unter falschem Namen aufgetreten und unauffindbar. Bald bricht ein tödlicher Konflikt zwischen den Verbrechern aus.

Flieder für Jaczek

(72, EA: 27.2.1977) Regie: Fritz Umgelter, Buch: Jürgen Scheschkewitz; frei nach dem Roman «Vorsicht, Jaczek schießt sofort« von Stefan Murr
Darst.: Walter Renneisen (Assistent Robert Wegner), Alfred Reiterer (Franz Jaczek), Hans Brenner (Ferdi Kofler), Günter Lamprecht (Willi Mattfeldt), Michaela May (Irmi), Peter Roggisch (Kurt Quaas), Suzanne Roquette (Martina Quaas), Günter Strack (Staatssekretär), Hermann Treusch (Polizeipräsident), Karl Walter Diess (Kriminaldirektor)
Als Martina Quaas, Gattin eines Bankdirektors, entführt wird, soll Konrad die zwei Millionen Mark Lösegeld überbringen, und zwar abends auf einer vielbefahrenen Frankfurter Mainbrücke, die für diesen Zweck polizeilich abgesperrt wird. Konrad ist sicher, daß es sich bei dem Chef der Bande um Franz Jaczek handelt, einen gerade entlassenen Strafgefangenen, zumal sich der Maskierte auch als Jaczek ausgibt. Doch bei den Verhandlungen auf der Brücke bemerkt er, daß er es gar nicht mit Jaczek zu tun hat.

Der King

(96, EA: 11.2.1979) Regie: Dietrich Haugk, Buch: Hans Kelch
Darst.: Frithjof Vierock (Assistent Robert), Peter Eschberg (Peter Hüttner), Ingmar Zeisberg (Christa Hüttner), Heinrich Schweiger (Königsmann), Paul Hoffmann (Schermann), Evelyn Opela (Frau Schermann), Christian Quadflieg (Dr. Offenbach), Xenia Pörtner (Frau von Cramer), Marie Colbin (Gaby Möhlmann), Fritz Eckhardt (Gastoberinspektor Marek)
Der Bestsellerautor Peter Hüttner, der sich anläßlich der Buchmesse in Frankfurt

aufhält, wird nach dem Besuch einer Prominentenbar erschossen. Konrad glaubt, daß der Mord in Zusammenhang mit Hüttners neuestem Projekt »Der King« steht, das den internationalen Waffenhandel thematisiert. Diese Spur führt ihn zu dem Waffenhändler Königsmann, genannt »King«. Auch die Cheflektoren Dr. Offenbach und Frau von Cramer sind verdächtig. Nach einem Besuch Frau Hüttners bei Königsmann geschehen merkwürdige Dinge.

Kommissar Bergmann

Züricher Früchte

(85, EA: 12.2.1978) Regie: Heinz Schirk, Buch: Wolfgang Fechtner
Darst.: Heinz Treuke (Kommissar Bergmann), Rainer Hunold (Robert Wegner), Walter Reyer (Henry Brandl), Veronika Faber (Gisela Brandl), Uschi Wolff (Frau Schröder), Angelika Milster (Fräulein Molden), Nicolas Brieger (Peter May), Hans-Ulrich Kinalzik (Helmut Pauly), Heinz Werner Kraehkamp (Dieter Stroess), Elke Aberle (Renate Hell)
Während der Entführung des Fabrikanten Henry Brandl kommt der Anführer der Gangster ums Leben. Seine beiden Komplizen wollen den Plan dennoch ausführen. Sie bringen Brandl in die Schweiz und zwingen ihn, das gesamte Schwarzgeld von seinem Nummernkonto abzuheben. Brandl gelingt es jedoch, den Großteil des Geldes für sich beiseite zu schaffen und die Gangster mit einer kleinen Summe abzufinden. Bergmann entdeckt, daß Brandls Ehefrau Gisela in das Verbrechen verwickelt ist.

Hauptkommissar Sander

Mit nackten Füßen

(110, EA: 9.3.1980) Regie: Franz Peter Wirth, Buch: Karl-Heinz Willschrei
Darst.: Volker Kraeft (Hauptkommissar Sander), Udo Thomer (Kommissar Knauf), Tatjana Balcher (Verena Kersten), Dieter Kirchlechner (Albin Dörhoff), Sky Dumont (Willi Graubner), Madeleine Lienhard (Gerda Kalinke), Hans Häckermann (Dr. Schneider), Stephan Orlac (Paul Kersten), Maria Körber (Hilde Kersten), Friedrich Gröndahl (Professor Bachmann)
Hauptkommissar Sander hat den Mord an einer jungen Frau aufzuklären, die Cutterin in einer Werbeagentur war. In Verdacht gerät ihre Kollegin Verena, die die Tat aus Eifersucht begangen haben könnte. Aber noch während Verena in Untersuchungshaft sitzt, wird eine zweite Frau ermordet. Die Tat weist

Parallelen zu der ersten auf. Verena wird freigelassen, Sander beginnt ein Verhältnis mit ihr. Im Verlaufe seiner Ermittlungen muß er feststellen, daß er es mit zwei Mördern zu tun hat.

Hauptkommissar Bergmann

Mit: Lutz Moik (Hauptkommissar Bergmann)

Schattenboxen

(121, EA: 8.2.1981) Regie: Fritz Umgelter, Buch: Hans Kelch; nach einer Kriminalgeschichte von -ky
Darst.: Ingmar Zeisberg (Ursula von Lieth), Günter Strack (Bernhard Brendel), Günter Lamprecht (Rudi Drabert), Matthias Dittmer (Kriminalhauptmeister Knoof), Karl Michael Vogler (Horst von Lieth), Hans-Jürgen Müller (Martin Mollenhauer), Renate Reger (Vera Pressel), Erwin Scherschel (Stolke), Ellen Müller (Ilona), Sascha Zinty (Hotelportier)
Ein vermögender Fabrikant wird entführt. Die Gangster fordern von der Ehefrau ein Lösegeld von zwei Millionen Mark, das von dem Prokuristen des Gekidnappten überbracht werden soll. Bergmann stößt bei der Suche nach dem Entführten auf einen Boxtrainer und dessen jungen Schützling, der seine Laufrunden in dem Wald absolviert, der auf der Fahrtroute des Opfers liegt. Etwas erscheint Bergmann merkwürdig an dem Fall, zumal es kein wirkliches Lebenszeichen von dem Opfer gibt.

Blütenträume

(147, EA: 1.5.1983) Regie: Claus-Peter Witt, Buch: Bruno Hampel
Darst.: Peter Buchholz (Hauptmeister Robert Wegener), Manfred Zapatka (Harry Rohwedder), Erika Skrotzki (Jutta Nickel), Heinrich Schweiger (Enzo), Jochen Kolenda (Golz), Edgar Hoppe (Olschesky), Heinrich Giskes (Manfred Starek), Hans Weicker (Richard Katz), Claus Fuchs (Benno Klotzer), Karl Heinz Merz (Zielke)
Bergmann muß in einem Fall schwerer Körperverletzung ermitteln. Das Opfer ist ein Gangster, der einem Unbekannten einen Koffer mit falschen Dollarnoten abzujagen versuchte. Auch andere Gangster wollen an das Falschgeld. Dem Unbekannten, der offensichtlich nicht der Verbrecherszene entstammt, gelingt es schließlich, die Dollarnoten zu verkaufen. Dabei wird er aber mit deutschem Falschgeld bezahlt. Dies bringt Bergmann auf die Spur von Harry Rohwedder, einem Seemann, der gerade aus New York gekommen ist.

Polizeihauptmeister Rolfs

So ein Tag ...

(133, EA: 7.2.1982) Regie: Jürgen Roland, Buch: Uwe Erichsen und Jürgen Roland

Darst.: Klaus Löwitsch (Polizeihauptmeister Rolfs), Michael Schwarzmeier (Polizist Hülshorst), Harald Dietl (Polizist Krämer), Diana Körner (Monika), Wolfgang Rau (Griesebach), Günter Ungeheuer (Sobeck), Werner Pochath (Ackermann), Jürgen Lier (Mohr), Karl-Heinz Merz (Gülpen)

Rolfs entdeckt durch Zufall, daß die Gangster Sobeck, Ackermann, Mohr und Gülpen einen Überfall auf die Pelzgroßhandlung vorhaben, bei der seine Verlobte Monika angestellt ist. Es gelingt ihm, den Raub zu verhindern und Monika unversehrt zu befreien. Nach Dienstschluß auf dem Nachhauseweg wird er Zeuge eines neuerlichen Verbrechens, das er ebenfalls zu verhindern sucht. Der Vorfall nimmt diesmal jedoch eine tragische Entwicklung.

Hauptkommissar Rullmann

Rubecks Traum

(153, EA: 8.1.1984) Regie/Buch: Heinz Schirk

Darst.: Hans-Werner Bussinger (Hauptkommissar Rullmann), Rudi Knaus (Kommissar Tetzel), Manfred Boehm (Siegfried Rubeck), Witta Pohl (Helga Rubeck), Eva Geigel (Anni Tillmann), Heini Göbel (Karl Sennemann), Aenne Nau (Frau Sennemann), Don Balmer (der Erpresser)

Auf einer stillgelegten Müllkippe wird die Leiche eines ehemaligen Angestellten einer Züricher Bank gefunden.Rullmann entdeckt, daß der Mann seine bankinternen Informationen ausnutzte, um Siegfried Rubeck, den Sparkassen-Filialleiter einer hessischen Kleinstadt, zu erpressen. Rubeck hatte eine Million Mark veruntreut und bei der Züricher Bank angelegt. Offenbar wollte er seine Frau Helga verlassen und mit seiner Geliebten Anni ein neues Leben beginnen.

Polizeihauptmeister Dietze

Acht, neun – aus

(166, EA: 10.2.1985) Regie: Jürgen Roland, Buch: Jürgen Roland; unter Mitarbeit von Uwe Erichsen

Darst.: Klaus Löwitsch (Polizeihauptmeister Reinhold Dietze), Pierre Franckh (Polizeiwachtmeister Michael Lück), Verena Krützfeld (Uschi Lück), Micha Lampert (Helmut Zander), Klaus Höhne (Bruno Komschak), Ingmar Zeisberg (Petra), Luc Simioni (Enzo Marini)
Uschi Lück, die junge Frau von Dietzes unerfahrenem Kollegen Michael, wird bei einem Raubüberfall in einem Geschäft lebensgefährlich verletzt. Der heruntergekommene Boxer Helmut Zander gerät in Verdacht, die Beweise reichen für eine Verhaftung jedoch nicht aus. Da die Polizei kaum mit den Ermittlungen vorankommt, recherchiert Lück auf eigene Faust und beschattet Zander. Als er ihn bei einer Straftat erwischt, kommt es zu einer Schießerei, bei der Zander schwer verletzt wird. Dietze nimmt sich des Falls an.

Hauptkommissar a.D. Felber

Eine mörderische Rolle

(303, EA: 19.2.1995) Regie/Buch: Rainer Bär
Darst.: Heinz Schubert (Hauptkommissar a.D. Leo Felber), Karl-Heinz von Hassel (Kommissar), Alexander Ott (Robert, Felbers Enkel), Jeannine Burch (Lisa Oboschinskij), Michael Roll (Frank Langer/Cooper), Dominique Horwitz (Hermes), Pierre Franckh (Schwarze), Edda Leesch (Alice Schirmer), Karin Düwel (Hanna)
Am Mainufer wird die Leiche der Schauspielerin Eva gefunden. Wenig später beobachtet der sechsjährige Robert, der bei seinem Großvater, dem pensionierten Kommissar Leo Felber, zu Besuch ist, wie im gegenüberliegenden Haus der Schauspieler Frank Langer seine Kollegin Alice ermordet. Felber glaubt, der Junge habe sich das nur eingebildet, denn im Fernsehen lief zur gleichen Zeit Roberts Lieblingsserie »Cooper«, mit Langer als Titelhelden. Auch als Robert später behauptet, Langer stelle ihm nach, glaubt Felber ihm nicht. Dadurch gerät Robert in Lebensgefahr.

Kommissar Brinkmann

Mit: Karl-Heinz von Hassel (Kommissar Brinkmann)

Schmerzensgeld

(173, EA: 13.10.1985) Regie: Wolfgang Luderer, Buch: Hans Kelch; nach Motiven von Peter Hebel
Darst.: Frank Muth (Hauptmeister Robert Wegner), Peter Fricke (Fred Corbut), Angelika Bender (Marlies Weber), Christiane Krüger (Laura Winter), Arthur

Brauss (Manni Hoffmann), Heinz Werner Kraehkamp (Holger Martell), Erika Skrotzki (Helen Martell), Claus Berlinghoff (Willy Lohmas), Siegfried Rauch (Max Westernburger), Lia Wöhr (Putzfrau)
Brinkmann hat einen millionenschweren Überfall auf einen Geldtransporter aufzuklären. Bei der Suche nach den beiden Räubern bemerkt er, daß Fred Corbut, Leiter der beraubten Bankfiliale, nicht nur einiges zu verbergen hat, sondern von den Tätern bedroht wird. Die sind offenbar unzufrieden mit ihrer Beute und fordern Geld. Als Brinkmann die Machenschaften Corbuts durchschaut hat, kann er den Fall lösen und ein weiteres Verbrechen verhindern.

Automord

(187, EA: 30.11.1986) Regie: Wilm ten Haaf, Buch: Fritz Eckhardt
Darst.: André Pohl (Assistent Robert Roth), Dietrich Mattausch (Karl-Heinz Müller), Lisa Kreuzer (Renate Müller), Karl-Heinz Hess (Mendel), Dieter Kirchlechner (Guido Heck), Aart Veder (Itsch), Joachim Jung (Tom), Franziska Bronnen (Anita von Seilern), Heinz Werner Kraehkamp (Paul), Lia Wöhr (Frau Berger), Fritz Eckhardt (Gastoberinspektor i.R. Marek)
Kurz vor Beginn der Autoausstellung in Frankfurt wird ein junger Japaner, anscheinend ein harmloser Student, aus einem Auto heraus erschossen. Brinkmann steht vor einem Rätsel. Zur gleichen Zeit besucht der pensionierte Oberinspektor Marek seinen Neffen in der Stadt und sieht zufällig Guido Heck wieder, den er vor Jahren zusammen mit einem Komplizen wegen Bankraubes verhaftete. Marek vermutet, daß Heck ein ähnliches Verbrechen plant und informiert Brinkmann. Brinkmann wiegelt ab. Da geschieht ein weiterer Mord.

Blindflug

(191, EA: 29.3.1987) Regie/Buch: Sylvia Hoffman
Darst.: Klaus Adler (Hauptmeister Robert Wegner), Rüdiger Bahr (Christian Beck), Astrid Jacob (Doris Beck), Uwe Ochsenknecht (Günter Marbach), Susanne Uhlen (Anita Brückner), Dieter Schidor (Löbel), Christian Mey (Frank), Iris Born, Susanne Huber, Claudia Neidig, Ines Piacentini, Aurelio Ferrara, Michele Oliveri, Antonio Pavia
Der verheiratete Flugkapitän Christian Beck wird in dem Hotel, in dem auch seine Besatzung übernachtet, ermordet. Der Verdacht fällt auf den Chefsteward Günter Marbach. Frauenheld Beck hatte ihm die Freundin, Stewardeß Anita Brückner, ausgespannt. Doch Marbach bestreitet die Tat und spricht von dem großen Unbekannten, an den wiederum Brinkmann nicht glauben mag. Anita war zur Tatzeit bei Beck, will aber den flüchtigen Täter nicht erkannt haben. Als sie ermordet wird, verstärkt sich der Verdacht gegen Marbach.

Die Brüder

(204, EA: 17.4.1988) Regie/Buch: Heinz Schirk

Darst.: Hans-Werner Bussinger (Kommissar Horst Falb), Thomas Ahrens (Hauptmeister Robert Wegner), Wolfgang Mascher (Gerd Therkatz), Barbara-Magdalena Ahren (Hanna Therkatz), Lutz Mackensy (Helo Schwartze), Franz Rudnick (Wilhelm Ramm), Hans Rudolf Wyprächtiger (Fred Berutzke), Ronald Nitschke (Mike Schulz), Veronika Faber (Sonja Schulz), Hans Clarin

Als der Musikkritiker Dr. Rieber, hochverschuldet und ins Verbrechermilieu abgesunken, ermordet wird, stößt Kommissar Falb bei den Recherchen auf Gerd Therkatz, seinen dubiosen Halbbruder. Falb gibt den Fall wegen Befangenheit an Brinkmann ab, bleibt aber aktiv. Nach einem zweiten Mord deutet wieder alles auf Therkatz als Täter. Doch auch ein Antiquar, dessen Nichte nach einem Verriß des Kritikers Selbstmord begangen hat, gerät unter Verdacht.

Kopflos

(215, EA: 22.1.1989) Regie: Sylvia Hoffman, Buch: Hans Kelch

Darst.: Thomas Ahrens (Hauptmeister Wegner), Dietrich Mattausch (Dr. Fred Bergner), Sabine von Maydell (Ines Bergner), Julia Biedermann (Karin Kundler), Ingmar Zeisberg (Christa Rako), Hendrik Martz (Bertie), Diana Körner (Gerda Buthe), Anke Sevenich (Andrea Mahler), Rudolf Kowalski (Werner Uschkureit), Walter Renneisen (Franke), Helmut Zierl (Dr. Warnke)

Ines Bergner findet ihren Mann Fred, Forschungsleiter der Tronc-Werke und Erfinder eines neuen Laserverfahrens, tot in seinem Büro auf. In Panik läuft sie zum Pförtner und ruft die Polizei. Als diese eintrifft, ist das Büro leer. Brinkmanns Ermittlungen bleiben ergebnislos, bis er erfährt, daß Ines ihren Mann von Privatdetektiv Franke beschatten ließ. Er will den Mann sofort befragen, findet ihn jedoch nur noch tot auf. Offenbar hatte Franke den Mörder erkannt. Hauptverdächtiger ist Bertie, Bergners Sohn aus erster Ehe.

Tod einer Ärztin

(228, EA: 18.2.1990) Regie/Buch: Heinz Schirk

Darst.: Thomas Ahrens (Hauptmeister Wegner), Hans-Peter Korff (Harry Gerber), Karin Baal (Ada Gerber), Josef Baum (Felix Timm), Jale Arikan (Sabine), Loni von Friedl (Dr. Hilde Jahn), Lotte Barthel (Thea Grundmann), Eckard Rühl (Heiner Koll), Liesel Christ (Ilse Koll), Ruth Kähler (Gitte), Dieter Wagner (Alfred Zöst), Maria Körber (Frau Zöst)

Auf dem Werkstattgelände des Elektromeisters Heiner Koll wird die Leiche der ermordeten Ärztin Dr. Hilde Jahn gefunden. Der erste Verdacht fällt auf Koll, der die Jahn haßte, weil er glaubte, sie sei für den Tod seiner Frau verantwortlich. Verdächtig ist aber auch Dr. Jahns junger Geliebter Felix Timm, der mit ihrer Sprechstundenhilfe Sabine eine Affäre hatte. Auch Architekt Gerber, dessen Erbtante vor kurzem unter mysteriösen Umständen ums Leben kam, gibt Brinkmann Rätsel auf. Die Erbtante war Patientin bei Dr. Jahn.

Rikki

(241, EA: 17.3.1991) Regie/Buch: Sylvia Hoffman

Darst.: Sebastian Baur (Assistent Robert Wegner), Helmut Zierl (Rolf Poelke), Cornelia Corba (Astrid Poelke), Ingmar Zeisberg (Frau Franzius), Nikola Kress (Rikki Pensold), Günter Amberger (Brenda), Hans M. Darnov (Benda), Pierre Franckh (Tölz), Lia Wöhr (Frau Habel), Renate Becker, Vincenzo Benestante, Laszlo I. Kish, Rudolf Kowalski, Eckard Rühl

Bei einem mißglückten Drogenhandel wird ein Dealer tödlich überfahren. Der Täter entkommt zu Fuß. Der Halter des Tatfahrzeuges ist der angesehene Familienvater Rolf Poelke, Leiter einer Großbaustelle, der erst vor einiger Zeit aus Afrika zurückgekommen ist. Unter Druck gibt Poelke zu, den Wagen an seine Geliebte Rikki Pensold verliehen zu haben. Er bittet Brinkmann um Diskretion, um seine Ehe nicht zu gefährden. Die Polizei kann Rikki jedoch nicht finden. Ein zweiter Mord geschieht, wieder führt die Spur zu Poelke.

Verspekuliert

(255, EA: 15.3.1992) Regie: Wolfgang Luderer, Buch: Peter Scheibler

Darst.: Sebastian Baur (Hauptmeister Wegner), Udo Vioff (Norbert Harzendorf), Eleonore Weisgerber (Brigitte Harzendorf), Karin Eickelbaum (Karola Amendt), Sigmar Solbach (Ernst Bickel), Hans Peter Hallwachs (Fuhrmann), Franz Wacker (Recher), Gerhard Friedrich (Star der Tournee), Hans Weicker (Kummel), Irmgard Walther, Margit Wolff

Norbert Harzendorf, Vorstandsmitglied einer Bank und zuständig für Kreditvergabe und Geldtransfer, wird in seiner Villa ermordet. Am Vortag hatte er in der Bank Besuch von seiner Jugendfreundin Karola Amendt, der Leiterin eines Tourneetheaters, die nun plötzlich ihre beträchtlichen Schulden bezahlen kann. Brinkmann erfährt, daß Harzendorf vier Millionen Mark aus dubioser Quelle in seinem Tresor gelagert hatte. Das Geld ist verschwunden. Neben Karola gehört Harzendorfs Witwe Brigitte zu den Verdächtigen.

Renis Tod

(270, EA: 31.1.1993) Regie/Buch: Heinz Schirk

Darst.: Martin May (Hauptmeister Robert Wegner), Günter Bothur (Alfred Abt), Hannelore Elsner (Gila Abt), Johannes Terne (Horst Fese), Oliver Hasenfratz

(Frank Sattler), Klaus Barner (Dr. Harald Sattler), Claudia Schmutzler (Reni Laube), Marina Marmann (Ute Schaper), Michaela Heiser (Gesine), Ruth Hoffmann, Marianne Mosa, Silvia Tietz
Reni Laube wird nach einem Diskothekenbesuch erschlagen. Der erste Verdacht fällt auf den jungen Frank Sattler, der sie glühend verehrte, jedoch abgewiesen wurde. Sein Vater, ein vielbeschäftigter Kommunalbeamter, gibt ihm ein Alibi und legt eine falsche Spur. Brinkmann entdeckt, daß es in der Baufirma, in der Reni arbeitete, vorher schon einen dubiosen Todesfall gegeben hat – Alfred Abt, Ehemann der Firmenbesitzerin Gila. Er hatte gedroht, ihren Liebhaber Horst Fese wegen Steuerhinterziehung anzuzeigen.

Der Rastplatzmörder
(289, EA: 27.3.1994) Regie/Buch: Sylvia Hoffman
Darst.: Anja Jaenicke (Polizeimeisterin Alice Bohte), Ulrich Wildgruber (Horst Mathes), Doris Kunstmann (Ilona Mathes), Daniela Lunkewitz (Beatrice Koch), Ellen Schulz (Mona Staller), Pierre Franckh (Bernhard Winkelmann), Edgar M. Böhlke (Dr. Schüler), Frieder Venus (Sascha Jens), Susanne Huber, Evelyn Künneke, Iris von Reppert-Bismarck, Lia Wöhr
An der Autobahn wird die Leiche der jungen Beatrice Koch entdeckt. In ihrer Jacke befindet sich der Vertrag einer Mitfahrer-Vermittlung, der auf die Spur des verheirateten Versicherungsvertreters Horst Mathes führt. Mathes nutzt seine Geschäftsreisen zu Seitensprüngen. Beatrice wies ihn jedoch zurück und stieg unterwegs auf einem Rastplatz aus. Mathes flüchtet nun vor der Polizei und sucht auf eigene Faust nach dem Mörder. Sein Verdacht richtet sich gegen den Fahrer eines schwarzen BMW, der Beatrice und ihn verfolgte.

Mordnacht
(306, EA: 26.3.1995) Regie/Buch: Heinz Schirk
Darst.: Martin May (Hauptmeister Robert Wegner), Klausjürgen Wussow (Hall), Esther Schweins (Elli Hall), Heino Ferch (Leo Fellner), Anke Sevenich (Traudel Scholz), Walter Renneisen (Markus Kranz), Lutz Mackensy (Dr. Gerhard Hufe), Marianne Mosca, Katharina Schubert, Roswitha Benda
Kurz hintereinander werden der Privatdetektiv Fellner und die schöne Elli Hall ermordet. Brinkmann ermittelt, daß Ellis Ehemann, der wesentlich ältere Kunstauktionator Hall, notorisch eifersüchtig war. Elli mußte sogar ihr uneheliches Kind Angie an die in ärmlichen Verhältnissen lebende gehbehinderte Schwester Traudel abgeben. Brinkmann entdeckt, daß Hall seine Frau von Fellner beschatten ließ und daß die beiden jungen Leute eine Affäre begannen. Bald ist er sicher, daß Hall zwar Fellner, nicht jedoch Elli ermordete.

Mordauftrag

(314, EA: 9.7.1995) Regie: Wolfgang Luderer, Buch: Hans Kelch
Darst.: Frank Schröder (Hauptmeister Robert Wegner), Iris Berben (Sybille Kral), Peer Jäger (Kurt Kral), Nina Hoger (Charlie), Dietrich Mattausch (Dr. Zimmenius), Edwin Marian (Karl-Heinz Diesing), Jeannine Burch (Rebekka Schröder), Matthias Bullach (Werner Lentfer)
Der in dubiose Geschäfte verwickelte Unternehmer Kurt Kral wird ermordet. Brinkmanns Verdacht fällt auf die Ehefrau und Firmenmitinhaberin Sybille, die sowohl privat als auch geschäftlich von ihrem Mann betrogen wurde. Sybille haßte ihn dafür und wollte ihn ermorden lassen. Doch die Killerin Charlie, die ihr der Freund Werner Lentfer vermittelte, nahm das Gespräch heimlich auf und verkaufte die belastende Kassette an Kral. Der erpreßte seine Frau damit. Nun meldet sich wieder ein Erpresser bei Sybille.

Der Freitagsmörder

(325, EA: 21.1.1996) Regie/Buch: Heinz Schirk
Darst.: Martin May (Hauptmeister Robert Wegner), Manfred Zapatka (Helmut Seiff), Elfriede Kuzmany (Karla Seiff), Jürgen Schmidt (Axel Droste), Sabine Trooger (Lisa Droste), Susanne Uhlen (Erni Sicarius), Matthias Bullach (Konrad Biber), Ruth Kähler (Frau Fink)
Ein Serienkiller treibt sein Unwesen. Er schlägt immer nur an Freitagen zu. Seine Opfer sind stets blonde Frauen. Der Tod Lisa Drostes führt Brinkmann zu Helmut Seiff, Inhaber einer Musikalienhandlung und Leiter des Volkstanzensembles, in dem die junge Frau tanzte. Seiff lebt mit seiner Mutter zusammen, die gerne eine Karriere als Sängerin gemacht hätte und unglücklich verheiratet war. Der Mordversuch an einer Musikerin führt endlich zur Verhaftung des Freitagsmörders, der jedoch nur vier Morde gesteht. Den an Lisa streitet er ab.

Frankfurt – Miami

(336, EA: 23.6.1996) Regie: Klaus Biedermann, Buch: Jacques Labib und Frédéric Fajardie
Darst.: Patrick Chesnais (Kommissar Anders Etchegoyen), Ilaria Borelli (Clara Franconeri, Etchegoyens Kollegin), Anne Jacquemin (Beatrice), Slaheddine Ben Saad (Kemal), Martin Semmelrogge (Matthias), Maurice Barrier (Khamon), Philippe Rouleau (Roche Blandin)
Brinkmann muß gemeinsam mit seinem französischen Kollegen Anders Etchegoyen den Mord an zwei Prostituierten klären. Die Spur des Killers führt die Kriminalisten in das von der türkischen Mafia kontrollierte Frankfurter Eros Center »Miami«, das auch als Umschlagplatz für Rauschgift dient. Hier arbeitet die

junge Beatrice, deren kleine Tochter in der Gewalt der Mafiosi ist. Etchegoyen, der Beatrice von Frankreich her kennt, überredet sie zur Zusammenarbeit und bringt sie damit in Lebensgefahr.

Akt in der Sonne

(351, EA: 2.2.1997) Regie/Buch: Heinz Schirk

Darst.: Martin May (Hauptmeister Robert Wegner), Hans-Martin Stier (Udo Bode), Daniela Ziegler (Sigrid Gogel), Elisabeth Endriss (Gerda Sinkel), Dieter Hufschmidt (Alexander Alk), Claus-Dieter Reents (Ortwin Gogel), Natalie Minko (Evchen Bode), Eva Zeidler (Anna Bode), Hans-Werner Bussinger

Der haftentlassene Udo Bode bricht im Auftrag zweier dubioser Herren mit seinem Freund Karl in die Villa der reichen Witwe Oda von Fichtel ein und stiehlt den Renoir »Akt in der Sonne«. Dabei wird er Zeuge, wie die alte Dame erschossen wird. Bei der Bildübergabe wird Karl von den Auftraggebern getötet. Bode wird kurz darauf wegen Mordes an der Witwe verhaftet und von deren Haushälterin Gerda identifiziert. Er flieht, um nach dem Mörder zu suchen. Sein einziger Hinweis ist eine kleine Hexe im Auto des Täters.

Eulenburg

(353, EA: 2.3.1997) Regie/Buch: Sylvia Hoffman

Darst.: Anna Thalbach (Assistentin Alice Bohte), Günter Waidacher (Assistent Robert Wegner), Daniele Lunkewitz (Claire von Dohmen), Thomas Heinze (Patrick von Dohmen), Anouschka Renzi (Tex Lindström), Ivan Desny (Nico Lindström), Walter Renneisen (Polizeidirektor Oertel), Karina Marmann (Vera), Wilfried Hochholdinger (Bohländer)

Anlageberater Robert Bohländer wird nachts vor der Alten Oper erschossen. Eine Wegbeschreibung in seinem Auto führt Alice Bohte nach Rüdesheim zu der als Asylantenheim genutzten Villa Eulenburg, auf die ein Brandanschlag verübt worden ist. Das Haus gehört dem Lokalpolitiker Patrick von Dohmen, der mit seiner Schwester Claire zusammenlebt und sich um die angebliche Journalistin Bohte bemüht. Brinkmann entdeckt derweil, daß Bohländer verschuldet und mit seinen Freunden, allesamt Absolventen von Harvard, in dubiose Geschäfte verwickelt ist.

Das Totenspiel

(362, EA: 1.6.1997) Regie/Buch: Sylvia Hoffman

Darst.: Günter Waidacher (Assistent Robert Wegner), Brigitte Goebel (Iris Lorenz), Doris Kunstmann (Carola Zeuthen), Peter Bongartz (Dr. Norbert Zeuthen/Unger), Dietrich Mattausch (Dr. Arndt Lorenz), Monica Bleibtreu (Dr. Krü-

ger), Michaela Kuklova (Anna Ladicek), Miroslav Chorvat (Beda Foltyn), Milos Mejzlik (Karel Moldena), Edgar M. Boehlke
Dr. Zeuthen, Vorstandsvorsitzender einer Schweizer Bankfiliale in Frankfurt, ist anscheinend in der Nähe von Karlsbad bei einem als Unfall getarnten Mord ums Leben gekommen. Seine Witwe trauert keineswegs. Ihr Mann war ein Frauenheld und hatte eine Geliebte in Karlsbad. Auch die Bank profitiert, denn der Mord beendet den Skandal um Zeuthens illegale Geldwäsche. Dann wird sein Kollege Dr. Lorenz erschossen. Dessen tatverdächtige Frau beteuert, Zeuthen sei der Mörder. Auf der Suche nach ihm gerät sie in Lebensgefahr.

Rosen für Nadja
(378, EA: 15.2.1998) Regie/Buch: Heinz Schirk
Darst.: Martin May (Hauptmeister Robert Wegner), Michael Degen (Harry Forster), Anke Sevenich (Nadja Forster), Almut Eggert (Eva Sonntag, Forsters Sekretärin), Horst-Günter Marx (Dr. Peter Tale), Ute Christensen (Bea Tale), Hans-Peter Luppa (Ingo Möller), Hans Falar (Harry Sonntag/Harriette Dimanche), Mogens von Gadow (Oberstudienrat a.D. Dröge)
Der reiche Geschäftsmann Harry Forster wird mit einer Kopfverletzung tot in seinem Swimmingpool aufgefunden. Der Fall scheint einfach, denn Forster hatte gehört, wie seine Tochter Nadja ihren Geliebten Dr. Tale, seinen Hausarzt, drängte, ihn zu ermorden. Daraufhin deponierte Forster bei seinem Anwalt eine Tonbandkassette. Doch Tale und Nadja haben ein Alibi. Der Verdacht richtet sich bald gegen Ingo Möller, Nadjas Angestellten. Als wenig später Nadja erwürgt wird, macht Nachbar Dröge eine wichtige Beobachtung.

Gefährliche Zeugin
(382, EA: 13.4.1998) Regie/Buch: Klaus Gietinger
Darst.: Ulrike Panse (Assistentin Alice Bohte), Isabell Gerschke (Laura), Michele Oliveri (Enrico Gramci), Eva-Maria Meineke (Oma), Konstanze Breitebner (Leonce Heine), Siemen Rühaak (Frank David), Rolf Becker (Dr. Dittmann), Matthias Bullach, Daniel Drühl, Emilio de Marchi, Peter Rappenglück, Juliana Elting, Mirjana Rimac, Christel Niederstenschee
Beim Joggen durch den Park wird Geschäftsmann Jürgen Heise von einem Killer erschossen. Die Schülerin Laura ist zwar Augenzeugin der Tat, wird jedoch vom Killer verschont. Sie erinnert ihn an seine tote Tochter. Aufgrund der Aussagen einiger Parkbesucher weiß Brinkmann um die Existenz einer Zeugin und kann Laura schließlich ausfindig machen. Von einem Spitzel erfährt er, daß der italienische Killer Gramci in der Stadt ist. Er ist der Täter, aber Laura weigert sich, ihn zu identifizieren. Gramcis Auftraggeber wollen ihren Tod.

Mit Kraft und Leidenschaft: Götz George als WDR-Kommissar Horst Schimanski

Sieghardt Rupp
als WDR-Zollfahnder
Kressin

Samuel Fuller drehte für den TATORT die Folge »Tote Taube in der Beethovenstraße« (1973)

Mit hanseatischer Gelassenheit: Walter Richter als NDR-Hauptkommissar Paul Trimmel

Mit Wiener Schmäh: Fritz Eckhardt als ORF-Oberinspektor Marek

Mit schlitzohriger Intelligenz: Klaus Schwarzkopf als NDR-Kommissar Finke

Sensibel, zweifelnd, introvertiert: Hansjörg Felmy als WDR-Kommissar Heinz Haferkamp

In der Ruhe liegt die Kraft: Heinz Schimmelpfennig als SWF-Kommissar Gerber

Verhängnisvolle Leidenschaft: Erika Pluhar und Helmut Käutner in »Der Richter in Weiß«

Der TATORT-Bulle par excellence: Götz George als Horst Schimanski

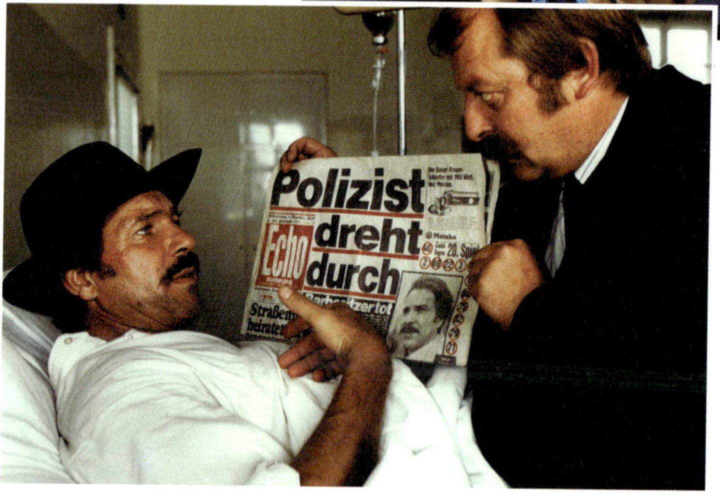

Dietz Werner Steck
als SDR-Hauptkommissar
Ernst Bienzle

Kurt Jaggberg
als ORF-Oberinspektor
Kurth Hirth

Peter Sodann
als MDR-Haupt-
kommissar
Bruno Ehrlicher

Die SWF-Oberkommissarin Marianne Buchmüller (Nicole Heesters) und ihr Assistent Mewes (Henry van Lyck)

SWF-Hauptkommissarin Hanne Wiegand (Karin Anselm) und ihr Assistent Leverkühn (Michael Lesch). Links Helmut Zierl als Psychiatriepatient

Hannelore Elsner als NDR-Kommissarin Lea Sommer, rechts Sophie Steiner als Leila

Özay Fecht (Frau Altun) und Sabine Postel als Bremer Hauptkommissarin Inga Lürsen

Die NDR-Kommissare Stoever (Manfred Krug) und Brockmöller (Charles Brauer) beim Klön im Hamburger Hafen

Die Münchner Kommissare Franz Leitmayr (Udo Wachtveitl) und Ivo Batic (Miroslav Nemec)

Klaus J. Behrendt und Dietmar Bär als WDR-Kommissare Ballauf und Schenk

Peter Sodann und Bernd Michael Lade als MDR-Kommissare Ehrlicher und Kain

Andrea Zogg als Schweizer Detektivwachtmeister Reto Carlucci

Robinson Reichel und Winfried Glatzeder (re.) als SFB-Kommissare Zorro und Roiter

Klaus Wildbolz als ORF-Hauptkommissar Max Becker

László I. Kish (als Kommissar Philipp von Burg, li.) in der Gewalt eines russischen Gangsters (Henryk Nolewajka)

Auf und davon: Nie wieder Schimanski?

Mitteldeutscher Rundfunk

Hauptkommissar Bruno Ehrlicher

Hauptkommissar Ehrlicher

Mit: Peter Sodann (Hauptkommissar Bruno Ehrlicher), Bernd Michael Lade (Kommissar Kain)

Ein Fall für Ehrlicher

(253, EA: 19.1.1992) Regie/Buch: Hans-Werner Honert
Darst.: Gustl Bayrhammer (Veigl, Leiter der Dienststelle), Rita Feldmeier (Anne), Aleksander Trabczynski (Daniel Tuskiewitsch), Claudia Stanislau (Katja), Monika Pietsch (Lore Ehrlicher), Detlev Heintze (Katjas Vater), Bert Franzke (Karl), Axel Reinshagen (Sexualtäter), Werner Godemann (Angler)
In einer sächsischen Kleinstadt wird die junge Katja Beck vermißt. Die Bewohner des Ortes glauben, daß sie Opfer eines Triebtäters wurde, der seit einiger Zeit sein Unwesen in der Umgebung treibt. Ehrlicher aber zweifelt daran, denn der Fall Katja paßt nicht in dessen Muster. Seine Vermutung wird bestätigt, als er den Triebtäter aufspürt und verhaftet. Unter Verdacht gerät nun Katjas künftiger Stiefvater Daniel Tuskiewitsch. Ehrlicher steckt ihn vorübergehend in Untersuchungshaft und löst damit eine Tragödie aus.

Tod aus der Vergangenheit

(259, EA: 8.6.1992) Regie/Buch: Hans-Werner Honert
Darst.: Gustl Bayrhammer (Veigl, Leiter der Dienststelle), Ursula Gottert (Linde Treu), Renan Demirkan (Renate Schwippert), Volker Ranisch (Ralf Bohm), Thomas Rudnick (Tommi Ehrlicher), Monika Pietsch (Lore Ehrlicher), Otto Mellies (Weinkauf), Lutz Teschner (Anwalt Roller), Horst Schönemann (Gerichtsmediziner), Kathleen Fuhlrott (Angelika Frohn)
Linde Treu stürzt von der Gartenterrasse einer EDV-Firma, deren Eröffnung gerade gefeiert wird, in den Tod. Geschäftsführer Professor Weinkauf, einziger Augenzeuge, sagt aus, sie habe Selbstmord begangen. Doch Ehrlicher und Kain verdächtigen ihn des Mordes, denn Frau Treu hatte ihn vor allen Leuten des Patentdiebstahls an ihrem verstorbenen Mann Klaus beschuldigt. Ehrlicher entdeckt, daß der Vorwurf stimmt, Weinkauf an Herrn Treus Tod schuld ist und dank seiner politischen Beziehungen die Akten verschwinden ließ.

Verbranntes Spiel

(271, EA: 28.2.1993) Regie: Bodo Fürneisen, Buch: Knut Boeser
Darst.: Gerd Preusche (Dr. Willigerodt), Susanne von Borsody (Sophie Fischer), Henry Hübchen (Dr. Günter Fischer), Corinna Harfouch (Dr. Lore Ewers), Gunter Schoß (Dr. Dunkert), Johannes Terne (Dr. Gawron), Gudrun Ritter (Frau Schu-

ster), Alfred Müller (Kommissar Ballmann), Kirsten Block (Reporterin), Johanna Schall (Animiermädchen)
Ehrlicher ist zum sechzigsten Geburtstag seines alten Bekannten Dr. Willigerodt, der eine florierende Firma für technisch-medizinische Geräte besitzt, nach Naumburg eingeladen. Auf der Party bemerkt er, daß es in der Familie Spannungen gibt. Tochter Sophie Fischer ist eifersüchtig auf die Assistentin ihres Vaters, mit der ihr Mann, Dr. Fischer, eine Affäre hat. Dr. Fischer beichtet Ehrlicher, daß er erpreßt wird. Ehrlicher nimmt ihn nicht ernst. Wenig später kommt die Assistentin bei einem mysteriösen Unfall ums Leben.

Bauernopfer

(283, EA: 21.11.1993) Regie: Vadim Glowna, Buch: Patrick Bassenge
Darst.: Heinz Hoenig (Bulisch), Vadim Glowna (Drätsch), Ludger Burmann (Metkovic), Vera Tschechowa (Wiktorija), Jürgen Reuter (Mieth), Ercan Inci (Gurkow), Angela Sandritter (Constanze Drätsch), Michael Meister (Sauerbruch), Rolf Dietrich (Polizeipräsident), Elke Bille (Portiersfrau)
Ehrlicher und Kain sollen einen Einbruch in ein Dresdner Juweliergeschäft aufklären, allerdings nicht allein. Sie bekommen, sehr zu ihrem Unwillen, Verstärkung von dem Hamburger Kollegen Bulisch, der einem Sonderdezernat angehört, das das organisierte Verbrechen bekämpft. Denn Bulisch ist überzeugt, daß der mächtige Hamburger Mafioso Mieth hinter dem Einbruch steckt und versucht, seinen Wirkungskreis auf Dresden auszudehnen. Der Fall bietet ihm die Chance, Mieth zu fassen.

Laura, mein Engel

(291, EA: 1.5.1994) Regie: Ottokar Runze, Buch: Richard Hey
Darst.: Davia Dannenberg (Laura), Johan Ooms (Loris), Ivan Desny (Jettner), Peter W. Bachmann (Achim), Beathe Finckh (Marie), Petra Ehlert (Helga), Myriam Stark (Tina), Ursula Sukup (Iris Wegner), Monika Pietsch (Lore Ehrlicher), Thomas Rudnick (Tommi Ehrlicher)
In einem Motel wird die Leiche einer ermordeten Frau entdeckt. Sie war in den achtziger Jahren in den Westen geflüchtet und hatte ihre Tochter Laura erst vor ein paar Tagen aus einem Kinderheim abgeholt. Laura, der Tat dringend verdächtig, ist nun verschwunden. Als bald ein Foto der vermeintlichen Mörderin in einer Zeitung auftaucht, obwohl die Polizei keine Informationen nach außen gegeben hat, weiß Ehrlicher, daß Laura sich nicht vor der Polizei, sondern vor dem Mörder versteckt, der die Zeugin beiseite räumen will.

Jetzt und alles

(294, EA: 31.7.1994) Regie: Bernd Böhlich, Buch: Bernd Anger und Bernd Sad

Darst.: Niels Bruno Schmidt (Lucky), Sebastian Recznicek (Marco), Oliver Bröcker (Falco), Sandra Lindner (Gaby), Winfried Glatzeder (Ollenberg), Renate Krößner (Frau Wille), Henry Hübchen (Herr Wille), Heidrun Perdelwitz (Frau Kozelek), Reinhard Scheunemann (Tankwart), Rainer Lott (Beamter), Michael Pavlata (Jiři Hašek)

Crash Kids stehlen den Luxuswagen des Spielothekenbesitzers Wille und entdecken im Kofferraum des Fahrzeugs eine männliche Leiche. Sie brennen den Wagen ab und erpressen Wille, der sich zunächst darauf einläßt, denn die Polizei hat inzwischen den Wagen mit der Leiche gefunden und stellt unangenehme Fragen. Frau Wille wendet sich an ihren Geschäftspartner Ollenberg, einen Gangster, der sein Geld mit Mädchenhandel verdient; die Spielothek ist nur ein Tarnunternehmen. Ollenberg will die Crash Kids töten.

Ein ehrenwertes Haus

(302, EA: 8.1.1995) Regie: Petra Haffter, Buch: Stefan Kolditz

Darst.: Peter Fricke (Vermeier), Gunter Schoß (Dr. Ingholm), Nicolette Krebitz (Jo Lohr), Vladimir Weigl (Walter Lohr), Marga Legal (Rebecca Schwarzkopf), Anne-Sophie Briest (Melanie), Anne Kasprik (Barbara), Julia Lindig (Frau Ingholm)

Der verkrachte Musiker Steiner wird tot in der Badewanne seiner Wohnung aufgefunden. Der Fall sieht nach Selbstmord aus, doch bald schon wissen Ehrlicher und Kain, daß es Mord war. Verdächtig sind bis auf die Katzenliebhaberin Rebecca Schwarzkopf alle Mieter sowie der neue Besitzer des Hauses, Vermeier. Keiner von ihnen mochte Steiner, jeder hatte ein Mordmotiv. Während der Recherchen verliebt sich Kain in Jo, die ältere Tochter des Mieters Walter Lohr. Er beginnt eine Affäre mit ihr und begeht damit einen Fehler.

Falsches Alibi

(312, EA: 18.6.1995) Regie: Bernd Böhlich, Buch: Peter Probst

Darst.: Regula Grauwiller (Anka), Thomas Rudnick (Tommi Ehrlicher), Monika Pietsch (Lore Ehrlicher), Eva Hassmann (Anett), Ingeborg Westphal (Tamara Kemper), Robert Glatzeder (Steffen Kemper), Pascal Freitag (Chris Kemper), Sven Martinek (Jan), Utz Krause (Hotte), Christian Brueckner (Treciak), Wolfgang Völz (Jenninger)

In Freiberg wird auf einem Parkplatz die Leiche von Steffen Kemper gefunden. Kemper, ein polizeibekannter Autoknacker, wurde erschossen. Zunächst sieht es so aus, als wurde er von einem Autobesitzer oder einem Konkurrenten getötet. Doch dann entdeckt Ehrlicher, daß Kemper Schutzgelder erpreßt hat. Die Spur führt ihn zu der Kneipe seines Sohnes Tommi. Auch er könnte der Mörder sein. Ehrlicher sucht nach entlastenden Beweisen und versucht aus Angst, daß ihm der Fall entzogen wird, den Verdacht vor Kain geheimzuhalten.

Bomben für Ehrlicher
(319, EA: 1.10.1995) Regie: Hans Werner, Buch: Hans-Werner Honert
Darst.: Ralf Bauer (Wolf), Heinz Weixelbraun (Siggi), Eberhard Mellies (Walter), Günter Junghans (Leo), Monika Pietsch (Lore Ehrlicher), Thomas Rudnick (Tommi Ehrlicher), Dagmar Sitte (Susanne), Dieter Wien (Leiter der Dienststelle), Wolfgang Dehler (Höherer Offizier)
Während die Polizei damit beschäftigt ist, nach einer versteckten Bombe zu suchen, wird am anderen Ende Dresdens eine Bank überfallen. Gleich darauf erhält Ehrlicher einen Anruf von einem Unbekannten, der sich über ihn lustig macht. Ehrlicher hält dies erst für einen schlechten Scherz, bis sich der Anrufer nach einem weiteren Bombenalarm und einem Banküberfall erneut meldet. Als bei dem dritten Überfall einer der Räuber verhaftet wird und der andere mit einer Geisel flieht, fordert der Anrufer die Freilassung seines Komplizen.

Wer nicht schweigt, muß sterben
(327, EA: 10.3.1996) Regie: Hans Werner, Buch: Klaus Richter
Darst.: Michael Gwisdek (Paul Winter), Regula Grauwiller (Eva Meister), Hans Teuscher (Otto-Werner Meister), Falk Willy Wild (Dr. Stiegler), Hartmut Reck (Franke/Onkel Hans), Thomas Bestvater (Stein), Amina Gusner (Frau Maschke), Monika Pietsch (Lore Ehrlicher), Thomas Rudnick (Tommi Ehrlicher)
Die Ermittlungen in einem scheinbar gewöhnlichen Raubmordfall führen Ehrlicher auf die Spur des verkrachten Journalisten Paul Winter, eines guten alten Bekannten von ihm. Winter ist verschwunden. Seine Freundin Eva berichtet Ehrlicher, Winter habe Morddrohungen erhalten, weil er an der Aufdeckung illegaler Geschäfte mit C-Waffen arbeitete. Der Ermordete wollte ihm das Beweismaterial liefern. Ehrlicher erkennt, daß Winter tatsächlich unschuldig ist und sich gefährliche Feinde geschaffen hat, darunter Evas Vater.

Bei Auftritt Mord
(329, EA: 31.3.1996) Regie: Hans Werner, Buch: Peter Vogel
Darst.: Mathieu Carrière (Lewald), Ursula Karven (Elaine Morell), Natascha Graf (Frederike), Diego Wallraff (Ron), Ann-Cathrin Sudhoff (Beate), Jeffrey Burell (Jens), Nina Hoger (Roswita), Franziska Troegner (Rosa)

Lewald, Chef eines Showballetts, fordert Polizeischutz für seine Tänzer, die von einem Unbekannten bedroht werden. Zur gleichen Zeit wird in einer Nachtbar einer der Tänzer durch einen Messerwerfer schwer verletzt. Ehrlicher und Kain übernehmen den Fall. Kurz darauf wird Frederike, der neue Star, getötet mit einem Gift, das der Täter kurz vor ihrem Auftritt in ihr Getränk gemixt hat. Ehrlicher findet heraus, daß Lewald zwecks Reklame die Drohungen und den Messerwurf arrangiert hat, doch mit dem Mord hat er nichts zu tun.

Die Reise in den Tod

(349, EA: 29.12.1996) Regie: Wolfgang Panzer und Marek Nowakowski, Buch: Jan Hosalia; eine Koproduktion mit dem polnischen Fernsehen TVP
Darst.: Martin Huber (Gerber), Monika Pietsch (Lore Ehrlicher), Fred Delmare (Vater Merkel), Marijam Agischewa (Frau Merkel), Dieter Wien (Ehrlichers Chef), Emilio De Marchi (Wolodia Gremtschuk), Johannes Gabriel (BGS-Diensthabender), Rainer Engelhardt (Willi), Thomas Rudnick (Tommi Ehrlicher), Mario Grünewald/Jörg Thieme (Reporter)
Ehrlichers Frau Lore macht Urlaub bei Bekannten in der Nähe von Krakau. Als sie ein Schließfach am Bahnhof öffnet, wird sie durch eine Bombe getötet. Die Ermittlungen der polnischen Polizei lassen den Schluß zu, daß Lore zu einem Schmugglerring gehörte, der mit Produkten von Tieren, die unter das Artenschutzgesetz fallen, handelt. Ehrlicher glaubt an ihre Unschuld, sucht nach einer Unbekannten und nimmt die Nachbarn der Bekannten unter die Lupe. Die Spur führt ihn zurück nach Dresden.

Bierkrieg

(357, EA: 13.4.1997) Regie: Wolfgang Panzer, Buch: Claudia Sontheim und Peter Zender
Darst.: Herbert Olschock (Peter Kreiling), Ines Dalchau (Martha Kreiling), Laura Tonke (Miriam Kreiling), Hilmar Eichhorn (Funke), Anna-Katharina Muck (Rita Merz), Hannelore Koch (Christina Born), Dieter Wien (Chef), Lutz Teschner (Polizeipräsident), Jochen Kretschmer (Sänger), Michael Tonke (Udo Schaffert), Esther Schweins (Polizeibeamtin)
Im Kühlkeller der Brauerei Döbritzer wird die Leiche des Verkaufsleiters Udo Schaffert gefunden. Der Mann wurde aus nächster Nähe erschossen. Schaffert war ein Frauenheld, setzte seinen Charme auch überzeugend bei den Wirtsfrauen ein, so daß er geschäftlich sehr erfolgreich war. Bei fast allen Kneipenbesitzern der Stadt hat er Verträge abgeschlossen. Verdächtig sind vor allem ein Wirt, der von seiner Frau verlassen wurde, aber auch der von Schaffert systematisch ruinierte Vertreter der Konkurrenzbrauerei. Der hat aber ein Alibi.

Tödlicher Galopp

(364, EA: 29.6.1997) Regie: Wolfgang Panzer, Buch: Helmut Richter

Darst.: Rolf Hoppe (Dr. Karl Karsunke), Dieter Wien (Chef), Gerd Grasse (Arzt),Klaus Manchen (Schladitz), Ursula Geyer-Hopfe (Gerichtsmedizinerin), Dietrich Mattausch (Brekelsen), Christiane Heinrich (Agnes), Joan Jaschka Lämmert (Grit), Gunter Schoß (Köhn), Horst Schönemann (Drebach), Rosemarie Fendel (Frau Brekelsen), Thomas Rudnick (Tommi)

Kain besucht in Leipzig ein Pferderennen und verliert gleich seine erste Wette, da der von ihm favorisierte Galopper bewußt zurückgehalten und die Reiterin Agnes Damrau deshalb disqualifiziert wurde. Wenig später wird Agnes tot neben der Sattelkammer aufgefunden. Sie starb an einem seltenen südamerikanischen Gift, das sie selbst stets bei sich trug. Der Verdacht fällt auf ihren verheirateten Geliebten Prekelsen, der ihr Pferd gedopt haben soll und in dubiose Geschäfte um den millionenschweren Verkauf der Rennbahn verwickelt ist.

»Der Tod spielt mit«: Kain und Ehrlicher finden ein Miniaturskelett mit der Aufschrift: »Wer nicht zahlen will, muß fühlen.«

Der Tod spielt mit

(366, EA: 27.7.1997) Regie: Peter Vogel, Buch: Christian Limmer

Darst.: Walter Nickel (K-Techniker), Joachim Paul Assböck (Arno), Hendrik Duryn (Mike), Eduard Burza (Erich), Kathrin Angerer (Karin), Julia Brendler (Andrea), Christian Näthe (Lothar), Dietmar Huhn (Günther Knorr), Franziska Troegner (Rita), Jenny Gröllmann (Annemarie Wagner), Wolfgang Grosse (Polier), Martin Seiffert (Zacharias Bachmann)

Erpresser verüben einen Anschlag auf eine Imbißbude. Dabei kommt der Besitzer Erich Bachmann ums Leben. Kurz darauf wird der gerade aus der Haft entlassene Dirk ermordet. Er saß im Gefängnis, weil er Erichs Bruder Zacharias verprügelt hatte. Ehrlicher und Kain halten Zacharias für den Mörder Dirks, zumal sie entdecken, daß Dirk gemeinsam mit drei Freunden aus einer Footballmannschaft die Erpresserbande bildete. Doch dann wird einer der Freunde vergiftet, einen anderen kann Ehrlicher rechtzeitig retten.

Fürstenschüler

(387, EA: 17.5.1998) Regie: Frank Strecker, Buch Stefan Kolditz

Darst.: Anke Sevenich (Dr. Katrin Hermann), Alexandra Maria Lara (Kerstin Halbe), Kea Könneker (Anke), Gerd Siebenbauer, Nils Nelleßen, Matthias Koeberlin, Walter Nickel, Matthias Walten, Clemens Dönicke, Joanne Gläsel, Lutz Schäfer, Cornelia Kaupert, Karl-Fred Müller, Rayk Gaida

Kerstin Halbe, Schülerin eines Elite-Internats, wird tot in der Elbe gefunden. Sie ertrank, nachdem sie das Bewußtsein verloren hatte. Ehrlicher und Kain quartieren sich in dem Internat ein. Als sich herausstellt, daß Kerstin in der siebten Woche schwanger war, lassen sie über einen DNS-Test den Vater feststellen. Es ist der Schüler Frank. Der gibt zu, Kerstin ins Wasser gestoßen zu haben. Wenig später wird Frank ermordet. Ehrlicher entdeckt, daß der Tote eine Affäre mit Internats-Direktor Hermann hatte. Hermann gesteht den Mord, aber Ehrlicher glaubt ihm nicht.

Norddeutscher Rundfunk

Kommissar/Hauptkommissar Trimmel
Kommissar Finke
Kommissar Brammer
Hauptkommissar Nagel
MAD-Oberstleutnant/MAD-Oberstleutnant a.D. Delius
Kommissar Piper
Kommissar Greve
Kommissar Beck
Kommissar Schnoor
Kommissar Ronke
Hauptkommissarin Sommer
Hauptkommissar Stoever und Hauptkommissar Brockmöller

Kommissar Trimmel

Mit: Walter Richter (Kommissar, ab TATORT-Folge 4 Hauptkommissar Paul Trimmel)

Taxi nach Leipzig

(1, EA: 29.11.1970) Regie: Peter Schulze-Rohr, Buch: Peter Schulze-Rohr und Friedhelm Werremeier; nach dem gleichnamigen Roman von Werremeier
Darst.: Edgar Hoppe (Kriminalmeister Höffgen), Paul Albert Krumm (Erich Landsberger), Hans Peter Hallwachs (Oberleutnant Peter Klaus), Renate Schroeter (Eva Billsing), Sigurd Lohde (Karl Lincke), Günter Lamprecht (DDR-Grenzbeamter), Erwin Klietsch, Marianne Hachfeld, Ernst Wendt, Gerhard Hartig, Horst Ulbricht, Henry-Ernst Simon
An der Autobahn Leipzig-Berlin wird ein totes Kind gefunden. Trimmel erfährt über seinen Ostberliner Freund vom Staatsschutz, daß es sich um die Leiche von Christian Billsing handeln soll, der mit seiner Mutter Eva allein in dem DDR-Städtchen Markleeberg lebte. Trimmel informiert den in Frankfurt am Main lebenden Kindsvater Erich Landsberger vom Tod Christians. Landsberger reagiert desinteressiert. Von Eva, zu der Trimmel auf eigene Faust reist, erfährt er von einem zweiten Sohn Landsbergers und einem mysteriösen Kindestausch.

Exklusiv!

(9, EA: 26.10.1969 (unabhängig von der TATORT-Reihe); 11.7.1971 (im Rahmen der TATORT-Reihe) Regie: Peter Schulze-Rohr, Buch: Friedhelm Werremeier; nach seinem gleichnamigen Roman
Darst.: Heinz Bennent (Edmund Frank), Marika Mindzenty (Utta Grabowski), Wolfgang Reichmann (Armand Bleeker), Heinz Schubert (Dr. Gottschling), Sandor Kosnar (Hotelportier), Konrad Mayerhoff (Malinke), Jürgen Schmidt (Dr. Lippmann), Ingrid Goldmann-Ricard (Bleekers Sekretärin), Thomas Schiestl (Steffens), Wolf von Gersum (von Schwahlen)
Der sich reuig gebende Bankfilial-Leiter Edmund Frank wird wegen Unterschlagung verhaftet. Das Geld ist jedoch verschwunden. Angeblich haben es ihm zwei Prostituierte in Paris gestohlen. Trimmel mißtraut ihm und entdeckt, daß er eine Geliebte hatte, Utta Grabowski, die spurlos verschwunden ist. Bald stößt die französische Polizei auf ihre vergrabene Leiche. Frank behauptet, Utta sei während eines Streits verunglückt. Er wird jedoch wegen Mordes verurteilt. Nun erzählt er einem durchtriebenen Reporter die Wahrheit.

AE 612 ohne Landeerlaubnis

(10, EA: 12.9.1971) Regie: Peter Schulze-Rohr, Buch: Friedhelm Werremeier; nach seinem Roman »Ohne Landeerlaubnis«

Darst.: Joachim Richert (Kriminalhauptmeister Laumen), Udo Franz (2. Assistent Trimmels), Günter Mack (Max Bergusson), Joe Bogosyan (Femal Raccadi), Heinz Bennent (Captain Feininger), Petra Fahrnländer (Gaby), Reinhilt Schneider (Ully), Balduin Baas (Olaf), Gunnar Möller (Lindemann), Günter Gaus (Jochims), Kurt Jaggberg (Gastassistent Wirz)

Seit dem zufälligen Attentatstod seiner Frau verfolgt Max Bergusson den Verantwortlichen, den Palästinenser Femal Raccadi, der mangels Beweisen freigesprochen wurde. Als er ihn endlich in einem Flugzeug nach Beirut findet, informiert er Trimmel und zwingt Captain Feininger zur Kursänderung nach Hamburg. Doch Raccadi bemerkt seinen Verfolger, nimmt eine Geisel und lenkt die Maschine in Richtung DDR. Die Lage an Bord spitzt sich zu. In Hamburg suchen Trimmel und seine Leute nach Beweisen, um Raccadi verhaften zu können.

Der Richter in Weiß

(11, EA: 10.10.1971) Regie: Peter Schulze-Rohr, Buch: Peter Schulze-Rohr und Friedhelm Werremeier; nach dem gleichnamigen Roman von Werremeier

Darst.: Edgar Hoppe (Kriminalhauptmeister Höffgen), Joachim Richert (Kriminalmeister Laumen), Helmut Käutner (Prof. Dr. Kemp), Günther Dockerill (Dr. Lorff), Frank Strass (Dr. Karlsen), Gerda Gmelin (Dr. Mohr), Erika Pluhar (Brigitta Beerenberg), Felicitas Ruhm (Gabriele Montag), Helmut Schneider (Max Conradi), Rolf Bossi (Anwalt Dr. Loissen)

Brigitta Beerenberg erschießt ihren Mann, einen angesehenen Chefarzt, ruft die Polizei an und wird wegen möglichen Eifersuchts-Wahns zur Untersuchung in eine psychiatrische Klinik überwiesen. Trimmel vermutet jedoch, daß sie die Tat kaltblütig und bei vollem Verstand begangen hat. Er spürt Brigittas Freund Max Conradi auf, der zugibt, Brigitta eine Waffe, baugleich der ihres Mannes, gegeben zu haben. Trimmel will Brigitta verhören, doch Prof. Dr. Kemp, der sich in seine schöne Patientin verliebt hat, schirmt sie ab.

Rechnen Sie mit dem Schlimmsten

(21, EA: 24.9.1972) Regie: Peter Schulze-Rohr, Buch: Peter Schulze-Rohr und Friedhelm Werremeier; nach dem Roman »Ein EKG für Trimmel« von Werremeier

Darst.: Joachim Richert (Kriminalmeister Laumen), Ulrich von Bock (Kommissar Petersen), Manfred Schermutzki (Kriminalhauptmeister Krombach), Sabine Sin-

jen (Jill Biegler), Wolfgang Wahl (Prof. Becker), Franz Rudnick (Prof. Lachnitz), Kornelia Boje (Helena Biegler), Bruno Dallansky (Munck), Günter Einbrodt (Bertie Weyer), Gustl Bayrhammer (Gastoberinspektor Veigl)
Tonndorf, der Leiter des Computerzentrums einer den Organhandel koordinierenden Organisation, wird an seinem Arbeitsplatz ermordet. Kurz zuvor war die Mitarbeiterin Jill Biegler in der Firma, doch sah der Pförtner sie noch vor dem Mord wieder abfahren. Bei seinen Recherchen stößt Trimmel auf einen illegalen Organhandel, in den namhafte Ärzte wie die Professoren Lachnitz und Becker verwickelt sind. Er entdeckt auch, daß Jill eine nierenkranke Schwester hat und sich von Tonndorfs Tod einen Vorteil für sie erhofft.

Platzverweis für Trimmel
(32, EA: 19.8.1973) Regie: Peter Schulze-Rohr, Buch: Peter Schulze-Rohr und Friedhelm Werremeier; nach dem gleichnamigen Roman von Werremeier
Darst.: Edgar Hoppe (Kriminalhauptmeister Höffgen), Ulrich von Bock (Kommissar Petersen), Joachim Richert (Kriminalmeister Laumen), Christa Berndl (Olga Spindel), Klaus Stieringer (Johnny Feldmann), Eos Schopohl (Tilly), Gerd Martienzen (Tuffinger), Erna Nitter (Agnes Treuleben), Eva-Maria Bauer (Frau Holzmann), Jürgen Scheller (Erich Franz)
Luis Spindel wird ermordet auf einem Fußballfeld aufgefunden. Trimmel mutmaßt, daß er das erste Opfer in einem Bundesliga-Skandal ist, denn Spindel hat wöchentlich Geld von Prack bekommen, dem Vereinsvorsitzenden eines Fußballclubs. Doch auch Ehefrau Olga spielt eine dubiose Rolle. Nach Spindels Tod bekommt sie überraschend Besuch von Briefträger Patzke, einem Fußballfan, der Spindel immer das Geld gebracht und sich mit ihm angefreundet hatte. Patzke und seine debile Geliebte Tilly verbergen etwas.

Gift
(42, EA: 21.7.1974) Regie: Peter Schulze-Rohr, Buch: Friedhelm Werremeier; nach seinem Roman »Trimmel macht ein Faß auf«
Darst.: Edgar Hoppe (Kriminalhauptmeister Höffgen), Ulrich von Bock (Kommissar Petersen), Joachim Richert (Kriminalmeister Laumen), Renate Grosser (Susanne Knabe), Werner Cartano (Walter Knabe), Hans Kahlert (Binder), Peter Maertens (Anwalt Heimsoth), Peter Schiff (Dr. Stephan), Ursela Monn (Annika), Klaus Schwarzkopf (Gastkommissar Finke)
Auf einer Mülldeponie wird die Leiche von Privatdetektiv Bonderra entdeckt. Die Spur führt Trimmel zu der von Frau Knabe geleiteten Entsorgungsfirma Toxex und zur Metallica in Kiel. Trimmel entdeckt, daß Frau Knabe mit Hilfe ihres Geliebten Scholz, einem Fahrer bei der Metallica, illegal Giftfässer auf

die Deponie brachte. Kurz darauf wird Scholz aufgefunden. Alles deutet auf Selbstmord, doch Trimmel entdeckt, daß Scholz ermordet wurde. Metallica-Chef Dr. Stephan gerät unter Verdacht.

Trimmel und der Tulpendieb

(67, EA: 10.10.1976) Regie: Peter Schulze-Rohr, Buch: Friedhelm Werremeier; nach seinem gleichnamigen Roman
Darst.: Ulrich von Bock (Kommissar Petersen), Joachim Richert (Kriminalmeister Laumen), Brian O'Shaughnessy (Piet Brügge), Rudolf Brand (Helmut Rostock), Peter Wagenbreth (Erich Reismann), Cees Heyne (Joop de Vrost), Günther König (Oswald von Eick), Gaby Fuchs (Lisse van Eick), Pieter Lutz, René Frank, Pieter Groenier, Walter Kous, John Leddy
Drei Männer überfallen einen Geldtransporter und entkommen mit fast eineinhalb Millionen Mark. Einer der Täter, Erich Reismann, kann wenig später in einem Bordell auf der Reeperbahn verhaftet werden. Schon recht bald nennt er die Namen der Komplizen, Helmut Rostock und Piet Brügge. Letzterer war Helikopterpilot der niederländischen Armee, bis er wegen einer im betrunkenen Zustand geschlossenen Wette aus dem Garten der Königin Tulpen pflückte. Die Spur führt Trimmel zu einer verlassenen Plattform in der Nordsee.

Trimmel hält ein Plädoyer

(86, EA: 27.3.1978) Regie: Peter Schulze-Rohr, Buch: Friedhelm Werremeier; nach seinem gleichnamigen Roman
Darst.: Ulrich von Bock (Kommissar Petersen), Joachim Richert (Kriminalmeister Laumen), Wolf-Dietrich Berg (Kriminaldirektor Derringer), Volker Eckstein (Conny Schiefelbeck), Klaus Herm (Johannes Hees), Karl-Heinz Vosgerau (Roland Zank), Horst Michael Neutze (Otto Prüske), Petra Verena Milchert (Frl. Marx), Peter Lehmbrock
Trimmel sucht nach einem dreifachen Frauenmörder. Nachdem gegen seinen Willen der Polizeidirektor Details preisgegeben hat, wird die Prostituierte Angelika Brock ermordet. Trimmel hält Angelikas Freund Connie Schiefelbeck für den Täter, jedoch nicht für den Serienmörder. Der schlägt wenig später wieder zu. Sein Opfer Fräulein Marx überlebt und identifiziert Otto Prüske als Täter. Der verunglückt bei der Verhaftung und gesteht im Sterben, allerdings vier Morde. Dadurch kommt Trimmel einem Justizirrtum auf die Spur.

Hände hoch, Herr Trimmel!

(112, EA: 4.5.1980) Regie: Carlheinz Caspari, Buch: Friedhelm Werremeier; nach seinem gleichnamigen Roman

Darst.: Ulrich von Bock (Kommissar Petersen), Karl-Heinz von Hassel (Höffgen), Elisabeth Ackermann (Karin Stiller), Jörg Peter Falkenstein (Dr. Sorge), Karin Baal (Helga Martini), Martin Borger (Klaus Martini), Günter Kütemeyer (Gründler), Arnold Dammann (Polizist Becker), Felicitas Ruhm (Gaby Montag), Adrian Hoven (Schriller-Lautenbach)

Trimmels Mitarbeiter Höffgen, ein fähiger Kriminalist, der aber lieber feiert als arbeitet, klärt in kurzer Zeit die Identität einer halbverwesten Leiche. Der Tote ist der Erpresser Prange. Der Verdacht fällt auf den Pelzhändler Weinrich, Pranges letztes Erpressungsopfer. Zur gleichen Zeit spürt Höffgen den Heiratsschwindler Schriller auf, der seine neue Geliebte, Frau Martini, betrogen hat. Höffgen will Weinrich und Schriller erpressen und gegeneinander ausspielen. Trimmel durchschaut seinen Plan.

Karl-Heinz von Hassel, Walter Richter, Elisabeth Ackermann, Ulrich von Bock (v.l.n.r)

Trimmel und Isolde

(141, EA: 19.9.1982) Regie: Peter Weck, Buch: Friedhelm Werremeier; nach seinem gleichnamigen Roman
Darst.: Ulrich von Bock (Kommissar Petersen), Joachim Richert (Kriminalmeister Laumen), Edgar Hoppe (Krombach), Elisabeth Ackermann (Karin Stiller), Hartmut Becker (Klaus Bothüter), Christiane Krüger (Marlies Effenberger), Klausjürgen Wussow (Rechtsanwalt Schenkel), Dieter Brammer (Staatsanwalt), Paul Edwin Roth (Richter)
Isolde Bothüter wird in ihrer Wohnung erschlagen aufgefunden. Der erste Verdacht richtet sich gegen ihren Freund Giacomo Valpone. Aber dann gerät ihr Ex-Mann, der Journalist Klaus, ins Zwielicht. Es gibt Spuren seiner Anwesenheit in der Wohnung, außerdem spart er durch ihren Tod die Alimente. Doch seine Geliebte, Marlies Effenberger, verschafft ihm ein Alibi und einen guten Anwalt. Schlüsselfigur ist Isolde, die Tochter der Bothüters. Sie kennt den Mörder, schweigt jedoch und wird vom Jugendamt abgeschirmt.

Kommissar Finke

Mit: Klaus Schwarzkopf (Kommissar Finke)

Blechschaden

(8, EA: 13.6.1971) Regie: Wolfgang Petersen, Buch: Herbert Lichtenfeld
Darst.: Wolf Roth (Assistent Jessner), Jens Weisser (Harald Lossmann), Götz George (Joachim Seidel), Friedrich Schütter (Alwin Breuke), Ruth-Maria Kubitschek (Frau Breuke), Eva Astor (Monika Spehr), Volker Eckstein (Peter Reichert), Herbert A.E. Böhme (Vater Reichert), Giulia Follina (Gerdi Vogt), Horst Beck (Sallner), Walter Richter (Gastkommissar Trimmel)
Harald Lossmann wird nachts, als er mit dem Fahrrad in seiner kleinen Heimatstadt Ratteshausen unterwegs ist, überfahren und stirbt noch an der Unfallstelle. Der Fahrer flüchtet. Finke und sein Assistent Jessner nehmen die Ermittlungen auf und müssen schon bald einen weiteren Todesfall klären. Der Ingenieur Joachim Seidel wird erschossen. Seidel arbeitete bei dem Bauunternehmer Alwin Breuke, der, wie Finke bald entdeckt, eine heimliche Geliebte hat und der Unfallfahrer sein könnte.

Strandgut

(19, EA: 25.6.1972) Regie: Wolfgang Petersen, Buch: Herbert Lichtenfeld
Darst.: Wolf Roth (Assistent Jessner), Wolfgang Kieling (Dr. Rudolf Kühne), Ingeborg Schöner (Manuela Borsdorf), Dieter Kirchlechner (Helmut Possky), Rolf-

»Blechschaden«: Kommissar Finke (Klaus Schwarzkopf) hat eine heiße Spur.

Dieter Zacher (Karli Possky), Heidy Bohlen (Christa Kassdorf), Ulrich Matschoss (Regierungsdirektor Warrlau), Wika Krautz (Frau Warrlau), Karl-Heinz von Hassel (Hannes), Klaus Höhne (Gastkommissar Höhne)
Finke und Jessner reisen nach Kampen auf Sylt, wo wichtige Männer des Ortes zusammengeschlagen und mit Fotos, die sie beim verbotenen Liebesspiel in den Dünen zeigen, erpreßt werden. Bei ihrer Ankunft werden sie mit einer Leiche konfrontiert. Ein junges Mädchen, Lockvogel der Erpresser, wird tot an den Strand geschwemmt. Kurz darauf stirbt Manuela Borsdorf, die Geliebte des Arztes Dr. Kühne, ebenfalls unter mysteriösen Umständen. Finke ermittelt, daß auch sie Kontakte zu den Erpressern hatte.

Jagdrevier

(29, EA: 13.5.1973) Regie: Wolfgang Petersen, Buch: Herbert Lichtenfeld
Darst.: Wolf Roth (Assistent Jessner), Jürgen Prochnow (Dieter Brodschella), Walter Buschhoff (Kresch), Vera Gruber (Ina Lenz), Karl-Heinz von Hassel (Heinz), Annette Kluge (Pitti), Volkert Matzen (Molli), Klaus Helm (Szenka), Karen Hüttmann (Frau Borcherts), Uwe Dallmeier (Heise, Ortspolizist), Sieghardt Rupp (Gastzollfahnder Kressin)
Häftling Lambert, der wegen versuchten Mordes an einem gewissen Müller ein-

sitzt, bricht aus dem Gefängnis aus. Da der Verdacht besteht, daß er einen weiteren Anschlag auf Müller begehen wird, bekommt Finke die undankbare Aufgabe, ihn aufzuspüren und die Tat zu verhindern, für die er volles Verständnis hätte, denn Müller erweist sich als besonders mieser Schurke. Finke kann das Leben Müllers retten, dessen Schicksal dennoch eine unangenehme Überraschung für ihn bereithält.

Nachtfrost

(36, EA: 20.1.1974) Regie: Wolfgang Petersen, Buch: Herbert Lichtenfeld
Darst.: Hans-Peter Korff (Assistent Franke), Ursula Sieg (Frau Scheffler), Marcel Werner (Bertram Schaarf), John van Dreelen (Hugo Schaarf), Ulla Jacobsson (Frau Schaarf), Peter Lakenmacher (Heiko Schulz), Wolf von Gersum (Schippka), Herbert Mensching (Gallner), Uwe Dallmeier (Strube), Rudolf Möller (Polizeiarzt Gröner), Werner Schumacher (Gastkommissar Lutz)
Finke hat den Tod einer jungen Frau zu klären, die in ihrer Wohnung in einem alten Lagerhaus aufgefunden wurde. Zunächst finden sich kein Motiv und kein Verdächtiger, denn die Frau führte ein unauffälliges Leben und hatte anscheinend auch keine Feinde. Doch eine nähere Untersuchung bringt eine Überraschung zutage. Die anscheinend so biedere Ermordete führte eine Doppelexistenz und arbeitete als Prostituierte. Finke vermutet hier den Tathintergrund und macht sich an die Überprüfung ihrer Kunden.

Kurzschluß

(58, EA: 7.12.1975) Regie: Wolfgang Petersen, Buch: Herbert Lichtenfeld
Darst.: Wolf Roth (Assistent Franke), Dieter Laser (Piet Kallweit), Günter Lamprecht (Holger Freidahl), Henry Kielmann (Beck), Horst Stark (Bolljahn), Charlie Rinn (Enke), Georg Lehn (Höllbrock), Ingeburg Kanstein (Ella Freidahl), Johanna Liebeneiner (Dagmar), Sylvia Dudek (Inge Bolke), Jochen Köppel (Wörremann), Ilse Seemann (Frau Wörremann)
Streifenpolizist Freidahl wird auf ein Fahrzeug aufmerksam und verfolgt es. Der Beifahrer gerät in Panik und flüchtet zu Fuß durch einen Wald. Es stellt sich heraus, daß der Mann gerade eine kleine Sparkasse überfallen hat. Der Fahrer und Besitzer des Wagens ist nur ein harmloser Vertreter, den Kallweit als Geisel genommen hat. Die Suche nach dem Täter bleibt erfolglos. Auch von der Beute, die Kallweit auf der Flucht weggeworfen hat, findet sich keine Spur. Freidahl allerdings benimmt sich merkwürdig. Bald wird er erpreßt.

»Nachtfrost«: Rudolf Beiswanger und Klaus Schwarzkopf auf Beobachtungsposten

Reifezeugnis

(73, EA: 27.3.1977) Regie: Wolfgang Petersen, Buch: Herbert Lichtenfeld Darst.: Rüdiger Kirschstein (Assistent Franke), Nastassja Kinski (Sina Wolf), Christian Quadflieg (Helmut Fichte), Judy Winter (Dr. Gisela Fichte), Marcus Boysen (Michael Harms), Petra Verena Milchert (Inge), Rebecca Völz (Katrin), Sabine Burgert (Gitte), Friedrich Schütter (Rektor Dr. Forkmann), Hans Timmermann (Bender)

Die Gymnasiastin Sina Wolf hat ein heimliches Verhältnis mit ihrem Lehrer Helmut Fichte. Ihr Klassenkamerad und ehemaliger Freund Michael, der ihr eifersüchtig nachspioniert, entdeckt das Geheimnis und erzählt seiner Klassenkameradin Inge davon. Inge erpreßt Fichte, ihr bessere Noten zu geben. Michael wiederum zwingt Sina mit seinem Wissen zu einem Treffen im Wald. Als er sie vergewaltigen will, erschlägt sie ihn und belastet einen schon seit längeren gesuchten Sittlichkeitsverbrecher.

Himmelfahrt

(90, EA: 13.8.1978) Regie: Rainer Wolffhardt, Buch: Herbert Lichtenfeld
Darst.: Gerhard Dressel (Assistent Dressler), Diether Krebs (Lossak), Volker Eckstein (Thomas Brass), Peter Drescher (Holger), Eckhard Heise (Willi Erkens), Mathias Einert (Bernd), Andreas Seyferth (Jan Stratmann), Britta Fischer (Christa Brass), Susanne Schäfer (Rita Erkens), Bert Breit (Lieth), Barbara Breit (Isa), Dominique Horwitz (Robbi)
Brass, Lopsien und Erkens, die erst vor ein paar Wochen unter Lebensgefahr zwei Kinder aus einem brennenden Haus gerettet haben, werden in der Kleinstadt Doetersen von einem Unbekannten niedergeschossen. Alle waren Mitglied der Freiwilligen Feuerwehr. Auch die übrigen Mitglieder, Lossak, Stratmann und Budinski, sind in Gefahr. Finke vermutet, daß das Motiv aus einem zurückliegenden Feuerwehreinsatz resultiert. Doch Lossak, Stratmann und Budinski sowie Einsatzleiter Wölfer können sich nicht an Probleme erinnern.

Kommissar Brammer

Mit: Knut Hinz (Kommissar Heinz Brammer)

Kneipenbekanntschaft

(45, EA: 10.11.1974) Regie: J.M. Baldenius, Buch: H. Drawe und Rüdiger Humpert
Darst.: Peter Kuiper (Hermann Kolltasch), Rosemarie Fendel (Frau Höfer), Dieter Prochnow (Ossi Lörring), Edda Pastor (Eva Meinert), Til Erwig (Horst Schmidt), Hanni Vanhaiden (Frau Schmidt), Gottfried Kramer (Jacob), Uta von Mickwitz (Frau Schneider), Kriminalhauptmeister Henkel (Günter Heising), Klaus Schwarzkopf (Gastkommissar Finke)
Die lebenslustige, wohlhabende Witwe Anna Schmidt wird in einem Park erdrosselt. Anscheinend wurde sie Opfer eines Sexualmordes. Verdächtig sind ihre beiden Bekannten, der in Scheidung lebende Herr Höfer und der Binnenschiffer Ossi Lörring, mit denen sie in der Mordnacht noch zusammen getrun-

»Kneipenbekanntschaft«: Brammer (Knut Hinz, li.) und Henkel (Günter Heising) beim »Parkblick«-Wirt (Gerhard Hartig, re.).

ken hatte. Weitere Verdächtige sind Annas Stiefsohn, der bei ihr verschuldete Kohlengroßhändler und ihren Lebenswandel mißbilligende Horst Schmidt, der Hilfsarbeiter Jacob sowie ihr Geliebter Kolltasch.

Mordgedanken

(53, EA: 6.7.1975) Regie: Bruno Jantoss, Buch: Rainer Boldt und Rüdiger Humpert; nach einer Vorlage von Stefan Murr

Darst.: Günter Heising (Kriminalobermeister Henkel), Ulrich Matschoss (Bundesbahnoberrat Sperling), Gunnar Möller (Edmund Freese), Silvia Reize (Daniele), Herbert Bötticher (Dr. Kenzie), Angela Hillebrecht (Ida Kotelecki), Peter Herzog (Apotheker Georgie), Jutta Speidel (Ricki), Kyra Mladeck (Tina Freese), Heinz Schimmelpfennig (Gastkommissar Gerber)

In mehreren Städten werden auf Kohlewaggons französische Margarinekartons gefunden, die Leichenteile enthalten. Zunächst vermutet Brammer, die Tat sei in Frankreich geschehen. Durch einen Spezialisten der Bundesbahn kann Brammer ermitteln, daß die Kartons von einer Brücke in einem Ort im Harz auf die fahrenden Güterzüge hinabgeworfen wurden. Die Spur führt ihn zu Fleischwarenfabrikant Freese, dessen Frau sich in Brasilien befinden soll und der nun auf seine belgische Geliebte wartet.

... und dann ist Zahltag

(65, EA: 15.8.1976) Regie: Jürgen Roland, Buch: Werner Jörg Lüddecke; nach dem Roman »Zahltag« von Joachim Jessen und Detlef Lerch
Darst.: Günther Bothur (Kriminalobermeister Batke), Günter Heising (Kriminalobermeister Henkel), Uwe Dallmeier (Kommissar Hesse), Jörg Pleva (Ewald Merten), Monica Bleibtreu (Margot Merten), Evelyn Bartsch (Angelika Merten), Rudolf Schündler (Schürmann sen.), Werner Pochath (Schürmann jr.), Dirk Galuba (Wollgast), Hans-Jürgen Janza (Polizist Zeh)
Ewald Merten lebt nach einer Haftstrafe mit seiner Familie in geordneten Verhältnissen. Da wird eines Tages sein Kind gekidnappt. Der Entführer fordert von Merten nicht etwa eine Lösegeldsumme, sondern den Überfall auf die Filiale der Volksbank in Heiligenhafen. Merten begeht die Tat und lenkt, ohne es zu ahnen, die Polizei von dem Entführer ab, der nur Minuten später die benachbarten Filialen der Handelsbank sowie der Raiffeisenkasse überfällt. Denn als deren Angestellten um Hilfe rufen, glaubt die Polizei an einen schlechten Scherz, so daß der Täter entkommen kann.

Das stille Geschäft

(81, EA: 6.11.1977) Regie: Jürgen Roland, Buch: Fred Zander und Joachim Wedegärtner
Darst.: Günter Heising (Kriminalobermeister Henkel), Cilla Karni (Ina Meineke), Claus Theo Gärtner (Ulli Meineke), Günther Ungeheuer (Jahn), Michael Schwarzmeier (Ecklebe), Peter Petran (»Schobel«), Kurt Klopsch (Herr Schobel), Gerda Gmelin (Frau Schobel), Horst Bollmann (Delius), Horst Schick (Muhlhard), Hans Wolfgang Zeiger (Lokowski)
Bei einem Verkehrsunfall kommt ein Mann ums Leben. Die Papiere weisen ihn als Schobel aus. Als die Polizei die Familie benachrichtigen will, erfährt sie, daß Schobel lebt. Im Handschuhfach des falschen Schobel findet sie ein Modul mit einer Fertigungsnummer, anhand derer festgestellt werden kann, daß es aus einem der vier Leopard-Panzer stammt, mit denen ein neues Zielgerät erprobt wird. MAD-Major Delius und Brammer vermuten, daß der Auftraggeber einen zweiten Versuch unternehmen wird, das Modul zu stehlen.

Mit kühlem Kopf: Hauptkommissar Nagel (Diether Krebs, re.)

Hauptkommissar Nagel

Alles umsonst

(97, EA: 11.3.1979) Regie: Hartmut Griesmayr, Buch: Theodor Schübel

Darst.: Diether Krebs (Hauptkommissar Nagel), Günter Heising (Hauptmeister Henkel), Horst Michael Neutze (Erich Schmidt), Katharina Tüschen (Olga Schmidt), Monica Bleibtreu (Anni Klein), Erich Schwarz (Wilhelm Fink), Alexandra Jagow (Annis Tochter), Katharina Brauren (Annis Mutter), Paola Schoene (Ilse), Michael Gahr (Paul Rickert)

Hauptkommissar Nagel muß den Mord an der Bäckersfrau Olga Schmidt klären. Die Indizien deuten darauf hin, daß Einbrecher sie in ihrem Haus erschlagen haben. Doch Nagel entdeckt, daß der Einbruch fingiert wurde. Herr Schmidt, der von seiner Frau tyrannisiert wurde und ein Verhältnis mit der Verkäuferin Anni Klein hat, ist Nagels Hauptverdächtiger, hat aber scheinbar ein Alibi. Er war auf seinem Kegelabend, als Olga anrief und er ihren Tod am Telefon miterlebte. Nagel ermittelt nun gegen Anni.

MAD-Oberstleutnant/MAD-Oberstleutnant a.D. Delius

Mit: Horst Bollmann (MAD-Oberstleutnant; ab TATORT-Folge 175 MAD-Oberstleutnant a.D. Delius)

Freund Gregor

(101, EA: 1.7.1979) Regie: Jürgen Roland, Buch: Fred Zander

Darst.: Klausjürgen Wussow (Gregor), Ingmar Zeisberg (Marion), Günther Ungeheuer (Dr. Günther Schuster), Cordula Trantow (Inge Schuster), Christian Hanft (Thomas Schuster), Werner Asam (Satz, MAD), Ernst Dietz (Gümmer, MAD), Andrea Grosske (Frau Teltow), Werner Cartano (Wellinghausen), Karl-Heinz Hess (Kalb), Jan Groth (Chef)

Eine Gruppe von Offizieren eines Luftwaffengeschwaders erprobt ein neues Material. Die Untersuchungen verlaufen streng geheim. Eines Tages lernt einer der Offiziere im Urlaub einen Mann namens Gregor kennen, augenscheinlich ganz zufällig. Daraus entwickelt sich eine echte Freundschaft, in der man sich gegenseitig vertrauliche Dinge erzählt. Doch Gregor ist ein feindlicher Spion. Bald wird der Offizier erpreßt. Er vertraut sich dem Militärischen Abschirmdienst an, und Oberstleutnant Delius dreht den Spieß um.

Horst Bollmann (li.) als Delius und Günther Ungeheuer als Ingenieur Schuster

Der Schläfer

(152, EA: 6.11.1983) Regie: Jürgen Roland, Buch: Jochen Wedegärtner
Darst.: Günther Ungeheuer (Heinz Schäfer), Klaus Löwitsch (Dr. Spitzner), Klaus Höhne (Kutschner), Hellmut Lange (Wellmann), Pierre Franckh (Tümmler), Monika Madras (Frau Kutschner), Gunnar Möller (Hohleben), Erika Weber (Olga), Werner Cartano (Ziller), Erna Aretz, Johannes Großmann, Hans Häckermann, Norbert Goth, Jack Carman-Paxton, Harald Eggers
Dr. Spitzner hat im Auftrag des Ministerialrates Hohleben einen neuen Minenzünder entwickelt, der die gegnerischen Schiffe von den eigenen unterscheiden kann. Der feindliche Agent Schäfer versucht vergebens, die Konstruktionsunterlagen über Hohlebens Referenten Kutschner zu stehlen. Kutschner ist ein »Schläfer«, ein vom feindlichen Spionagedienst verpflichteter, aber nie eingesetzter Spion. Beim letzten Test detoniert die Mine. Delius untersucht, ob der Grund ein Konstruktionsfehler oder Sabotage war.

Baranskis Geschäfte

(175, EA: 1.12.1985) Regie: Jürgen Roland, Buch: Jochen Wedegärtner und Friedhelm Werremeier
Darst.: Knut Hinz (Maran Baranski), Nicolin Kunst (Anna), Ullrich Dobschütz (Lipski), Klaus Barner (MAD-Oberstleutnant Leiss), Karl-Walter Diess (Dr. Tschirwa), Gernot Endemann (Rothaus), Fritz Eckhardt (Gastoberinspektor Marek)
Maran Baranski ist einem unglaublichen Polit-Skandal auf der Spur, der ihn nach Wien zu der Ostblockfirma Comtex führt. Dort fotografiert er ein Dokument, das soeben von einem Kurier aus Bonn gebracht wurde. Baranski will Delius, nun Pensionär in Hamburg, die brisanten Informationen übergeben. Doch bevor es zu dem Treffen kommt, wird Baranski in Hamburg tödlich überfahren. Delius geht dem Fall nach. Die Spur führt ihn erst nach Wien und dann nach Bonn zum MAD, wo er einen »Maulwurf« vermutet.

Kommissar Piper

Mit: Bernd Seebacher (Kommissar Jochen Piper)

Streifschuß

(115, EA: 24.8.1980) Regie: Hartmut Griesmayr, Buch: Herbert Lichtenfeld
Darst.: Günter Heising (Kriminalobermeister Henkel), Hans Häckermann (Gerres), Edgar Bessen (Holm), Agnes Fink (Ursula Redders), Ekkehardt Belle (Christian Redders), Willy Witte (Prof. Redders), Cornelia Bayr (Franziska Redders), Mathias Ponnier (Imo Schwarz), Herb Andress (Carlos), Horst Michael Neutze (Lukas), Olivia Pascal (Margit Lamp)
Der Professor und Politiker Redders ist ein angesehener Mann, hat jedoch ein schwaches Herz. Eines Tages teilt der Bordellbesitzer Imo Schwarz Frau Redders mit, daß ihr Mann in seinem Etablissement gestorben sei. Frau Redders sorgt mit Hilfe des befreundeten Hausarztes für eine Vertuschung des Skandals. Sie läßt sich auch von Schwarz, der den Bordellbesuch fotografiert hat, erpressen. Als der Sohn des Professors, Christian, Schwarz bedroht und einen Skandal heraufbeschwört, schalten sich sogar Redders' Parteifreunde ein.

Kindergeld

(140, EA: 22.8.1982) Regie: Hartmut Griesmayr, Buch: Herbert Lichtenfeld
Darst.: Raphael Wilczek (Harald Lieck), Monika Lundi (Ulrike Hentsch), Dieter Kirchlechner (Herbert Hoffmann), Cornelia Bayr (Ines), Miriam Mahler (Rosita), Lindsey Payne (Barbara), Rüdiger Schulzki (Martin Vogel), Fernando Gómez (Antonio), Angela Schmidt (Dora Lieck), Linde Fulda (Susanne Hoffmann), Ana Ruiz (Anna), Fernandez Toledo (Alberto)
Spanien: Geschäftsmann Hoffmann überrascht das Zimmermädchen Ines Flores beim Griff in seine Brieftasche und verspricht zu schweigen, wenn sie ihm sexuell entgegenkommt. In dem Bungalow seines Bekannten Lieck macht er sich so ein paar nette Tage. Nach ein paar Monaten bekommt Lieck von der Familie Flores eine Alimentenforderung, die er an Hoffmann weiterleitet, wobei er jedoch aus den 10 000 Mark 100 000 macht. Hoffmann zahlt direkt an die Familie und entdeckt dabei den Schwindel. Lieck will ihn nun erpressen.

Kommissar Greve

Das Zittern der Tenöre

(125, EA: 31.5.1981) Regie: Hans Dieter Schwarze, Buch: Hansjörg Martin Darst.: Erik Schuman [= Erik Schumann] (Kommissar Greve), Georg Lehn (Otto Fintzel), Paul Edwin Roth (Rainer Buchholz), Eva-Ingeborg Scholz (Else Buchholz), Heinz Schimmelpfennig (Klaus Möhlmann, Wirt), Renate Grosser (Frau Möhlmann), Hans Hessling (Walter Hanke), Udo Thomer (Hermann Kroll jun.), Elisabeth Wiedemann (Frau Kroll), Hans Heeling (Hanke)

Der Rentner Otto Fintzel findet auf seinem Dachboden einen alten Koffer seines im Krieg gefallenen Bruders Julius, einem Nazi und Sammler von NS-Materialien. Otto erzählt den Mitgliedern seines Gesangsvereines Germania von dem Fund und sorgt damit für eine plötzliche Unruhe unter den älteren Freunden, dem Wirt Möhlmann, dem Oberstudienrat Buchholz, dem Apotheker Hanke, denn die haben eine braune Vergangenheit. Auch der jüngere Spediteur Kroll interessiert sich für den Kofferinhalt. Da wird Möhlmann tot aufgefunden.

Kommissar Beck

Slalom

(128, EA: 13.9.1981) Regie: Wolfgang Storch, Buch: Claus Bender und Wolfgang Storch

Darst.: Hans Häckermann (Kommissar Beck), Wolfgang Hartmann (Assistent), Gerhart Lippert (Walter Lanninger), Marianne Nentwich (Else Huber), Claudia Riechel (Sonja Steinitz), Ernst Dietz (Steinitz), Günther Flesch (Kress), Jürgen Schmidt (Martin Ribbke), Karin Hardt (Frau Wex), Henry Kielmann (Taubmann), Monika Söhnel (Frau Taubmann)

Einer alten Frau werden achttausend Mark gestohlen, die sie gerade von ihrer Bankfiliale abgehoben hat. Kommissar Beck verdächtigt Walter Lanninger, der zur gleichen Zeit wie das Opfer in der Filiale war und die Auszahlung beobachten konnte. Zudem ist Lanninger trotz seines guten Verdienstes verschuldet, denn er kann nicht mit Geld umgehen, braucht es aber dringend für ein eigenes Geschäft, das er mit seiner Verlobten Else Huber in seiner Heimat Österreich gründen will. Erst durch einen Unfall wird der Dieb überführt.

Wolfgang Hartmann, Gerhart Lippert, Hans Häckermann (v.l.n.r)

Die vier von der Schifferbank: Harry Oelrichs, Helmut Block, Friedrich Wichers, William Denker (v.l.n.r.)

Kommissar Schnoor

Wat Recht is, mut Recht bliewen

(136, EA: 2.5.1982) Regie: Volker Vogeler, Buch: Boy Lornsen und Elke Loewe Darst.: Uwe Dallmeier (Kommissar Nikolaus Schnoor), Harry Oelrichs (Peter Burmeester), Helmut Block (Rufus Beller), William Denker (Jakob Mühlensiepen), Friedrich Wichers (Johannes Hansen), Werner Eichhorn (Gustav Simoneit), Käte Jaenicke (Elli Simoneit), Eren Gündogdu (Kasim), Uwe Ochsenknecht (Fritz Lehmann), Ralf Richter (Wilfried Wilcke)

In dem idyllischen Katharinensiel an der Elbmündung wird die Leiche eines ermordeten Hamburger Wochenendseglers in dessen Boot gefunden. Kommissar Schnoors Ermittlungen in diesem Fall, in dem es um Rauschgift ging, scheinen gut zu verlaufen. Doch vier alte Herren irritieren ihn: Kapitän Burmeester, Schiffsingenieur Beller, Bootsmann Hansen und der ehemalige Seefahrer Mühlensiepen. Die vier langjährigen Freunde sitzen jeden Tag auf derselben Bank am Yachthafen und spähen auf die Elbe. Ihnen entgeht nichts.

Kommissar Ronke

Wenn alle Brünnlein fließen

(149, EA: 26.6.1983) Regie: Pete Ariel, Buch: Detlef Müller
Darst.: Ulrich von Bock (Kommissar Ronke), Lutz Hochstraate (Assistent Wieler), Peter Dirschauer (Helmut Groth), Claudia Wedekind (Eva Severing), Joachim Hansen (Arnold Severing), Holger Mahlich (Boris Hebgart), Erika Fernschild (Anneliese Groth), Wolfrid Lier (Vater Paulig), Friedrich Schütter (Stadtbaurat), Harald Pages (Rechtsanwalt)
Kommissar Ronke hat den Tod des Bauunternehmers Severing, der mit seiner eigenen Jagdflinte erschossen wurde, aufzuklären. Alles deutet auf Mord hin. Ronke entdeckt, daß Severing durch die Streichung eines öffentlichen Bauvorhabens ruiniert war, seine Schulden nicht mehr zahlen konnte und damit auch andere Firmen in den Konkurs trieb, wie die von Herrn Groth. Der hatte ein Motiv und benimmt sich sehr verdächtig. Auch Frau Severing verbirgt etwas.

Hauptkommissarin Sommer

Mit: Hannelore Elsner (Hauptkommissarin Lea Sommer)

Gefährliche Übertragung

(355, EA: 31.3.1997) Regie: Petra Haffter, Buch: Eva-Maria Mieke
Darst.: Andreas Herder (Assistent Fährhoff), Hansa Czypionka (Dr. Thoma), Barbara Rudnik (Theresa), Anna Thalbach (Laura), Sophie Steiner (Leila), Angelika Bartsch (Frau Thoma), Jörg Holm, Wolf-Dietrich Sprenger, Adriana Altaras, Erden Alken, Pierre Sanoussi-Bliss, Marga Legal, Sinta Tamsjadi
Die junge Serbokroatin Marcia Nasovicz stürzt aus einem Hochhaus zu Tode. Therapeut Dr. Thoma, der die magersüchtige Frau behandelte, verstrickt sich in Widersprüche. Sommer entdeckt, daß er eine sadomasochistische Beziehung zu Marcia hatte und sie in den Selbstmord trieb. Dies ist jedoch nicht strafbar, so daß sie ihn nach dem Verhör entlassen muß. Wenig später wird Thoma ermordet. Der Verdacht fällt zunächst auf die lesbische Modeschöpferin Theresa, die Thomas' neuestes Opfer, die junge Laura, liebt, dann auf Marcias Schwester Leila.

»Gefährliche Übertragung«: Lea Sommer (Hannelore Elsner) muß Dr. Thoma (Hansa Czypionka) unangenehme Fragen stellen.

Alptraum

(359, EA: 4.5.1997) Regie: Bodo Fürneisen, Buch: Bodo Kirchhoff
Darst.: Stephan Meyer-Kohlhoff (Assistent Jens), Rudolf Kowalski (Assistent Walter), Walter Kreye (Dr. Risterer), Suzanne von Borsody (Oberstaatsanwältin Jacoby), Helmut Berger (Hans Schilling), Christoph M. Ohrt (Cornelius Reusch), Michou Friesz, Andras Fricsay Kali Son, Reinhard Krökel, Stefan Merkl, Irmelin Beringer
Sommer fahndet nach einem Serienmörder, der es auf erfolgreiche Frauen abgesehen hat. Nach dem dritten Überfall wird sie von einem Mann angerufen, der sich als Killer ausgibt und sie bedroht. Einzige Anhaltspunkte sind sein prägnanter Dialekt und der Name seiner Mutter, Greta. Verdächtig sind neben dem Psychologen Cornelius Reusch, dem Freund der Oberstaatsanwältin Jacoby, auch der Theater-Regisseur Hans Schilling, Sommers neuer Bekannter. Ein altes Theater-Plakat bringt Sommer auf die richtige Spur. Sie entdeckt, daß es zwei Mörder gibt.

Hauptkommissar Stoever und Hauptkommissar Brockmöller

Mit: Manfred Krug (Hauptkommissar Paul Stoever), Charles Brauer (Hauptkommissar Peter Brockmöller; ab 179)

Haie vor Helgoland

(157, EA: 23.4.1984) Regie: Hartmut Griesmayr, Buch: Peter Hemmer
Darst.: Edgar Bessen (Kriminalhauptmeister Nickel), Ferdinand Dux (Hauptkommissar a.D. Mühlenkamp), Bernd Tauber (Uwe Voss), Ronald Nitschke (Rolf Gerber), Ilse Biberti (Petra Kolb), Hans Hirschmüller (Volker Reinders), Dietrich Mattausch (Karl Lepka), Karl-Heinz Gierke (Alfred Jüssen), Susanne D'Albert (Frau Lepka), Peter Petran (Herr Kröger)
Drei Männer und eine Frau planen einen genialen Raub. Sie reisen als Touristen nach Helgoland und brechen auf der Rückfahrt den Safe in der Fähre auf, in dem sich das gesamte Geld, das die Touristen auf der Insel ausgegeben haben, befindet. Doch dabei kommt es zu einer Panne. Sie werden von einem Angestellten überrascht und erschießen ihn. Es gelingt ihnen zwar, mit der Beute zu entkommen, doch ein Tourist, der an der Frau Gefallen gefunden und sie beobachtet hat, bemerkt etwas und verfolgt sie.

Gelegenheit macht Liebe

(160, EA: 19.8.1984) Regie: Pete Ariel, Buch: Peter Hemmer
Darst.: Rainer Goernemann (Nickel), Günther Maria Halmer (Dr. Rademacher), Claudia Rieschel (Brigitte Schwalb), Uwe Bohm (Gerd Enders), Waldemar Wichlinski (Holger Piwitt), Günther Gellermann (Direktor Seelschopp), Ela Behrends (Silvia Rademacher), Gernot Endemann (Werner Schwalb), Heinz Fabian (Taxifahrer)
Direktionsassistent Dr. Rademacher und Chefsekretärin Brigitte Schwalb, beide verheiratet, sind ineinander verliebt. Als es eines Tages auf einem Parkplatz in Rademachers Wagen zu einer ersten Annäherung kommt, werden sie von zwei jungen Männern überrascht, dem arbeitslosen Holger Piwitt und dem bewaffneten Soldaten Gerd Enders. Der bedrohte Rademacher muß mitansehen, wie die beiden Freunde mit Brigitte in seinem Wagen davonfahren. Schon bald wird sein Wagen gefunden, unweit davon liegt der erschossene Piwitt.

Irren ist tödlich

(168, EA: 14.4.1985) Regie: Wolfgang Storch, Buch: Peter Hemmer
Darst.: Horst Michael Neutze (Hauptkommissar Herbert Geerke), Rolf Pulch

(Kriminalhauptmeister Heinz Nickel), Herbert Trattnigg (Werner Rentrop), Gertrud Nothhorn (Frau Rentrop, seine Mutter), Manuela Zeiske (Christa Viebach), Rainer Schmitt (Benno Krötz), Michael Roll (Ole Gutzeit), Birgit Anders (Elvira Thiele), Ankie Beilke (Katzuko Yamabayaschi)
Im Hamburger Hafen kommt ein Mann an Bord eines Küstenmotorschiffes ums Leben. Stoever ermittelt, ob es ein Unfall oder Mord war. Da bekommt er Besuch von einem Kollegen und Bekannten aus Kiel, der wegen des Todes einer Frau ermittelt, die am Tag zuvor ermordet wurde. Der Täter wird auf eben jenem Küstenmotorschiff vermutet. Wenig später kommt ein weiterer Besucher aus Kiel: der Freund der Toten, ebenfalls auf der Suche nach dem Mann, der für den Tod seiner Freundin verantwortlich ist.

Leiche im Keller

(179, EA: 31.3.1986) Regie: Pete Ariel, Buch: Kurt Bartsch
Darst.: Lutz Reichert (Obermeister Meyer II), Holger Mahlich (Herbert Koslowski/Karl Koslowski), Beate Finckh (Angelika), Nicolas Brieger (Charly Strauch), Traudel Sperber (Suse Brockmöller), Irm Hermann (Frau Klein), Anja Roßmann (Ella Klein), Edgar Hoppe (Willy Baumann), Elli Pirelli (Wirtin)

»Tod auf Eis«: Husemann (Rüdiger Bahr, li.) treibt ein zwielichtiges Spiel, aber Stoever (Manfred Krug, re.) und Brockmöller (Charles Brauer) kommen ihm auf die Schliche.

Stoever und Brockmöller müssen den Mord an Herbert Koslowski aufklären, einem Beifahrer und Bewacher eines Geldtransporters, der überfallen wurde. Dabei lernen sie Herberts unauffälligen, aber etwas nervösen Zwillingsbruder Karl kennen. Erst sehr spät macht Stoever eine aufschlußreiche Beobachtung: Karl trägt einen Armreif, der genau zu einem Abdruck an Herberts Handgelenk paßt. Herbert hat die Identität Karls angenommen, nicht ahnend, daß der ein Doppelleben führte und erpreßt wurde.

Tod auf Eis

(185, EA: 7.9.1986) Regie: Dietrich Haugk, Buch: Wolfgang Graetz
Darst.: Lola Müthel (Magda Rhese), Johanna von Koczian (Helene), Ullrich Haupt (Paul Rhese), Rüdiger Bahr (Husemann), Eva Kryll (Silvia), Grazyna Dylong (Eliza), Wilfried Baasner (Diederichs), Eduard Erne (Hilmar), Peter Maertens (Polizeiarzt), Kurt Klopsch (Nachtportier), Thomas Astan (Adalbert von Plockwitz)
Der Hotelier Paul Rhese wird ermordet im Tiefkühlraum seines Hotels aufgefunden. Verdächtig ist der betrügerische Hausmeister Husemann, aber auch Rheses große Familie, allen voran seine von ihm getrennt lebende Ehefrau Magda und sein verschuldeter Stiefsohn von Plockwitz. Von Plockwitz wollte das in Familienbesitz befindliche Hotel verkaufen und hatte deshalb am Mordabend eine Familienkonferenz einberufen, die mit einem Streit endete. Magdas Dackel Willi führt Stoever auf die richtige Spur.

Tod im Elefantenhaus

(192, EA: 20.4.1987) Regie: Bernd Schadewald, Buch: Sven Freiheit
Darst.: Lutz Reichert (Obermeister Meyer II), Raimund Harmstorf (Tierpark-Inspektor Rolf Bergmann), Ben Becker (David Weber), Peter Bongartz (Dr. H. Weber), Hannelore Elsner (Dr. Christine Lohnert), Franz Rudnik (Albert Lier), Kerstin Draeger (Inga Bergmann), Bruno Dallansky (Pohle), Evelyn Hamann (Liers Sekretärin), Arnold Marquis (Buschhoff)
Bergmann, Tierpark-Inspektor bei Hagenbeck, wird von der Elefantenkuh Mogli zu Tode getrampelt. Der Mörder hatte den bewußtlos geschlagenen Mann zu ihr in den Stall geschleift und sie aufgestachelt. Bergmann hatte viele Feinde: Er hatte dem Tierarzt Dr. Weber die Freundin Christine ausgespannt, Webers Sohn David eine intime Freundschaft mit seiner Tochter Inga verboten und seinen Buchhalter Lier bei der Manipulation der Bücher erwischt. Erst eine Reise in Bergmanns Vergangenheit führt Stoever und Brockmöller zum Täter.

Voll auf Haß

(198, EA: 8.11.1987) Regie/Buch: Peter Schadewald

Darst.: Lutz Reichert (Meyer II), Djamchid Soheili (Mehmet Bicici), Tayfun Bademsoy (Erdal Bicici), Sabahat Bademsoy (Shirin Bicici), Heike Faber (Dagmar Lobeck), Ulrich Pleitgen (Gerhard Lobeck, Dagmars Vater), Johanna Liebeneiner (Lili Lobeck, Dagmars Mutter), Mario Irrek (Kralle), Luc Hoffmann (Leo), Gerhard Olschewski (Martin Fuhrmann)

Mehmet Bicici richtet für seinen Sohn Erdal eine Verlobungsfeier im eigenen Restaurant aus. Da die Verlobte, Dagmar Lobeck, Deutsche ist, gibt es Probleme, denn ihre Eltern lehnen Erdal ab. Während der Feier werden die Gäste von Skinheads überfallen. Zurück bleiben ein verwüstetes Restaurant, zahlreiche Verletzte und ein Toter, Erdal. Stoever und Brockmöller vermuten zunächst Ausländerhaß als Motiv, doch dann glaubt Stoever, daß die Skinheads gesteuert wurden. Er entdeckt, daß Bicici von Schutzgelderpressern bedroht wird.

Spuk aus der Eiszeit

(207, EA: 10.7.1988) Regie: Stanislav Barabas, Buch: Erich Loest

Darst.: Leo Bardischewski (Hartmut Menkhaus), Siegfried Wischnewski (Peter Kurbis), Wolf-Dietrich Berg (Martin Scholko), Krista Stadler (Astrid Nicolay), Pia Podgornik (Bettina Frank), Margret Homeyer (Hanna Kurbis), Christoph Quest (Falko Kurbis), Angelika Bartsch (Petra Kurbis), Siegfried Kernen (Dr. Halfterbach), Andrea Gowin (Renate Fink), Katharina Schubert (Rita Gammert)

Astrid Nicolay wird ermordet. Die Spur führt zu ihrem ehemaligem Arbeitgeber, dem Spediteur Peter Kurbis. Stoever und Brockmöller ermitteln, daß Astrid mit ihrem damaligen Kollegen Scholko auf dem Höhepunkt des Kalten Krieges den zweitrangigen Spion Hartmut Menkhaus in die DDR entführt hatte. Elf Jahre mußte Menkhaus in Bautzen absitzen. Nun lebt er in Hamburg. Einen Tag vor Astrids Tod hat er Scholko zufällig wiedergetroffen. Die Kommissare müssen herausfinden, ob sich Menkhaus gerächt oder ob Scholko eine Mitwisserin beseitigt hat.

Pleitegeier

(208, EA: 7.8.1988) Regie: Pete Ariel, Buch: Bruno Hampel

Darst.: Lutz Reichert (Meyer II), Heidi Kabel (Johanna Krause), Hans-Helmut Dickow (Roland Krause), Dieter Landuris (Harry Krause), Horst Frank (Manfred Kaiser), Eleonore Weisgerber (Maria Moll), Holger Mahlich (Dr. Berger), Ronald Nitschke (Holger Fries), Jürgen Roland (Anton Marek), Rainer Schmitt (Fahnder), Dieter Lehmann, Peter Maertens, Wolfgang Rau

Stoever und Brockmöller müssen klären, ob der Tod des Elektromeisters Roland Krause, dessen Leiche in seiner Garage gefunden wurde, ein Unfall, Selbstmord oder Mord war. Für Harry, den Sohn des Toten, ist der Fall klar: er beschuldigt den skrupellosen Betrüger Manfred Kaiser, seinen rechtschaffenen Vater zunächst in den Konkurs und dann in den Selbstmord getrieben zu haben. Kaiser ist gesetzlich jedoch nicht beizukommen. Wenig später wird er ermordet. Brockmöller verdächtigt Harry der Tat.

Schmutzarbeit

(216, EA: 19.2.1989) Regie: Werner Masten, Buch: Ulrich Kressin
Darst.: Lutz Reichert (Meyer II), Burghart Klaussner (Ulf Thorning), Dietrich Mattausch (Prof. Thorning), Diana Körner (Doris Eucken), Lou Castel (Jorek), Wolf-Dietrich Sprenger (Horst Simmath), Irm Hermann (Hilde Simmath), Diether Krebs (Raupach), Rainer Schmitt (Fahnder), Bettina Dörner, Werner Berndt, Gerda Gmelin, Benno Ifland, Angelika Bartsch
Eine junge Frau wird erschossen. Stoever und Brockmöller recherchieren noch in diesem scheinbar alltäglichen Fall, als sie einen anonymen Anruf erhalten, in dem ein Mord an dem Teilnehmer einer Tagung angekündigt wird. Brockmöller hält dies für einen schlechten Scherz, doch Stoever geht dem Hinweis nach, läßt sich jedoch von einem Profi-Killer austricksen. Die Polizei macht eine überraschende Feststellung: Der Mord an der Frau und der Profi-Mord wurden mit derselben Waffe begangen – nicht aber von derselben Person.

Armer Nanosh

(220, EA: 9.7.1989) Regie: Stanislav Barabas, Buch: Asta Scheib und Martin Walser
Darst.: Juraj Kukura (Nanosh Steinberger/Valentin Sander), Renate Krößner (Ragna Juhl), Edgar Selge (Heinrich Frohwein), Klaus Barner (Bleichertz), Lisa Kreuzer (Karin), Immanuel Grosser (Georg), Ulli Lothmanns (Moritz), Janos Gönczöl (Yanko), Dorothea Moritz (Frau Stoll), Hans Häckermann (Trieb), Sabi Dorr/Thomas Schüller (Roma)
Die junge Malerin Ragna Juhl wird in ihrem Atelier erstochen. Unter Tatverdacht gerät ihr Geliebter, der spurlos verschwundene Kaufhausbesitzer Valentin Sander. Doch auch sein Sohn Georg könnte der Mörder sein. Auch er liebte Ragna leidenschaftlich. Vielleicht will Valentin mit seiner Flucht nur den Sohn entlasten. Stoever und Brockmöller spüren Valentin in einer Roma-Familie auf. Valentin ist selbst Roma und hieß bis zu seiner Adoption Nanosh Steinberger. Nun erwartet sein Onkel Yanko, daß er die Sippe übernimmt.

Lauf eines Todes

(227, EA: 21.1.1990) Regie: Wolfgang Storch, Buch: Lothar Hirschmann
Darst.: Joachim Bliese (Herwart Branding), Ursula Heyer (Thea Branding), Marita Marschall (Felicia Branding), Kathrin Schaake (Lydia Wasegger), Christian Brückner (Peter Harbeck), Christiane Carstens (Anita Kessler), Bettina Dörner (Polizistin), Siegfried Kernen (Juwelier Cassano), Hans-Jörg Assmann, Gerhard Garbers, Michael Deffert
Harry Tischler wird brutal erstochen. Er war Privatchauffeur des Bürgerbeauftragten für Umweltschutz, Herwart Branding. Bei den Recherchen finden Stoever und Brockmöller heraus, daß er auch Zuhälter für Homosexuelle war, und nun suchen sie den Mörder im Kreis seiner männlichen Prostituierten. Branding, der von dem Doppelleben angeblich nichts wußte, gerät in die Schlagzeilen und kommt bei einem mysteriösen Unfall mit dem Wagen seiner Tochter ums Leben. Stoever und Brockmöller müssen klären, ob es ein Unfall, Selbstmord oder Mord war.

Zeitzünder

(233, EA: 4.8.1990) Regie: Pete Ariel, Buch: Detlef Müller
Darst.: Franz Boehm (Heinz Maurer), Diether Krebs (Karl Wollek), Ronald Nitschke (Horst Kehrmann), Heinz-Werner Kraehkamp (Götsche), Guntbert Warns (Mahlke), Hans Putz (Liebscher), Erich Will (Paul Stecher), Eleonore Weisgerber (Almut Bashani), Thomas Naumann (Frank Hessel), Werner Schwuchow
Im Hafen kommt es zu einem Feuerüberfall auf einen Lastwagen, wobei Fahrer Kehrmann tödlich getroffen wird. Beifahrer Kurt Wollek entkommt leicht verletzt. Da er unter Bewährung steht und ihm bei der nächsten Verhaftung Sicherheitsverwahrung droht, wagt er es nicht, zur Polizei zu gehen. Er wendet sich an seinen einzigen Vertrauten, Bewährungshelfer Heinz Maurer. Damit bringt er sich und Maurer in tödliche Gefahr, denn hinter der Sache steckt ein islamisches Land, dessen Präsident die Atombombe bauen will.

Finale am Rothenbaum

(239, EA: 20.1.1991) Regie: Dieter Kehler, Buch: Frank Göhre
Darst.: Lutz Reichert (Meyer II), Konstantin Graudus (Andi), Christina Plate (Bettina), Knut Hinz (Doc), Michel Subor (André), Gilles Gavois (Roland/Jean), Jean-François Quinque (Poulet), Jürgen Schornagel (Gerber), Manfred Lehmann (Niko Schwalm), Rüdiger Wolff (Holger), Kay Sabban (Kalla), Reent Reins (Hannes), Annette Mayer (Bibi), Chr. Siems (Erna)
Ronald Reynal, Mitglied der Kokainmafia, wird bei einem Bankraub in Mar-

seille verhaftet. Die französische Polizei bittet die Hamburger Kollegen um Amtshilfe, denn Reynal ging bis vor einem Jahr, als er einen Mord verübte, kriminellen Aktivitäten in der Hansestadt nach. Dort findet gerade eine Tennismeisterschaft statt, unter Beteiligung des deutschen Stars Andi. Die Mafia läßt ihn aus der Tiefgarage seiner Freundin Bettina entführen und fordert Reynals Freilassung. Während die Franzosen einen falschen Reynal nach Hamburg schicken, suchen Stoever und Brockmöller fieberhaft nach Andi.

Tod eines Mädchens

(246, EA: 4.8.1991) Regie: Jürgen Roland, Buch: Horst Bieber
Darst.: Lutz Reichert (Meyer II), Dieter Ohlendiek (Helmut Jahn), Katja Woywood (Silke Rupp), Katja Studt (Ulrike Jahn), Ann Kligge (Frau Adam), Kay Sabban (Freddy Meißen), Helmut Zierl (Thomas Bading), Monica Bleibtreu (Eva Jahn), Henning Schlüter (Bading sen.), Hans Scheibner (Gastauftritt als Gerichtsmediziner)
Im Park wird die Leiche der Schülerin Silke Rupp gefunden. Offenbar verunglückte sie durch einen Stromschlag, als sie nach einem Schäferstündchen badete. Ein Feuerzeug führt Stoever und Brockmöller zu dem Enddreißiger Thomas Bading, der eine Vorliebe für junge Mädchen hat. Als sie ihn verhaften wollen, finden sie ihn ermordet auf. Der Tat verdächtig ist zunächst die Schülerin Ulrike. Doch dann entdecken Stoever und Brockmöller, daß Bading den Betrügereien von Freddy Meißen, dem Assistenten seines Vaters, auf die Schliche gekommen war.

Blindekuh

(256, EA: 20.4.1992) Regie: Werner Masten, Buch: Ulrich Kressin
Darst.: Lutz Reichert (Meyer II), Joachim Hermann Luger (Jakov Samow), Diether Krebs (Frevert), Angelika Thomas (Elena Samow), Isolde Barth (Ruth Frevert), Svensja Beneke (Irene Frevert), Antje Weisgerber (Mutter Samow), Barbara Fenner (Chris van Reecum), Rolf Zacher (Jerry)
Arbeiter finden die Leiche der sechzehnjährigen Irene Frevert in der Nähe ihres Elternhauses. Das Mädchen starb durch Genickbruch infolge eines Sturzes. Verdächtig ist der unbescholtene Jakov Samow, der Irene, die als Kindermädchen bei ihm arbeitete, kurz vor ihrem Tod in der Nähe ihres Hauses abgesetzt hatte. Er liebte das Mädchen. Doch auch Irenes Vater ist verdächtig, denn er mißbrauchte seine Tochter. Da die Kommissare keine Beweise haben, greift Stoever zu einem Trick.

Das Experiment

(257, EA: 3.5.1992) Regie: Werner Masten, Buch: Peter Sichrowsky, Dramaturgie: Dieter Hirschberg

Darst.: Lutz Reichert (Meyer II), Felix von Manteuffel (Dr. Zauner), Margarita Broich (Dr. Schneider), Christoph Hofrichter (Sasse), Christiane Reiff (Schwester Hertha), Ludwig Haas (Professor Wimmer), Dolly Dollar (Bibliothekarin), Wolf-Dietrich Sprenger (Steiner), Gerda Gmelin (Frau Sasse), Eva Brumby (alte Frau)

Ein Patient stirbt in einem Krankenhaus, laut Dr. Zauner angeblich eines natürlichen Todes. Doch es besteht der Verdacht, daß er den Folgen eines illegalen Medikamentenexperimentes erlag. Am nächsten Tag wird die Leiche der in Dr. Zauner verliebten Schwester Hertha gefunden. Die Kommissare vermuten eine Verbindung zwischen den beiden Todesfällen. Brockmöller läßt sich als Patient in die Klinik einweisen. Als er erste Indizien gegen Dr. Zauner und Dr. Schneider findet, wird er enttarnt und in die psychiatrische Abteilung verlegt.

Stoevers Fall

(260, EA: 5.7.1992) Regie: Jürgen Roland, Buch: Willi Voss, Dramaturgie: Dieter Hirschberg

Darst.: Lutz Reichert (Meyer II), Dieter Thomas Heck (Lindemann), Jale Arikan (Uschi Dorn), Silvana Sansoni (Martina), Hans Häckermann (Kriminaldirektor), Joosten Mindrup (Referent), Jan Peter Heyne (Mitarbeiter), Kay Sabban (Kellner), Jörg Gillner (Geschäftsführer), Holger Mahlich (Hemmesfahr), Horst Frank (Anwalt), Jürgen Roland (Passant)

Privatdetektiv Berger, ein bekannter Erpresser, wird in seinem Büro auf der Reeperbahn erschossen. Bergers Kompagnon Born will dessen Archiv an Reporter Horstmann, Stoevers Freund, verkaufen. Es enthält Beweise für Korruption innerhalb der Polizei. Kurz darauf wird Borns Leiche gefunden, das Archiv bleibt verschwunden. Auf den Tip Horstmanns hin, der ebenfalls ermordet wird, recherchiert Stoever innerhalb der Polizei und entdeckt enge Kontakte zwischen Hauptkommissar Lindemann und Kiezgröße Hemmesfahr.

Amoklauf

(268, EA: 3.1.1993) Regie: Werner Masten, Buch: Dieter Hirschberg und Werner Masten; nach einer Vorlage von Asta Scheib

Darst.: Lutz Reichert (Meyer II), Peter Lohmeyer (Brandner), Werner Tietze (Hattkämper), Hussi Kutlucan (Mesut), Wolf-Dietrich Sprenger (Menzel), Suavi Eren (Nuril), Mohammad Ali Behboudi (Levent), Sevgi Özdamar (Frau Levent), Özlem Gökbulut, Herbert Weißbach

Brandner arbeitet als »Schlepper« für Hattkämper. Er schleust kurdische Wirtschaftsflüchtlinge in die Bundesrepublik Deutschland. Als eines Tages einer der Flüchtlinge auf dem Transport an einem Herzinfarkt stirbt, wird Brandner von seinem Komplizen, dem Kurden Mesut, als Mörder beschimpft. Es kommt zu einer Auseinandersetzung, bei der Mesut verletzt wird. Wenig später wird die kleine Aische Brandner entführt. Brandner hält irrtümlich Mesut und dessen Bruder Levent für die Kidnapper und droht ihnen.

Um Haus und Hof

(280, EA: 26.9.1993) Regie: Werner Masten, Buch: Raimund Weber
Darst.: Mark Keller (Polizist Lukas Thorwald), Florian Martens (Uwe Schlüter), Martina Schiesser (Julia), Gerda Gmelin (Frau Schlüter), Rainer Heise (Walter Grambek), Götz Schubert (Wohlers), Ulrich Faulhaber, Jürgen Janza, Edgar Bessen, Franz-J. Steffen, Viktoria Pawlowski, Charlie Rinnesser, Ingo Feder, Volker Bogdan, Maria Bäumer
Stoever und Brockmöller haben den Mord an einem Mädchen zu klären. Das Mädchen stammt ursprünglich aus Sachsen, wurde aber von den Eltern verlassen und lebte dann in einem kleinen Dorf nahe Hamburg, in dem die Kommissare nun, unterstützt von Dorfpolizist Thorwald, ermitteln. Zunächst verdächtigen sie Walter Grambek, einen Bauern, der Haus und Hof verloren hat. Nun ist in dem Dorf ein gnadenloser Kampf um den Grambek-Hof entbrannt. Mit dem Mord soll ein anderes Verbrechen vertuscht werden.

Ein Wodka zuviel

(288, EA: 6.3.1994) Regie: Werner Masten, Buch: Dieter Hirschberg
Darst.: Mark Keller (Kriminalobermeister Lukas Thorwald), Ulrich Faulhaber (Obdachloser), Regimantas Adomaitis (Kossov), Gennadi Vengerow (Gurganow), Dietrich Mattausch (Rechtsanwalt Schwinger), Jenny Gröllmann (Lea Richter), Wolf-Dietrich Sprenger (Menzel), Charlie Rinn (Polier), Bernhard Düwe (Martin), Jerzy Milton (Attaché), Woytillo (Ragow)
Ein russischer Milizionär wird erschossen. Er ermittelte verdeckt gegen die St. Petersburger Mafia, welche von Hamburg aus Schmuggelware in die G.U.S. schleust. Zusammen mit einem russischen Kollegen und Freund des Toten suchen Stoever und Brockmöller den Täter. Der will Stoever ausschalten und legt ihm eine tote Frau ins Bett. Stoever wird beurlaubt, sucht aber weiter nach dem mutmaßlichen Doppelmörder und Anführer der Schmuggler. Dabei gerät er in die Hand der Gangster.

Singvogel

(292, EA: 23.5.1994) Regie: Michael Knof, Buch: Willi Voss
Darst.: Mark Keller (Kriminalobermeister Lukas Thorwald), Elisabeth Schwarz (Lydia Tiefenthal), Rüdiger Vogler (Herbert Tiefenthal), Hans Kremer (Ronny), Claude-Oliver Rudolph (Rambo Hergeth), Claudia Messner, Werner Schreiber, Till Kaestner, Klaus Häusler, Günter Junghans, Klaus Piontek, Thomas Neumann, Rolf-Peter Kahl, Florian Lukas
Die Ermittlungen im Mord an Frau Holland führen Stoever und Brockmöller in das Gefängnis, in dem der Mann der Toten wegen Raubes einsitzt. Holland, der das Versteck der Beute nie preisgegeben hat, beschuldigt Knastkönig Ronny, vor dem er eine panische Angst hat. Ronny, einem Freigänger, ist die Tat nicht nachzuweisen, und auch nach seiner Freilassung schützen ihn seine Freundin Jeanette und der dubiose Gefängnisfürsorger Thiefenthal weiterhin. Stoever schleust Thorwald als Häftling in das Gefängnis ein.

Tod eines Polizisten

(301, EA: 1.1.1995) Regie: Jürgen Roland, Buch: Dieter Hirschberg und Gerd Reinhard
Darst.: Mark Keller (Kriminalobermeister Lukas Thorwald), Horst Frank (Lewark), Rolf Becker (Maurer), Christel Harthaus (Carola Neumann), Beatrice Richter (Rechtsanwältin Martina Dörfel), Lina Wendel (Sabine Kunert), Michael Greiling, Hermann Killmeyer, Till Demtröder, Peter Heinrich, Birgit Daniel, Jürgen Morche, Petra Duda, Jochen Regelin
Stoever und Brockmöller müssen den Tod des Polizisten Holger Witt klären, der nachts in seinem Streifenwagen erschossen wurde. Sein Partner Lutz Schuster gibt an, kurz zuvor den Wagen verlassen zu haben. Sie suchen den Punker Hasso, den sie als wichtigen Zeugen vernehmen wollen. Doch ihre Vorgesetzten drängen darauf, ihn als mutmaßlichen Täter zu verhaften. Stoever und Brockmöller glauben jedoch, Hasso verstecke sich aus Angst, recherchieren gegen Schuster und finden Beziehungen zur Unterwelt sowie einer dubiosen Frau.

Tödliche Freundschaft

(310, EA: 21.5.1995) Regie: Herrmann Zschoche, Buch: Raimund Weber
Darst.: Gerd Baltus (Dr. Beuck), Udo Schenk (Dr. Frank), Dorothea Kaiser (Dr. Doris Doll), Gisela Trowe (Frau Kronberg), Wolfgang Winkler (Range), Gert Haucke (Dr. Geuking), Thomas Naumann (Jochen Kronberg), Lina Wendel (Schwester Ingrid)
Der Biologe und Wissenschaftler Jochen Kronberg wird erschossen aufgefun-

den. Seine in einem Sanatorium lebende Mutter erzählt den Kommissaren, daß ihr Sohn mit der Pflegerin Ingrid befreundet war, die ein Kind von ihm erwartet. Ingrid verunglückt tödlich, bevor sie befragt werden kann. Stoever und Brockmöller entdecken, daß kürzlich die ebenfalls schwangere Pflegerin Else Selbstmord beging. Als sie Hinweise auf mißgebildete Embryonen bekommen, vermuten sie eine Verbindung zu dem Mord.

Der König kehrt zurück

(318, EA: 28.8.1995) Regie: Michael Gutmann, Buch: Felix Mitterer
Darst.: Gottfried John (Harry Mucher), Angelika Bartsch (Kirsten Fassbeck), Benedikt Volkmer (Jan Fassbeck), Wilfried Dziallas (Richard Tomsick), Jörg Pleva (Wolfgang Braun), Ralf Richter (Ulli Krüger), Lambert Hamel (Jochen Rakuscha), Doris Kunstmann (Frau Rakuscha)
Der ehemalige Kiez-König Harry Mucher wird nach elf Jahren wegen Krankheit vorzeitig aus der Haft entlassen. Er hatte seinerzeit mit seinem Komplizen Jochen Rakuscha eine Bank überfallen, dabei war die junge Polizistin Verena Becker, Brockmöllers Freundin, ums Leben gekommen. Seine Entlassung sorgt für Unruhe in der Unterwelt, vor allem bei Rakuscha, der ihn hintergangen hat und nun ausschalten will. Als ein Mord geschieht, fällt Brockmöllers Verdacht auf den untergetauchten Mucher. Die Suche führt die Kommissare zu Muchers sechzehnjährigem Sohn Jan.

Tod auf Neuwerk

(328, EA: 24.3.1996) Regie: Helmut Förnbacher, Buch: Raimund Weber
Darst.: Bernd Herzsprung (Freimut Drost), Michael Lesch (Sven Bolten), Paul Berndt (Fritz Helm), Ulrich Faulhaber (Hans Vogt), Peter Buchholz (Kai Helm), Karen Friesicke (Annegret Schwarz), Elmar Gehlen (Volker Butt), Manfred Reddemann (Leo Möller)
Der Hamburger Schiffahrtsdirektor Freimut Drost wird an den Händen gefesselt tot im Watt auf der Insel Neuwerk gefunden. Während Brockmöller in Hamburg Hinweise findet, daß Drost sich bestechen ließ und vor zwei Jahren sein bester Freund Jonas Schomer spurlos auf Neuwerk verschwand, entdeckt Stoever auf der Insel, daß Drosts tägliche Ausflüge nicht dem Interesse an der Vogelwelt galten, wie er sagte, sondern der »Xylia«, dem Kutter des Tauchschulbesitzers Knoll. Offenbar wollte er Schomers Verschwinden klären.

Fetischzauber

(331, EA: 5.5.1996) Regie: Thorsten Näter, Buch: Thorsten Näter; nach einer Idee von Nicole Schürmann

Darst.: Kurt Hart (Stefan Struve), Chantal de Freitas (Celine Martial), Derval de Faria (Gracieux Bisainthe), Elisabeth Schwarz (Marianne Mewes), Rolf Becker (Oberstaatsanwalt), Udo Schenk (Jensen), Oliver Betke (Robert Samland)

Stoever und Brockmöller werden in das Afrikanische Kulturzentrum gerufen, wo ein Besucher während eines Festes erstochen wurde. Gegen den Willen des Leiters und Voodoo-Priesters des Kulturhauses betreten sie den Tempel und entdecken auf dem mit Voodoo-Reliquien bestückten Altar eine Fetischpuppe mit dem aufgeklebten Portrait des Baulöwen Walter Mewes, der gerade Selbstmord begangen hat. Wenig später verunglückt Mewes' Sohn Gerd tödlich, nachdem er dubiosen Geschäften der väterlichen Firma mit Haiti auf die Spur gekommen war.

Lockvögel

(334, EA: 27.5.1996) Regie/Buch: Jörg Grünler

Darst.: Dirk Martens (Hauptkommissar Gerd Eifels), Rudolf Kowalski (Kaiser), Robert Victor Minnich (Dehmels), Kurt Hart (Stefan Struve), Rolf Becker (Oberstaatsanwalt), Marek Wlodarczyk, Ünal Gümüs, Sören Hunold, Erik Fiebiger, Sheri Hagen, Nursen Selbus

Im Auftrag von Stoever ermittelt Hauptkommissar Gerd Eifels seit einem Jahr verdeckt in der Rechtsradikalen- und Kurden-Szene wegen des Todes von Cem Agban, als er nachts in das Lokal Yüksel Agbans gelockt wird. Dort erschießt er einen bewaffneten, maskierten Mann, der sich als Agban entpuppt. Unbekannte hatten ihn geknebelt, die Arme mit einer Schiene fixiert und die Pistole an den Händen festgeklebt. Die Spur führt in die Judoschule von Neonazi Kaiser. Brockmöller findet bald einen wichtigen Hinweis im Internet.

Parteifreunde

(345, EA: 27.10.1996) Regie: Ulrich Stark, Buch: Detlef Müller

Darst.: Kurt Hart (Stefan Struve), Rolf Hoppe (Eberhard Sudhoff), Sven-Eric Bechtolf (Dr. Hancke), Christoph Bantzer (Priebeck), Marion Breckwoldt, Dietmar Mues, Angela Stresemann, Charlotte Schwab, Roland Renner, Haluk Hazar, Adelheid Hinz-Laurisch, Nils Kasiske, Beate Kiupel, Wolfgang Riehm

Vor dem Haus des angehenden Parteivorsitzenden Wolf Hancke wird der kriminelle Zeitschriftenvertreter Fred Schirmer erschossen, der manchmal für Hancke gearbeitet hat. Zur Tatzeit will Hancke bei dem pensionierten, aber immer noch tonangebenden Parteichef Sudhoff gewesen sein. Doch Sudhoff bestätigt das Alibi nicht, Hanckes politische Position wankt. Die Kommissare ermitteln, daß Schirmer heimlich ein Luxusleben führte und Besuch von einer unbekannten Dame hatte. Die Recherchen führen sie zu Ex-Senator Priebeck.

Ausgespielt

(352, EA: 23.2.1997) Regie: Jürgen Roland, Buch: Hans Werner Kettenbach
Darst.: Kurt Hart (Stefan Struve), Anna Maria Kaufmann (Tina Beck), Jörg Pleva (Detlev Markowski), Burkhart Klaussner (Sven Planitz), Horst Frank (Günther Grabert), Veit Stübner (Bruno Fellgiebel), Holger Mahlich (Ulrich Gerstenberg), Birgit Bockmann (Inge Kowaleck), Ursula Sieg (Lilo Martens), Carlo von Tiedemann, Bill Ramsey, Gottfried Böttcher (Gäste)
Der Obdachlose Max Zeller wurde ermordet. Stoever und Brockmöller erkennen in ihm ihr einstiges Jazz-Idol. Die Obdachlosen Grabert und Fellgiebel geben an, sie hätten in der Mordnacht mit Zeller Radio gehört. Bei einem Lied habe Zeller behauptet, es gehöre ihm, man habe es ihm gestohlen. Die Kommissare suchen Zellers Ex-Freundin Tina Beck auf, die gerade mit dem Komponisten Markowski an einem Musical für den Poduzenten Planitz arbeitet.

Tina Beck (Anna Maria Kaufmann) ist der Star des neuen Erfolgs-Musicals, aber auch Stoever und Brockmöller können als Gesangsduo brillieren.

Beim Abhören alter Platten Zellers entdecken die Kommissare Ähnlichkeiten mit diesem Musical.

Mord hinterm Deich

(363, EA: 25.12.1996 (unabhängig von der TATORT-Reihe im NDR); 8.6.1997 (im Rahmen der TATORT-Reihe) Regie: Olaf Kreinsen, Buch: Raimund Weber

Darst.: Vijak Bayani (Sevda Yilmar), Gerd Baltus (Warringa), Heiner Lauterbach (Studienrat Dehart), Brigitte Janner (Britta Dehart), Sophie Schütt (Dagmar Holst), Wolfgang Schenck (Bauer Holst), Jan Maak, Lutz Mackensy, Susanne Deraikchani, Reinhard Krökel, Henning Schlüter, Kurt Hart, Willy Polaszek, Werner Berndt

In einem kleinen Dorf wird die Gymnasiastin Dagmar Holst ermordet. Der Verdacht richtet sich zunächst gegen ihre Klassenkameradin Sevda und ihren Lehrer Warringa, denn Dagmar hatte entdeckt, daß sich beide heimlich trafen. Doch dann taucht die Leiche des Journalisten Gründel auf, der in dem Dorf über Landbordelle recherchierte und Aktfotos von Dagmar machte. Gründel fand heraus, daß die Bordelle dem angesehenen Lehrer Dehart, mit dem Dagmar eine Affäre hatte, und dessen Frau gehören.

Undercover-Camping

(374, EA: 2.11.1997) Regie: Jürgen Bretzinger, Buch: Michael Illner

Darst.: Peter Striebeck (Walter Böhlich), Hans Teuscher (Fleischermeister Friedhelm Hackel), Barbara Focke (Fricka Hackel), Sven Martinek (Jan Hoffmann), Theresa Hübchen (Sofie), Horst Franck (Kunst-Hehler), Michael Weber, Kurt Hart, Albrecht Ganskopf

In der Alster, bei einem Campingplatz, wird die Leiche von Dauercamper Peter Kahlscheid gefunden. Als Barpianist getarnt rollt Stoever im Luxuswohnwagen auf den Platz und mischt sich unter die Dauergäste. Seine Hauptverdächtigen sind Fleischermeister Hackel, Öko-Fighter Wagner, Platzwart Böhlich und Kahlscheids Ex-Geliebte Sofie. Bald stellt sich heraus, daß der Tote Köhler hieß und vor drei Monaten eine wertvolle Briefmarkensammlung gestohlen hatte. Sein betrogener Komplize will die Beute holen und reist ebenfalls inkognito an.

Arme Püppi

(386, EA: 10.5.1998) Regie: Helmut Förnbacher, Buch: Helmut Förnbacher, Manfred Krug und Thorsten Näter

Darst.: Pjotr Olev (Herr Moelders), Elena Nagel (Frau Moelders), Fjodor Olev (Anatolij Thomas Moelders), Donata Höffer (Psychologin Mindner), Rolf Becker

(Kriminalbeamter), Matthias Fuchs, Hermann Beyer, Peter Heinrich Brix, Derval de Faria, Gerhard Delling, Heike Falkenberg, Sandra Förnbacher, Boris Freytag, Kurt Hart, Jörg Holm, Berivan Kaya
Das Baby Annika Moelders wird aus dem Krankenhaus entführt. Da es herzkrank ist, hat es keine Überlebenschance. Seine Leiche wird wenig später am Strand gefunden. Annika wurde das Opfer eines international agierenden Ringes, der auf Bestellung kleine Kinder aus osteuropäischen Spätaussiedler-Familien entführt und an wohlhabende, kinderlose Paare in aller Welt verkauft. Als die Polizei Fotos der vermißten Kinder veröffentlicht, bekommen Stoever und Brockmöller einen wichtigen Hinweis. Auch Anatolij, der vierzehnjährige Bruder Annikas, sucht nach den Verbrechern.

Schüsse auf der Autobahn

(389, EA: 5.7.1998) Regie: Hartmut Griesmayr, Buch: Raimund Weber; nach einer Idee von Peter Zingler
Darst.: Bernd Tauber (Erich Dzchydl), Reiner Heise (Heinz Stamm), Dietmar Mues (Anwalt), Peter Mohrdieck, Silvan-Pierre Leirich, Tatjana Clasing, Susanne Lüning, Elsa Hanewinkel, Kurt Hart, Jürgen Morche, Christa Pillmann, Willy Bartelsen, Robin Brosch, Elisabeth Goebel, Silvia Hoffmann, Hannes Stelzer
Die Tippgemeinschaft der Trucker-Freunde Erich Dzchydl, Heinz Stamm und Albrecht Heuer gewinnt im Lotto, doch »Kassenwart« Dzchydl will nicht teilen. Seine Frau Erika erzählt ihrem heimlichen Liebhaber Stamm von dem Gewinn. Innerhalb von zwei Tagen werden Stamm und Heuer mit gezielten Kopfschüssen in ihren Lastern ermordet. Kurz darauf wird auch der Hauptverdächtige Dzchydl erschossen, und der ehemalige Chef der Freunde, Spediteur Korn, gerät unter Verdacht. Erst der pensionierte Trucker Rolf Peters bringt die Kommissare auf die richtige Spur.

Österreichischer Rundfunk

Oberinspektor/Oberinspektor a.D. Marek
Oberinspektor Hirth
Hauptkommissar Becker
Inspektor/Oberinspektor/Chefinspektor Fichtl
Inspektor Passini
Oberinspektor Pfeifer

Oberinspektor/ Oberinspektor a. D. Marek

Mit: Fritz Eckhardt (Oberinspektor Marek; ab 150 Oberinspektor a.D.), Kurt Jaggberg (Bezirksinspektor Wirz; 12-150), Albert Rolant (Inspektor Berntner, 12-150), Lieselotte Plauensteiner (Sekretärin Susi Wodak; 12-150)

Mordverdacht

(12, EA: 7.11.1971) Regie: Walter Davy, Buch: Fritz Eckhardt

Darst.: Werner Hinz (Harald Tüllmann), Liselotte Ebnet (Miriam Reinhold), Herwig Seeböck (Zenz, »Tschusch«), Ida Krottendorf (»Nebel-Theres«), Paul Hörbiger (der alte Wybiral), Oskar Wegrostek (Nehoda), Gerhard Mörtl (Ministerialrat Kalz), Walter Richter (Gastkommissar Trimmel)

Frau Tüllmann, die Ehefrau eines Großindustriellen aus Hamburg, wird ermordet aufgefunden. Herr Tüllmann beschreibt seine Ehe als gut. Doch Oberinspektor Marek entdeckt bald, daß Tüllmann lügt und es einige Probleme gab, beispielsweise die krankhafte Eifersucht der Ehefrau. Außerdem findet er heraus, daß Tüllmann Kontakte zur Unterwelt hat und erpreßt wird. Die Kriminellen hatten es offenbar verstanden, Frau Tüllmanns Eifersucht für sich zu nutzen und sie gegen ihren Mann auszuspielen.

Die Samtfalle

(23, EA: 12.11.1972) Regie: Walter Davy, Buch: Fritz Eckhardt

Darst.: Maria Emo (Marion Kremer), Ursula Siller (Isabell Kremer), Alexander Hegarth (Terp), Guido Wieland (Prendergast), Heinz Reincke (Schlüter), Tom Krinzigner (Polizeizeichner Roya), Bibiane Zeller (Frau Thomas), Hannes Schiel, Dieter Hofinger, Heinz Payer, Susanne Granzer; Sieghardt Rupp (Gastzollfahnder Kressin)

Der Spediteur Sebastian Kremer wurde auf einer Landstraße überfahren. Die Polizei schließt einen Unfall ebensowenig aus wie Selbstmord oder gar Mord. Der Mordverdacht erhärtet sich, da eine Uranerzladung, die Kremer fahren sollte, verschwunden ist. Marek findet heraus, daß Marion und Isabell Kremer, die Frau und die Tochter des Toten, sich hassen. Beide haben außerdem dubiose Freunde. In diesem Netz privater Intrigen gelingt es Marek, den Täter ausfindig zu machen, der nun auch noch Zollfahnder Kressin ermorden will.

Frauenmord

(35, EA: 9.12.1973) Regie/Buch: Fritz Eckhardt
Darst.: Leopold Rudolf (Erwin Rahl), Gert Westphal (Konsul Brink), Christiane Rücker (Ilse Brink), Harry Fuss (Harald Höss), Maria Urban (Klara Höss), Dolores Schmidinger (Lissy Hlavacek), Albert Rueprecht (Lahmann), Max Strecker (Brauchle), Peter Hofer, Jitka Frantova, Otto Tausig, Walter Langer, Bernd Hall, Peter Frick, Elisabeth Danihelka
Marek soll die Entführung und Ermordung von Frau Rahl klären, der Gattin des reichen Industriellen Erwin Rahl. Er findet bald heraus, daß es in der Ehe der Rahls Probleme gab. Frau Rahl war eine Nymphomanin, die sich ihre Liebhaber nicht nur unter den Angestellten ihres Mannes suchte. Seine Nachforschungen führen Marek und seine Leute zu dem Kriminellen Ewald Höss, dem mutmaßlichen Entführer. Doch nun fehlt Marek noch der Mörder. Erst ein neuer Zeuge hilft ihm weiter.

Mord im Ministerium

(44, EA: 13.10.1974) Regie/Buch: Fritz Eckhardt
Darst.: Gustav Dieffenbacher (Sektionschef Ehmann), Marte Harell (Frau Ehmann), Bernd Fortell (Sektionschef Radler), Susi Nicoletti (Gerda Radler), Robert Tessen (Ministerialrat Wiesiewicz), Erni Mangold (Kora Wiesiewicz), Carl Bosse (Hofrat Gleiner), Gertrud Ramlo (Frau Grete), Paul Esser (Gastkommissar Kasulke)
Ein Sektionschef im Ministerium wird mit vergiftetem Kaffee ermordet. Staatsschutz und Polizei werden eingeschaltet, denn es besteht der Verdacht, daß der Anschlag dem Minister selbst gegolten hat, der kurz vor dem Kaffeetrinken fortgerufen worden war. Nach einigen Recherchen wird ein ausländischer Agent verhaftet. Doch da wird der Nachfolger des Sektionschefs ebenfalls mit vergiftetem Kaffee getötet. Marek verhaftet einen Beamten, der von beiden Todesfällen profitiert. Der legt ein Geständnis ab, das jedoch falsch ist.

Urlaubsmord

(55, EA: 28.9.1975) Regie: Peter Weck, Buch: Fritz Eckhardt
Darst.: Heinrich Schweiger (Torney), Elisabeth Terval (Mimi Torney), Heinz Ehrenfreund (Boy), Grete Zimmer (Frau Pretzel), Walter Starz (Herr Kunze), Christian Futterknecht (Ministerialsekretär Pichler), Kunibert Gensichen, Gerti Gordon, Claudia Messner, Hubert J. Repnig, Hanns Eybl; Gustl Bayrhammer (Gastoberinspektor Veigl)
Bei der Rückkehr aus dem Urlaub findet das Ehepaar Torney eine ermordete Frau in der verschlossenen Wohnung vor. Marek, der das Ehepaar im Urlaub ken-

nengelernt hat, übernimmt den Fall. Er stellt bald fest, daß die Tote eine Prostituierte und Erpresserin war. Offenbar hängt ihr Tod mit dem eines Rauschgiftschmugglers zusammen, der nahe dem Ort, an dem Marek, die Torneys und ein junger Polizist, »der Boy«, ihren Urlaub verbrachten, ermordet wurde. Die Spur führt Marek zum Wiener Spediteur Banz.

Annoncen-Mord

(66, EA: 12.9.1976) Regie: Peter Weck, Buch: Fritz Eckhardt
Darst.: Helma Gautier (Lona Heller), Michael Toost (Pondra), Axel von Ambesser (Udo von Kalkreuth), Gusti Wolf (Grete Bändler), Bibiane Zeller (Frl. Neumann), Kitty Mattern (Frau Zwerschina), Mizzi Tesar (Frau Hess), Ulli Fessl, Kurt Sobotka, Friedrich Jores, Reinhold Tischler, Carlo Böhm, Edd Stavjanik; Knut Hinz (Gasthauptkommissar Brammer)
Die Leiche des vergifteten Gutsbesitzers Günther Kreiwild wird aus der Donau gefischt. Der Mann war auf eine Bekanntschaftsannonce hin nach Wien gefahren und ist nun bereits der zweite Gifttote nach einem Kaufmann aus Kärnten, dem das gleiche Schicksal widerfuhr. Der Mord an der Krankenschwester Hilde Sarner, genannt »Rosi«, steht offensichtlich in Verbindung mit den beiden Giftmorden. Verdächtig sind der Hochstapler und Heiratsschwindler Franz Niederhuber, aber auch einige Frauen, die unauffindbar sind.

Der vergessene Mord

(79, EA: 11.9.1977) Regie: Peter Patzak, Buch: Fritz Eckhardt
Darst.: Irene Marhold (Dina Rositz), Klaus Höring (Peter Urrazzi), Hans Obonya (Hofrat), Mijou Kovacs (Rosi), Klaus Wildbolz (Harry Kompert), Luise Prasser (Kukal), Ernst Meister (Kommerzienrat Rositz), Heinz Petters (Swoboda), Peter Frick (Beamter), Heinz Petters, Franz Stoss, Erich Schwanda, Ernst Hausknost
Großgrundbesitzer Rositz bekommt mehrere Drohbriefe, erzählt jedoch nur nebenbei seinem Freund, Hofrat Neloda von der Polizeidirektion, davon. Kurz darauf wird er in seinem Garten erschossen. In Tatortnähe werden die Gangster Swoboda und Grosser gesehen. Swoboda wird verhaftet, Grosser verschwindet. Marek, der von dem Fall abgezogen wird, erfährt zufällig interessante Details aus der Vergangenheit von Frau Rositz und stößt bei seinen Recherchen über Rositz' Sekretär Harry Grub auf einen »vergessenen« Mord.

Mord im Krankenhaus

(92, EA: 8.10.1978) Regie: Michael Kehlmann, Buch: Fritz Eckhardt
Darst.: Joseph Hendrichs (Zoller), Elisabeth Stiepl (Schwester Gertraud), Peter Josch (Spitaldiener Franzi), Anneliese Stöckl (Frau Schrötter), Wolfgang Weiser (Herr Schrötter), Guido Wieland (Dr. Zyllius), Dolores Schmidinger (Frau Flanzl), Ida Krottendorf (Frau Molitor), Mizzi Tesar (Wirtin), Bernhard Hall (Rotz), Ludwig Hirsch (Stoss), Ernst Cohen (Baron)
Durch Zufall erfährt Marek, daß sein ehemaliger Bettnachbar im Krankenhaus eines gewaltsamen Todes gestorben ist. Marek hatte zwar von dessen Tod gehört, aber an einen natürlichen geglaubt. Wenngleich der Mord eine Weile zurückliegt, will ihn Marek unbedingt aufklären, zumal er gerade eine denkwürdige Begegnung hatte. Vor seiner Rückkehr aus dem Erholungsurlaub traf er drei Männer, die ihm bekannt vorkamen. Erst in seinem Büro fiel ihm ein, daß es drei Ausbrecher sind. Er glaubt, daß sie mit dem Mord zu tun haben.

Mord im Grand-Hotel

(105, EA: 21.10.1979) Regie: Georg Lhotsky, Buch: Fritz Eckhardt
Darst.: Walter Kohls (Direktor Fellner), Dany Siegl (Renate Fellner), Rudolf Melichar (Dr. Berghof), Heidemarie Hatheyer (Lisa Kandrisch), Robert Hunger-Bühler (Radeck), Hanno Pöschl (Jimmy), Michaela Scheday (Lizzy), Walter Lan-

Dany Siegl, Fritz Eckhardt, Rudolf Melichar, Walter Kohls (v.l.n.r.)

ger (Winkler), Christine Böhm (Senta), Walter Schmidinger (Polizeiarzt), Heinz Marecek (Zinkl), Erhard Koren
Der Oberinspektor wird für die Bewachung eines Staatsgastes ins Grand Hotel beordert. Doch der Aufenthalt in diesem noblen Ambiente wird Marek plötzlich verkürzt. Am nächsten Morgen wird nämlich neben dem Swimming-Pool des Hotels die Leiche eines Unbekannten gefunden. Der Mann wurde mit einem Schuß in die Stirn getötet. Marek soll mit seinen Leuten den Mord aufklären. Die Suche führt ihn in weniger vornehme Gegenden, bis er am Ende den Fall als gelöst abschließen kann.

Mord auf Raten

(117, EA: 19.10.1980) Regie: Georg Lhotsky, Buch: Fritz Eckhardt
Darst.: Adrienne Gessner (Frau Spitz), Gusti Wolf (Lina Janousek), Jaromir Borek (Wirt), Brigitte Swoboda (Frau Heller), Erika Deutinger (Helga), Annemarie Düringer (Maria Pawel), Peter Wolfsberger (Hansen), Karl Fochler (Katwitz), Karl Dönch (Direktor Marno), Bruno Dallansky (Kindler), Carl Heinz Friese (Fuchs), Michael A. Schottenberg (Poldi)
Ein Vertreter wird vergiftet. Marek findet zunächst kein Motiv. Der Mann war offenbar völlig harmlos und hatte keine Feinde. Doch schließlich findet er eine Spur. Sie führt ihn in ein kleines Theater, das von Direktor Marno geleitet wird. Hier sitzt eine schon etwas ältere, aber noch recht attraktive Dame am Klavier. Sie scheint mehr zu wissen. Marek und seine beiden Kollegen Wirz und Berntner haben Probleme, sich auf ihre Arbeit zu konzentrieren. Die hübsche Friseuse Helga lenkt sie immer wieder ab.

Mord in der Oper

(129, EA: 18.10.1981) Regie: Wolfgang Glück, Buch: Fritz Eckhardt
Darst.: Erika Deutinger (Helga), Bert Fortell (Herr Homann), Sonja Sutter (Therese Homann), Gobert Auersperg (Erik Homann), Herwig Seeböck (Ewald Berlinger, Chauffeur), Margit Gara (Elsa), Josef Hendrichs (Hofrat), Ulrich Baumgartner (Stoisser), Otto Tausig (Samy Klein), Wolfgang Hübsch (Kühn)
Anläßlich eines Staatsbesuchs sehen sich Marek und Wirz in der Oper eine Aufführung der »Carmen« an. Nach der Vorstellung wird hinter der Bühne die Garderobiere mit durchschnittener Kehle aufgefunden. Auf der Unterbühne wird ein junger Mann aus gutem Hause entdeckt, der sich dort scheinbar grundlos herumtreibt. Zunächst fällt der Verdacht auf ihn, doch er bestreitet den Mord. Marek setzt seine Recherchen fort, die ihn in das kleinbürgerliche Milieu führen. Derweil plant Berntner, die Friseuse Helga zu heiraten.

Mordkommando

(142, EA: 17.10.1982) Regie: Jochen Bauer, Buch: Fritz Eckhardt
Darst.: Erich Auer (Dr. Wagel, Staatspolizei), Herbert Propst (Oberamtsrat Palitschek), Nadja Tiller (Frau Generaldirektor Zeller), Manfred Inger (Direktor Jochmann), Josefine Platt (Hella), Klaus Behrendt (Generaldirektor Rück), Otto Clemens (Sekretär bei Rück), Gabi Schuchter, Ossy Kolmann, Michael Janisch
Ein Polizist, der als verdeckter Ermittler in der Terrorszene recherchierte, wird ermordet. In seiner Kleidung ist ein Zettel mit den Namen dreier Industrieller eingenäht. Der Staatsschutz vermutet nun, daß diese Männer Ziel eines Anschlags sind. Tatsächlich gehen bald anonyme Anrufe einer Frau ein, die ein konkretes Datum für ein Attentat nennt. Marek wundert sich, daß die Terroristen ihre Aktionen ankündigen. Bei seinen Recherchen stößt er auf einen kleinen Gauner, der für den tschechischen Geheimdienst arbeitet.

Mord in der U-Bahn

(150, EA: 18.9.1983) Regie: Kurt Junek, Buch: Fritz Eckhardt
Darst.: Karl Merkatz (Oberinspektor Glauber), Paul Hoffmann (Claudius), Georg Friedrich (Felix Masopust), Heinz Petters (Eierkarl), Franz Katzinger (Grell), Peter Janisch (Polizeiarzt), Michael Herbe (Funkstreifenpolizist), Karl Schwetter (Oberarzt Schulz), Otto Kratochwil (Roller), Herbert Pendl (Schimeczek), Rudolf Melichar (Dr. Berghof)

Ida Krottendorf und Fritz Eckhardt

Nach einem Fußballspiel kommt es vor allem in der U-Bahn zu massiven Übergriffen von Hooligans. Die Polizei sperrt eine Station ab und findet dort die Leiche eines erstochenen Mannes. Der jugendliche Besitzer der Tatwaffe schwört jedoch, den Mord nicht begangen zu haben. Wirz und Bernter möchten den Fall gerne klären, doch Mareks Nachfolger will nicht, daß sein Kommissariat Mordfälle überhaupt bearbeitet. Pensionär Marek mischt sich ein und klärt den Fall mit unorthodoxen Mitteln.

Der letzte Mord

(199, EA: 29.11.1987) Regie: Kurt Junek, Buch: Fritz Eckhardt
Darst.: Gerhard Dorfer (Hofrat Dr. Putner), Bruno Dallansky (Oberinspektor Pfeifer), Michael Janisch (Inspektor Fichtl), Michael Bukowsky (Inspektor Hollocher), Serge Falck (Erwin), Elisabeth Osterberger (Martina)
Pensionär Marek sorgt sich um seinen Enkel, Sohn seiner nach Neuseeland verheirateten Tochter. Der junge Mann wohnt bei ihm, um in Wien zu studieren. Doch seit er Martina kennt, vernachlässigt er sein Studium. Marek recherchiert im Nacht- und Privatleben des Enkels und entdeckt, daß es eine Verbindung zwischen seinem Schützling und einem Toten gibt, der kürzlich in dem alten, verfallenen Haus, das Marek geerbt hat, gefunden wurde. Nun muß er den Fall lösen.

Oberinspektor Hirth

Mit: Kurt Jaggberg (Oberinspektor Kurth Hirth), Gerhard Dorfer (Hofrat Dr. Putner, Chef der Mordkommission), Michael Janisch (Inspektor Michael Fichtl), Heinz Zuber (Inspektor Viktor Schulz), Michael Bukowsky (Inspektor Adolf Hollocher)

Der Mann mit den Rosen

(163, EA: 25.11.1984) Regie: Kurt Junek, Buch: Kurt Junek und Harald Mini; nach dem Roman »Räuber und Gendarm«
Darst.: Miguel Herz-Kestranek (Inspektor Franz Ullmann), Walter Kinger (Wilfried Riedler), Eduard Wildner (Zeichner), Reinold Tischler (Josef Wondra), Christine Aichberger (Fräulein Bergmeier), Ulli Fessel, Christine Schuberth, Harald Gauster
Der kleine Michael wurde ermordet. In seiner Hosentasche endeckt die Polizei einen Zettel, auf dem der Junge sich kurz zuvor noch Notizen gemacht hatte. Er schreibt, wie er einen gutaussehenden Mann beobachtet, ihm durch die Stadt folgt, sieht, wie der sich Rosen kauft und dann in einem Durchgang verschwindet. Diese »Beobachtung« war eine Hausaufgabe für die Schule, die die

Lehrerin den Kindern aufgegeben hatte. Hirth fragt sich, ob der Mann mit den Rosen der Mörder ist und warum Michael sterben mußte.

Nachtstreife

(172, EA: 15.9.1985) Regie: Jochen Bauer, Buch: Leo Frank
Darst.: Miguel Herz-Kestranek (Inspektor Franz Ullmann), Sibylle Kos (Sandra), Emanuel Schmied (Kaller), Erika Domenik (Puppi), Gabriele Hift (Susanne), Stefan Fleming (Freddy), Herbert Pendl (Zwinker), Norman Hacker (Ali), Herta Fauland (Frau Höfler), Karl Mittner (Herr Höfler)
Inspektor Ullmann wird während der Nachtstreife von einem – vermeintlichen – Mopeddieb angeschossen. Anhand der Tatwaffe können Fichtl, Hollocher und Schulz einen Verdächtigen verhaften, der zudem durch Indizien schwer belastet wird. Nachdem der Mann in der Zelle Selbstmord begangen hat, stellt sich jedoch heraus, daß er zur Tatzeit im Gefängnis saß. Hirth rollt den Fall nochmals ganz von vorne auf. Die Spur führt ihn in die Rauschgiftszene und zu einer wichtigen Zeugin, die bald darauf ermordet wird.

Kurt Jaggberg (Bezirksinspektor Wirz), Fritz Eckhardt (Oberinspektor Marek) und Gusti Wolf

Wir werden ihn Mischa nennen

(186, EA: 21.9.1986) Regie: Kurt Junek, Buch: Kurt Junek; nach einer Vorlage von Harald Mini
Darst.: Alexandra Hiverth (Helga Waschinski), August Schmölzer (Hermann Waschinski), Jaromir Borek (Josef Koplinger), Isabella Fritdum (Frau Preber), Adolf Lukan (Paul Preber), Nina Schwarz (Sabine Preber), Susanne Mitterer (Silvia Stamitz), Reinhard Hauser (Robert Stamitz), Hans Grafl (Kurt Schneider)
Ein Überfall auf eine Bank gerät zum Fiasko, als die hochschwangere Passantin Helga Waschinski einen der maskierten Täter erstaunt mit »Kurt« anspricht. Der Mann schießt sie nieder und entkommt mit seinen Komplizen und einem Mädchen als Geisel. Die Ärzte stellen Helgas Ehemann Hermann vor die Entscheidung: entweder das Leben der nun hirngeschädigten Frau oder das des Kindes. Hermann entscheidet sich für das Kind, das aber ebenfalls stirbt. Zusammen mit seinem Schwiegervater Josef Koplinger sucht er nach »Kurt«.

Inspektor Passini

Wunschlos tot

(196, EA: 30.8.1987) Regie: Kurt Junek, Buch: Kurt Junek und Bert Steingötter
Darst.: Christoph Walz (Inspektor Passini), Michael Janisch (Inspektor Fichtl), Michael Bukowsky (Inspektor Hollocher), Gerhard Dorfer (Hofrat Dr. Putner), Bruno Dallansky (Oberinspektor Pfeifer), Gerhart Ernst (Brauneder), Karl Krittl (Spanntaler), Angelika Meyer (Jenny), Fritz Eckhardt (Oberinspektor i.R. Marek), Regine Weingart (Frau Neuhold), Ingrid Ahrer (Rita), Helmut Fischer (Gastinspektor Lenz)
Ein alter Mann wird ermordet. Der Verdacht fällt anfangs auf dessen heroinsüchtigen Neffen Robert Hauser. Doch dann führt eine Spur zu dem berüchtigten Gangster Peischl. Kurz darauf ist Robert tot, die Zeugin Jenny, eine Prostituierte Peischls, verschwindet. Erst als sich eine neue Zeugin meldet, kann die Polizei einen Erfolg gegen Peischl verbuchen. Der Mörder bleibt jedoch weiterhin frei. Der junge Inspektor Passini ist überzeugt, daß sich seine Kollegen nicht genug bemüht haben.

Oberinspektor Pfeifer

Feuerwerk für eine Leiche

(211, EA: 2.10.1988) Regie: Kurt Junek, Buch: Bert Steingötter

Darst.: Bruno Dallansky (Oberinspektor Pfeifer), Michael Janisch (Inspektor Fichtl), Michael Bukowsky (Inspektor Hollocher), Gerhard Dorfer (Hofrat Dr. Putner), Dorothea Parton (Inspektorin Dorothea Winter), Alfons Haider (Norbert Kaiser), Gabriela Benesch (Susi Brulak), Alfred Reiterer (Fischer), Gerhard Rühmkopf (Mario Nemeth), Roger Murbach (Thomas Bubner), Ingrid Ahrer (Eva Walder)

Bei einem Banküberfall wird die Angestellte Herta Fischer ohne ersichtlichen Grund erschossen. Der Täter entkommt. Es gibt nur vage Hinweise auf ihn – er trug eine NATO-Jacke und sprach Italienisch. Die Überwachungskamera zeigt nichts, sie war nach einer Geburtstagsparty am Vorabend nicht nachgestellt worden. Fichtl vermutet dahinter Absicht und verdächtigt den Filialleiter, weil der einen viel zu teuren Wagen fährt und überhaupt ein Yuppie-Typ ist. Doch dann gerät der Ehemann der Toten unter Verdacht.

Hauptkommissar Becker

Mein ist die Rache

(338, EA: 14.7.1996) Regie: Houchang Allahyari, Buch: Houchang Allahyari und Dariusch Allahyari

Darst.: Klaus Wildbolz (Hauptkommissar Max Becker), Michael Bukowsky (Kommissar Hollocher), Margot Vuga (Inspektorin Aloisia »Lou« Hareter), Gerhard Dorfer (Hofrat Dr. Putner), Fritz Karl (Walter Sedlak), Wolfgang Hübsch (Herbert Novotny), Andrea Händler (Mag. Sylvia Taschner), Harald Posch (Markus Stück), Cecile Nordegg (Frau Novotny)

Der Mord an der Therapeutin Taschner scheint schnell geklärt. In der Wohnung der Toten werden Blutspuren und Haare ihres Patienten Walter Sedlak, eines Häftlings, der kurz vor der Entlassung steht und deshalb bereits zeitweise die Anstalt verlassen darf, gefunden. Sedlak bestreitet die Tat. Kommissarin Hareter glaubt ihm und vermutet, daß sich der Kriminalbeamte Herbert Novotny an Sedlak rächen will. Der sitzt nämlich im Knast, weil er vor zehn Jahren bei einem Einbruch unbeabsichtigt Novotnys kleine Tochter erschoß.

Inspektor/Oberinspektor/Chefinspektor Fichtl

Mit: Michael Janisch (Inspektor Fichtl; ab 281 Oberinspektor; ab 358 Chefinspektor), Michael Bukowsky (Inspektor Hollocher; bis 333), Gerhard Dorfer (Hofrat Dr. Putner, Chef der Mordkommission; bis 333), Wolfgang Hübsch (Oberinspektor Paul Kant; ab 358)

Blinde Angst

(223, EA: 1.10.1989) Regie: Kurt Junek, Buch: Bert Steingötter

Darst.: Dorothea Parton (Inspektorin Winter), Gerhard Roiss (Kurt), Barbara Wallner (Sonja), Alfons Haider (Theodor Kemmer), Adeline Schebesch (Agathe Kemmer), Roland Astor (Herbert Kluger), Erik W. Göller (Gerichtsmediziner), Helga Hummel (Susanne Körber), Hans Dujmic (Django), Herwig Seeböck (Johann Smolek), Hermut S. Müller (Emil Novacek)

Als ein alter Mann in seiner heruntergekommenen Villa ermordet wird, nimmt die Polizei als mutmaßlichen Täter einen Jugendlichen fest. Der gibt zu, in das Haus eingebrochen zu sein und den Besitzer mißhandelt zu haben, um an dessen Ersparnisse zu kommen, bestreitet aber den Mord. Da die Polizei fest von seiner Schuld überzeugt ist, flieht er und zieht sich dabei schwere Verletzungen zu. Während sich der Flüchtige mehr und mehr in einen Verfolgungswahn hineinsteigert, findet die Polizei Indizien für seine Unschuld.

Michael Janisch als Oberinspektor Fichtl (li.) und Heinrich Schweiger als Peischl

Seven – Eleven

(236, EA: 11.11.1990) Regie: Kurt Junek, Buch: Peter Zingler
Darst.: Dorothea Parton (Inspektorin Winter), Gerhard Roiss (Inspektor Katzki), Manfred Jaksch (Inspektor Kugler), Sieghardt Rupp (Ferdl Willek), Joachim Unmack (Berger), Heino Fischer (Bergers Anwalt), Peter Zingler (Rolli), Michaela Rosen (Vera Klein), Otto Tausig (Dr. Liska), Ditmar Huhn, Walter Nickel, Wolfgang Grosse, Andreas Müller, Jörg Simmat
Bei einer großangelegten Razzia anläßlich einer Geburtstagsparty eines Unterweltbosses gelingt der Polizei mit Hilfe eines Undercover-Agenten die Festnahme einer Reihe bekannter Gangstergrößen. Während sie im Wettlauf mit den Anwälten der Gangster nach Beweismaterial für diverse Anklagen wie Mord, illegales Glücksspiel, Zuhälterei und Rauschgifthandel sucht, hat Fichtl einen Mord zu klären, der während der Razzia begangen wurde und möglicherweise in direktem Zusammenhang mit ihr steht.

Telephongeld

(247, EA: 15.9.1991) Regie: Hans Noever, Buch: Peter Zingler
Darst.: Dorothea Parton (Inspektorin Winter), Johanna Hohloch (Gabi Dorn), Nicolin Kunz (Regina Hollocher), Erwin Steinhauser (Dr. Ruloff), Adolf Laimböck (Karl Tielmann, Bäcker), Herb Andress (Privatdetektiv Kowalski), Toni Böhm, Wolfgang Ambros
Ein Mann, der an der Vermittlung von Warentermingeschäften beteiligt war, wird ermordet aus der Donau gezogen. Sein Job bot sich für kriminelle Aktivitäten geradezu an. Risiko und Investitionskosten sind relativ gering. Man »gründet« eine Scheinfirma, ködert die Opfer mit hohen Renditen. Ist das Geschäft getätigt, werden Büro und Telefon gekündigt. Die Geprellten sehen oft von einer Anzeige ab, weil sie das Geld, um das sie gebracht wurden, am Finanzamt vorbeigeschleust haben.

Kinderspiel

(261, EA: 16.8.1992) Regie: Oliver Hirschbiegel, Buch: Peter Zingler
Darst.: Sylvia Haider (Inspektorin Susanne »Susi« Kern), Steve Barton (Haller), Hanno Pöschl (Mangold), Jed Curtis (Ostjek), Gideon Singer (Carlo), Carina Hammer (Mika), Peter Zingler (Pöckl), Zwi Wasserstein (Karras), Istvan Racz (Janosch), Werner F. Schöller, Erik W. Göller, Günther Stepan, Adolf Wessely, Otto Wanz, Michael Pilss
Immer wieder muß die Polizei Täter laufen lassen, weil diese noch nicht vierzehn Jahre und damit strafmündig sind. Diverse Kindergangs machen bereits die Großstädte unsicher. Meistens stammen die Kinder aus Osteuropa und

schüren durch ihre Aktivitäten die Ausländerfeindlichkeit. Doch die Drahtzieher, die wirklichen Bosse, sind ganz andere. Die Wiener Polizei versucht, diesen Hintermännern auf die Spur zu kommen, um endlich wirksam gegen die steigende Kriminalität vorgehen zu können.

Stahlwalzer

(281, EA: 24.10.1993) Regie: Hans Noever, Buch: Peter Zingler
Darst.: Sylvia Haider (Inspektorin Kern), Helmut Berger (Leo Wigankow), Vera Borek (Gerda Sivetzki), Nina Grosse (Ursula Sivetzki), Günther Einbrodt (Walter Krangel), Michael Rastl (Helmut Manz), Hans Georg Nenning, Haymon Maria Buttinger
Der ehemalige Mitarbeiter einer Waffenfabrik wird erschossen und in eine Decke gewickelt aus der Donau gezogen. Fichtl, der sich nach 45 Dienstjahren fragt, ob er den richtigen Beruf gewählt hat, soll den Mord klären. Dabei entdeckt er, daß ein Land in Nahost zwei Verkaufsmanager der Fabrik als Geiseln hält und den Konzern zu illegalen Waffenexporten zwingt. Fichtls Vorgesetzter, selbst unter Druck, verlangt, daß der Mord als Selbstmord zu den Akten gelegt wird, bietet Fichtl sogar eine Beförderung an.

Ostwärts

(298, EA: 30.10.1994) Regie: Oliver Hirschbiegel, Buch: Peter Zingler
Darst.: Sylvia Haider (Inspektorin Kern), Manfred Lukas-Luderer (Leo Koschnik), Bartolomej Topa (Karol), Magdalena Stuzynska (Maria), Andrzej Blumenfeld (Jovan Plonsky), Fritz von Friedl (Wilfried Berger)
Der Pole Karol wird ermordet, seine Frau Maria in einem Bordell festgehalten. Karol arbeitete für die polnische Automafia, die jedes Jahr allein tausend Autos von Wien in den Osten verschiebt. Fichtl und Hollocher machen eine Dienstreise nach Warschau, scheitern aber an den Behörden. Inspektorin Kern versucht über den Privatdetektiv Leo Koschnik den Mörder zu finden. Koschnik hatte Karol, der mit Maria ein neues Leben in Deutschland anfangen wollte, als V-Mann gewinnen können im Kampf gegen die Automafia.

Die Freundin

(317, EA: 13.8.1995, ORF und SR) Regie: Jürgen Kaizik, Buch: Jürgen Kaizik und Bert Steingötter
Darst.: Margot Vuga (Inspektorin Aloisia »Lou« Hareter), Katharina Stemberger (Fanny), Tamara Metelka (Ingrid), Wolfgang Krassnitzer (Max Brockmann), Gertrud Roll (Isolde Brockmann), Herbert Föttinger (Stefan Brockmann)
Während eines Routineeinsatzes findet die Polizei die Leiche des offenbar

ermordeten Werbefilmproduzenten und Partylöwen Max Brockmann. Bei den Recherchen zeigt sich, daß es in der Familie alles andere als harmonisch zuging: Frau Brockmann verachtete ihren Mann als Emporkömmling, er rächte sich dafür mit Seitensprüngen; der älteste Sohn Stefan wollte die väterliche Firma an sich reißen. Als Hauptverdächtige wird Fanny verhaftet, Brockmanns letzte Geliebte und Teilerbin.

Kolportage

(333, EA: 19.5.1996) Regie: Hans Noever, Buch: Peter Zingler

Darst.: Sylvia Haider (Inspektorin Kern), Krista Posch (Ingrid Teschke), Erwin Steinhauer (Gerhard Tiegelmann), Wolfgang Böck (Josef Prybilla), Reinhard Reiner (Willi Prybilla), Vera Borek (Maria Prybilla), Michael Rastl (Justus Kern)

Der Pakistani Talaat Sahi kommt bei einem Verkehrsunfall, der sich bald als Mordanschlag entpuppt, ums Leben. Sahi arbeitete als Zeitungsverkäufer für Gerhard Tiegelmann, für den auch viele andere billige Arbeitskräfte aus der Dritten Welt – Asylanten – tätig sind. Offenbar ist dies ein lukratives Geschäft. Fichtl und seine Kollegen entdecken, daß Tiegelmann seine Arbeitnehmer

Wolfgang Hübsch (li.) und Johannes Nikolussi

betrügt. Er läßt sie Verträge unterschreiben, mit denen sie sich ihm vollständig ausliefern. Daneben ist Tiegelmann auch in Asylbetrug involviert.

Hahnenkampf

(358, EA: 20.4.1997) Regie: Hans Noever, Buch: Gerhard J. Rekel
Darst.: Wolfgang Hübsch (Oberinspektor Paul Kant), Johannes Nikolussi (Inspektor Jakob Varanasi), Elisabeth Lanz (Inspektorin Maier), Georg Schuchter (Hans Xaver), Erwin Steinhauer (Johannes Herzig), Mirjam Ploteny (Beatrice Aumüller), Micho Friesz (Maria), Ottokar Lehrner (Desmondo), Loretta Pflaum (Dr. Waldhuber), Melanie Kocsan (Fanny)
Als der Hühnerfarmer Aumüller in einer Vergasungstonne für männliche Küken ermordet aufgefunden wird, fällt der Verdacht zunächst auf den benachbarten Bio-Bauern Franz Xaver, einen Jugendfreund von Fichtls neuem Assistenten Varanasi. Der hält Xaver für unschuldig und schleicht sich als neuer Mitarbeiter in die Hühnerfarm ein. Bald entdeckt er in einem Verschlag Medikamente gegen Salmonellen. Herzig, Assistent der Geschäftsführung, gibt den Ausbruch der Seuche zu, an der vor einiger Zeit ein kleines Mädchen starb.

Morde ohne Leichen

(360, EA: 19.5.1997) Regie/Buch: Wolfgang Murnberger
Darst.: Wolfgang Hübsch (Oberinspektor Kant), Johannes Nikolussi (Inspektor Varanasi), Elisabeth Lanz (Inspektorin Maier), Udo Samel (Mag. Bauer/Ritte), Michou Friesz (Maria), Susanne von Almassy (Anna Bauer), Peter Resetarits (TV-Reporter), Fritz von Friedl (Dr. Hildebrandt), Heinz Zuber (Walter Jordan), Helmut Berger (Franz Hohenberg)
Eine Vermißtenserie beschäftigt die Polizei. Da alle Fälle ähnlich gelagert sind, vermutet Fichtl dahinter eine Killer-Organisation. Ein Obdachloser, der zufällig Zeuge eines Mordes wird, bringt ihn auf eine Spur, die zu einem Beerdigungsunternehmen führt. Wenig später wird der Obdachlose ermordet, seine Leiche einbetoniert. Kant bittet seine Freundin Maria, den Auftragskiller ausfindig zu machen – als angebliche Kundin. Die Spur führt zu einem unauffälligen, freundlichen Herrn, dem Kopisten Magister Bauer.

Radio Bremen

Kommissar Böck
Hauptkommissarin Lürsen

Kommissar Böck

Ein ganz gewöhnlicher Mord

(26, EA: 4.2.1973) Regie/Buch: Dieter Wedel
Darst.: Hans Häckermann (Kommissar Böck), Til Erwig (Kommissar Kullmann), Hans-Helmut Dickow (Kommissar Siedhoff), Franz Rudnick (Wölbel), Dagmar Berghoff (Fräulein Schäfer), Fritz Lichtenhahn (Dr. Jasmers), Herbert Mensching (Rechtsanwalt Rasche), Brigitte Grothum (Dagmar Freidank), Günter Strack (Friedhelm Sacher)
Vier Männer schließen während des Bremer Freimarktes Bekanntschaft miteinander. Einer von ihnen, der Vertreter Friedhelm Sacher, hat viel Geld. Das Quartett fährt im Laufe des Abends nach Worpswede, um dort Frauen für die Nacht kennenzulernen. Zwei Tage danach wird Sachers Leiche am Stadtrand von Bremen aufgefunden. Kommissar Böck und seine Kollegen vermuten den Mörder unter den drei Männern, mit denen Sacher zuletzt gesehen wurde. Die Verdächtigen belasten sich gegenseitig.

Hauptkommissarin Lürsen

Mit: Sabine Postel (Hauptkommissarin Inga Lürsen), Rufus Beck (Kommissar Stefan Stoll), Alexander Strobele (Polizeipsychologe Kai Helmold), Hans Kremer (Claas Röder, Ingas Chef), Camilla Renschke (Helen Reinders, Ingas Tochter), Senta Bonneval (Frau Bode, Ingas Sekretärin), Rolf B. Wessels (Dr. Pietsch, Notarzt)

Inflagranti

(376, EA: 28.12.1997) Regie: Petra Haffter, Buch: Sabine Thiersler
Darst.: Hansa Czypionka (Lothar Reinders, Ingas Ex-Mann), Beate Jensen (Nicole Broders), Vincent Schalk (Jan Broders), Ronald Nitschke (Peter Broders), André Hennicke (Achim Keitel), Anette Hellwig (Sina Finke), Sinta Tamsjadi (Kerstin Blom), Dirk Plönissen (Lehrer), Wolfgang Schenck (Pförtner Bormann), Jörg Holm (Charlie), Alvaro Solar (Carlos)
Peter Broders kommt vorzeitig von einem Messebesuch nach Hause und überrascht seine Frau Nicole in flagranti mit seinem wichtigsten Auftraggeber, dem Werftbesitzer Keitel. Kurz darauf stirbt Broders in seiner Sauna an Herzversagen. Blutergüsse am ganzen Körper zeigen Lürsen, daß jemand ihn in die Sauna einschloß und nach seinem Tod alle Spuren beseitigte. Der Verdacht fällt

auf Nicole und Keitel, der von Jan, dem achtjährigen Sohn Nicoles, belastet wird. Kurz darauf verschwindet Jan. Lürsen fürchtet, daß Keitel ihn ermorden will.

Hauptkommissarin Inga Lürsen (Sabine Postel) und ihr Kollege Stefan Stoll (Rufus Beck). Links Beate Jensen und André Hennicke

Brandwunden

(384, EA: 26.4.1998) Regie: Detlef Rönfeldt, Buch: Thommie Bayer, bearbeitet von Jutta Boehe und Detlef Rönfeldt
Darst.: Michael Mendl (Walter Kruse), Rainer Strecker (Volker Kruse), Juraj Kukura (Mehmet Kazim), Ferhat Kaleli (Erkan Kazim), Erden Alkan (Herr Altun), Sven Riemann (Erno Lassker), Christopher Zumbüldt (Martin Spengler), Alexander Beyer (Rainer Czech), Matthias Klimsa (Daniel Viersen), Robert Tillian (Jürgen Kramer), Cihanay Sahin (Erkans Freund)
Während Lebensmittelhändler Mehmet Kazim Ferien in der Türkei macht, brennt sein Haus in Bremen ab. Dabei kommen zwei Freunde seines Sohnes Erkan, die sich dort heimlich getroffen haben, ums Leben. Erste Indizien deuten auf einen Brandanschlag. Walter Kruse, Kazims Nachbar, bringt Lürsen auf die Spur einer Gruppe von Neonazis, denen jedoch nichts zu beweisen ist. Einige Ungereimtheiten in dem Fall lassen Lürsen an einem Anschlag zweifeln. Sie glaubt, daß die Familie Kazim persönlich in den Fall verwickelt ist.

Saarländischer Rundfunk

Kommissar Liersdahl
Kommissar Schäfermann
Hauptkommissar Palu

Kommissar Liersdahl

Mit: Dieter Eppler (Kommissar Liersdahl), Manfred Heidmann (Kommissar Horst Schäfermann)

Saarbrücken an einem Montag

(2, EA: 13.12.1970) Regie: Karl-Heinz Bieber, Buch: Johannes Niem
Darst.: Horst Naumann (Dr. Hartmann), Eva Maria Meineke (Frau Hartmann), Eva Christian (Eva Konalsky), Wolfgang Weiser (Fechner), Ellen Frank (Frau Helgesheim), E. Neumann-Viertel (Frau Böhler), Art Brauss (Gardentier), Wolfgang Lukschy (Direktor Jochum), Erik Schumann (Dietz), Richard Lauffen (Capitaine)
Die Kriminalbeamten Liersdahl und Heidmann suchen nach einer jungen Frau, die als Arbeiterin in einem Stahlwerk in Saarbrücken beschäftigt war und unter mysteriösen Umständen verschwunden ist. Sie finden jedoch keine Spur von ihr. Erst ein Mord, der während ihrer Ermittlungen geschieht, liefert ihnen einen entscheidenden Anhaltspunkt.

Das fehlende Gewicht

(33, EA: 30.9.1973) Regie: Rolf von Sydow, Buch: Bruno Hampel
Darst.: Karlheinz Schulde (Franke, Polizeitechniker), Rita Roswag (Fräulein Busch), Wolfgang Hübsch (Ridder), Xenia Pörtner (Vera Ponsoldt), Anita Lochner (Petra), Manfred Reddemann (Gasparde), Walter Reichelt (Franz Rottweiler), Ann Höling (Frau Rottweiler), Martin Arnhold (Marcel), Heinz Schacht (Spaldinger)
Im Kampf gegen den Rauschgifthandel erleidet die Polizei seit einiger Zeit nur noch Rückschläge. Da die Verbrecher selbst streng geheime Aktionen kennen, muß ihr Informant aus den Kreisen der Behörden stammen. Gegen einen Zollbeamten erhärtet sich der Verdacht. Da geschieht ein Mord. Eine überraschende Entdeckung führt Liersdahl und Schäfermann auf die Spur des Täters.

Kommissar Schäfermann

Mit: Manfred Heidmann (Kommissar Horst Schäfermann)

Wer andern eine Grube gräbt

(76, EA: 19.6.1977) Regie: Günter Gräwert, Buch: Hans-Peter Kaufmann
Darst.: Werner Bruhns (Pallmert), Arno Assmann (Sannwald), Kathrin Ackermann (Jutta Glogau), Xenia Pörtner (Frau Schäfermann), Nora von Collande

(Irina), Ingrid Resch (Frau Collnick), Karl Josef Cramer (Baldauf), Peter Drescher (Dr. Müller-Auen), Herbert Steinmetz (Grumbach), Gustl Bayrhammer (Gastkommissar Veigl)
Beim Ausheben einer Diebesbande, die auf Einbrüche in Trauerhäuser spezialisiert ist, lernt Schäfermann die Witwe eines Bankdirektors kennen, deren Mann wegen Geldunterschlagung Selbstmord begangen haben soll. Doch die Witwe glaubt weder an die Unterschlagung noch an den Selbstmord, zumal es von dem Geld keine Spur gibt. Da ihn ihre Zweifel neugierig machen, beginnt Schäfermann zu recherchieren. Die Ermittlungen führen ihn zu einem Pharmaunternehmer, der sich in Geldnöten befindet.

30 Liter Super

(98, EA: 8.4.1979) Regie: Hans-Jörg Tögel, Buch: Bruno Hampel
Darst.: Günther Maria Halmer (Eckel), Martin Semmelrogge (Gabler), Alexander May (Loderer), Veronika Bayer (Verena Loderer), Karl Josef Cramer (Baldauf), Uwe Arndt (Selbach), Franz Rudnik (Dr. Zenker), Claudia Demarmels (Karin Zinn), Germain Muller (Kommissar Muller), Peter Bongartz (Dr. Press), Brigitte Dryander (Frau Gabler)
Der Immobilien-Makler Loderer wird im Zug erdrosselt aufgefunden. Die Ermittlungen ergeben, daß der Mord während des Aufenthalts auf dem Frankfurter Hauptbahnhof verübt wurde. Schäfermann verdächtigt Loderers Partner Josef Eckel, der Zeit genug hatte, um von Saarbrücken aus nach Frankfurt und zurück zu fahren. Doch Eckel wird von dem Autodieb Gabler entlastet, der behauptet, er habe Eckels BMW gestohlen und sei zur fraglichen Zeit damit zu seiner Freundin nach Frankfurt gefahren.

Tote reisen nicht umsonst

(116, EA: 21.9.1980) Regie: Rolf von Sydow, Buch: Hans Georg Thiemet und Hans Dieter Schreeb
Darst.: Mathias Kniesbeck (Assistent Backes), Corny Collins (Gisela Ottmann), Beatrice Kessler (Christine Bayer), Dirk Galuba (Manfred Ottmann), Peter Uwe Arndt (Heinz Messel), Renate Boehmisch (Frau Leppla), Bibi Jelinek (Frau Graefe)
Der Angestellte einer Firma, die Wohnmobile herstellt, kommt bei einem Motorradunfall ums Leben. Die Polizei ermittelt, daß der Mann eigentlich ein Wohnmobil nach Südfrankreich hätte überführen müssen, gemeinsam mit dem Geschäftsführer, den die Polizei erst nach längerer Suche findet. Der Geschäftsführer scheint etwas zu verbergen, denn er wirkt nervös. Schäfermann entdeckt erst durch einen Zufall, daß der unglücklich verheiratete Mann, der eine Freundin in Frankreich hat, in ein Kapitalverbrechen verwickelt ist.

Geburtstagsgrüße

(162, EA: 4.11.1984) Regie: Georg Tressler, Buch: Herbert Lichtenfeld
Darst.: Amadeus August (Kurt Sander), Rudolf W. Brem (Bruno Heintze), Nate Seids (Jutta Heintze), Uta Maria Schütze (Frau Wolf), Nicolas Lansky (Gerhard Wolf), Gabriella Scheer (Michèle), Henry Stolow (Kattner), Henning Gissel (Plaat), Günter Ziegler (Struwe), Thorwald Lössel (Dorn)
Die vierjährige Sabine Wolf wird durch eine an ihren Nachbarn Kurt Sander, Schäfermanns Mitarbeiter, adressierte Briefbombe schwer verletzt. Da das Polizeilabor als Absender Horst Schäfermann feststellt, wird klar, daß der Täter über Sanders Privatleben gut informiert ist. Als möglicher Täter kommt Bruno Heintze in Betracht, der Sander für den Tod seines Bruders verantwortlich macht. Schäfermann muß sich bei den Ermittlungen beeilen, um einen möglichen zweiten Anschlag zu verhindern.

Hauptkommissar Palu

Mit: Jochen Senf (Hauptkommissar Max Palu)

Salü Palu

(201, EA: 24.1.1988) Regie: Hans-Christoph Blumenberg, Buch: Felix Huby
Darst.: Alexander Gittinger (Assistent Frank Kraus), Gudrun Landgrebe (Anne Corelli), Gabriel Barylli (Domberg), Hans Peter Hallwachs (Ross), Kai Fischer (Alma), Volker Lippmann (Pierre), Jörg Holm (Harro), Caroline Redl (Gaby), Manfred Andrae (Dechamps), Petra Lamy (Nina Farell), Eberhard Feik (Gastkommissar Thanner)
Um einen Mädchenhändlerring auszuheben, holt Palu den wegen Kokainhandels angeklagten ehemaligen Pianisten Domberg aus der Untersuchungshaft und zwingt ihn zur Rückkehr in sein altes Milieu. Palu ahnt nicht, daß er ihn damit in Gefahr bringt, denn zum einen ist Domberg trockener Alkoholiker und zum anderen hat er sich mit den einstigen Freunden verfeindet, weil er durch sie seine Freundin verloren hat. Domberg will die Mädchenhändler, die ihn schnell durchschauen, allein stellen und taucht unter.

Winterschach

(212, EA: 13.11.1988) Regie: Hans-Christoph Blumenberg, Buch: Manfred Jacobs
Darst.: Alexander Gittinger (Assistent Frank Kraus), Peter Fitz (Prof. Luiz Santos), Despina Pajanou (Laura Meister), Nina Hoger (Jeanette), Nicolas Lansky

(Gimenez), Brigitte Janner (Sylvie), Carmen Priego (Maria Casals), Guido Conrad (junger Mann), Isolde Barth (Iris), Wolfgang Weiser (Dr. von Heiden), Wolf-Dietrich Sprenger (Marcel)
Bei seinen Recherchen im Mordfall eines Psychiaters stößt Palu auf den Patienten Luiz Santos und dessen Freundin Laura Meister. Santos, Literaturdozent an der Universität, stammt aus Lateinamerika. Er hat seine Flucht vor der Militärjunta ins Exil nie verwunden. Noch heute gilt er als Symbolfigur des Widerstandes. Kurz vor dem Mord, nach dem Besuch eines mysteriösen Agenten der Junta, hat er sich zur Heimkehr entschlossen, um als Oppositionskandidat an einer »demokratischen« Wahl teilzunehmen.

Herzversagen

(226, EA: 27.12.1989) Regie: Michael Mackenroth, Buch: Hans Georg Thiemt und Hans Dieter Schreeb
Darst.: Matthias Kniesbeck (Assistent Manfred Spies), Ulrike Kriener (Renate Stein), Radost Bokel (Gaby Stein), Edwin Noël (Wolfgang Stein), Klaus Barner (Alfred Stein), Günter Meisner (Viebich), Max Tidof (Raoul Pascal)
Die Suche nach einem Kunsträuber, der eine Frau erschlagen hat, führt Palu zu dem Hehler und Antiquitätenhändler Alfred Stein, der kurz darauf unter merkwürdigen Umständen stirbt. Palus Recherchen werden durch die verworrenen Verhältnisse in der Familie Stein erschwert. So hatte Renate, die Frau des Toten, ein Verhältnis mit Wolfgang Stein, der finanziell abhängig von seinem Bruder Alfred war. Wolfgangs vierzehnjährige Tochter Gaby wiederum ist emotional stark auf Renate fixiert. Sie gerät unter Mordverdacht.

Blue Lady

(237, EA: 9.12.1990) Regie: Hans-Christoph Blumenberg, Buch: Charlie Bick und Erhard Schmied
Darst.: Matthias Kniesbeck (Assistent Manfred Spies), Edda Leesch (Jutta Glaser), Konstantin Wecker (Rainer Seifert), Matthias Fuchs (Dr. Wagner), Udo Schenk (Alex Glaser), Gabriela Krestan (Frau Wagner), Barbara Krabbe (Sabine Neureiter), Andrea Matzker (Anne Vollmers), Diana Greenwood (Mona)
Die junge Anne Vollmers wird ermordet. Als Palu erfährt, daß sie Mitarbeiterin in einer Telefonsexagentur war, sucht er den Täter in ihrem Kundenkreis. Doch auch Annes Freundin Jutta und ihr Ex-Freund verhalten sich verdächtig. Ganz offensichtlich haben sie etwas zu verbergen, werden anscheinend auch verfolgt und bedroht. Als Palu die verworrenen Zusammenhänge endlich durchschaut und begreift, daß die beiden einen Telefonsexkunden von Anne erpressen, befinden sie sich bereits in größter Gefahr.

Camerone

(254, EA: 16.2.1992) Regie/Buch: Hans-Christoph Blumenberg
Darst.: Matthias Kniesbeck (Assistent Manfred Spies), Arno Jos Graf (Assistent Schröder), Nina Hoger (Jeanette), Petra Gorr (Solange Vauguel), Brigitte Janner (Sylvie), Hans-Peter Hallwachs (Kessel), Günter Bothur (Walz), Tilo Prückner (Marcel), Hugo Egon Balder (Becker), Edda Leesch (Frau Nachtweih), Robert Vaughn (als Gast)
Als Palu den Verantwortlichen eines dreißig Jahre zurückliegenden Massakers in einem Waffendepot einer französischen Kaserne auf die Spur kommt, entführen die Täter seine Freundin Jeanette. Palu erkennt, daß er den Tätern, gefährlichen ehemaligen Fremdenlegionären mit besten Beziehungen, nicht auf dem Polizeiweg beikommen kann und beschließt, Jeanette auf eigene Faust zu retten. Dabei versichert er sich der Hilfe seines alten Freundes Marcel, eines polizeilich gesuchten Gauners.

Kesseltreiben

(272, EA: 7.3.1993) Regie: Peter Schulze-Rohr, Buch: Michael Haneke
Darst.: Arno Jos Graf (Assistent Schröder), Jean-Paul Raths (Tschämp), Michaela May (Anna), Anna Gütter (Evi), Karlheinz Hackl (Meyer-Mühlendorff), Jürgen Arndt (Mertens), Klaus-Jürgen Steinmann (Späth), Friedrich-Karl Praetorius (Bekker), Hans Schödel (Gröhlinger), Klaus Mikoleit (Rieser), Dinah Hinz (Frau Dr. Prieberg)
Georg Bekker wird tot aufgefunden. Anscheinend ist er infolge Drogenmißbrauchs gestorben, doch Palu entdeckt Indizien für einen Mord und beginnt am Arbeitsplatz Bekkers zu ermitteln, einer Luxemburger Stahlfirma, die Kernkrafttechnik fertigt. Offenbar war Bekker in Werkspionage verwickelt. Doch Disketten, die im Nachlaß des Toten gefunden werden, lassen den Verdacht entstehen, daß Bekker sterben mußte, weil er die Vertuschung eines Störfalls in einem deutschen Atomkraftwerk entdeckt hatte.

Eine todsichere Falle

(320, EA: 15.10.1995) Regie: Hans-Christoph Blumenberg, Buch: Alain Page
Darst.: Arno Jos Graf (Assistent Schröder), Jean-Pierre Cassel (Dupeyron), Barbara Rudnik (Karla Dupeyron), Philippe Volter (Vincent), Theresa Hübchen (Lena), Christian Kuchenbuch (Markus), Jörg Holm (Müller), Udo Jolly (Patrick)
Palu erhält einen Anruf von seiner Tochter Lena. Ihr Freund, Nachtwächter in einer Firma für Sicherheitstechnik, wurde von einem Einbrecher überwältigt. Als Palu eintrifft, nimmt der Eindringling die beiden jungen Leute als Geiseln. Der Mann heißt Vincent und ist ein ehemaliger Mitarbeiter der Firma. Er will sich

für seine Entlassung an seinem Ex-Chef Dupeyron rächen, indem er durch sein Eindringen in das hochgesicherte Gebäude die Firma diskreditiert und Beweismaterial für die Waffenschiebereien Dupeyrons entwendet.

Der Entscheider

(347, EA: 24.11.1996) Regie: Martin Buchhorn, Buch: Jochen Senf und Michael Seyfried

Darst.: Arno Jos Graf (Assistent Schröder), Tilo Prückner (Marcel), Tayfun Bademsoy (Murat), Hermann Lause (Schmitz), Christiane Krüger (Dr. Marx), Carina Barone, Ingrid Brauk, Simon Licht, Hasan Ali Mete, Fatma Genc, Aykut Kayacik, Andrea Wolf, Karl-Heinz Gierke, Iris Junik, Aman Maral, Reinhard Musik, Hannes Fischer, Bettina Koch, Henk Nuwenhoud

Der Kurde Özay, dessen Asylantrag gerade genehmigt worden ist, wird erschossen. Er hatte Beweise, daß Nato-Waffen gegen Kurden eingesetzt werden. Da der Mörder dieses Material nicht bei ihm gefunden hat, vermutet er es bei Frau Özay und entführt sie aus dem Krankenhaus, in dem sie gerade entbunden hat. Während sein Assistent den Mörder sucht, schleust sich Palu als Algerier in das Asylantenheim ein. Özay wurde nur zwei Tage vor seinem Tod eine Niere entfernt; Palu will dem Asyl-Entscheider Schmitz Organhandel nachweisen.

Schweizer Fernsehen-DRS

Wachtmeister Howald
Detektivwachtmeister Carlucci
Hauptwachtmeister/Kommissar von Burg

Wachtmeister Howald

Howalds Fall

(229, EA: 16.4.1990, Sender: DRS) Regie: Urs Egger, Buch: Johannes Bösinger und Urs Egger; nach einer Originalvorlage von Alex Martin und Pascal Verdosci

Darst.: Mathias Gnädinger (Wachtmeister Walter Howald), Andrea Zogg (Assistent Reto Carlucci), Marita Breuer (Rebecca Howald), Katharina Schütz (Eli Marti), Peter Arens (Heinz Rapold), Fritz Lichtenhahn (René Wirz), Hannelore Elsner (Eva Wirz), Nadja Nock (Katrin Howald), Nicolas Lansky (Philip Brächbühl), Albert Freuler (Gusti Stettler)

Andrea Zogg (li.) und Mathias Gnädinger

Howald, Chef der Gruppe »Leib und Leben«, arbeitet zusammen mit seinem jungen Assistenten Carlucci an einem mysteriösen Fall von Waffenhandel. Private Probleme behindern seine Ermittlungen. So hat es der fünfzigjährige Howald nicht verarbeitet, daß sich seine Frau von ihm getrennt hat und mit einem Politiker zusammenlebt. Dann verschwindet auch noch seine sechzehnjährige Tochter Katrin spurlos. Carlucci steht Howald nicht nur als Partner, sondern auch als Freund zur Seite.

Detektivwachtmeister Carlucci

Mit: Andrea Zogg (Detektivwachtmeister Reto Carlucci), Albert Freuler (Gusti Stettler)

Kameraden

(242, EA: 1.4.1991, Sender: SRG) Regie/Buch: Markus Fischer
Darst.: Ursula Andermatt (Katharina Manz), Peter Freiburghaus (Toni Effinger), Marcus Signer (Thomas von Bürer), Daniel Wahl (Peter Mäder), Alfred Beurer (David), Ueli Jäggi (Max Bieri), Jodoc Seidel (Untersuchungsrichter Christen), Peter Arens (Heinz Rapold), Shadrack Malinga (Massa), Bhime Souare (Lome), Vera Schweiger (Frau Parin)
Die Studentin Katharina Manz will die Skinheads, die ihren afrikanischen Freund ermordet haben, auf eigene Faust suchen, da die polizeilichen Ermittlungen durch den Einfluß der Täter eingestellt werden sollen. Die versuchen nun, sie einzuschüchtern. Carlucci glaubt ihr erst, als er zwei der von ihr Verdächtigten als einschlägig Vorbestrafte identifiziert. Er schleust sich als angeblicher Ex-Fremdenlegionär bei den Skinheads ein und bringt damit Katharina und sich in Lebensgefahr.

Marion

(264, EA: 11.10.1992, Sender: SF/DRS) Regie: Bruno Kaspar, Buch: Johannes Bösinger, Bruno Kaspar und Nikolaus Schlienger
Darst.: Ernst Sigrist (Markus Gertsch), Walter Ruch (Dr. Eduard Stalder), Anna Katarina (Marion Egner), Anne-Marie Blanc (Helen Egner-von-Stampfli), Fritz Lichtenhahn (Alfons Egner), Robert Hunger-Bühler (Hermann Egner), Benedict Freitag (Charles Hottinger), Monika Dierauer (Barbara Zumbühl), Jessica Seiler (Laura), Klaus Lehmann (Richard Wendt)
Das Kindermädchen der angesehenen Berner Familie Egner wird im Garten der Villa tot aufgefunden. Carlucci entdeckt, daß die Tote eine Affäre mit ihrem Arbeitgeber Hermann Egner hatte. Dies macht Hermanns Ehefrau Marion zur Hauptverdächtigen, zumal ihr Alibi eher wacklig ist. Doch da Carlucci sich in sie verliebt hat, will er ihr glauben. Als sie ihm erzählt, die Familienfirma betreibe illegale Geschäfte mit Kampfstoffen, nimmt er diese Spur auf, denn er vermutet hier das Tatmotiv.

Detektivwachtmeister/ Kommissar von Burg

Mit: László I. Kish (Detektivwachtmeister/Kommissar Philipp von Burg), Ernst C. Sigrist (Wachtmeister Markus Gertsch)

Gehirnwäsche

(276, EA: 6.6.1993, Sender: SRG) Regie: Bernhard Giger, Buch: Peter Zeindler und Bernhard Giger

Darst.: Stefan Kurt (Dr. Franz Merz), Tonia Zindel (Maja), Urs Bihler (Herbert Dreher), Elisabeth Niederer (Bernadette Isler), Albert Freuler (Dienstchef Kripo Gusti Stettler), Katharina Rupp (Cornelia Frank), Christoph Gaugler (Benno Wagner), Christine Kohler (Elsbeth Vetter), Jimy Hofer (Hardy Zemp), Tiziana Jelmini (Denise Brückner), Paul Born (Bankier Nauer)

Cornelia Frank wird am Berner Aareufer tot aufgefunden. Sie war aktives Mitglied der dubiosen Sekte »Organima«. Der Verdacht fällt auf ihren Ex-Geliebten, Gymnasiallehrer Franz Merz, der ebenfalls der Sekte angehört. Merz wurde von Cornelia erpreßt. Sie hatte seine sexuelle Beziehung zu seiner Schülerin Maja, Tochter des »Organima«-Chefs, entdeckt und wollte ihr Wissen finanziell umsetzen. Nach einer Rücksprache mit Sektenleiter Herbert Dreher brachte Merz das Geld auf, um es Cornelia am Aareufer zu übergeben.

Herrenboxer

(297, EA: 16.10.1994, Sender: SRG) Regie: Christian von Castelberg, Buch: Martin Suter

Darst.: Albert Freuler (Dienstchef Kripo Gusti Stettler), Jürg Löw (Hanspeter de Wett), Siegfried W. Kernen (Pierre Fenner), Thomas Nock (Pepe »Lucky« Lopez), Roger Jendly (Jimmy Kohler), Sylvie Rohrer (Anja de Wett), Sybille Courvoisier (Monika Senften-Grüninger), Hanspeter Müller (Werner Seger), Madeleine Dickson (Eva Seger), Jenna Amstutz (Samantha)

Der Türsteher Alfred Grüninger, ein ehemaliger Boxer, wird ermordet in einem Berner Penthouse aufgefunden. Die Recherchen führen von Burg und Gertsch in »Jimmy Kohlers Boxkeller«, einen Club junger Boxer, die von Prominenten aus Politik und Wirtschaft gefördert werden. Der Verdacht fällt auf Lucky Lopez, der gerade vor einem wichtigen Kampf steht. Offenbar war er als letzter in Grüningers Wohnung. Belastet wird er aber auch von seinen prominenten Sponsoren Fenner und de Wett, mit dessen Tochter Anja er befreundet ist.

»Herrenboxer«: Ernst C. Sigrist, Siegfried W. Kernen, Albert Freuler, László I. Kish

Rückfällig

(311, EA: 5.6.1995, Sender: DRS/RB) Regie: Daniel Helfer, Buch: Ulrike Bliefert-Kish und Marcus P. Nester

Darst.: Verena Peter (Dr. Isabelle Schlegel), Andrea Gloggner (Loredana Castelli), Karl Spoerri (Manuel Bossert), Anne-Marie Kuster (Lydia Andermatt, geb. Bossert), Wolfgang Maria Bauer (Jo Andermatt), Hans Schenker (Rolf Zehnder), Sybille Courvoisier (Valerie Zehnder)

Als im Flußbad Marzili die Leiche eines jungen Mädchens entdeckt wird, fällt der Verdacht auf Manuel Bossert, der fünf Jahre zuvor an gleicher Stelle ein Mädchen getötet hatte. Manuel entzieht sich der Polizei durch Flucht. Bei der Obduktion stellt sich heraus, daß die schweren Verletzungen des Mädchens auf einen Ritualmord schließen lassen. Als Manuel überfallen und zusammengeschlagen wird, ist von Burg von dessen Unschuld überzeugt. Er macht sich auf die Suche nach dem wirklichen Täter.

László I. Kish als Kommissar Philipp von Burg, Claudine Wilde als Polizeiassistentin Magda Raimondi

Die Abrechnung

(332, EA: 12.5.1996, Sender: SF/DRS) Regie/Buch: Markus Fischer

Darst.: Albert Freuler (Dienstchef Kripo Gusti Stettler), Claudine Wilde (Polizeiassistentin Magda Raimondi), Ulrich Mühe (Peter Fuchs), Thilo Nest (Bruno Lamont), Krista Posch (Miriam Langer), Hannes Schmidhauser (Fritz Mettler), Ueli Jäggi (Sepp Fuchs), Hans-Peter Müller (Meili, Bewährungshelfer), Hausi Leutenegger (Kommissar Lagrange)

Peter Fuchs, der bei einem Banküberfall in Frankreich einen Angestellten erschoß und selbst verletzt wurde, wird aus der Haftanstalt entlassen. Seine beiden Komplizen, die mit der Beute entkamen, hat er nie verraten. Nun beauftragt der Staatsanwalt von Burg und seinen Kollegen Gertsch damit, Fuchs zu überwachen, um auf diese Weise der Komplizen und des geraubten Geldes habhaft zu werden. Die Polizisten sind wenig begeistert von dem eher lästigen Auftrag, der sich bald als brandgefährlich erweist.

Russisches Roulette

(377, EA: 18.1.1998, Sender: SF 1) Regie: Walter Weber, Buch: Pascal Verdosci

Darst.: Charlotte Schwab (Kommissarin Schlack), Natasha Andreichenko (Helena Krasnowa), Alexandre Medvedev (Stepan), Peer Jäger (Smirnow), Henryk Nolewajka (Leonid), Jevgenij Sitochin (Pjotr), Mathias Gnädinger (Schneider), Dietrich Hollinderbäumer (Unger), Heinz Bühlmann (Attikofer), Arne Nannestad (Kozinski), Maria Thorgevsky (Oxana)

Leonid, Mitglied der russischen Mafia, überfällt ein Berner Waffengeschäft und nimmt zwei Geiseln. Von Burg will sich auf seine Forderungen einlassen, seine Vorgesetzte Schlack befiehlt die Stürmung des Gebäudes. Leonid tötet eine Geisel und wird, als er mit von Burg als Geisel das Gebäude verläßt, von einem Unbekannten erschossen. Von Burg soll den Fall klären und verliebt sich dabei in seine russische Übersetzerin Helena, nicht ahnend, daß sie Kontakte zu dem dubiosen russischen Geschäftsmann Smirnow hat.

Am Ende der Welt

(385, EA: 3.5.1998) Regie: Helmut Förnbacher, Buch: Urs Aebersold

Darst.: Charlotte Schwab (Kommissarin Schlack), Hans Wyprächtiger (Alain Grossenbacher), Ueli Jäger (Schertenleib), Norbert Klassen (Brechbühl), Stefan Wirtz (Pascal), Kristina Nel (Klara Bürgi), Jean-Pierre Gos, Heinrich Giskes, Johanna Klaute, Janet Haufler, Herbert Leiser, Kurt Bigger, Heinz Bühlmann, Sandra Förnbacher

Der Landvermesser und Umweltschützer Alain Grossenbacher kommt in einer Schlucht im Jura zu Tode. Der Verkehrsunfall erweist sich schon bald als Mord. Grossenbacher ist bereits der vierte Tote in fünf Jahren. Er hatte herausgefunden, daß Gutsbesitzer Brechbühl seinen Grenzstein versetzt hat und Fabrikant Schertenleib illegal giftige Abwässer in einen Bach entsorgt. Aber Brechbühl und Schertenleib sind keine Mörder. Von Burg und Gertsch, die nur knapp mehreren Mordanschlägen entgehen, stoßen auf die mittelalterliche Sekte von Bauer Leuenberger.

Sender Freies Berlin

Kommissar Kasulke
Kommissar Schmidt
Kommissar Behnke
Kommissar Walther
Hauptkommissar Bülow
Hauptkommissar Markowitz
Hauptkommissar Roiter und Kommissar Zorowski

Kommissar Kasulke

Mit: Paul Esser (Kommissar Kasulke), Gerhard Dressel (Assistent Roland)

Der Boß

(13, EA: 19.12.1971) Regie: Heinz Schirk, Buch: Johannes Hendrich
Darst.: Peter Schiff (Polizist), Hugo Panzcak (Achim), Ronald Nitschke (Peter), Christian Böttcher (Heinz), Heribert Sasse (Uwe), Elke Aberle (Alexandra), Barbara Hampel (Karin), Günther Dockerill (Schtach), Gerhard Wollner (Chef), Inge Wolffberg (Elle), Eric Vaessen (Pelzladen-Besitzer), Gustl Bayrhammer (Gastoberinspektor Veigl)
An der Zonengrenze wird die Leiche eines jungen Mannes gefunden. Kasulke stößt bei den Recherchen auf eine Gruppe von Jugendlichen und entdeckt, daß alle zu einer Bande gehören, die auf Pelzdiebstähle spezialisiert ist. Angeführt wurden sie von dem nun Getöteten. Da er aber mit seinen Taten prahlte und dadurch die Bande in Gefahr brachte, beschlossen die Freunde, sich von ihm zu trennen. Doch ergab sich dadurch ein Problem: Nur der Boß kannte die Hehlerwege. Er mußte sein Geheimnis preisgeben.

Rattennest

(22, EA: 8.10.1972) Regie: Günter Gräwert, Buch: Johannes Hendrich
Darst.: Jan Groth (Bernd Laschke), Carla Hagen (Herta), Angelo Kanseas (Thomas), Götz George (Jerry), Ingrid van Bergen (Petra), Herbert Fux (Frankenstein), Ulli Kinalcik (Stocker), Kurd Pieritz (Felix), Willy Semmelrogge (der Dicke), Klaus Sonnenschein (Rudi), Jürgen Lootze (Ulli), Dieter Hallervorden (Prickwitz), Siegfried Unruh (Caruso)
Kasulke sucht nach dem kleinen Gauner Laschke, der sich in West-Berlin versteckt hält. Auch dessen Frau Herta, die Laschke mit dem gemeinsamen halbwüchsigen Sohn Thomas zurückgelassen hat, macht sich Sorgen um ihn. Bei seinen Ermittlungen kommt Kasulke einer Bande auf die Spur, die die Besitzer von Bars und Kneipen erpreßt und damit kräftig abkassiert. Es zeigt sich, daß Laschke zum gefährlichen Gangster geworden ist. Zwischen ihm und seinem Konkurrenten kommt es zu einer tödlichen Auseinandersetzung.

Kommissar Schmidt

Mit: Martin Hirthe (Kommissar Schmidt)

Tod im U-Bahnschacht

(57, EA: 9.11.1975) Regie: Wolf Gremm, Buch: Peter Stripp

Darst.: Manfred Günther (Wagner), Andreas Mannkopff (Wolf), Frau v. Bellenbaum (Schmidts Freundin), Vera Müller (Frau Wagner), Erdal Merdan (Arkan), Reinhard Kolldehoff (Kaiser), Maria Axt (Frau Kaiser), Tuncil Kurtis (der Kleine), Meral Orhonsay (Arkans Schwester Ayse), Senih Onkan (Abdullah), Aras Ören (der Alte), Friedrich Georg Beckhaus (Betrunkener)

Dem jungen Türken Arkan, der vom Flughafen Berlin-Tegel aus in seine Heimat abgeschoben werden soll, gelingt die Flucht. Als er einen Unfall beobachtet, gerät er in Konflikt mit einer kriminellen Organisation, die ihn aus dem Weg schaffen will. Kommissar Schmidt und sein Kollege, der für Ausländerfragen zuständige Kommissar Wagner, suchen nach dem Untergetauchten, um über ihn an die Gangster zu kommen. Arkan gerät zwischen alle Fronten. Er hat nur eine Möglichkeit, der schwierigen Situation zu entkommen.

Transit ins Jenseits

(69, EA: 5.12.1976) Regie: Günter Gräwert, Buch: Günter Gräwert und Jens-Peter Behrend

Darst.: Ulrich Faulhaber (Kommissar Hassert), Wilfried Klaus (Kriminalrat Thiessen), Bernd Bauer (Kommissar), Marius-Müller Westernhagen (Horst Bremer), Götz George (Martin Poll), Gisela Dreyer (Erika Marquart), Angelika Bender (Gisela Osswald), Peter Schiff (Paul Willner), Gustl Bayrhammer (Gastkommissar Veigl), Helmut Fischer (Assistent)

Auf der Transitstrecke zwischen Berlin-West und der Bundesrepublik wird die Leiche einer nicht identifizierbaren Frau gefunden. Erst als bekannt wird, daß eine andere Frau mit den Papieren der Toten deren Identität angenommen hat, kann das Gewaltverbrechen aufgeklärt werden. Schmidt kommt im Laufe seiner schwierigen Ermittlungen einer kriminellen Organisation auf die Spur, die arglose Menschen benutzt, um dubiose Transaktionen auf der Transitstrecke auszuführen und auch vor Verschleppung und Mord nicht zurückschreckt.

Feuerzauber

(80, EA: 9.10.1977) Regie: Fritz Umgelter, Buch: Joachim Nottke und Karlheinz Knuth

Darst.: Heinz Weiss (Georg Kastrup), Günter Pfitzmann (K.F. Kastrup), Bettina

Schön (Linda Kastrup), Ilse Biberti (Manuela Kastrup), Peter Seum (Kai), Siegurd Fitzek (Adam), Willi Rose (Treitschke), Harry Wüstenhagen (Röhricht), Ute Boy (Sonja), Anita Kupsch (Evi), Oliver Mink (Bernd), Heinz Giese (Vorsitzender), Günter Glaser (Architekt), Hilde Wensch (Wirtin)
Während Georg Kastrup, einst ein erfolgreicher Rennbootfahrer, auf einem Dampfer an einem Sommerfest teilnimmt, brennt seine Werft teilweise nieder. Dabei kommt einer der Angestellten ums Leben. Schmidt hat gleich mehrere Verdächtige: einen jungen Mann, der heimlich ein Rennboot aus dem Schuppen holte; einen entlassenen Mechaniker, der Anspruch auf Kastrups Patente anmeldet; Kastrups Bruder, der das Grundstück für sich beansprucht; schließlich Kastrup selbst, denn seine Firma stand kurz vor der Pleite.

Kommissar Behnke

Mit: Hans Peter Korff (Kommissar Behnke), Ulrich Faulhaber (Kommissar Hassert)

Sterne für den Orient

(93, EA: 5.11.1978) Regie: Günter Gräwert, Buch: Günter Gräwert und Georg Alten
Darst.: Hans-Helmut Dickow (Zankl), Dieter Schidor (Peter Schäfer), Gerd Baltus (Kommissar Schumacher), Johanna Elbauer (Daisy), Walter Jokisch (Covacz), Horst Pinnow (Jablonski), Joachim Baumann (Orloff), Götz-Olaf Rausch (Cordes), Lisa Helwig (Frau Wolf)
Ein Mann wird mit tödlichen Verletzungen in einem Parkhochhaus aufgefunden. Er wurde mehrmals überfahren. Kommissar Behnke ermittelt, daß der Mann einen Luxuswagen besaß, den er in dem Parkhaus eingestellt hatte. Der Wagen ist verschwunden. Offenbar wurde er gestohlen, der Besitzer überraschte den oder die Täter und wurde, als er sich ihnen in den Weg stellte, ermordet. Behnke glaubt schon bald, auf der richtigen Spur zu sein. Mit seinen Ermittlungen bringt er die beiden Diebe gegeneinander auf, ein zweiter Mord geschieht.

Gefährliche Träume

(104, EA: 23.9.1979) Regie: Günter Gräwert, Buch: Günter Gräwert und Georg Alten
Darst.: Peter Schiff (Erich Hartmann), Dagmar Claus (Carola Hartmann), Vladimir Weigel (Klaus Zoske), Michael Tregor (Wolfgang Stettner), Eckhardt Heise (Dieter Schwarz), Carola Ebeling (Marianne Wagner), Bernd Herberger

(Joachim Schanitz), Horst Schultheis (Paul Willner), Constanze Harpen (Monika), Maria Krasna (Frau Schütz), Irina v. Bentheim (Rosa)
Ein junger Mann stirbt nach einer Überdosis Heroin in der Toilette einer Diskothek. Seine Freundin, die Schülerin Carola Hartmann, macht den Dealer Klaus Zoske für seinen Tod verantwortlich. Sie will sich an ihm rächen und ihn gleichzeitig der Polizei ausliefern, indem sie ihn wegen Rauschgifthandels überführt. Carola sucht ihn in seiner Wohnung auf. Ihr Vater, der sich sorgt und sie sucht, entdeckt Zoske tot in seiner Wohnung. Im Glauben, Carola sei die Mörderin, nimmt er die Tat auf sich.

Kommissar Walther

Mit: Volker Brandt (Kommissar Walther)

Beweisaufnahme

(122, EA: 8.3.1981) Regie: Peter Keglevic, Buch: Herbert Lichtenfeld
Darst.: Ulrich Faulhaber (Assistent Hassert), Friedrich-Karl Praetorius (Hannes Lehm), Jochen Schröder (Klaus Hößler), Manfred Lindlbauer (Gunnar Melz), Magdalena Montezuma (Annemarie Melz), Dieter Thomas Heck (Erich Melz), Anita Kupsch (Gudrun Pechelt), Leslie Malton (Evi Pechelt), Johanna Sophia (Rita), Mareike Carrière (Susanne Roth)
Lehm und Hößler stehen wegen Körperverletzung an dem neunzehnjährigen Gunnar Melz vor Gericht. Dabei haben sie nur verhindern wollen, daß Melz eine Frau vergewaltigt. Doch da das Opfer sich nicht erinnern will und der Gutachter Melz Normalität bescheinigt, verurteilt der Richter die beiden fassungslosen Angeklagten zu drei Monaten Haft. Nach ihrer Entlassung suchen Lehm und Hößler Belastungsmaterial gegen Melz und entdecken, daß er Evi belästigt, die Tochter des Gutachters. Kurz darauf geschieht ein Mord.

Katz und Mäuse

(127, EA: 23.8.1981) Regie: Eberhard Itzenplitz, Buch: Joachim Nottke und Karlheinz Knuth
Darst.: Ulrich Faulhaber (Assistent Hassert), Peter Seum (Arne Hirsch), Susanne Uhlen (Sophie Schulte), Astrid Jacob (Heike Witkamp), Kerstin de Ahna (Tilla Münch), Barbara Klein (Ilse Reschke), Aurelio Malfa (Italiener), Heinz Lausch (Kassierer), Erwin Schaffner (Nackter), H.E. Eckhardt (Bademeister), Knuth Reschke (Reisebüro-Angestellter)
Kommissar Walther hat einen Fall von Kidnapping aufzuklären, der allerdings einige Merkwürdigkeiten aufweist. Die junge Sophie Schulte wird entführt. Der

Täter fordert von ihrer Chefin und langjährigen Vertrauten, der Maklerin Heike Witkamp, ein hohes Lösegeld. Heike zahlt zwar, vermutet aber bald, daß die Entführung nur vorgetäuscht ist, daß sich Sophie mit ihrem neuen Freund Arne und dem Lösegeld ins Ausland absetzen will. Seit einiger Zeit schon träumt Sophie von einem angenehmen Leben auf einer sonnigen Insel.

Sterben und sterben lassen

(137, EA: 31.5.1982) Regie: Peter Keglevic, Buch: Jens-Peter Behrend und Bernhard Frey

Darst.: Ulrich Faulhaber (Assistent Hassert), Harry Baer (Niki Pototschnik), Hanno Pöschl (Hans Pototschnik), Margid Saad (Inge Zimmermann), Vadim Glowna (Schrader), Petra Jokisch (Mara), Andreas Altmann (Robert), Anina Michalski (Elke), Thomas Hodina (Arzneimittelhändler), Lutz Reichert (Techniker), Ursula Gerstel (Frau Zumholz), Karen Werner (Fotoreporterin)

Bei einem fingierten Autounfall kommt ein Mann ums Leben, der als Österreicher namens Niki Pototschnik identifiziert wird. Das Opfer hatte als Fernfahrer für eine Berliner Firma gearbeitet. Hans Pototschnik will herausfinden, warum sein Bruder sterben mußte und entdeckt dabei, daß Niki lebt. Niki erpreßt nun die für den Todesfall Verantwortlichen, seine Chefin, die illegale Medikamente verschiebt, und deren Handlanger Schrader. Dadurch bringt er sich in Lebensgefahr. Sein Bruder und Kommissar Walther wollen ihn retten.

Fluppys Masche

(145, EA: 6.2.1983) Regie: Wolfgang Luderer, Buch: Joachim Nottke und Karlheinz Knuth

Darst.: Ulrich Faulhaber (Assistent Hassert), Stefan Behrens (Fluppy), Sabine Sinjen (Yasmin Wrangel), Peter Aust (Herr Wrangel), Anita Lochner (Vera), Dagmar Altrichter (Frau Malcher), Friedrich Siemers (Herr Malcher), Käte Haack (Frau Homberg), Rainer Pigulla (Diebold), Horst Schön (Wichmann), Kurt Weitkamp (Becker)

Fluppy will mit seiner üblichen Masche einen Juwelierladen ausrauben, findet das Geschäft aber bereits geplündert und den Inhaber Malcher ermordet vor. Mit einer geringen Beute entkommt er, wird jedoch schon bald verhaftet. Kommissar Walthers Suche nach dem Mörder aber geht weiter. Die Ermittlungen ergeben, daß der verheiratete Malcher kurz vor dem Überfall seine Geliebte Vera im Laden empfangen hat und daß aus dem Tresor unter anderem der Familienschmuck der hochverschuldeten Wrangels fehlt, die ihre Juwelen beleihen mußten.

Freiwild

(154, EA: 1.2.1984) Regie: Wolfgang Staudte, Buch: Heinz-Dieter Ziesing
Darst.: Helmut Gauss (Assistent Stettner), Stefan Gossler (Jesco von Lipinski), Armin Mueller-Stahl (Dr. Konrad Ansbach), Hans-Peter Hallwachs (Gerd Ansbach), Witta Pohl (Brigitte Ansbach), Tilly Lauenstein (Elise Ansbach), Hans-Helmut Dickow (Max Karschunke), Bruno Hübner (Kutte Schwertfeger), Paul-Albert Krumm (Maxe Schröder), Peter Kuiper (Nante)
Eine Frau wird im Tiergarten ermordet. Verdächtig sind einige Stadtstreicher, die dort geschlafen haben. Alle werden verhört. Kutte zeigt sich besonders nervös. Als er nach dem Verhör das Polizeirevier verläßt, läuft er vor ein Auto und stirbt wenig später. Kurz darauf wird ein zweiter Stadtstreicher tot aufgefunden. Der Gerichtsmediziner stellt fest, daß beide Männer das gleiche Medikament eingenommen haben. Die Spur führt zu dem Apotheker Gerd Ansbach, der jedoch seinen Bruder belastet, den Arzt Dr. Konrad Ansbach.

Ordnung ist das halbe Sterben

(165, EA: 6.1.1985) Regie: Wolfgang Tumler, Buch: Detlef Michel
Darst.: Ulrich Faulhaber (Assistent Hassert), Ernst Jacobi (Ulrich Wilpert), Sabine Strobel (Irene Wilpert), Christel Merian (Hauswartsfrau), Max Buchsbaum (Rentner), H.H. Müller (Filialleiter), Stefan Staudinger (Arzt), Siegfried Grönig (Kriminalbeamter), Gerhard Konzack (alter Mann), Dorothea Moritz (Nachbarin), Eberhard Prüter (Irenes Geliebter)
Die Polizei sucht nach der vermißten Irene Wilpert. Ihr Mann will sie am Fenster eines Hauses an der Stadtautobahn gesehen haben. Am nächsten Tag meldet er, daß sie tot in der Tiefgarage liegt. Walther hält Wilpert, einen unbescholtenen Bankangestellten, für den Mörder. Dieser stellt anscheinend selbst Nach-

Volker Brandt (li.) und Ernst Jacobi

forschungen über seine Frau an, die ein Doppelleben führte, eine Wohnung und einen Geliebten hatte. Als Walther die Tat nachstellen will, wird er von Wilpert in eine Falle gelockt.

Hauptkommissar Bülow

Mit: Heinz Drache (Hauptkommissar Hans Georg Bülow)

Tod macht erfinderisch

(174, EA: 10.11.1985) Regie: Rolf von Sydow, Buch: Detlef Michel
Darst.: Udo Vioff (Gerhard Maschke), Jürgen Kluckert (Kommissar Matthias Leuschner), Maximilian Wigger (Kommissar Öllerink), Karl Walter Diess (Klaus Maschke), Marita Marschall (Anita Herboldt), Horst Schön (Kommissar Stegmüller), Lisa Riecken (Cornelia Neudörfer), Gerhard Friedrich (Neudörfer), Kurt Weitkamp (Belzig), Almut Eggert (Sonja Bach)
Gerhard Maschke, der wegen Raubes mit tödlich verlaufener Geiselnahme eine lange Haftstrafe absitzen muß, ist todkrank und wird vorzeitig entlassen. Maschke hat immer seine Unschuld beteuert, doch alle Indizien sprachen im Prozeß gegen ihn. Da alles darauf hindeutet, daß er im Gefängnis einen neuen Raub nach dem alten Schema vorbereitet hat, sollen Bülow und Leuschner, die ihn seinerzeit auch verhafteten, überwachen. Als sie ihm eine Falle stellen, erkennt Bülow, daß Maschke sie getäuscht hat.

Die kleine Kanaille

(177, EA: 26.1.1986) Regie: Rolf von Sydow, Buch: Dieter Schubert
Darst.: Jürgen Kluckert (Kommissar Matthias Leuschner), Maximilian Wigger (Kommissar Öllerink), Almut Eggert (Sonja Bach), Anja Jaenicke (Birgit), Herbert Hermann (Theo Lorenzen), Johanne Elbauer (Marianne Lorenzen), Inge Herbrecht (Frau Gildner), Geraldine Paul (Marion), Klaus Mikoleit (Polizeiarzt), Gertie Honeck (Direktrice)
Die reiche Pelzhändlerin Marianne Lorenzen wird ertrunken in ihrem Swimmingpool aufgefunden. Es gibt zwar keine Anzeichen für ein Verbrechen, aber Bülow interessiert sich dennoch für den Fall und lernt dabei die sechzehnjährige Birgit kennen, die im Kinderheim neben der Villa der Lorenzens lebt. Birgit versucht sich durch Andeutungen bei Bülow interessant zu machen, wobei sie Verdachtsmomente gegen Mariannes wesentlich jüngeren Mann Theo streut. Doch sie macht keine konkrete Aussage und bringt sich selbst in Lebensgefahr.

Tödliche Blende

(183, EA: 13.7.1986) Regie: Horst Flick, Buch: Rolf von Sydow

Darst.: Jürgen Kluckert (Kommissar Leuschner), Maximilian Wigger (Kommissar Öllerink), Horst Schön (Kriminaloberrat Stegmüller), Almut Eggert (Sonja Bach), Peter Aust (Hauptkommissar Rausch), Hannelore Cremer (Maria Borck), Joachim Bliese (Peter Möbius), Eckart Dux (Martin Durell), Anita Lochner (Simone Hansen), Jürgen Heinrich (Heinz Borgelt)

Bülow berät ein Filmteam bei den Dreharbeiten zu einem Kriminalfilm, damit die Polizeiarbeit möglichst realistisch dargestellt wird. Kurz vor Ende der Dreharbeiten geschieht ein echter Mord. Opfer ist die Kostümbildnerin. Indizien deuten darauf hin, daß die Tat mit mehreren unaufgeklärten Frauenmorden in Zusammenhang steht und ein Mitglied des Filmteams der Täter ist. Bülow nimmt die Ermittlungen auf. Ein zweiter Mord geschieht. Die Aussage einer Zeugin widerspricht jedoch bisherigen polizeilichen Erkenntnissen.

Schuldlos schuldig?

(202, EA: 7.2.1988) Regie: Thomas Engel, Buch: Peter Scheibler

Darst.: Jürgen Kluckert (Kommissar Leuschner), Maximilian Wigger (Kommissar Öllerink), Horst Schön (Kriminaloberrat Stegmüller), Almut Eggert (Sonja Bach), Rolf Becker (Armin Denzel), Claudia Demarmels (Claudia Lorek), Antje Hagen (Gaby Denzel), Hans Werner Bussinger (Bruno Schlosser), Klaus Mikoleit (Dieter Meurer), Horst Pinnow (Klaus Sachse)

In einem Container, mit dem verseuchte Erde von West-Berlin auf eine Sondermülldeponie in der DDR transportiert werden soll, wird eine Frauenleiche gefunden. Die Untersuchung ergibt, daß die Frau ermordet wurde. Bülow glaubt, die Tote bereits einmal gesehen zu haben, kann sich aber nicht mehr erinnern. Nach Ermittlungen im privaten und beruflichen Umfeld der Toten verhaftet er den vermeintlich Schuldigen. Doch er fürchtet, unter dem Druck seines Vorgesetzten vorschnell gehandelt zu haben, denn es gibt keine Beweise.

Keine Tricks, Herr Bülow

(219, EA: 28.5.1989) Regie: Jürgen Roland, Buch: Harald Vock

Darst.: Hans Nitschke (Kommissar Jahnke), Christiane Carstens (Kriminalassistentin Karin Jellineck), Arthur Brauss (Brinkmann), Dieter Kirchlechner (Walter Gellert), Uta Sax (Franziska Gellert), Eleonore Weisgerber (Nicole Mathern), Wilfried Herbst (Leo Kussow), Andreas Mannkopff (Otto Patschke), Edith Teichmann (Erna Sievert)

Bülow muß mehrere Fälle parallel bearbeiten. Er kümmert sich um einen Banküberfall, den er relativ unblutig beendet. Seine neue Assistentin Karin Jellineck setzt er als Lockvogel ein, um einen Frauenmörder zu fassen. Doch der Mörder schlägt immer dann zu, wenn gerade nicht observiert wird. Außerdem wird Franziska Gellert, die Wirtin von Bülows Lieblingsrestaurant, entführt. Die Täter fordern zwei Millionen Mark. Zwischen den Frauenmorden und der Entführung scheint es eine Verbindung zu geben.

Alles Theater

(221, EA: 30.7.1989) Regie: Peter Adam, Buch: Knut Boeser
Darst.: Hans Nitschke (Kommissar Jahnke), Dietrich Mattausch (Holger Koch), Christine Ostermayer (Anna Pfeil), Petra von Morzé (Uta Pohl), Jürgen Heinrich (Georg Mertens), Daniela Ziegler (Regine von Lempert), Ludger Pistor (Arno Kühne), Peter Aust (Erwin Sadowsky), Joachim Niestrat (erster Bühnenarbeiter)
Bülow wird zur Premiere des Theaterstücks »Sechs Personen suchen einen Autor« eingeladen. Während der Aufführung kommt es zu einem dramatischen Zwischenfall. In der Selbstmordszene erschießt sich der Hauptdarsteller wirklich. Zunächst scheint es sich tatsächlich um einen Selbstmord zu handeln, doch Bülow entdeckt, daß der Mann ermordet wurde. Er befragt die Schauspielerkollegen sowie die Mitarbeiter des Theaters und hat bald eine ganze Reihe von Verdächtigen. Allmählich kommt er der Lösung näher.

Hauptkommissar Markowitz

Mit: Günter Lamprecht (Hauptkommissar Franz Markowitz), Hans Nitschke (Kommissar Alfred Pohl)

Tödliche Vergangenheit

(243, EA: 20.5.1991) Regie/Buch: Marianne Lüdcke
Darst.: Max Volkert Martens (Gerber), Karin Baal (Eva-Maria), Katja Junge (Lilo), Richy Müller (Harry), Renate Grosser (Harrys Mutter), Dagmar Manzel (Karla), Hans Teuscher (Brialzik), Jürgen Rothert (Klaus), Karin Schröder (Bärbel)
Als Markowitz aus seiner Eckkneipe zu einem Tatort gerufen wird, erkennt er in dem Opfer eine ihm sehr nahestehende Person. Obwohl ihm wegen persönlicher Betroffenheit der Fall entzogen wird, stellt er Recherchen an, die ihn in den Ostteil Berlins zu seiner Exfrau Eva-Maria führen. In ihrem Lokal, damals ein beliebter Treff von GIs, verkehren fast nur Leute vom Kiez. Die meisten davon sind Stammkunden. Markowitz sucht den Mörder im Kreis Eva-Marias, die selbst dem Täter auf der Spur zu sein scheint.

Tini

(245, EA: 7.7.1991) Regie: Stanislav Barabas, Buch: Werner Waldhoff
Darst.: Max Volkert Martens (Kommissar Gerber), Rüdiger Vogler (Achim Wiegand), Lisa Kreuzer (Ingrid Wiegand), Caroline Redl (Tini Wiegand), Alexander Hauff (Ritchie Birkart), Wigand Witting (Willi), Hermann Treusch (Staatsanwalt), Henry Arnold (Stefan Wiegand)
Der Ingenieur Achim Wiegand kommt bei der Inspektion einer Maschine ums Leben. Alles deutet zunächst auf einen Arbeitsunfall, doch dann stellt sich heraus, daß Wiegand einem gezielten Mordanschlag zum Opfer fiel. Markowitz recherchiert im Umfeld des Ermordeten, kann aber keinen Verdächtigen, kein Motiv ausmachen. Er bittet daher die Familie Wiegand um Hilfe, doch Ehefrau, Sohn, Tochter und deren Freund verhalten sich überaus reserviert. Bald ahnt Markowitz, daß er es mit einer Familientragödie zu tun hat.

Blutwurstwalzer

(248, EA: 29.9.1991) Regie: Wolfgang Becker, Buch: Horst Sczerba
Darst.: Jürgen Vogel (Alex), Harald Kempe (Hansi), Ralf Richter (Randy), Iris Disse (Lizzi), Heinz Hoenig (Horst Bannasch), Ingeborg Westphal (Alex' Mut-

Günter Lamprecht und Heinz Hoenig

ter), Dan Rogers (Texaner), Rasmus Beatus (Mr. Nimmit), Alfred Raschke (Inhaber An- und Verkauf), Jürgen Wegener (Rechtsanwalt), Karl Heinz Heistermann (Mann mit Goldkettchen)
Ein Jugendlicher wird ermordet aufgefunden. Markowitz, gerade wegen einer Gallenoperation im Krankenhaus, kennt das Opfer. Der junge Mann war mit Verletzungen, die angeblich von einem Fenstersturz herrührten, zu ihm auf das Zimmer gelegt worden und in derselben Nacht geflohen. Markowitz findet Alex, einen Freund des Toten, und wird von ihm in ein Lokal eingeführt, in dem sich ehemalige Fremdenlegionäre mit abenteuerhungrigen Jugendlichen treffen. Alex verschweigt Markowitz etwas. Offenbar will er seinen Freund rächen.

Berlin - Beste Lage

(269, EA: 10.1.1993) Regie: Matti Geschonneck, Buch: Rainer Berg und Matti Geschonneck
Darst.: Claudia Balko (Mitarbeiterin Beate Berger), Thomas Schendel (Kriminalrat Heide), Renate Küster (Helga Seelitz), Gerry Wolff (Uhrmacher), Günter Junghans (Printz), Janusz Cichocki (Tadeusz), Bartolomej Jablonski (Kasimir), André Drechsel (Olli), Peter Aust (Gerskes)
Der Berliner Tischlermeister Seelitz, ein Doppelgänger von Markowitz, wird ermordet auf einem Laster, der Schrott aus Abrißhäusern nach Polen transportiert, aufgefunden. Seelitz wurde kurz vor seinem Tod die hochbelastete Werkstatt gekündigt, die im begehrten Wohn- und Gewerbegebiet Berlin-Mitte, dem ehemaligen jüdischen Scheunenviertel, liegt. Der Ostberliner Besitzer arbeitet mit einem Westberliner Makler an der Vertreibung der alten Mieter. Markowitz glaubt, daß Seelitz etwas in der Hand hatte, um die Durchführung dieser Pläne zu verhindern.

Tod einer alten Frau

(275, EA: 25.4.1993) Regie: Matti Geschonneck, Buch: Claude Cueni
Darst.: Claudia Balko (Mitarbeiterin Beate Berger), Christoph Engel (Günter Weber), Renate Krößner (Karin), Beate Schnitzler (Helga), Claudia Amm (Ria), Katrin Saß (Sylvia)
Eine alte Frau wird tot in ihrer Wohnung aufgefunden. Sie starb infolge eines Sturzes, hätte aber überlebt, wenn sie frühzeitig gefunden worden wäre. Da Spuren darauf hinweisen, daß zur Zeit des Geschehens ein Unbekannter in der Wohnung war, liegt die Vermutung nahe, daß die Frau einen Einbrecher überraschte und dabei gefallen ist. Markowitz recherchiert in anderer Richtung weiter, als er entdeckt, daß die Tote und ihr Mann ein Ferienhaus auf Fuerteventura besitzen. Ihr Mann ist bereits vorausgeflogen. Markowitz reist ihm nach.

Die Sache Baryschna

(287, EA: 6.2.1994) Regie: Matti Geschonneck, Buch: Andreas Pflüger
Darst.: Claudia Balko (Mitarbeiterin Beate Berger), Idil Üner (Sanieba), Michael Degen (Bütow), Manfred Lehmann (Gehlmann), René Toussaint (Fila), Andreas Erfurth (Ronny), Bechir Cherif (Saniebas Vater), Schokri Moutlak Osman (Babek), Hans-Martin Stier (Pathologe), Metin Tekin (»Mann«), H.H. Müller (Grabowski), Sabine Cruso (Stewardeß)
Eine Schlepper-Organisation will Flüchtlinge nach Skandinavien schleusen. Ein Motorschaden am Laster zwingt sie zu einem Stop in Berlin. Dort sollen die zusammengepferchten Menschen umsteigen, flüchten aber panikartig, als die Tür geöffnet wird. Zurück bleiben ein totes Ehepaar und dessen Tochter Sanieba. Markowitz sucht die Mörder und die Drahtzieher des Menschenschmuggels, doch Sanieba schweigt aus Angst vor der Abschiebung und versucht, mit Hilfe der Organisation ins Ausland zu gelangen.

Geschlossene Akten

(296, EA: 4.9.1994) Regie: Matti Geschonneck, Buch: Günter Lamprecht und Matti Geschonneck
Darst.: Claudia Balko (Mitarbeiterin Beate Berger), Thomas Schendel (Kriminalrat Heide), Renate Schroeter (Uschi Lemke), Jutta Wachowiak (Renate Burow), H.W. Hamacher (Walter Beerendorf), Janusz Cichocki (Istvan), Andrea Brix (Lisa Pohl), Robert Kreis (Conferencier), Gaston Häni/Bernhard Paul/Philippe Sosman (Artisten)
Renate Burow bittet Markowitz um Hilfe. Vor einem halben Jahr wurde der Tod ihres Mannes, eines Artisten, als Selbstmord deklariert und zu den Akten gelegt. Sie ist aber überzeugt, daß er ermordet wurde. Markowitz stößt auf Beerendorf, der bei Burows letzter Vorstellung als Zuschauer dabei war. Kurz nachdem er ihn im Altenheim besucht hat, wird Beerendorf ermordet. Die Suche nach dem Täter führt Markowitz zu dem Besitzer einer Landmaschinenfirma, die Kontakte nach Lettland hat. Aus Lettland stammte auch Burow.

Endstation

(305, EA: 12.3.1995) Regie: Hagen Mueller-Stahl, Buch: Günter Lamprecht und Matti Geschonneck
Darst.: Folkert Milster (Hans-Peter Kraft), Hartmut Schreier (Harald Schäfer), Heinz Rennhack (Bernd Giese), Klaus Mikoleit (Werner Schulze), Horst Bollmann (Dr. Gregor Hoffmann), Sabine Vitua (Bettina Schäfer), André Lindemann (Markus Schäfer), Astrid Kohrs (Sonja Hallwachs), Wolfgang Häntsch (Dr. Martin Beckhaus), Stefan Merki (Pressefotograf)

Harald Schäfer will einen Anwalt dazu zwingen, seine von ihm getrennt lebende Ehefrau zur Rückkehr zu überreden. Der Anwalt kann Schäfer beruhigen und nach Hause schicken. Er bittet Markowitz, sich inoffiziell um Schäfer zu kümmern, der aufgrund seiner Arbeitslosigkeit und des drohenden Verlustes von Frau und Kind psychisch außerordentlich angeschlagen ist. So mißversteht Schäfer auch Markowitz' Besuch, nimmt ihn als Geisel und will ihn nur laufenlassen, wenn Frau und Kind zu ihm zurückkehren. Doch Frau Schäfer weigert sich, auch nur zum Schein darauf einzugehen.

Hauptkommissar Roiter

Mit: Winfried Glatzeder (Hauptkommissar Ernst Roiter), Robinson Reichel (Kommissar Michael Zorowski)

Tod im Jaguar

(335, EA: 9.6.1996) Regie: Jens Becker, Buch: Raimund Kusserow und Peter Sandmeyer

Darst.: Ivan Desny (David Prestin), Stefan Gossler (Till Seelmann), Brigitte Karner (Katharina Lefevre), Winfried Wagner (Otto Bernbeck), Deborah Kaufmann (Judith Prestin), Götz Schulte (Ralph Bernbeck), Stephanie Stappenbeck (Caroline), Hans Diehl (Henri Mattuschek), Gerry Wolff (Hazel Wolkenstein), Manfred Möck (Peter Kramer)

Der millionenschwere jüdische Geschäftsmann David Prestin wird mit seinem Jaguar in die Luft gesprengt. Es steht allerdings nicht zweifelsfrei fest, ob es sich um Selbstmord oder Mord handelt. Bei den Ermittlungen erfahren Roiter und Zorowski, daß Prestin seinen Schwiegersohn nie akzeptiert und seine Tochter Judith verstoßen hat. Doch auch das außerfamiliäre Umfeld bietet einen Tathintergrund: Prestin unterhielt Kontakte zum israelischen Geheimdienst Mossad und war in Waffengeschäfte verwickelt.

Der Phönix-Deal

(339, EA: 28.7.1996) Regie: Peter Ristau, Buch: Frank Grützbach

Darst.: Rainer Strecker (Dizzi), Arno Wyzniewski (Persico), Katja Woywood (Susi), Hans-Peter Hallwachs (Dr. Hassel), Udo Kroschwald (Freck-Farksen), Tilo Prückner (Brandwain), Michael Gwisdek (Florsheim), Judith Engel (Redakteurin), Wilfried Hochholdinger (Moderator), Gerd Blahuschek (Obduktionsarzt), Olaf Drauschke (Verkäufer), Katka Kurze

Der Stadtstreicher Persico, ein Berliner Original, wird während einer Talkshow zum Thema »Aussteiger« ermordet. Kurz vorher ließ er durch einen Mitarbeiter der Sendung ein wertvolles Amulett bei einem Pfandleiher auslösen. Offenbar wollte er es in der Show präsentieren, um einen der Gäste bloßzustellen. Bei ihren Ermittlungen stoßen Roiter und Zorowski auf drei Männer, die in der ehemaligen DDR am illegalen Kunsthandel beteiligt waren, und sie entdecken, daß ein wertvolles Schmuckstück, ein Phönix, gesucht wird.

Buntes Wasser

(344, EA: 13.10.1996) Regie: Pete Ariel, Buch: Uwe Saeger
Darst.: Volkmar Kleinert (Olaf Ahlert), Ulrike Krumbiegel (Simone Ahlert), André Hennicke (Torsten Lemke), Florian Martens (Konrad Holz), Swetlana Schönfeldt (Loni Holz), Imogen Kogge (Frau Ziller), Stefanie Stappenbeck (Caroline Roiter), Dietrich Adam, Bernd Uwe Reppenhagen, Cathleen Gawlich, Harald Pilar von Pilchau
An einem Kiessee vor Berlin verletzt sich ein spielendes Kind tödlich, ein weiteres erkrankt unheilbar. Die Diagnose lautet Krebs. Roiter und Zorowski kommen diesem Drama im Verlaufe ihrer Ermittlungen, in denen sie zwei Morde zu klären haben, auf die Spur und erfahren, daß der See hochgradig verseucht ist. Schon seit DDR-Zeiten betreibt eine alte Männerclique mit illegaler Giftmüllentsorgung ein einträgliches Geschäft. Weil das Wasser so bunt glänzt, ist der See trotz Verbots beliebter Spielplatz für ahnungslose Kinder.

Krokodilwächter

(346, EA: 10.11.1996) Regie: Berno Kürten, Buch: Andreas Pflüger
Darst.: Hermann Lause (Sascha Gorbunow), Dirk Martens (Dima Kaschpirowskij), Stefan Jürgens (Viktor, Nachtclubbesitzer), Nadeshda Brennicke (Irina), Theresa Hübchen (Nadja), Karl Kranzkowski (Wittkowski), Michael Kind (Olek Barschowsky), Rüdiger Matzzeit (Lischka), Sonja Zimmer, Thomas Ahrens, Wolfram Teufel, Daniela Hoffmann, Beate Kraft, Heinrich Köster
Die Russin Irina wird ermordet aufgefunden. Sie wurde regelrecht exekutiert. Roiter und Zorowski entdecken, daß sie von der Russen-Mafia illegal nach Berlin eingeschleust und zur Prostitution in einem Bordell gezwungen wurde, um ihre »Schulden abzuarbeiten«. Ihre einzige Zeugin, Irinas Schwester Nadja, wird selbst von der Mafia gejagt. Roiter und Zorowski haben bei den Ermittlungen erhebliche Probleme. Der Fall klärt sich, als die Polizei alle Spuren im Zusammenhang mit einer Briefbombenexplosion sichert.

Auch Hauptkommissar Roiter (Winfried Glatzeder, Mi.) hat Geld in das Projekt der Investoren Studick (Felix v. Manteuffel, li.) und Schlindwein (Peter Mohrdieck, re.) gesteckt.

Mordsgeschäfte

(361, EA: 25.5.1997) Regie: Jürgen Brauer, Buch: Andreas Pflüger
Darst.: Leslie Malton (Katrin Mertineit), Felix von Manteuffel (Lothar Studick), Nikolaus Paryla (Andreas Jacobi), Hanns Zischler (Kriminalrat Huber), Holger Handtke (Ludwig Eichhorn), Peter Mohrdieck (Martin Schlindwein), Bernd Stegemann (Kreidl), Wolfram Teufel (Kramer), Heinz-Werner Kraehkamp (Gregor Paczula), Susanne Batteux, Max Gertsch
Lilienthal, Mitarbeiter der Landesanstalt zur Klärung offener Eigentumsverhältnisse, und ein US-Amerikaner werden von einem Profi getötet. Die verwendete Munition führt die Kommissare zum Killer, dem Ex-Besatzungssoldaten Le Blanc, der aber den Auftraggeber nicht kennt. Er sollte auch Lilienthals Kollegin Katrin ermorden, in die sich Roiter verliebt hat. Wenig später wird der Kaufhausbesitzer und Investor Studick erschossen. Der Verdacht fällt auf dessen drei Mitgesellschafter und Anteilserben. Einer von ihnen ist Roiter.

Schlüssel zum Mord

(367, EA: 10.8.1997) Regie: Sylvia Hoffman, Buch: Leo W. Helm

Darst.: Michael Greiling (Rainer Toplitz), Anke Sevenich (Regina Toplitz), Daniela Preuß (Tanja Toplitz), Silke Matthias (Frau Dr. Frühauf), Marie-Lou Sellem (Chantal), Heinz Trixner (Berk), Hanns Zischler (Kriminalrat Huber), Dietmar Huhn (Bachmann), Christoph Engel (Dennerwein)

Heinz Bachmann, Mitarbeiter der privaten Wachschutzfirma Argus, wird auf einer Großbaustelle erschossen. Verdächtig sind anfangs illegale Arbeiter aus Rumänien, die seit dem Mord verschwunden sind. Hinweise in seiner Wohnung lassen jedoch darauf schließen, daß Bachmann möglicherweise als Erpresser aufgetreten ist. Eine aus dem Wannsee geborgene, halbverweste Wasserleiche bringt Roiter und Zorowski auf die richtige Spur. Im Magen des Toten findet sich ein Motorradschlüssel, der Rainer Toplitz gehört, Bachmanns Chef.

Geld oder Leben

(368, EA: 7.9.1997) Regie/Buch: Berno Kürten

Darst.: Inga Busch (Fräulein Schneider), Gerd Warmeling (Schubert), Peter Fitz (Filialleiter Steinhoff), Michael Bornhütter (Sven Kalster), Brigitte Hanelt (Schwandtke), Udo Heiland (Schmidtke), Anton Rattinger (Chef von Safeway), Klaus Baendock (Arzt), Peter Wohlfeil

In der Spree wird die Leiche von Sven Kalster, Mitarbeiter einer Geldtransportfirma, entdeckt. Roiter und Zorowski finden heraus, daß er an einem Bankraub beteiligt war, bei dem es einen Toten gab. Sie suchen nun nach dem Geld und dem zweiten Komplizen, dem mutmaßlichen Mörder Kalsters. Die Spur führt sie zu der flotten Bankangestellten Fräulein Schneider und dem unscheinbaren Kassierer Schubert, einem Liebespaar, das sich erst seit kurzem gefunden hat. Mißtrauisch beobachtet Roiter das seltsame Paar.

Eiskalt

(370, EA: 28.9.1997) Regie: Kurt Ockermüller, Buch: Henning Borgelt und Lienhard Wawrzyn

Darst.: Nadja Uhl (Petra Schächter), Alexander Pelz (Conrad Grün), Hans Uwe Bauer (Sebastian Schächter), Martin Huber (Professor Jasper Conrad), Andreas Schmidt-Schaller (Dr. Adler), Ilona Schulz (Frau Grün), Robert Gonera, Barbara Dittus, Natascha Bub, Eberhard Kirchberg, Jürgen Watzke, Victor Deiß, Frank Hildebrandt, Norbert Tefelski

Der verheiratete Religionslehrer Conrad Grün wird, als er mit seiner Geliebten Petra Schächter ein Schäferstündchen im Hotel verbringt, ermordet. Petras Mann steht unter Mordverdacht, denn ein Video beweist, daß er zur Tatzeit im

Hotel war. Möglicherweise aber wurde Grün nur Opfer einer Verwechslung, und der Anschlag galt Professor Conrad, der mit dem Liebespaar das Zimmer getauscht hatte. Conrad hat das Kryorecycling erfunden, das die Deponierung und Verbrennung von Müll überflüssig macht und daher der Müllmafia ein Dorn im Auge ist.

Blick in den Abgrund

(381, EA: 5.4.1998) Regie: Jürgen Brauer, Buch: Andreas Pflüger

Darst.: Claudia Messner (Dr. Maria Bubek), Hanns Zischler (Kriminalrat Huber), Oliver Stern (Richard Höpke), Renate Schroeter, Frank Gierring, Frank Siebenschuh, Gunnar Teubner, Karl-Ulrich Meves, Burkhard Wildhagen, Bernd Vollbrecht, Barbara Frey, Lily-Marie Tschörtner

Ein Transvestit und Prostituierter wird ermordet. Roiter und Zorowski verhaften den wegen Vergewaltigung vorbestraften Spanner Richard Höpke, auf den alle Indizien weisen. Höpke gibt die Tat zu und führt die Polizisten zum Versteck der Leiche. Die Psychologin Maria Bubek glaubt, daß er harmlos ist und nur Aufmerksamkeit erheischen will. Sie hat Recht, denn während Höpke in Haft ist, mordet der Täter weiter. Seine Opfer sind schlanke Frauen, die Ermordung des Transvestiten geschah versehentlich. Die Spur führt zu einem ehemaligen Patienten Marias.

Ein Hauch von Hollywood

(390, EA: Montag, 13.7.1998, 23 Uhr) Regie: Urs Odermatt, Buch: Jiri Polák; Dialogbearbeitung: Urs Odermatt

Darst.: Johannes Brandrup (Roland Haas), Marie-Lou Sellem (Laura), Götz Schubert (Kurt), Martin Wuttke (Professor Jansen), Michael Gwisdek (Hugo Kowalski), Michael Kind (Henry Wildmoser), Falk Rockstroh (als er selbst), Dieter Mann, Gustav-Peter Wöhler, Klaus Manchen, Marie-Anne Fliegel, Susanne Böwe, Cathleen Gawlich, Andreas Grothgar, Frank Seppeler

Der deutsche Hollywood-Star Roland Haas, zu Gast auf der Berlinale, wird von einem Psychopathen bedroht, der ihm im Hotel auflauert und dabei »versehentlich« den Hoteldetektiv ersticht. Als Haas wenig später verschwindet, stellt sich der Täter, der kürzlich aus der Klinik von Professor Jansen entlassene Hugo Kowalski, und bezichtigt sich auch des Mordes an Haas. Roiter verdächtigt jedoch den Produktionsleiter Kurt, Haas entführt zu haben. Haas ist der Ex-Geliebte von Kurts Frau Laura und Vater ihrer Tochter. Er hatte versucht, die Beziehung wieder aufzufrischen.

Süddeutscher Rundfunk

Kommissar Lutz
Kommissar Schreitle
Hauptkommissar Bienzle

Kommissar Lutz

Mit: Werner Schumacher (Kommissar Lutz)

Auf offener Straße

(4, EA: 7.2.1971) Regie: Theo Mezger, Buch: Leonie Ossowski und Gunther Solowjew

Darst.: Wolfgang Hepp (Assistent Schroth), Peter Weis (Walter Hubert), Erwin Geisler (Herr Fehrlein), Joachim Bliese (Arzt), Renée Hepp (Barbesitzerin), Karl-Heinz von Hassel (Geschäftsführer der Bar), Ursula Köllner (Erna), Doris Denzel (Frau Pfitzner), Irmgard Rießen (Milli), Robert Seibert (Weiler), Ingeborg Solbrig (Monika), Dieter Traier (Albert)

Herr Fehrlein wird auf offener Straße von einem wütenden Matrosen erstochen, als er einem bedrohten Passanten zu Hilfe eilt. Der Täter entkommt. Kommissar Lutz nimmt seine Recherchen im Amüsierviertel von Mannheim auf und stößt auf den jungen Matrosen Walter Hubert. Doch der scheint kein Motiv zu haben. Lutz erfährt lediglich, daß Hubert in der Nacht vor dem Mord in der Chacha-Bar feierte und dem Barmädchen Milli in aller Ernsthaftigkeit einen Heiratsantrag machte, den diese jedoch ablehnte.

Kennwort Fähre

(17, EA: 3.4.1972) Regie: Theo Mezger, Buch: Wolfgang Menge

Darst.: Wolfgang Hepp (Assistent Schroth), Max Strecker (Hauptkommissar Brauchle), Siegfried Rauch (Robert Reiser), Ulla Berkewicz (Vera), Inge Bahr (Edith Reiser), Karin Frey (Angelika), Renate Heilmeyer (Agnes), Frank Strecker (Brielmeier), Harry Kalenberg (Pfisterer), Oscar Müller (Pulvermüller), Peter Kner (Oberpolizist), Robert Naegele (Staatsanwalt)

Eine junge Frau fällt nachts von Bord einer Bodensee-Fähre. Die Suchaktion bleibt ohne Erfolg, die Leiche wird nicht gefunden. Alles deutet auf einen Unfall, doch bei seinen Recherchen entdeckt Kommissar Lutz Anzeichen für eine Gewalttat. Er ist überzeugt, daß Edith Reiser ermordet wurde. Sein Hauptverdächtiger ist Ehemann Robert Reiser, der jedoch ein Alibi hat. Er war auf der Bootsmesse in Friedrichshafen. Lutz ermittelt weiter und kommt einem raffinierten Versicherungsbetrug auf die Spur.

Stuttgarter Blüten

(28, EA: 1.4.1973) Regie: Theo Mezger, Buch: Wolfgang Menge

Darst.: Max Strecker (Hauptkommissar Brauchle), Frank Strecker (Glöckle), Wolfgang Hepp (Schroth), Willy Reichert (Ewald Eckstein), Elisabeth Kuhlmann

(Paula Eckstein), Christiane Timerding (Hildegard Eckstein), Manfred Seipold (Bernd Hoyer), Claudia Amm (Gaby Wechsel), Karl-Albert Bock (Laurösch), Gustl Bayrhammer (Gastoberinspektor Veigl)
Schon seit einiger Zeit tauchen jeden Monat zwei falsche Hunderter in Stuttgart auf. Der Fälscher ist ein alter Mann, der in einer Druckerei arbeitet und damit seinen kargen Lohn aufbessert. Als in der Nähe von Stammheim ein Autounfall passiert und in dem verunglückten Fahrzeug eine Druckplatte für einen Hunderter gefunden wird, mit dem Blüten für das gesamte Bundesgebiet hergestellt werden, durchsucht die Polizei ganz Stammheim nach der Druckerei, jedoch vergebens. Da erhält sie einen anonymen Tip.

Gefährliche Wanzen

(43, EA: 29.9.1974) Regie: Theo Mezger, Buch: Wolfgang Menge
Darst.: Peter Drescher (Assistent Bechthold), Helmut Stange (Oberrat Dr. Mangold), Werner Kreindl (Wöhrle), Rolf von Sydow (Dr. Alfred Benz), Günther Ungeheuer (Witkowski), Margot Leonard (Frl. Melchinger), Claus Theo Gärtner (Erwin Scholl), Karl-Heinz von Hassel (Ludwig van Ammen), Christiane Pauli (Irene Hausmann), Willy Semmelrogge (Gastkommissar Kreutzer)
Zwei Fälle, die zunächst nach Militärspionage aussehen, zumal die Spur ins Ausland führt: In den Labors und Büros einer Ölraffinerie sind Minisender, Wanzen, gefunden worden; und seit einiger Zeit werden Konstruktionspläne und andere geheime Unterlagen aus dem AKW in Karlsruhe gestohlen. Lutz stellt Recherchen über die Mitarbeiter der Raffinerie und des Kraftwerks an und muß bald feststellen, daß er es mit Werksspionage zu tun hat.

Schöne Belinda

(54, EA: 31.8.1975) Regie: Theo Mezger, Buch: Urs Aebersold
Darst.: Werner Bruhns (Lippens), Monika Gabriel (Belinda), Annette Kluge (Andrea), Frank Strecker (Wagner), Robert Nägele (Forster), Oskar Müller (Strasser), Dieter Traier (Gellert), Volker Eckstein (Gerd), Reent Reins (Wolfgang), Burkhard Jahn (Manfred), Ludwig Haas (Kulik), Rita Graun (Frau Merzler), Rolf Castell (bayr. Polizist), Dieter Eppler (Gastkommissar Liersdahl)
Der Chauffeur Manfred wird erschossen und in die Donau geworfen. Da er Kontakte zu Dealerkreisen hatte, vermutet Lutz zunächst, daß er Opfer der Unterwelt wurde. Doch dann entdeckt er, daß Manfreds schöne Geliebte Belinda eine Affäre mit dessen Chef, dem skandalumwitterten Ulmer Geschäftsmann Lippens, hat. Er spekuliert, ob sie den reichen Witwer heiraten oder als Manfreds Mörder allein überführen will. Wenig später stürzt Lippens bei einem Streit mit Belinda vom Ulmer Münster in den Tod.

Augenzeuge

(59, EA: 18.1.1976) Regie: Theo Mezger, Buch: Urs Aebersold

Darst.: Frank Strecker (Assistent Wagner), Henning Venske (Jürgen Santner), Kornelia Boje (Marianne Santner), Gundy Grand (Helga Mainusch), Harry Wüstenhagen (Edgar Petersen), Ulli Kinalzik (Bruno Markwald), Heinz Meier (Toni), Elisabeth Twiesselmann (Ärztin), Oskar Müller (Ochsenwirt), Wolfgang Mehr (Tankwart), Heinz Schimmelpfennig (Gastkommissar Gerber)

Bei dem Überfall auf eine Tankstelle wird der Besitzer getötet. Die Befragung des Zeugen Jürgen Santner, eines Weinhändlers aus Heidelberg, führt Kommissar Lutz jedoch nicht weiter. Er glaubt, daß Santner ihm etwas verschweigt. Während er nach Belegen dafür sucht, daß die Täter Santner erpressen, macht sich Santner mit seinem Wissen auf die Suche nach den Tankstellenräubern. Er will sie zu einem Überfall auf einen Geldtransporter zwingen, um seinen Schulden und der ungeliebten Ehefrau entfliehen zu können.

Claudia Wedekind, Werner Schumacher, Günter Strack (v.l.n.r.)

Himmelblau mit Silberstreifen

(71, EA: 30.1.1977) Regie: Theo Mezger, Buch: Fritz Eckhardt

Darst.: Frank Strecker (Assistent Wagner), Klaus Herm (Erwin Seifert), Edda Pastor (Herta Seifert), Günter Strack (Enderle), Claudia Wedekind (Ruth Enderle), Louise Martini (Frau Kollmann), Rolf Bogus (Alex Kollmann), Oskar Heiler (Herr Säuberlich), Oskar Müller (Herr Bolz), Max Strecker (Rechtsanwalt Dr. Haß), Fritz Eckhardt (Gastoberinspektor Marek)

Der reiche Paul Seifert wird in seinem Haus in Weilerburg erschlagen. Sein Wandtresor ist aufgebrochen und leer. Der Täter wurde von Seifert selbst eingelassen oder hatte einen Schlüssel. Unter Verdacht gerät zunächst der erfolglose Bruder und vermutliche Erbe des Toten, Erwin Seifert, der die Leiche fand. Verdächtig sind aber auch Alex Kollmann, der Sohn von Seiferts Haushälterin, der für ein heimlich erworbenes Auto Geld benötigte, sowie Nachbar Enderle, der bei Seifert hohe Wechselschulden hatte.

Renate Schroeter und Curd Jürgens

Rot - rot - tot

(83, EA: 1.1.1978) Regie: Theo Mezger, Buch: Karl Heinz Willschrei

Darst.: Frank Strecker (Assistent Wagner), Curd Jürgens (Konrad Pfandler), Renate Schroeter (Julia Pfandler), Robert Freitag (Professor Wilke), Christian Berkel (Uwe Pfandler), Elke Twiesselmann (Evelyn Wilke), Christiane Pauli (Frau Grote), Karin Schlemmer (Frau Bär), Wolfgang Hepp (Herr Brinkmann), Siegmar Schneider (Eugen Pretorius)

Kommissar Lutz sucht einen Serientäter, der im Stuttgarter Villenviertel Killesberg bereits zwei rothaarige junge Frauen erdrosselt hat. Das dritte Opfer wird Julia Pfandler, Frau des Mathematikers Konrad Pfandler. Lutz entdeckt, daß es in der Familie Pfandler große Probleme gab. Julia betrog ihren Mann, ihr Sohn aus erster Ehe wurde unter dem übermächtigen Stiefvater zum Zyniker und Alkoholiker. Lutz glaubt, daß Pfandler seine Frau getötet und zwecks Vertuschung auch die beiden ersten Morde begangen hat.

Zweierlei Knoten

(102, EA: 29.7.1979) Regie: Theo Mezger, Buch: Karl Heinz Willschrei
Darst.: Frank Strecker (Assistent Wagner), Arnfried Krämer (Professor Pabst), Rainer Will (Mark Pabst), Martin Schwab (Wenzel Hirmer), Heinz Weiss (Dr. Münzer), Klaus Götte (Dr. Steffen), Hans Schulze (Dr. Röder), Carolin Ohrner (Anja Küppers), Herbert Steinmetz (Hans Vogel), Annetraut Lutz (Elke Porzer), Franz Günther Heider (Klaus)
Wenzel Hirmer, ein zweifacher Mädchenmörder, sitzt seit fünfzehn Jahren in Haft und wird vom Psychiater Professor Pabst betreut. Aufgrund eines positiven Gutachtens, in dem Pabst seinen Patienten als geheilt beurteilt, wird Hirmer nun entlassen. An die Auflage, sich weiterhin bei Pabst in Behandlung zu begeben, hält er sich. Doch kurz nach seiner Entlassung wird ein ermordetes Mädchen in seiner Wohnung gefunden. Alle Indizien deuten auf Hirmer, doch nicht nur die Fesselungstechnik macht Lutz skeptisch.

Kein Kinderspiel

(108, EA: 13.1.1980) Regie: Theo Mezger, Buch: Peter Scheibler
Darst.: Frank Strecker (Assistent Wagner), Angelika Bender (Roswitha Wolf), Karl-Heinz von Hassel (Rainer Wolf), Julia Hainzl (Stefanie Wolf), Michael Strübin (Olaf), Friedrich G. Beckhaus (Fächler), Wilm Roil (Bagel), Werner Schulze-Erdel (Aulich), Ernst Specht (Gruber), Johannes Grossmann (Dr. Jerg), Dieter Eppler (Meissner), Rolf Schimpf (Experte)
Die zehnjährige Stefanie Wolf wird ermordet aufgefunden. Der erste Verdacht fällt auf den Stadtstreicher Aulich, der ihren Schulranzen bei sich trägt. Doch dann findet Lutz heraus, daß Stefanie und ihre Stiefmutter Roswitha sich nicht verstanden. Der Witwer Rainer Wolf hatte Roswitha nur geheiratet, um sein Kind versorgt zu wissen. Stefanie aber empfand Roswitha als Eindringling. Roswitha, eine ehemalige Krankenschwester, ist wegen Verstoßes gegen das Betäubungsmittelgesetz vorbestraft.

Nebengeschäfte

(120, EA: 11.1.1981) Regie: Bruno Voges, Buch: Peter Scheibler

Darst.: Frank Strecker (Assistent Wagner), Manfred Seipold (Manfred Broser), Heinz Werner Kraehkamp (Richard Ihmig), Dieter Traier (Gerd Reindl), Irmgard Rießen (Helga Dalf), Karl Friedrich (Joseph Hanke), Axel Ganz (Knöpferl), Susanne Schäfer (Käthe Ihmig), Jan Geerd Buss (EDV-Experte Kammerer), Jochen Nix (Polizeiarzt Dr. Klees), Lotte Betke

Ein Firmenlastwagen mit einer Ladung im Wert von 100 000 Mark wird gestohlen. Ein Mitarbeiter dieser Firma, Lagerarbeiter Reindl, stürzt wenig später unter mysteriösen Umständen zu Tode. Lutz vermutet einen Zusammenhang zwischen den beiden Vorfällen und entdeckt, daß Reindl gemeinsam mit seinem Kollegen Ihmig den Diebstahl fingierte. Ihmig wurde allerdings zur Komplizenschaft gezwungen. Reindl hatte den hochverschuldeten Mann bei einem Firmendiebstahl überrascht und danach zu weiteren Diebstählen erpreßt.

Blinde Wut

(132, EA: 10.1.1982) Regie: Theo Mezger, Buch: Peter Scheibler

Darst.: Frank Strecker (Assistent Wagner), Rüdiger Kirschstein (Bernhard Däubler), Claudia Wedekind (Frau Däubler-Korth), Grete Wurm (Frau Kleinhanns), Volker Eckstein (Lorenz Kleinhanns), Ulli Kinalzik (Klaus Schäder), Heidemarie Rohweder (Frau Krüger), Ludwig Thiesen (Dr. Kröll), Fred C. Siebeck (Stöckle), Dietz Werner Steck (Kronbeck)

Lutz muß in einer Familientragödie ermitteln. Die Familie Däubler wurde, nachdem die von den Nachbarn alarmierte Polizei die Wohnung aufgebrochen hat, von Pistolenschüssen getroffen am Boden liegend aufgefunden. Frau Däubler ist tot, das Kind lebensgefährlich verletzt. In jener Nacht soll ein Unbekannter das Haus fluchtartig verlassen haben. Herr Däubler ist jedoch nicht vernehmungsfähig und kann sich zunächst an nichts erinnern. Da die Familie als intakt gilt, scheint er als Täter auch nicht in Frage zu kommen.

Mord ist kein Geschäft

(144, EA: 9.1.1983) Regie: Theo Mezger, Buch: Felix Huby

Darst.: Frank Strecker (Assistent Wagner), Despina Pajanou (Aischa), Hartmut Reck (Horn), Peter Ehrlich (Sakowsky), Peter Lakenmacher (Kehl), Irina Wanka (Ann), Meray Ülgen (Önökyl), Yüksel Topcugürler (Mehmed Devecz), Janis Kyriakidis (Costas), Walter Schultheiß (Eisele), Christoph Hofrichter (Müller), Dominique Horwitz (Punker)

In einem Campingbus wird die Leiche des ermordeten Günther Happel aufgefunden. Lutz stößt auf Happels Bekannten Kehl, der zu einem Gangstersyndikat gehört, das Schutzgelder erpreßt. Unter der Führung des Griechen Costas und des Türken Önökyl versuchen sich einige Wirte dagegen zu wehren. Syndikatsboß Sakowsky fühlt sich von der Polizei gestört und bietet an, den Mörder Happels, seines angeblichen Kassierers, zu finden. Assistent Wagner glaubt aber, Happel habe für die Wirte gearbeitet und sei von Sakowsky umgebracht worden.

Verdeckte Ermittlung

(155, EA: 26.2.1984) Regie: Theo Mezger, Buch: Peter Scheibler
Darst.: Pierre Franckh (Assistent Nordenstedt), Martin Schwab (Günter Wilbrandt), Nate Seids (Ursula Wilbrandt), Heike Goosmann (Silke), Paul Faßnacht (Rolf), Karin Hardt (Charlotte Böble), Oscar Müller (Bankdirektor Eberle), Felix Fehlberg (Hartmann), Tessy Kuhls (Frau Köhler), Beate Helis (Bärbel), Franz Ott (Bernd), Uwe Ochsenknecht (Klaus)
Die 15jährige Silke Wilbrandt wird entführt. Die Eltern haben kein Geld, doch die reiche Tante Charlotte Böble will das Lösegeld für ihren Liebling Silke vorstrecken. Sie ist es auch, die gegen den Willen der Entführer und der Eltern die Polizei einschaltet. Um das Leben des Mädchens nicht zu gefährden, muß Lutz verdeckt ermitteln. Rolf, Wilbrandts Sohn aus erster Ehe, kommt ihm verdächtig vor. Aber erst als nach der erfolgten Lösegeldübergabe das Kind ein zweites Mal entführt wird, kann er den Fall klären.

Miese Tricks

(169, EA: 26.5.1985) Regie: Theo Mezger, Buch: Karl Heinz Willschrei
Darst.: Frank Strecker (Assistent Wagner), Angelika Bender (Gerda Pommer), Michael Mendl (Wessel), Rolf Zacher (Grossmann), Klaus Spürkel (Sandhäuser), Fred Reyes (Chef), Ingeborg Stüber (Sekretärin), Christian Hoening (Arzt), Manfred Boehm (Zugverkäufer), Rudi Spieth (Hambacher), Christl Doerr, Richard Baier
Ein junger Mann wird von einem flüchtigen Bankräuber erschossen, der mit der Beute und einer Geisel entkommt. Die Geisel läßt er unverletzt frei. Es ist die körperlich behinderte Gerda, ein vom Leben enttäuschtes »spätes Mädchen«. Bei ihrer Befragung ergeben sich einige Ungereimtheiten, so daß Lutz sie für die Komplizin hält. Er läßt sie überwachen und beobachtet, wie der Heiratsschwindler Grossmann ihre Bekanntschaft erschleicht und angeblich für ein Projekt eine größere Summe braucht.

Einer sah den Mörder

(178, EA: 23.2.1986) Regie: Theo Mezger, Buch: Fritz Eckhardt

Darst.: Frank Strecker (Assistent Wagner), Dieter Eppler (Kern), Daphne Wagner (Dolly), Regine Vergeen (Helga), Horst Michael Neutze (Kommissar Schreitle), Friedrich G. Beckhaus (Kalmus), Annetraud Lutz (Frl. Stenzel), Birke Bruck (Frau Göschel), Joachim Wichmann (Juwelier Bergheimer), Renate Oelrich (Haushälterin), Ernst Specht (Hausmeister Böhlke)

Lisa Kern wird in ihrer Wohnung ermordet. Ein Zeuge behauptet, Lutz zur Tatzeit im Haus gesehen zu haben. Lutz, der vor Jahren mit Lisa liiert war, muß den Fall an seinen Kollegen Schreitle abgeben. Alle Indizien deuten auf ihn als den Täter. Als sich herausstellt, daß Lisa mit seiner Pistole erschossen wurde, entzieht er sich der Verhaftung und taucht bei seinem Freund unter. Wagner hilft Lutz, den wahren Mörder zu finden. Durch dieses Erlebnis erschüttert, quittiert Lutz den Dienst.

Kommissar Schreitle

Mit: Horst Michael Neutze (Kommissar Schreitle)

Eine Million Mäuse

(190, EA: 22.2.1987) Regie: Theo Mezger, Buch: Gerd Angermann

Darst.: Matthias Ponnier (Hauptkommissar Lukas), Ralf Richter (Lemmy Lehmann), Hans Peter Hallwachs (Kramer), Ute Christensen (Nicole Rode), Jürgen Thormann (Dr. Wendel), Regine Vergeen (Iris), Peter Lakenmacher (Kurak), Andrea Hörnke-Frieß (Frau Stenzel), Ebert Bode (Dr. Urban), Sibylle Nicolai (Frau Kurak), Wolfgang Höper (Dr. Meier)

Staatsanwalt Dr. Matuschek wird durch eine Autobombe getötet. Zunächst vermutet Schreitle einen terroristischen Anschlag, doch dann stößt er auf den Ex-Häftling Kramer, der gerade eine längere Strafe wegen Bankraubes verbüßt hat. Die Beute, eine Million Mark, wurde nie gefunden. Kramer muß das Geld einem Komplizen anvertraut haben, der nun aber nicht mehr teilen möchte. Offenbar galt ihm der Anschlag. Schreitle stößt bei seinen Ermittlungen auf den dubiosen Lemmy Lehmann und Kramers Anwalt Dr. Wenzel.

Sein Letzter Wille

(203, EA: 4.4.1988) Regie: Hartmut Griesmayr, Buch: Felix Huby und Hartmut Grund

Darst.: Günter Mack (Herr Kissling), Gisela Zülch (Frau Kissling), Christine

Wodetzky (Frau Liebmeier), Dirk Galuba (Katsche), Peter von Strombeck (Schneider), Arnulf Schumacher (Lachmann), Dieter Kirchlechner, Martin Schleker, Hans Dieter Asner, Georg Weber, Peter Jochen Kemmer, Dieter Traier, Alexander Gittinger, Karin Heym, Günter Spörrle
Herr Kissling besitzt am Marktplatz von Führstadt eine Musikalienhandlung, die seit Generationen in Familienbesitz ist. Das Geschäft befindet sich im Parterre eines alten Fachwerkhauses, das ebenfalls Herrn Kissling gehört. Nun will eine Baugesellschaft jedoch genau hier eine moderne Ladenpassage errichten. Die angrenzenden Häuser hat sie bereits aufgekauft, nur Herr Kissling weigert sich zu verkaufen. Als er terrorisiert wird, wendet er sich an die Polizei. Eines Abends liegt er tot in seinem Geschäft.

Tödlicher Treff

(210, EA: 4.9.1988) Regie: Bruno Voges, Buch: Peter Scheibler
Darst.: Caroline Schröder (Karin Beisel), Ulrike Bliefert (Johanna Laufenberg), Monika Hirschle (Doris Pfefferle), Manfred Seipold (Christian Zoller), Hans Korte (Bruno Erklentz), Christoph Hofrichter (Walter Salbach), Cornelia Korba (Evelyn Trost), Eva Behrmann (Marga Zoller), Joost Siedhoff, Frauke Sinjen, Horst Richter, Alexander Gittinger
Computerfachmann Tüsing wird an seinem Arbeitsplatz in der Großfirma Hiebler AG ermordet. Direktor Erklentz stellt Johanna Laufenberg, die Assistentin von Verkaufschef Zoller, ab, damit sie Schreitle bei dessen Recherchen hilft. Der Kommissar entdeckt, daß Tüsing systematisch verfängliche Personaldaten gesammelt hat. Nur die Angaben zu Erklentz und Zoller enthalten nichts Negatives, als wären sie nachträglich manipuliert worden. Kurz darauf wird Zoller ermordet. Der Verdacht fällt auf seine betrogene und gedemütigte Geliebte, Johanna Laufenberg.

Hauptkommissar Bienzle

Mit: Dietz Werner Steck (Hauptkommissar Ernst Bienzle), Rita Russek (Hannelore Schmiedinger)

Bienzle und der Biedermann

(266, EA: 6.12.1992) Regie: Peter Adam, Buch: Felix Huby, unter Mitarbeit von Dieter de Lazzer
Darst.: Rüdiger Wandel (Kommissar Günter Gächter), Rüdiger Vogler (Paul Stricker), Heide Simon (Ingrid Stricker), Hanns Zischler (Dr. Dreher), Christina

Plate (Cordula Stricker), Dieter Eppler (Bossle), Hubertus Gertzen (Hilbert), Christoph Hofrichter (Fahlbusch), Uwe Müller (Gensmer), Klaus Spürkel, Cornelia Corba, Utha Mahler
Der angesehene Anwalt Dr. Dreher, Experte für EG-Wirtschaftsrecht, steht unter dem Verdacht des Subventionsbetruges. Gedeckt wird er bei seinen kriminellen Machenschaften offensichtlich von Vertretern aus der Politik. Bienzle stößt bei seinen Recherchen auf den Fleischgroßhändler Paul Stricker, seinen Jugendfreund. Ahnungslos führt ihn Stricker in den Kreis aus Politikern, Geschäftsleuten und Beamten um Dreher ein. Bald entdeckt Bienzle, daß Stricker mitten im Sumpf aus Korruption und Betrug steckt.

Bienzle und die schöne Lau

(273, EA: 28.3.1993) Regie: Hartmut Griesmayr, Buch: Felix Huby und Werner Zeindler
Darst.: Rüdiger Wandel (Kommissar Gächter), Despina Pajanou (Vera Laible), Bernd Tauber (Fritz Laible), Matthias Ponnier (Eberhard Laible), Gerd David (Horst Selnek), Jakob Wurster (Thomas Weinmann), Tatjana Clasing (Liz), Richard Beek (der alte Weinmann), Dieter Bansberg (Notarzt)
Bienzle sucht in Blaubeuren nach dem entflohenen Häftling Selnek. Zur gleichen Zeit wird der reiche Schweinezüchter und Hobbytaucher Fritz Laible tot in der Unterwasserhöhle des Blautopfs gefunden. Alles deutet auf einen Tauchunfall, doch da der alte Weinmann, für den Fritz wie ein Sohn war, an Mord glaubt, geht Bienzle dem Fall nach. Verdächtig sind Laibles attraktive Frau Vera, die einen Liebhaber hat, sowie sein Bruder Eberhard, dem er nicht nur die Freundin, eben Vera, ausgespannt, sondern den er auch um sein Erbe gebracht hat.

Bienzle und das Narrenspiel

(286, EA: 23.1.1994) Regie: Hartmut Griesmayr, Buch: Felix Huby, nach seinem gleichnamigen Roman
Darst.: Robert Atzorn (Albrecht Behle), Pia Hänggi (Maria Matras), Andrea L'Arronge (Regina Finkbeiner), Ulrich Matschoss (Wilhelm Phillipp), Hubertus Gertzen (Gerhard Freudenreich), Hans-Georg Panczak (Werner Phillipp), Thomas Goritzki (Hauptkommissar Horst Keuerleber), Klaus Spürkel (Polizeiobermeister Koch), Angelika Hartung-Atzorn (Dr. Leichhardt)
Im Trubel der Ravensburger Fastnacht wird eine Bank überfallen und der Kassierer erstochen. Die Indizien belasten den Maskenschnitzer Behle, der von Kommissar Keuerleber verhaftet wird. Doch Bienzle, mit seiner Freundin Hannelore privat in der Stadt, vermutet ein Komplott von Behles früherem Arbeit-

Pia Hänggi, Dietz Werner Steck, Rita Russek

geber, denn Behle wirft dem Unternehmen Patentdiebstahl vor. Um den Mord selbst zu klären, bricht Behle aus dem Gefängnis aus. Als der Prokurist Freudenreich ermordet wird, deutet wieder alles auf ihn als Täter.

Bienzle und der Mord im Park

(309, EA: 7.5.1995) Regie: Dieter Schlotterbeck, Buch: Felix Huby
Darst.: Rüdiger Wandel (Kommissar Gächter), Sissi Höfferer (Hanna Mader), Wolf-Dietrich Sprenger (Arthur Horlacher), Ruth Wohlschlegel (Doris Horlacher), Claudia Schmutzler (Charlotte Fink), André Hennicke (Andreas Kerbel), Marco Hofschneider (Peter Fink), Walter Schultheiß (Alfons Schierle), Martin Schleker (Mägerle), Anke Hartwig (Anna)
Bienzle ist Leiter einer Sonderkommission, die eine Mordserie an Obdachlosen klären soll. Es gelingt ihm, einen weiteren Mord zu verhindern und den mutmaßlichen Täter, Computerfreak Andreas Kerbel, zu fassen. Kerbel beobachtet seit Monaten den Park, das Verhalten der Obdachlosen und der Polizisten. Alle Daten speichert er in seinem Computer. Doch er bestreitet die

Morde. Bienzle stößt nun auf die junge »Luxusobdachlose« Charlotte Fink, die den Verdacht auf ihren Freund, Bienzles alkoholkranken Kollegen Horlacher, lenkt.

Bienzle und die Feuerwand

(315, EA: 16.7.1995) Regie: Hartmut Griesmayr, Buch: Felix Huby
Darst.: Rüdiger Wandel (Kommissar Gächter), Peter Bongartz (Peter Germeroth), Siemen Rühaak (Dr. Stephan Glyzenius), Nicolin Kunz (Barbara Cossmann-Germeroth), Eberhard Feik (Prof. Dr. Ernst Sternebeck), Udo Vioff (Ernesto Bäuerle), Peter Mohrdieck (Dr. Jürgen Kohlmeier), Jacques Breuer (Carlo Delgado), Klaus Spürkel (Dr. Kocher)
Der Reiseleiter Lorenz Fichtel wird mit einem Giftpfeil aus einem Blasrohr getötet. Er war gerade von einer Exkursion für das Völkerkundemuseum aus Südamerika zurückgekehrt, an der neben den Museumswissenschaftlern auch Konsul Ernesto Bäuerle, der Sponsor, teilgenommen hatte. Bäuerle ist »Meister« einer obskuren Sekte, die nicht nur ihre Mitglieder psychisch unter Druck setzt, sondern auch in das südamerikanische Rauschgiftgeschäft involviert scheint. Hannelore schleust sich in die Sekte ein und gerät in Lebensgefahr.

Bienzle und der Traum vom Glück

(342, EA: 29.9.1996) Regie: Dieter Schlotterbeck, Buch: Felix Huby
Darst.: Rüdiger Wandel (Kommissar Gächter), Dieter Eppler (Wilhelm Zanker), Friedrich-Karl Praetorius (Hermann Schweickardt), Veronika Fitz (Klara), Mathias Ponnier (Edward), Tatjana Blacher (Regine Schweickardt), Klaus Spürkel (Dr. Kocher), Hubertus Gertzen (Wieland Schorf), Karoline Eichhorn (Inka Brahms), Bernd Gnann (Roland Kästle)
Bei einer Sprengung im Steinbruch der Baufirma Zanker kommt ein englischer Arbeiter ums Leben. Bienzle ermittelt wegen Mordverdachts, kommt aber zu dem Ergebnis, daß es ein Arbeitsunfall war. Allerdings stellt sich heraus, daß der Mann mit hochgiftigen Substanzen hantiert hat. Offenbar dient der Steinbruch als illegales Zwischenlager für Giftmüll. Zanker weist den Verdacht empört zurück, die Durchsuchung des Steinbruchs verläuft ergebnislos, die Arbeiter schweigen. Da tritt ein neuer Vergiftungsfall auf.

Bienzle und der tiefe Sturz

(365, EA: 6.7.1997) Regie: Peter F. Bringmann, Buch: Felix Huby
Darst.: Rüdiger Wandel (Kommissar Gächter), Ulrike Kriener (Constanze Schimmel), Bernd Tauber (Edwin Schimmel), Manon Straché (Ursula Eggert), Klaus Spürkel (Dr. Kocher), Jockel Tschiersch (Kommissar Schierle), Martin

Umbach, Hubert Mulzer, Horst Krebs, Joerg Adae, Claus Boysen, Sabine Bräuning, Jochen Probst, Astrid Rashed, Simone Stahlecker
Bei einem Betriebsausflug stürzt der Industrielle Edwin Schimmel von einer Felskante in den Tod. Hannelore, Zeugin des Vorfalls, hat schemenhaft eine Person neben Schimmel gesehen, so daß Bienzle wegen Mordes ermittelt. Er entdeckt, daß Schimmel die Produktion nach Portugal verlegen und die Mitarbeiter entlassen wollte. Jeder von ihnen ist somit verdächtig, vor allem Chefkonstrukteur Zimmermann und Ex-Chefeinkäufer Steinhoff, der Geliebte von Frau Schimmel, die ihm nun die Leitung ihrer Firma übergibt.

Südwestfunk

Kommissar Pflüger
Kommissar Gerber
Oberkommissarin Buchmüller
Hauptkommissarin Wiegand
Kommissarin/Hauptkommissarin Odenthal

Kommissar Pflüger

Wenn Steine sprechen

(15, EA: 13.2.1972) Regie: Erich Neureuther, Buch: Bruno Hampel
Darst.: Ernst Jacobi (Kommissar Pflüger), Gernot Endemann (Assistent Wingart), Horst Beck (Matysiak), Max Mairich (Pohl), Detlef Krüger (Bernbacher), Marlis Schoenau (Frau Bernbacher), Dagmar Heller (Tochter Bernbacher), Joachim Bliese (Dr. Hallert), Thilo von Berlepsch (Lambrecht), Eva Astor (Margot), Gustl Bayrhammer (Gastoberinspektor Veigl)
Ein todkranker Obdachloser wird von einem Notarzt in ein Krankenhaus eingeliefert. Der Mann möchte sein Gewissen erleichtern und einen dreißig Jahre zurückliegenden Mord an einem Westwallarbeiter beichten. Doch bevor Kommissar Pflüger von der Kriminalpolizei Baden-Baden im Krankenhaus eintrifft und Näheres über die bereits verjährte Tat erfahren kann, wird der Mann getötet. Pflüger muß nun in zwei Mordfällen recherchieren und gerät dabei in Konflikt mit der gehobenen Gesellschaft Baden-Badens.

Kommissar Gerber

Mit: Heinz Schimmelpfennig (Kommissar Gerber)

Cherchez la femme oder Die Geister am Mummelsee

(27, EA: 4.3.1973) Regie: Wilm ten Haaf, Buch: Dieter Waldmann
Darst.: Gernot Endemann (Assistent Wingard), Gerhard Remus (Assistent Metzger), Gert Keller (Gerichtsarzt), Rosemarie Fendel (Ella Kern), Irene Marhold (Ilsemarie Lorenz), Eva Ingeborg Scholz (Martha Turowski), Günther Ungeheuer (Klaus-Dieter Kladde), Wolfgang Preiss (Friedrich von Ribnitz), Klaus Schwarzkopf (Gastkommissar Finke)
Zwei Freundinnen aus Kiel unternehmen mit einer Reisegesellschaft eine Drei-Länder-Tour. Obwohl sie sich sonst bestens verstehen, kommt es vor den Mitreisenden zu unschönen Streitigkeiten, weil sie eifersüchtig sind. Als eine von ihnen ermordet wird, muß Kommissar Gerber ermitteln. Hauptverdächtige ist zwar die Freundin, aber auch einer der anderen Mitreisenden könnte der Täter sein. Gerber muß die Zahl der Verdächtigen einkreisen und besorgt sich Informationen von seinem Kieler Kollegen Finke.

Kommissar Gerber (Heinz Schimmelpfennig, re.) und sein Assistent Wingard (Gernot Endemann, Mi.) lassen sich vom Gerichtsarzt (Gert Keller) berichten.

Playback oder die Show geht weiter

(38, EA: 17.3.1974) Regie: Rolf von Sydow, Buch: Henner Höhs
Darst.: Peter Bongartz (Kriminalmeister Ihle), Heidi Brühl (Heidi Brühl), Christiane Krüger (Lill Bergen), Udo Vioff (Bert Schlesinger), Eckhart Dux (Rob Leuwen), Arthur Brauss (Max Rosendahl), Alexander Hegarth (Harry May), Horst Uhse (Lepsius), Werner Schumacher (Gastkommissar Lutz), Frank Strecker (Gastassistent Glöckle)
In Baden-Baden wird ein großer Galaabend vorbereitet, zu dem auch eine ganze Reihe von Showstars, darunter die Schauspielerin Heidi Brühl, geladen ist. Kommissar Gerber wird von seiner üblichen Arbeit befreit und bekommt den Sonderauftrag, sich um die Sicherheit der Prominenten zu kümmern. Diese Aufgabe mutet zunächst einfacher an als sie ist.

Tod eines Einbrechers

(49, EA: 16.3.1975) Regie: Rolf von Sydow, Buch: Herbert Lichtenfeld
Darst.: Peter Bongartz (Kriminalmeister Ihle), Johann Adam Oest (Kriminalassistent Metzmeier), Judy Winter (Birgit Oppermann), Werner Bruhns (Harald Oppermann), Dietmar Schönherr (Siegmar Frick), Dirk Dautzenberg (Höfele),

Liselotte Prinz (Frau Höfele), Ilsemarie Schnering (Frau Gerber), Werner Schumacher (Gastkommissar Lutz)
Während der Abwesenheit ihres Mannes empfängt Frau Oppermann ihren Geliebten in der Villa. Als ein Einbrecher in das Haus eindringt und sie überrascht, erschlägt der Liebhaber ihn und schafft mit Hilfe Frau Oppermanns die Leiche aus dem Haus. Kurz darauf wird der Tote gefunden und Gerber nimmt die Ermittlungen auf. Das Liebespaar aber, das nicht ahnt, daß der Einbrecher zu einer Bande gehörte, bekommt zunächst Probleme von anderer Seite: Es wird von einem Unbekannten erpreßt, und Herr Oppermann wird mißtrauisch.

Kassensturz

(60, EA: 15.2.1976) Regie: Michael Braun, Buch: Hasso Plötze
Darst.: Werner Feist (Oberkommissar Huck), Peter Bongartz (Kriminalmeister Ihle), Johann Adam Oest (Assistent Metzmeier), Ilsemarie Schnering (Frau Gerber), Walter Jokisch (Ziffel), Eva Pflug (Anette Bosper), Paul Edwin Roth (Baldur Haase), Wolfgang Völz (Kaufmann), Gustl Weishappel (Boringer), Christian Wolff (Salm), Klaus Höhne (Gastkommissar Konrad)
Als aus der Geldsammelstelle der Post dreihunderttausend Mark gestohlen werden, fällt Gerbers Verdacht auf Postoberinspektor Salm, der seit der Tat spurlos verschwunden ist. Gerbers Mitarbeiter Ihle ist jedoch von der Unschuld seines Freundes Salm überzeugt und recherchiert hartnäckig, auch gegen einige ehrbare Bürger der Kleinstadt. Einer dieser wichtigen Bürger wird mit Salms Dienstwaffe erschossen, Ihle wird verletzt. Als man Salms Leiche findet, übernimmt Gerber den Fall.

Finderlohn

(74, EA: 24.4.1977) Regie: Peter Schulze-Rohr, Buch: Henry Kolarz
Darst.: Peter Bongartz (Kriminalobermeister Ihle), Michael Rasmussen (Kriminalmeister Eckerle), Werner Feist (Oberkommissar Huck), Ilsemarie Schnering (Frau Gerber), Dan Mastacan (Hasslacher), Sonja Pflüger (Sonja), Claus Jurichs (Dörrenberg), Lisi Mangold (Magda), Constanze Franz-Engelbrecht (Anette), Peter Pasetti (Schmetz), Dieter Eppler (Gastkommissar Liersdahl)
Bei einem Autounfall kommt eine Frau zu Tode, die bereits als verstorben galt. Als die beiden Mädchen, die den Unfall von einem Rheinkahn aus gesehen und das Kosmetiktäschchen der Toten an sich genommen haben, dies erfahren, werden sie neugierig und beschließen, das Vorleben der Toten zu recherchieren. Dabei gelangen sie bis nach Straßburg und geraten an gefährliche Kriminelle, die vor Unterschlagung, Erpressung und Mord nicht zurückschrecken. Eines der Mädchen bezahlt seine Neugier mit dem Tod.

Oberkommissarin Buchmüller

Mit: Nicole Heesters (Oberkommissarin Marianne Buchmüller)

Der Mann auf dem Hochsitz

(84, EA: 29.1.1978) Regie: Erich Neureuther, Buch: Richard Hey
Darst.: Peter Nassauer (Assistent Mewes), Jörg Fallheier (Assistent Lamm), Stefan Orlac (Friedrich Löbert), Lis Verhoeven (Frau Löbert), Aurelio Malfa (Turiddu), Joseline Gassen (Herta Olbrich), Marlies Engel (Helga), Heinrich Sauer (Adlerwirt), Heinrich Fürst (Dellbrück), Bruno W. Pantel (Beamter), Klaus Höhne (Gastkommissar Konrad)
Der verheiratete Hobby-Jäger Friedrich Löbert wird mit einer Schußwunde ins Krankenhaus eingeliefert. Obwohl ein Abschiedsbrief bei ihm gefunden wird, behauptet er, auf seinem Hochsitz angeschossen worden zu sein, angeblich von dem Italiener Enzo Turiddu. Der wundert sich über die Beschuldigung. Buchmüller mißtraut Löbert und recherchiert an seinem Arbeitsplatz, wo sie erfährt, daß soeben seine Ex-Geliebte Helga Schumann zur neuen Geschäftsführerin ernannt worden ist. Vor Löbert war Helga mit Turiddu liiert.

Mitternacht, oder kurz danach

(103, EA: 26.8.1979) Regie: Michael Lähn, Buch: Irene Rodrian
Darst.: Dieter Ohlendieck (Assistent Lamm), Henry van Lyck (Assistent Mewes), Mathias Ponnier (Kurt Homberg), Vérénice Rudolph (Regine Homberg), Otto Sander (Manfred Enders), Hannelore Hoger (Frau Pless), Alf Marholm (Meidl), Wolfgang Höper (Kriminaldirektor), Peter Franzon, Volker Prechtel, Willi Schneider, Robert Weigmüller
Nach einer Party in seinem Hause wird der erfolgreiche Kunstmaler Kurt Homberg tot aufgefunden. Die Spuren deuten auf einen Mord hin. Kurz zuvor war es zwischen ihm und seiner Frau Regine zu einem Streit gekommen. Kurt war eifersüchtig auf seinen Freund und Kollegen Manfred Enders, der zwar weit weniger erfolgreich, aber besser war als er und den er finanziell unterstützte. Nicht zu belasten schien ihn hingegen, daß Regine und Manfred ein Verhältnis hatten. Die beiden verhalten sich merkwürdig.

Der gelbe Unterrock

(109, EA: 17.2.1980) Regie/Buch: Christian Kühn
Darst.: Dieter Ohlendieck (Assistent Lamm), Henry van Lyck (Assistent Mewes), Jörg Holm (Kohlmann), Michael Prelle (Harry), Esther Christinat (Marianne Klefisch), Maria Emo (Frau Klefisch), Thomas Heitkamp (Tommy Schmitz), Udo

Thomer (Klefisch), Rolf Zacher (Dorian Specht), Anna Kligge (Molly Fiedler), Henny Schneider-Wenzel (Mutter Elfriede)
Beim Betreten seiner Wohnung findet Herr Klefisch seine Tochter Marianne tot auf. Sie wurde mit einem Kabel erdrosselt. Der Verdacht fällt auf den psychopathischen Harry Wagner, der Klefisch mit Mariannes gelbem Unterrock im Treppenhaus begegnet war. Doch Klefisch behauptet auch, in der Wohnung Schritte gehört zu haben, die des Mörders. Buchmüller glaubt an Harrys Unschuld und recherchiert an Mariannes Arbeitsplatz, der Apotheke Schnegg. Dort verschwinden seit einiger Zeit Medikamente.

Hauptkommissarin Wiegand

Mit: Karin Anselm (Hauptkommissarin Hanne Wiegand)

Das Lederherz

(124, EA: 3.5.1981) Regie: Imo Moszkowicz, Buch: Irene Rodrian
Darst.: Wolfgang Kaven (Assistent Rolf Simon), Peter Pankalla (Assistent Erwin Brunner), Peter Dirschauer (Gert Dieckmann), Margit Schulte-Tigges (Eva Dieckmann), Herbert Steinmetz (Herr Weber), Barbara Thummet (Frau Weber), Monika Schuster (Angelika Kesting), Wolfgang Dörich, Rainer Guldener
Die Ehe von Eva und Gert Dieckmann ist am Ende. Der freie Architekt Gert kümmert sich nur um sein Lieblingsprojekt, biologisches Bauen. Die vernachlässigte Eva, verwöhntes Einzelkind, wünscht sich Kinder und Luxus, muß aber Gerts wegen auf beides verzichten. Seit Jahren erpreßt sie ihn mit Selbstmorddrohungen. Als sie eines Abends aus dem Fenster in den Tod stürzt, muß Wiegand herausfinden, ob es ein Unfall, wie Gert behauptet, Selbstmord oder Mord war. Ein Lederherz führt sie auf die richtige Spur.

Blaßlila Briefe

(139, EA: 25.7.1982) Regie: Stanislav Barabas, Buch: Kurt Rittig; nach Motiven von Herbert Rosendorfer
Darst.: Rolf Jülich (Assistent Korn), Wolf-Dietrich Berg (Jürgen Steinbeiss), Hans-Dieter Jendreyko (Lutz Waldner), Angela Schmidt (Eva Waldner), Monica Bleibtreu (Vera Kraske), Rita Russek (Grete Steinbeiss), Uli Krohm (Kneipier), Helmut Ehmig (Zoske), Peter Schmitz (Arzt), Melanie Horeschowsky (Sophie), Ilsemarie Schnering (Blumenfrau), Art Veder (Theaterregisseur)
Der verheiratete Lutz Waldner hat ein Verhältnis mit der ebenfalls verheirateten Grete Steinbeiss. Zwecks Tarnung schickt er ihr seine Briefe unter dem

Namen Marion Winterfeld. Als Immobilienmakler ist es ihm ein leichtes, außerdem eine Wohnung, die als Liebesnest dient, für Marion anzumieten. Als Gretes Mann die Freundin seiner Frau kennenlernen will, überredet Waldner seine Bekannte Vera Kraske, eine Schauspielerin, die Rolle der Marion zu übernehmen. Doch dann werden Marion alias Vera und ein Nachbar ermordet.

Peggy hat Angst

(148, EA: 23.5.1983) Regie: Wolfgang Becker, Buch: Norbert Ehry, bearbeitet von Wolfgang Becker

Darst.: Rolf Jülich (Assistent Korn), Hannelore Elsner (Peggy Karoly), Ute Christensen (Natascha Berg), Hans-Georg Panczak (Stefan Gabler), Hannelore Schroth (Frau Heckelmann), Heinz-Werner Kraehkamp (Joe), Anita Kupsch (Ellen), Roger Fritz (Achim Reiche), Harry Wüstenhagen (Michael Scheuring), Ulli Kinalzik (Schade)

Das Fotomodell Peggy Karoly erlebt am Telefon mit, wie ihre Freundin Natascha von einer Zufallsbekanntschaft ermordet wird. Sie informiert Wiegand, doch die kann nichts unternehmen, denn Peggy kennt weder Namen noch Adresse des Mannes. Als Nataschas Leiche gefunden wird, meldet sich mehrfach eine alte Frau, die den Mörder kennt, bei Wiegand. Plötzlich enden aber ihre Anrufe. Peggy erhält derweil anonyme Briefe vom Mörder. Als sie sich mit dem jungen Stefan Gabler anfreundet, bleiben die Briefsendungen aus.

Täter und Opfer

(158, EA: 27.5.1984) Regie: Ilse Hofmann, Buch: Peter Hemmer

Darst.: Christoph Marius Ohrt (Kriminalassistent Klose), Maja Maranow (Ute Bernett), Wolf-Dietrich Sprenger (Günther Husemann), Rolf Becker (Jürgen Ruperti), Christiane Lamm (Birgit Ruperti)

Wiegand wird zu der jungen Ute Bernett gerufen, die offensichtlich in ihrer Wohnung überfallen wurde. Überall finden sich Blutspuren. Tatverdächtig ist ein Mann, der in der gleichen Nacht einen Autounfall verschuldet, bei dem Jürgen Ruperti, Besitzer einer Pharmafirma, ums Leben kommt. Wiegand entdeckt, daß Ute vor einigen Monaten von Ruperti vergewaltigt worden ist, die Tat aber nicht angezeigt hat. Möglicherweise hat sie sich an Ruperti gerächt. Auch Rupertis Frau und sein Geschäftsführer Husemann haben ein Mordmotiv.

Der Mord danach

(170, EA: 23.6.1985) Regie: Iwan Schumacher, Buch: Sylvia Hoffman

Darst.: Laszlo Kish (Assistent Rolfs), Ilona Grübel (Ariane Plessing), Robert Atzorn (Jörg Plessing), Rosel Zech (Jutta Reismüller), Jacques Breuer (Nick

Stoltze), Gabriela Dossi (Frau Keller), Beate Jensen (Kate Bollmann), Gabriel Laub/Natias Naubert (Talkshowgäste), Klaus Götte (Dr. Wolfert), Werner Handrick (Herr Kolbe), Ursula Ludwig (Frau Kolbe)
Als Jutta Reismüller von einer Reise nach Hause kommt, findet sie die Leiche ihres Mannes, eines erfolgreichen Redakteurs. Er wurde mit ihrer Pistole erschossen, der Mörder hatte einen Hausschlüssel. In den Kreis der Verdächtigen geraten Juttas junger Liebhaber Nick Stoltze, der kein Alibi hat, sowie Reismüllers Ex-Geliebte, die Moderatorin Ariane Plessing. Doch deren Ex-Mann Jörg gibt ihr ein Alibi. Den Schlüssel zu diesem schwierigen Fall liefert das Band des Anrufbeantworters von Reismüllers Anwalt Dr. Wolfert.

Aus der Traum

(182, EA: 15.6.1986) Regie: Hansgünther Heyme, Buch: Norbert Ehry
Darst.: Frank Holtmann (Ballou), Wolfgang Schenck (Kurt), Carole Keeper (Denise), Uwe Friedrichsen (Richard), Ulli Kinalzik (Anderson, der Däne), Herbert König (Regisseur Kaiser), Ingo Hülsmann (Felix), Artus-Maria Matthiesen (junger Kriminalbeamter), Wolfgang Robert (älterer Kriminalbeamter), Cordula Hyme (Myra 1), Andrea Braun (Myra 2)
Der Speditionsbesitzer Kurt Ellroth wird tot in seiner Badewanne gefunden. Herzversagen infolge Stromschlags, diagnostiziert der Arzt. Wiegand erhält zu spät den anonymen Hinweis, daß Ellroth ermordet wurde, so daß sie ohne Spurensicherung, Tatzeitpunkt und Zeugen ist. Ehefrau Denise wurde zwar von Kurt verprügelt, war aber finanziell von ihm abhängig und fällt als Täterin aus. Wiegands Verdacht fällt daher auf Ellroths Mitarbeiter, den jungen Ballou, der Denise liebt und Schauspieler werden möchte. Gerade spielt er einen Mörder.

Spiel mit dem Feuer

(193, EA: 17.5.1987) Regie: Wolfgang Storch, Buch: Knut Boeser und Barbara Piazza
Darst.: Michael Lesch (Assistent Leverkühn), Lydia Kreibohm (Elisabeth Vasemeier), Jürgen Arndt (Dr. Friedrich Vasemeier), Walo Lüond (Pohlmann), Hartmut Kollakowsky (Hausmeister Wernitz), Wolfram Weniger (Holger), Hans-Jürgen Krützfeld (Schlotterbeck), Wolfgang Höper (Polizeichef Schöller), Wolfgang Wolter (Vogeler), Martin Rickelt (Blümel)
Nach einem Wohnungsbrand findet die Polizei die Leichen eines älteren Ehepaares und der jungen Lehrerin Monika Karges. Es stellt sich heraus, daß Monika erwürgt und der Brand vorsätzlich gelegt wurde. Verdächtig sind Hausbesitzer Pohlmann, der das Haus abreißen wollte und ein falsches Alibi vorweist, sowie

Monikas Geliebter Dr. Vasemeier, ein verheirateter Regierungsschulrat und Kandidat für den Landtag. Er bestreitet den Mord. Da er aber zugibt, mit Monika am Mordabend gestritten zu haben, nimmt Wiegand ihn fest.

Ausgeklinkt

(206, EA: 23.5.1988) Regie/Buch: Sylvia Hoffman
Darst.: Michael Lesch (Assistent Leverkühn), Wolfgang Hinze (Dr. Graefe), Helga Grimme (Dr. Bossel), Antje Hagen (Schwester Hilde), Johanna Liebeneiner (Dr. Franke), Ralf Richter (Detlef), Udo Samel (Wolly Deutz), Helmut Zierl (Thomas Wiener), Manfred Seipold (Polizeichef Städel), Anke Sevenich (Schwester Gaby), Dietmar Bär (Klenze)
Der Journalist Thomas Wiener, Patient einer psychiatrischen Anstalt, wird ermordet. Verdächtig ist der verschwundene Krankenfahrer Deutz, der in Wiener einen Rivalen um Schwester Gaby gesehen hat. Wiegand glaubt jedoch nicht an eine Eifersuchtstat, denn sie erinnert sich, daß Wiener zwei Wochen zuvor im Kommissariat den Klinikleiter Dr. Graefe des Mordes an seinem Journalistenkollegen Banko bezichtigt hat. Wiegand recherchiert gegen Graefe und entdeckt, daß er Menschenversuche macht. Graefe läßt seine Kontakte spielen.

Kommissarin/Hauptkommissarin Odenthal

Mit: Ulrike Folkerts (Kommissarin, ab 304 Hauptkommissarin Lena Odenthal)

Die Neue

(224, EA: 29.10.1989) Regie: Peter Schulze-Rohr, Buch: Norbert Ehry
Darst.: Michael Schreiner (Assistent Seidel), Katharina Abt (Carmen), Jürgen Holtz (Lukas), Margret Homeyer (Fichte), Michael Roll (Appold), Michael Mendl (Koslowski), Hans-Joachim Grubel (Geissler), Erika Skrotzki (Frau Geissler), Katharina Müller-Elmau (Isabella)
Kommissarin Lena Odenthal vom Sittendezernat sucht einen Mann, der bereits mehrere Frauen überfallen hat. Da er sich immer maskiert und es keine brauchbare Beschreibung von ihm gibt, konzentriert sie sich auf die einschlägig vorbestraften Koslowski, Geissler und Appold. Bei einem weiteren Überfall tötet der Mann sein Opfer. Odenthal wird auf die freie Stelle von Hauptkommissarin Wiegand gesetzt. Ihr Verdacht gegen Appold erhärtet sich. Um ihn zu überführen, konfrontiert sie ihn mit seinem Opfer Carmen.

Rendezvous

(231, EA: 4.6.1990) Regie/Buch: Martin Gies

Darst.: Michael Schreiner (Assistent Seidel), Hans-Günter Martens (Kriminalrat Friedrichs), Nele Müller-Stöfen (Vicky), Jürgen Vogel (Daniel), Heinz Hoenig (Palz), Ulrich Gebauer (Klaus Stein), Lorenz Weisz (Fröhling), Hedi Kriegeskotte (Frau Frombach), Christian Mey (Frombach), Thomas Vogt (Michael), Catherine Marseille (Franziska)

Zwei Männer, beide alleinstehend und wohlhabend, werden nach einem Rendezvous mit einer Unbekannten ermordet. Die Spur führt Odenthal zu einer Autowerkstatt, deren Besitzer eine achtzehnjährige Tochter, Vicky, hat. Vicky gibt sich ahnungslos, doch Odenthal beschattet sie und traut ihren Augen kaum, als sie das unscheinbare Mädchen als Vamp wiedersieht. Die Kollegen zumindest zweifeln ihre Beobachtungen an, beweisen kann Odenthal nichts. Doch sie bleibt hartnäckig und bringt sich damit in Lebensgefahr.

Tod im Häcksler

(249, EA: 13.10.1991) Regie: Nico Hofmann, Buch: Stefan Dähnert und Nico Hofmann

Darst.: Michael Schreiner (Assistent Seidel), Hans-Günter Martens (Friedrichs), Ben Becker (Dorfpolizist Stefan Tries), Patrizia Schwöbel (Mechthild), Rudolf Kowalski (Sprengler), Achim Grubel (Hunzinger), Monika Bleibtreu (Dana Höreth), Steven Schubert (Manfred), Wolf-Dietrich Berg, Gunter Berger, Wilfried Elste, Hans-Georg Panczak

Vor zwei Jahren ist der Rumänien-Aussiedler Höreth, ein Hühnerhofbesitzer aus dem Dorf Zarten, spurlos verschwunden. Nun finden Kinder seine Kleidung im Wald. Odenthal, die vom Dorfpolizisten Tries unterstützt wird, geht davon aus, daß Höreth ermordet wurde, und so verdächtigt sie zunächst dessen Angestellten Sprengler. Höreths Tochter Mechthild gibt Sprengler ein falsches Alibi. Odenthal entdeckt, daß Höreth den Bau eines Staudamms boykottierte und damit den Zorn aller Zartener auf sich zog.

Falsche Liebe

(267, EA: 20.12.1992) Regie: Susanne Zanke, Buch: Ulli Stephan

Darst.: Michael Schreiner (Assistent Seidel), Erika Skrotzki (Yvonne Dormin), René Schnoz (Matthias Bechner), Dinah Hinz (Else Dormin), Ruth Hoffmann (Charlotte Dormin), Barbara Lotzmann (Eva Odenthal), Wilfried Bassner (Alfred Jelenak/Mutter), Ralf Rufus Beck (Mickey), Peter Kremer (Alfred), David C. Bunners, Justina del Corte, Siir Eloglu, Mathias Kahler

Yvonne Dormin findet bei einem Spaziergang mit ihrer Mutter Else die Leiche ihres Freundes Matthias Bechner. Als die Polizei eintrifft, ist der Tote fort. Odenthal entdeckt, daß die Mutter mit dem Liebhaber ihrer Tochter nicht einverstanden war, denn der war wesentlich jünger als Yvonne und früher drogenabhängig. Bald stellt sich heraus, daß Matthias lebt und seinen Tod inszenierte, weil Else Dormin ihn dafür bezahlte. Doch er liebt Yvonne wirklich und will zu ihr zurückkehren. Die Mutter plant nun seinen Tod.

Die Zärtlichkeit des Monsters

(282, EA: 31.10.1993) Regie/Buch: Hartmut Schoen
Darst.: Michael Schreiner (Assistent Seidel), Hans-Günter Martens (Friedrichs), Manfred Zapatka (Hans-Martin Carsdorff), Manfred Steffen (Albert Pößmann), Gerd E. Schäfer (Werner Sawitzky), Manfred Andrae (Dr. Wagemann), Renato Grünig (Beckermann), Brigitte Schauder (Elli Mühlstock)
Hans-Martin Carsdorff will sich an Odenthal, die ihn seinerzeit des Mordes an seiner Freundin überführte, rächen. Er wirft ihr vor, sein Leben, seine glänzende Karriere als Schauspieler zerstört zu haben. Es gelingt ihm, sich aus der psychiatrischen Klinik, in der er als Patient einsitzt, freizupressen. Odenthal versucht, wie gewohnt ihrer Arbeit nachzugehen und den Mord an einer alten Dame aufzuklären, doch Carsdorff rückt ihr trotz Personenschutzes immer näher und demontiert sie psychisch, bis er ihr gegenübersteht.

Der schwarze Engel

(299, EA: 13.11.1994) Regie: Nina Grosse, Buch: Stefan Kolditz
Darst.: Michael Schreiner (Assistent Seidel), Hans-Günter Martens (Friedrichs), Dominic Raacke (Ben Broder), Rolf Hoppe (Tauber), Lutz Teschner (Santos), Anne Kasprik (Frau Feindt), Edgar M. Böhlke (Wilhelm Feindt), Wolfgang Zerlett (Fink), Jürgen Tonkel (Fritz), Horst Schäfer (Rösinger), Reinhold Ohngemach (Arzt), Charlotte Asendorf (Frau im Auto)
Broder und Feindt, Undercover-Agenten des LKA, stehen kurz vor der Verhaftung des Gangsters Santos, bei der auch eine Geheimliste mit bestochenen Politikern und Polizisten sichergestellt werden soll. Als Feindt während der Observierung eines Rheindampfers und illegalen Spielcasinos, auf dem sich Santos mit seinem Konkurrenten Tauber treffen will, lebensgefährlich verletzt wird, muß Odenthal Broder unterstützen und zugleich verhindern, daß er sich an den Gegnern rächt. Sie verliebt sich in ihn – und begeht damit einen großen Fehler.

Die Kampagne

(304, EA: 5.3.1995) Regie/Buch: Thomas Bohn

Darst.: Ben Becker (Assistent Stefan Tries), Hans-Günter Martens (Friedrichs), Hannes Jaenicke (Paul Gauert, Sittendezernat), Brigitte Karner (Silke Tennenbaum), Theo Maalek (Thorsten Meier-Brecht), Günter Meisner (Professor Wiegräfe), Jörg Pleva (Rolf Rüsgen), Udo Weinberger, Carol Campbell, Benny Schnier, Jochen Baumert, Margarete Salbach

Der kleine Mike Tennenbaum wird ermordet. Seine Mutter, Inhaberin einer Werbeagentur, startet eine Kampagne, die zur Verhaftung eines Verdächtigen führt. Der Fall ist damit für Frau Tennenbaum abgeschlossen, die, so glaubt Odenthal, mit der Aktion nur auf ihre Agentur aufmerksam machen wollte. Odenthal aber recherchiert weiter und erfährt vom Sittendezernat, daß in einem Sex-Shop Pornovideos von Mike sichergestellt wurden. Die Videos wurden von Tennenbaums Lebensgefährten Thorsten Meier-Brecht aufgenommen.

Schneefieber

(326, EA: 18.2.1996) Regie: Peter Schulze-Rohr, Buch: Fred Breinersdorfer

Darst.: Anette Felber (Karin Armbruster), Gerald A. Held (Felix Maurer), Anne Kasprik (Vivi Saalbach), Christina Plate (Manu Münter), Jörg Schüttauf (Klaus Münter), Günther Maria Halmer (Marc Weinhauer), Ilona Grandke (Frau Brühl), Harald Heinz (Fahrgast), Renate Steiger (Bahnhofs-Wirtin), Klaus Peeck (Bahnbeamter), Hartmut Volle (Haftrichter)

Nachdem die Bundesbahn sich scheinbar auf einen Erpresser eingelassen hat, um ihn bei der Geldübergabe verhaften zu lassen, schießt der Unbekannte auf einen fahrenden Zug und tötet einen Mann. Nun zahlt die Bundesbahn. Wenig später wird der Apotheker Münter nach einem anonymen Anruf verhaftet und gesteht, das präparierte Geld gereinigt und umgetauscht zu haben, widerruft jedoch auf Anraten seines dubiosen Anwalts Weinhauer, der ebenso in die Sache verstrickt scheint wie Münters Frau Manu und seine Geliebte Vivi.

Schlaflose Nächte

(340, EA: 8.9.1996) Regie/Buch: Hartmut Schoen

Darst.: Ulrike Bliefert (Assistentin Karin Fellner), Steffen Münster (Assistent Ferdi Robotka), Hans-Günter Martens (Friedrichs), Ingrid van Bergen (Frau Heckmann), Jürgen Schmidt (Klaus Lottmann), Rolf Hoppe (Walter Severing), Hedi Kriegeskotte (Gabriele Lottmann), Antje Westermann (Anna Henkel), Frank Stieren, Karina Marmann, Adelheid Theil

Während einer Abiturfeier stürzt die Internatsschülerin Christine Becker von einer Freiterrasse in den Tod. Das Obduktionsergebnis deutet auf Mord. Odenthal ermittelt unter den Schülern und bekommt Hilfe von Christines Zimmergenossin Anna, die aber anonym bleiben will. Sie hat Angst vor dem Vorsitzenden der Internatsstiftung, dem skrupellosen Möbelfabrikanten Klaus Lottmann. Der war Christines Geliebter. Doch Lottmann schweigt. Da wird sein Sohn aus erster Ehe, Charly, ermordet.

Der kalte Tod

(343, EA: 6.10.1996) Regie: Nina Grosse, Buch: Sascha Arango
Darst.: Andreas Hoppe (Assistent Mario Kopper), Hans-Günter Martens (Friedrichs), Matthias Habich (Professor Sorensky), Sophie von Kessel (Stella Eisner), Johannes Brandrup (Hendryk Dornbusch), Rudolf Kowalski (Dr. Rasch), Jürgen Tarrach (Sektionshelfer), Erwin Scherschel (Pförtner), Jochen Regelien (Fischer), Margarete Salbach (Elvira Kopper)
Die Medizinstudentin Stella Eisner wird als vermißt gemeldet. Zuletzt gesehen wurde sie im Pathologie-Labor der Universität. Ihr Freund Hendryk Dornbusch, der zur Zeit ihres Verschwindens ebenfalls im Labor war, wird zunächst verdächtigt, sie ermordet zu haben. Doch Hendryk belastet Professor Sorensky, mit dem Stella eine Affäre hatte. Sorensky ist eine schillernde Figur, eine Kapazität als Pathologe, ein zynischer Egozentriker mit dem Spezialgebiet Tod. Als Odenthal gegen ihn ermittelt, gerät sie in Lebensgefahr.

Tod im All

(350, EA: 12.1.1997) Regie/Buch: Thomas Bohn
Darst.: Andreas Hoppe (Assistent Mario Kopper), Hans-Günter Martens (Friedrichs), Marquard Bohm (Rolf Mirau), Carol Campbell (Johanna Silber), Alexander Beck (Paul Gauert), Walter Gontermann (Axel von Saalfeld), Johanna Liebeneiner (Renate van Deeling), Dietmar Schönherr (Lunik van Deeling), Adolf Laimböck, Nina Hagen, Ingolf Lück, Anke Engelke
Ein anonymer Anrufer behauptet, der Ufologe Lunik van Deeling sei ermordet worden. Da van Deeling ein Bestseller-Autor ist, glaubt Odenthal an eine PR-Aktion seines Verlegers von Saalfeld. Der behauptet gar, sein Top-Autor sei von Aliens entführt worden. Frau van Deeling bestätigt das Verschwinden ihres Mannes. Als Odenthal Anrufe erhält, die aus dem All zu kommen scheinen, verliert sie langsam die Nerven. Ohne Leiche will sie keine Ermittlungen aufnehmen. Die wird ihr auch prompt geliefert: Eine Reporterin, die an einer Story über van Deeling gearbeitet hat, wird ermordet.

»Tod im All«: Mario Kopper (Andreas Hoppe) und Lena Odenthal (Ulrike Folkerts) im Banne unheimlicher Phänomene.

Nahkampf

(373, EA: 19.10.1997), Regie/Buch: Thomas Bohn

Darst.: Andreas Hoppe (Assistent Mario Kopper), Hans-Günter Martens (Friedrichs), Jürgen Schornagel (Oberst Rüdiger Kampmann), Dana Vavrová (Manon Kampmann), Götz Otto (Leutnant von Brentano), Margarete Salbach (Elvira Kopper), Bernhard Bettermann, Roman Knizka, Frank Röth, Lars Pape, Ursula Cantieni, Georg von Manikowsky

Oberleutnant Trema verabschiedet sich vorzeitig von einem Kameradschaftsabend in der Kaserne, um zu seinem heimlichen Rendezvous zu kommen. Er will wie üblich die Abkürzung über den Zaun nehmen. Der Wachposten erkennt ihn nicht, hält ihn für einen Saboteur. Nachdem er Trema angerufen und einen Warnschuß abgegeben hat, erschießt er ihn. Odenthal glaubt nicht an einen Unfall, sondern an einen inszenierten Mord. Sie entdeckt, daß Trema eine Affäre mit Kampmanns junger Frau Manon hatte, kann Kampmann aber nichts nachweisen.

Jagdfieber

(380, EA: 29.3.1998) Regie: Peter Schulze-Rohr, Buch: Fred Breinersdorfer
Darst.: Andreas Hoppe (Assistent Mario Kopper), Hans-Günter Martens (Friedrichs), Jörg Schüttauf (Markus Buchmeier), Anke Sevenich (Charlotte Buchmeier), Frank Schröder (Dr. Hefermehl), Margarete Salbach (Elvira Kopper), Sabine Bräuning (Rechtsmedizinerin), Simon Licht (Peter), Ingrid Domann (Anne Berger), Nele Woydt (Inge), Christian Ewald (Schulz)
Im Rhein wird die Leiche der alleinstehenden Dorothee Reinecke gefunden. Die Frau starb infolge eines Genickbruchs. Aus ihrem Haus fehlen 280 000 Mark. Die Spur bringt Odenthal zu dem angesehenen Ehepaar Charlotte und Markus Buchmeier, das eine perfekte Ehe zu führen scheint. Doch Banker Markus ist hochverschuldet und hatte eine Affäre mit seiner reichen Kundin Dorothee. Odenthal hält ihn für den Mörder. Da ihm Charlotte aber ein Alibi gibt, beginnt die Kommissarin, beide gegeneinander auszuspielen.

Westdeutscher Rundfunk

Zollfahnder Kressin
Oberkommissar Haferkamp
Kommissar Enders
Kommissar Kreutzer
Hauptkommissar Schimanski und Hauptkommissar Thanner
Hauptkommissar Flemming
Hauptkommissar Ballauf und Oberkommissar/Hauptkommissar Schenk

Zollfahnder Kressin

Mit: Sieghardt Rupp (Zollfahnder Kressin)

Kressin und der tote Mann im Fleet

(3, EA: 10.1.1971) Regie: Peter Beauvais, Buch: Wolfgang Menge

Darst.: Hermann Lenschau (Zollrat), Sabine Sinjen (Ulrike), Eva Renzi (Tatjana), Siegfried Flemm (Benjamin Canitz), Günter Heising (Aram), Peer Brensing (Jussuf), Franz J. Steffens (Hocke), Jürgen Flimm (Ehmke), Ivan Desny (Sievers), Denes Törzs (Taraklides), Walter Richter (Gastkommissar Trimmel), Edgar Hoppe (Gastkriminalmeister Höffgen)

Der Kölner Zollfahnder Kressin kommt von einer Kreuzfahrt auf dem Mittelmeer zurück. Kurz vor Hamburg beobachtet er an dem Reiseleiter Benjamin Canitz ein verdächtiges Verhalten. Als er am nächsten Tag in der Zeitung liest, daß Canitz ermordet aus einem Hamburger Kanal gezogen wurde, sucht er Kommissar Trimmel auf, der in dem Fall ermittelt. Obwohl der Mord nicht in seine Zuständigkeit fällt, schaltet sich Kressin ein. Er kommt einem Rauschgiftring auf die Spur, der Drogen in die Bundesrepublik schmuggelt.

Kressin und der Laster nach Lüttich

(5, EA: 7.3.1971) Regie: Tom Toelle, Buch: Wolfgang Menge

Darst.: Hermann Lenschau (Zollrat), Ivan Desny (Sievers), Katrin Schaake (Elisabeth), Manfred Seipold (Vondracek), Gernot Duda (Patzke), Joachim Richert (Ewald), Heinz Meier (Müllerburg), Günter Kirchhoff (Kunde), Jean Pierre Zola (Desroches), Friedrich Schütter (Strauß), Horst Hesslein (Paul), Werner Schumacher (Gastkommissar Lutz)

Kressins Kollegen sind einer Bande auf der Spur, die mit einem simplen Trick unverzollten Alkohol aus dem Ostblock in die Bundesrepublik schmuggelt. Die Ladung, mit welcher der Alkohol ins Land gebracht wird, ist als Leinölfirnis oder Schwefelsäure deklariert, die als Transitgut für Belgien bestimmt ist. In Deutschland wird der Laster entladen, mit der deklarierten Ware beladen und weiter nach Belgien geschickt. Als ein Zollfahnder ermordet wird, schleust sich Kressin als LKW-Fahrer in die Bande ein.

Kressin stoppt den Nordexpress

(7, EA: 2.5.1971) Regie: Rolf von Sydow, Buch: Wolfgang Menge

Darst.: Hermann Lenschau (Zollrat), Ivan Desny (Sievers), Yvonne Ingdal (Pernille), Gitte Haenning (Birgit), Karl-Heinz Otto (Doppel-Otto), Dieter Wagner (Pastörchen), Wolfgang Kaehler (Chief), Nino Korda (Antonio), Heinz Günther

Kilian (Erwin), Imo Heite (Bruno), Allen Evans (Salomon), Edgar Hoppe (Gastkriminalmeister Höffgen)
Kressin kehrt mit dem Nordexpress aus Dänemark zurück, wo er sich über Pornoschmuggel informiert hat. Mit im Zug sitzen die beiden Schwerverbrecher Brockhoff und Katolli, die in Schweden gefaßt und von drei Kriminalbeamten nach Köln überführt werden. Sie gehören zur Bande von Sievers. Nach dem deutschen Grenzübergang in Puttgarden ereignen sich merkwürdige Dinge. Die Bande will die beiden Verbrecher befreien und ersetzt nach und nach Lokomotivführer, Zugführer und Zugsekretärin, um den Zug an geeigneter Stelle stoppen zu können.

Kressin und die Frau des Malers

(18, EA: 28.5.1972) Regie: Pim de la Parra jr., Buch: Klaus Recht, Pim de la Parra jr. und Hans Heinrich Ziemann
Darst.: Hermann Lenschau (Zollrat), Hans Quest (Morton), Heidi Stroh (Anna), Wolfgang Hinze (Markwitz), Brigitte Skay (Eva), Alexander Allerson (Max), Imo Heite (Kordes), Hartmut Hinrichs (Kramp), Kees Brusse (Kornmann), Jeroen Krabbé (Henk), Guus Oster (Stelldom), Herbert Steinmetz (Wagner), Klaus Höhne (Gastkommissar Konrad)
Eine Bande von Kunstdieben plündert Kirchen und Museen. Durch Zufall kommen die Zollfahnder dahinter, wie die Kunstwerke ins Ausland geschmuggelt werden. Beamte des Flughafens sehen im Frachtraum eine aus Wachs geformte Schaufensterpuppe, die wegen der Hitze zu schmelzen begonnen hat und nun eine wertvolle Madonna aus dem sechzehnten Jahrhundert freigibt. Die Spur führt Kressin nach Amsterdam zu der attraktiven und gefährlichen Frau eines Malers.

Kressin und der Mann mit dem gelben Koffer

(20, EA: 9.7.1972) Regie: Michael Verhoeven, Buch: Wolfgang Menge
Darst.: Hermann Lenschau (Zollrat), Gunther Malzacher (Holbein), Ivan Desny (Sievers), Paul Verhoeven (Nobiling), Kerstin de Ahna (Elvira), Günther Stoll (Kessler), Friedrich von Thun (Ohm), Dieter Wilken (Prokop), Axel Scholtz (Fuchs), Dieter Schidor (Werner), Friedrich Nowottny/Ernst Dieter Lueg (als sie selbst), Fritz Eckhardt (Gastoberinspektor Marek)
Gangsterboß Sievers hat sich auf Waffenhandel spezialisiert und kann seine Konkurrenten unterbieten, da er sich Kriegsmaterial beschafft, das von der Bundeswehr zum Verschrotten ausgesondert wurde. Als vor dem Bundeshaus ein Mann erschossen wird und der Täter mit einem gelben Koffer entkommt, beginnt Kressin gemeinsam mit einem Beamten der Sicherungsgruppe Bonn zu ermit-

teln. Der Tote war ein Informant des Waffenhändlers Nobiling. Sein Koffer enthielt Beweise für Sievers' Machenschaften.

Zollfahnder mit Noblesse: Sieghardt Rupp (li.) als Kressin

Tote Taube in der Beethovenstraße

(25, EA: 7.1.1973) Regie/Buch: Samuel Fuller
Darst.: Glenn Corbett (Sandy), Christa Lang (Christa), Anton Diffring (Mensur), Eric P. Caspar (Charlie Umlaut), Hans C. Blumenberg (Spindell), Anthony Chin (Mr. Fong), Alex d'Arcy (Mr. Novak), William Ray (Luthini), Fritz Gazerra (Fritz)
Kressin findet in der Beethovenstraße in Bonn eine männliche Leiche. Der Mörder kann fliehen. Zunächst scheint es, als sei der Tote Schmuggler gewesen und von Konkurrenten aus dem Weg geräumt worden. Doch dann stellt sich heraus, daß es sich um einen Privatdetektiv aus New York handelt, der einer Erpres-

Kressin (Sieghardt Rupp) verfolgt den in Polizeiuniform getarnten Killer (Eric P. Caspar).

serbande auf der Spur war. Zusammen mit dem Partner des Toten, dem aus New York angereisten Sandy, macht sich Kressin auf die Suche nach dem Mörder. Sandy schleust sich in die Erpresserbande ein.

Kressin und die zwei Damen aus Jade

(31, EA: 8.7.1973) Regie: Rolf von Sydow, Buch: Karl Heinz Willschrei
Darst.: Hermann Lenschau (Zollrat), Krista Keller (Mona), Hans Hass jr. (Bender), Francisca Tu (Lyn), Ilona Grübel (Christina), Günter Lamprecht (Zollinspektor Curtius), E.F. Fürbringer (Antiquitätenhändler), Gert Haucke (Göbel), Dieter Prochnow (Fred), Dieter Eppler (Gastkommissar Liersdahl), Manfred Heidmann (Gastkommissar Schäfermann)
Kressin kehrt mit dem Flugzeug aus Istanbul zurück. Während er auf seinen Koffer wartet, hält er Ausschau nach der attraktiven Asiatin Lyn, die mit ihm im Flugzeug saß. Doch Lyn ist verschwunden, und das Gepäcktransportband rollt einen Toten heran, der 350 000 Mark bei sich hat. Die Ermittlungen führen Kressin in ein Lokal mit schweigsamen Gästen, einem Antiquitätenhändler, einem Geldverleiher und der geheimnisvollen Christina. Kressin muß herausfinden, welche Rolle zwei Damen, Schachfiguren aus Jade, spielen.

Oberkommissar Haferkamp

Mit: Hansjörg Felmy (Oberkommissar Heinz Haferkamp), Willy Semmelrogge (Kommissar Kreutzer)

Acht Jahre später

(39, EA: 28.4.1974) Regie: Wolfgang Becker, Buch: Karl Heinz Willschrei
Darst.: Karin Eickelbaum (Ingrid, Haferkamps Ex-Frau), Bernd Schäfer (Scheffner, Haferkamps Chef), Ulrich von Dobschütz (Kaslik), Christine Ostermayer (Frau Pallenburg), Relja Basic (Brossberg), Herbert Bötticher (Haftrichter), Max Mairich (Gefängnisdirektor), Hermann Günther (Wilke), Hans Beerhenke (Gefängniswärter), Klaus Schwarzkopf (Gastkommissar Finke)
Nach acht Jahren wird der Einbrecher Brossberg aus der Haft entlassen. Bei seiner Festnahme schwor er seiner Ex-Geliebten Pallenburg, von der er sich verraten fühlte, sowie Haferkamp, der seinen Bruder bei der Schießerei tötete, Rache. Haferkamp nahm dies nicht ernst. Doch Frau Pallenburg hat nun Angst und bittet ihn um Schutz. Er nimmt sie bei sich auf. Brossberg verhält sich ruhig. Da wird ein Anschlag auf Frau Pallenburg verübt. Haferkamp findet Brossberg und macht eine Entdeckung.

Zweikampf

(41, EA: 23.6.1974) Regie: Wolfgang Becker, Buch: Karl Heinz Willschrei
Darst.: Karin Eickelbaum (Ingrid Haferkamp), Bernd Schäfer (Scheffner), Ulrich von Dobschütz (Kaslik), Heinz Baumann (Degenhart), Ursula Lingen (Marion Mezger), Thomas Astan (Jim), Gracia-Maria Kaus (Karin Degenhart), Werner Bruhns (Mezger), Horst Sachtleben (Max Fischer), Nils Clausnitzer (Vorführungsrichter), Gustl Bayrhammer (Gastkommissar Veigl)
Die Millionärsgattin Marion Mezger wird entführt und mit verbundenen Augen in einer Wohnung gefangengehalten. Nachdem ihr Mann fünf Millionen Mark Lösegeld gezahlt hat, wird sie freigelassen. Eine Frau hat den Bauunternehmer Degenhart in eine lange verlassene Wohnung gehen sehen und meldet dies der Polizei. Alle Indizien sprechen dafür, daß diese Wohnung das Versteck ist. Doch Frau Mezger erkennt sie nicht wieder, und Degenhart, der geschäftlich vor der Pleite steht, ist nichts nachzuweisen.

Der Mann aus Zimmer 22

(46, EA: 8.12.1974) Regie: Heinz Schirk, Buch: Oliver Storz
Darst.: Karin Eickelbaum (Ingrid Haferkamp), Bernd Schäfer (Scheffner), Ulrich von Dobschütz (Kaslik), Eva-Maria Meineke (Anna Maurer), Alexander Kerst

(Walter Maurer), Monica Bleibtreu (Ursula Danz), Marie-Louise Marjan (Helga), Ulli Lommel (Elmar Holz), Kurt Zips (Oberstaatsanwalt), Hans Häckermann (Gastkommissar Böck)
Eine junge Frau wird in einem Hotelzimmer ermordet. Schon bald verhaftet die Polizei einen Kellner, doch Haferkamp bezweifelt die Schuld des jungen Mannes. Zu Recht, wie es scheint, denn ein zweiter Mord, ähnlich dem ersten, geschieht. Haferkamp hat alle Hotelgäste überprüfen lassen, auch Oberstudienrat Maurer, der sich gegenüber dem Mordzimmer mit seiner Geliebten Ursula Danz, der Frau eines Kollegen, zu einem Schäferstündchen getroffen hatte. Maurer will nichts bemerkt haben.

Wodka Bitter-Lemon

(50, EA: 13.4.1975) Regie: Franz Peter Wirth, Buch: Henry Kolarz
Darst.: Karin Eickelbaum (Ingrid Haferkamp), Claudia Amm (Petra Koenen), Heinz Bennent (Martin Koenen), Jürgen Kloth (Gall), Lil Dagover (Mutter Koenen), Margot Trooger (Adele Koenen), Sabine von Maydell (Irene Lersch), Katharina Seyferth (Gaby), Reiner Schöne (Joschi), Ernst Lenart (Juwelier), Gustl Bayrhammer (Gastkommissar Veigl)
In einem Park wird die Leiche der jungen Irene gefunden. Das Mädchen wurde mit Zyankali vergiftet. Die Spur führt zu dem Fabrikbesitzer Koenen, der Irene am Vorabend in seinem Auto mitnahm. Koenen scheint mehr zu wissen, als er zugibt. Tatsächlich starb Irene nach dem Genuß eines Drinks in seinem Haus. In Panik brachte er ihre Leiche fort. Trotzdem ermittelt Haferkamp nun gegen Frau Koenen, die in der High Society verkehrt. Dort kursiert ein Rezept für den idealen Mord: in Eiswürfeln eingefrorenes Zyankali.

Die Abrechnung

(52, EA: 8.6.1975) Regie: Wolfgang Becker, Buch: Karl Heinz Willschrei
Darst.: Karin Eickelbaum (Ingrid Haferkamp), Maria Schell (Evelyn Stürznickel), Irina Wanka (Angela Stürznickel), Romuald Pekny (Dr. Alexander), Rolf Becker (Dr. Kürschner), Ursula Grabley (Frau Neugebauer), Hermann Günther (Gottlieb), Andrea L'Arronge (Katrin Grund), Gustl Bayrhammer (Gastkommissar Veigl)
Der schwerreiche Stürznickel wird erschlagen, laut Schwiegertochter Evelyn von einem Einbrecher, der ebenfalls tot in der Villa liegt, erschossen von ihr selbst. Haferkamp verdächtigt sie zwar, ihren Schwiegervater selbst ermordet zu haben, hat aber keine Beweise, so daß Star-Anwalt Dr. Alexander einen Freispruch für sie erwirken kann. Kurz darauf wird Evelyns Stieftochter Angela umgebracht und Evelyn wegen Mordes angeklagt. Haferkamp hält

sie für unschuldig und wundert sich über Dr. Alexanders schwache Verteidigung.

Treffpunkt Friedhof

(56, EA: 12.10.1975) Regie: Wolfgang Becker, Buch: Werner Kließ
Darst.: Karin Eickelbaum (Ingrid Haferkamp), Bernd Schäfer (Scheffner), Krista Keller (Ellen Schaßler), Matthias Fuchs (Robert Geffken), Karl Maria Schley (Schaßler), Peter Oehme (Zangemeister), Ingrid Capelle (Frau Zangemeister), Erna Sellmer (Frau Naumann), Marie-Luise Marjan (Doris), Werner Gaefke (Filialleiter)
Die Haushälterin Frau Naumann wird in dem Haus ihres Arbeitgebers, des Fabrikanten Zangemeister, erschossen. Haferkamp entdeckt, daß Zangemeisters Chefkonstrukteur Schaßler die Firma mit einer Erfindung vor dem Ruin rettete, doch statt der erwarteten Beteiligung nur die gesetzlich vorgeschriebene Belohnung bekam. Alles deutet darauf hin, daß sich Schaßler mit Gewalt holen wollte, was ihm seiner Meinung nach zusteht. Schaßlers Tochter Ellen lenkt den Verdacht auf ihren verhaßten Ex-Freund Robert Geffken.

Zwei Leben

(61, EA: 14.3.1976) Regie: Wolfgang Staudte, Buch: Karl Heinz Willschrei
Darst.: Karin Eickelbaum (Ingrid Haferkamp), Bernd Schäfer (Scheffner), Heinz Bennent (Scheller), Gisela Uhlen (Vivian Hamilton), Günther Stoll (Whitman), Katinka Hoffmann (Änne Scheller), Susanne Beck (Claudia), Dirk Dautzenberg (Kutscher), Christl Welbhoff (Kellnerin), Ruth Brück (Frau Bold), Klaus Schwarzkopf (Gastkommissar Finke)
Franz Scheller hat vor zehn Jahren in den USA als Kronzeuge gegen die Mafia ausgesagt und lebt nun, vom FBI mit neuer Identität ausgestattet, als Fotohändler in Essen. Auch geheiratet hat er wieder. Doch Vivian Hamilton, seine Frau aus Mafia-Zeiten, hat ihn nie aufgegeben und schafft es, ihn anhand seiner Spielleidenschaft aufzuspüren. Da Scheller sein zweites Leben nicht freiwillig aufgibt, will sie ihn zur Flucht zwingen und verrät ihn an einen Anwalt der Mafia, der ihn wiedererkennt.

Fortuna III

(64, EA: 7.6.1976) Regie: Wolfgang Becker, Buch: Wolfgang Mühlbauer; nach einer Idee von Hanus Burger
Darst.: Bernd Schäfer (Scheffner), Gert Böckmann (Jul), Oliver Urlichs (Paul Starczik), Gracia-Maria Kaus (Birgit Starczik), Evelyn Palek (Ellen Schelle), Hans Beerhenke (Schelle), Ferdinand Dux (Starczik), Hans Dieter Schwarze (Anwalt),

Christoph Lindert (Untersuchungsrichter), Paul Neuhaus (Wickert), Henning Schlüter (Kapitän)
Auf dem Gelände einer stillgelegten Zeche wird die Leiche eines jungen Mädchens gefunden, das Opfer eines Sexualverbrechers wurde. Haferkamp stößt bei seinen Ermittlungen auf den zwölfjährigen Paul Starczik, einen schwierigen Jungen, der sich oft auf dem Gelände vor seinem Vater versteckt. Der möchte ihn am liebsten in ein Erziehungsheim geben. Paul hat nur einen Freund, den Likörfabrikanten Jul, der ihm sogar eine Lehrstelle versprochen hat. Der Junge verheimlicht etwas.

Abendstern

(68, EA: 7.11.1976) Regie: Wolfgang Becker, Buch: Herbert Lichtenfeld
Darst.: Karin Eickelbaum (Ingrid Haferkamp), Bernd Schäfer (Scheffner), Elfriede Irrall (Frau Helm), Günter Gräwert (Gerhard Helm), Andrea Rau (Isabel Raisch), Christian Kohlund (Peter Raisch), Helma Seitz (Frau Henning), Harry Kalenberg (Henning), Horst Sachtleben (Kurmeier), Gustl Bayrhammer (Gastkommissar Veigl)

Harry Kalenberg, Willy Semmelrogge, Hansjörg Felmy (v.l.n.r.)

In einem Wald entdecken Arbeiter die Leiche von Isabel Raisch. Haferkamp verdächtigt zunächst den Ehemann. Erst spät findet er heraus, daß die Tote einen Geliebten hatte, Gerhard Helm. Die Indizien gegen Helm erhärten sich. Seine Frau versucht ihn zu schützen, belastet ihn aber nur umso mehr. Es stellt sich heraus, daß Helm und Frau Raisch am Tag ihres Todes einen Ausflug machten. Als der Wagen wegen Benzinmangels stehenblieb, ging Helm zur nächsten Tankstelle. Bei seiner Rückkehr lag Isabel im Sterben.

Spätlese

(75, EA: 22.5.1977) Regie: Wolfgang Staudte, Buch: Herbert Lichtenfeld
Darst.: Karin Eickelbaum (Ingrid Haferkamp), Bernd Schäfer (Scheffner), Andrea Jonasson (Claudia Bernhold), Claudia Wedekind (Ingeborg), Udo Vioff (Dr. Stolp), Alexander Kerst (Eckart Waarst), Carmen Renate Köper (Elfriede Waarst), Horst Michael Neutze (Trimke), Hansi Waldherr (Sahne Fritz), Pierre Franckh (Monteur), Claus Fuchs (Schäfer)
Herr Bernhold kommt unter mysteriösen Umständen ums Leben. Verdächtig sind zunächst Hausarzt Dr. Stolp, der von Bernholds Tod zu profitieren scheint, sowie Ehefrau Claudia, die sich merkwürdig benimmt. Haferkamp weiß noch nicht, daß es für Claudias Verhalten eine einfache Erklärung gibt. Sie hat erst jetzt entdeckt, daß ihr Mann ein Erpresser war. Sie übernimmt nun selbst diese Rolle. Bald stößt Haferkamp auf den reichen Eckart Waarst. Er glaubt, daß Waarst von Bernhold erpreßt worden ist und ihn deshalb getötet hat.

Drei Schlingen

(78, EA: 28.8.1977) Regie: Wolfgang Becker, Buch: Karl Heinz Willschrei
Darst.: Karin Eickelbaum (Ingrid Haferkamp), Traugott Buhre (Horst Schiesser), Andreas Seyferth (Werner Fink), Simone Rethel (Gerda Fink), Helmut Wildt (Peter Rieger), Else Quecke (Frau Küppers), Lutz Hochstraate (Müller), Roswitha Dost (Sekretärin), Hans Beerhenke (Priester), Marie-Luise Marjan (Lu Lay), Vico Torriani (als Gast)
Bei einem brutalen Überfall auf einen Geldtransporter wird der Fahrer Fink erschossen, als er einer vermeintlich verletzten Frau helfen will. Haferkamp sucht nun nach den drei Gangstern, der Frau und ihren zwei männlichen Komplizen. Finks Partner Schiesser, der vor Jahren wegen seiner harschen Vorgehensweise aus dem Polizeidienst entlassen wurde, hält Haferkamp für unfähig. Bald muß Haferkamp zwei weitere, als Selbstmorde getarnte Morde klären. Die Spur führt ihn in einen Judoclub.

Das Mädchen von gegenüber

(82, EA: 4.12.1977) Regie: Hajo Gies, Buch: Martin Gies
Darst.: Karin Eickelbaum (Ingrid Haferkamp), Gerhard Theisen (Kalle Dahlmann), Jürgen Prochnow (Klaus Linder), Herlinde Latzko (Jutta Linder), Gerhard Theisen (Kalle Dahlmann), Eva Maria Bauer (Mutter Dahlmann), Werner Abrolat (Vater Dahlmann), Holle Hörnig (Bärbel Koslowski), Hans Joachim Krietsch (Vater Koslowski), Barbara Nolte (Dorothee)
An einem verlassenen Bahnhof wird die Leiche der fünfzehnjährigen Bärbel gefunden. Das frühreife Mädchen hatte dort offenbar ein Rendezvous und war beim Streit mit ihrem Geliebten unglücklich gefallen. Auf der Suche nach diesem Mann stößt Haferkamp auf Bärbels Klassenlehrer Klaus Linder. Der wiederum verdächtigt seinen Schüler Kalle, der Bärbel nachstellte und sich für ihren Mörder hält. Haferkamp merkt nicht, daß Kalle durch seine Schuldgefühle und die Angriffe Linders in eine verzweifelte Lage getrieben wird.

Rechnung mit einer Unbekanten

(87, EA: 23.4.1978) Regie: Wolfgang Becker, Buch: Peter Hemmer
Darst.: Karin Eickelbaum (Ingrid Haferkamp), Bernd Schäfer (Scheffner), Peter Matic (Josef Rosenkötter), Gertrud Kückelmann (Frau Rosenkötter), Edith Hancke (Roswitha Mattusch), Susanne Beck (Karin Distler), Franz Otto Krüger (Immelmann), Gisela Tantau (Frau Immelmann), Holger Hildmann (Kurz), Nicole Heesters (Gastkommissarin Buchmüller)
Als der Unternehmer Josef Rosenkötter von einer Party in seine Villa heimkehrt, findet er die Leiche seiner Frau. Offenbar wurde sie von einem Einbrecher erschossen. Haferkamp bezweifelt jedoch, daß der Fall so einfach liegt. Er verdächtigt Rosenkötter, doch der hat ein Alibi, ebenso wie die Untermieterin Karin Distler, die er in die Sache verwickelt glaubt. Andererseits traut er Rosenkötter nicht zu, einen Killer gemietet zu haben. Erst als er entdeckt, daß die Tote gar nicht Rosenkötters Frau war, kann er den Fall klären.

Lockruf

(89, EA: 2.7.1978) Regie: Wolfgang Becker, Buch: Herbert Lichtenfeld
Darst.: Karin Eickelbaum (Ingrid Haferkamp), Agnes Fink (Helga Huck), Herbert Fleischmann (Peter Huck), Dieter Schidor (Heiko Huck), Gracia-Maria Kaus (Simone), Sonja Jeanine (Sabine Knoop), Hansjürgen Leuthen (Schult), Walter Gontermann (Mann im Park), Peer Brensing (Grabbe), Wolfgang Grönebaum (Hartung)
Die junge Sabine Knoop wird erschossen. In einem nahegelegenen Wochenendhaus entdeckt Haferkamp das Jagdgewehr, mit dem sie getötet wurde. Das

Haus gehört der Familie Huck. Haferkamp schließt Frau Huck als Täterin aus. Herr Huck, ein Architekt, war zur Tatzeit in Frankfurt und hat somit ein Alibi. Bleibt als möglicher Täter nur noch Sohn Heiko. Er hatte Zugang zu der Waffe und war mit Sabine befreundet. Als Haferkamp gegen ihn ermittelt, nimmt Herr Huck überraschend die Tat auf sich.

Der Feinkosthändler

(91, EA: 10.9.1978) Regie: Hajo Gies, Buch: Martin Gies
Darst.: Karin Eickelbaum (Ingrid Haferkamp), Walter Kohut (Herr Wever), Kai Taschner (Andreas Wever), Marie-Luise Millowitsch (Biggi Lampertz), Kathrin Ackermann (Frau Böhmer), Christine Hammacher (Frau Wever), Marga Rudolph (Frau Lampertz), Addi Adametz (Verkäuferin), Hannes Laetner (Beamter der Spurensicherung)
Frau Böhmer wird morgens in ihrer Villa erschlagen aufgefunden. Die Spur führt Haferkamp zu dem verheirateten Feinkosthändler Wever, in dessen Laden sie am Vorabend nach Geschäftsschluß noch einkaufte. Er findet heraus, daß der reputierliche Wever und Frau Böhmer früher einmal nicht nur ein Liebespaar gewesen waren, sondern daß die lebenslustige und attraktive Frau Böhmer ihn auch danach noch zu verführen suchte. Am Abend ihres Todes trank sie mit ihm Sekt in seinem Laden und ließ sich dann von ihm nach Hause fahren.

Die Kugel im Leib

(95, EA: 14.1.1979) Regie: Wolfgang Staudte, Buch: Georg Feil
Darst.: Karin Eickelbaum (Ingrid Haferkamp), Bernd Schäfer (Scheffner), Klaus Löwitsch (Paco), Hans-Georg Panczak (Reiner Mettmann), Ilona Grübel (Sylvia), Mady Rahl (Frau Mettmann), Christoph Eichhorn (Franz Mettmann), Hans Beerhenke (Musing), Alf Marholm (Krimphove), Erich Ludwig (Dr. Bleichmann), Rolf Schimpf (Staatsanwalt)
Bei einer Schießerei tötet ein Bankräuber einen Polizisten und entkommt trotz einer Schußverletzung mit der Beute. Haferkamp verdächtigt den Steilwandfahrer Reiner Mettmann, der finanziell vor dem Ruin steht. Mettmann hat in eine Steilwand investiert, die vom TÜV nicht abgenommen wird. Doch solange Haferkamp die Kugel nicht hat, kann er nichts beweisen. Als Mettmann nach Italien fährt, reist Haferkamp ihm nach. Bedrängt wird Mettmann auch von seinem Kompagnon Paco.

Ein Schuß zuviel

(100, EA: 14.6.1979) Regie: Hartmut Griesmayr, Buch: Wolfgang Mühlbauer
Darst.: Thomas Ahrens (Tomi Selzer), Michaela May (Birgit), Herbert Stass (Rudi Jakobs), Friedrich-Georg Beckhaus (Wörlemann), Nora Barner (Sisi), Vera Kluth (Frau Jakobs), Jürgen Draeger (Staatsanwalt), Horst Pinnow (Gefängnisdirektor), Henning Gissel, Hans Beerhenke, Karl Friedrich, Helmut Kraus (Aufsichtsbeamte), Gisela Zülch (Ärztin)
Die Untersuchungshäftlinge Suk und Selzer nehmen den Wärter Wörlemann als Geisel und fliehen aus dem Gefängnis. Suk wird dabei versehentlich vom Wärter Jakobs erschossen. Da Wörlemann korrekt aussagt, daß Suk sich bereits ergeben hatte, muß Haferkamp den Fall untersuchen. Dies ist schwierig, weil sein wichtigster Zeuge, der entflohene Selzer, sich nicht stellen will. Tomi saß unschuldig in Untersuchungshaft, doch durch die Geiselnahme droht ihm nun eine hohe Freiheitsstrafe. Er will ins Ausland fliehen.

»Schweigegeld«: Karl H. Peters, Hansjörg Felmy, Willy Semmelrogge, Dieter Ortmeier

Schweigegeld

(106, EA: 18.11.1979) Regie: Hartmut Griesmayr, Buch: Herbert Lichtenfeld
Darst.: Karin Eickelbaum (Ingrid Haferkamp), Dieter Kirchlechner (Storck), Hannelore Hoger (Ira Storck), Wolfgang Kieling (Klaven), Gisela Zülch (Isolde Klaven), Dieter Ortmeier (Thiemann), Liane Hielscher (Gertrud), Erich Ludwig (Stefan), Holger Hildmann (Nägel), Ivar Combrinck (Schulte), Helmut Stange (Trapp), Karl Keinz Krolzyk (Platzwart)
Ein Einbrecher, der dem Briefmarkenhändler Klaven eine angeblich wertvolle Sammlung gestohlen hat, wird getötet. Die Befragungen von Gertrud, der Ehefrau des Toten, sowie deren Bruder Stefan führen Haferkamp nicht weiter. Doch dann entdeckt er, daß Klaven von seinem Schwager Storck erpreßt wird. Storck hat herausgefunden, daß Klaven die Versicherung betrügt. Die Beute des offenbar von Klaven engagierten Einbrechers war nämlich relativ wertlos. Mit dem Tod des Mannes hat Klaven jedoch nichts zu tun.

Schußfahrt

(113, EA: 1.6.1980) Regie: Wolfgang Staudte, Buch: Peter Hemmer
Darst.: Karin Eickelbaum (Ingrid Haferkamp), Heinz Baumann (Kurt Wiedemann), Doris Kunstmann (Karin Wiedemann), Burkhard Driest (Herbert Roll), Volkert Kraeft (Christian Zehle), Diana Körner (Beate), Ann Klinge (Herta), Else Quecke (Frau Hrubesch), Holger Hildmann (Einsatzleiter)
Haferkamp wird in das Haus des arbeitslosen Wirtschaftsmanagers Kurt Wiedemann gerufen. Dort liegt ein Toter, Christian Zehle. Wiedemann sagt aus, Zehle beim Einbruch überrascht und erschossen zu haben. Ein zweiter Einbrecher sei mit der Beute entkommen. Haferkamp spürt den möglichen Komplizen auf, Herbert Roll. Der bestreitet den Einbruch, und da auch die Beute nicht bei ihm gefunden wird, wird er wieder freigelassen. Roll, tatsächlich unschuldig, kennt nun aber Wiedemanns Geheimnis und will ihn erpressen.

Schönes Wochenende

(118, EA: 16.11.1980) Regie: Wolfgang Staudte, Buch: Uwe Erichsen und Martin Gies
Darst.: Karin Eickelbaum (Ingrid Haferkamp), Bernd Schäfer (Scheffner), Dieter Prochnow (Michalke), Birke Bruck (Doris), Dirk Dautzenberg (Roeder), Peter Millowitsch (Theo), Willi Thomczyk (Nelles), Uwe Ochsenknecht (Oebel), Werner Eichhorn (Brehm), Heinz Voss (Toepfer), Sepp Wäsche (Wessendorf), Carlos Placha (Geschäftsführer)
Der Vorbestrafte Brehm wird erschossen. Ungefähr zur gleichen Zeit überfallen drei Männer den Großmarkt. Haferkamp vermutet noch keinen Zusammen-

hang. Er fährt mit seiner Ex-Frau Ingrid in ein Dorf im Bergischen Land und quartiert sich in dem Hotel ein, in dem auch Brehm ein Zimmer gebucht hatte. Dort entdeckt er, daß das Hotel den überfallenen Großmarkt beliefert und die Hotelmanagerin Doris Zilke mit Michalke bekannt ist, einem Ex-Häftling, der mit Brehm in einer Zelle saß.

Heinz-Werner Kraehkamp (li.) und Jörg Hube als Kommissar Enders

Kommissar Enders

Der Zeuge

(111, EA: 7.4.1980) Regie/Buch: Peter Adam
Darst.: Jörg Hube (Kommissar Paul Enders), Willy Semmelrogge (Kommissar Kreutzer), Bernd Schäfer (Scheffner), Claudia Demarmels (Inga Weiss), Heinz Hoenig (Klaus Bender), Uwe Dallmeier (Baumann), Peter Bongartz (Clever), Heinz-Werner Kraehkamp (Uwe Draeger), Hannes Schäfer (Gerd Grund), Suzanne Geyer (Hanni), Walter Renneisen (Gastkommissar Fischer)
Drei Gangster überfallen eine Bank in Frankfurt, verletzen dabei einen Wach-

mann lebensgefährlich und entkommen mit einem Auto, das sie am Vortag gemietet haben. Da sie bisher im Essener Raum aufgetreten sind, wird Kommissar Enders, Haferkamps Urlaubsvertretung, um Unterstützung gebeten. Herr Baumann, der Angestellte des Autoverleihs, trifft zufällig den Mietkunden wieder, der verhaftet wird, aber schweigt. Als der Wachmann stirbt, gerät Baumann in Lebensgefahr. Enders schlüpft in die Rolle des Zeugen.

Kommissar Kreutzer

Herzjagd

(119, EA: 14.12.1980) Regie: Axel Corti, Buch: Bernd Schwamm

Darst.: Willy Semmelrogge (Kommissar Kreutzer), Towje W. Kleiner (Kommissar Klein), Claude-Oliver Rudolph (Wolfgang Tielens), Brunhild Hülsmann (Frau Tielens), Tilli Breidenbach (Frau Köndgen), Ernst Jacobi (Krischke), Gunther Malzacher (Prof. Heinrich), Christl Welbhoff (Frau Baumann), Harry Kalenberg (Küppers), Tana Schanzara (Sekretärin)

Der Gefreite Wolfgang Tielens entfernt sich unerlaubt aus der Kaserne, um seine herzkranke Mutter zu besuchen. Als er von ihr erfährt, daß nicht Chefarzt Professor Heinrich, sondern dessen Assistenzarzt sie operieren soll, will er Heinrich zwingen, sie zu einem Herzspezialisten in die USA zu schicken. Noch in der Klinik versuchen ihn zwei Feldjäger festzunehmen. Dabei verunglückt einer von ihnen tödlich. Tielens taucht unter. Er behauptet, er habe eine Geisel, und erneuert seine Forderung.

Brunhild Hülsmann und Tilli Breidenbach

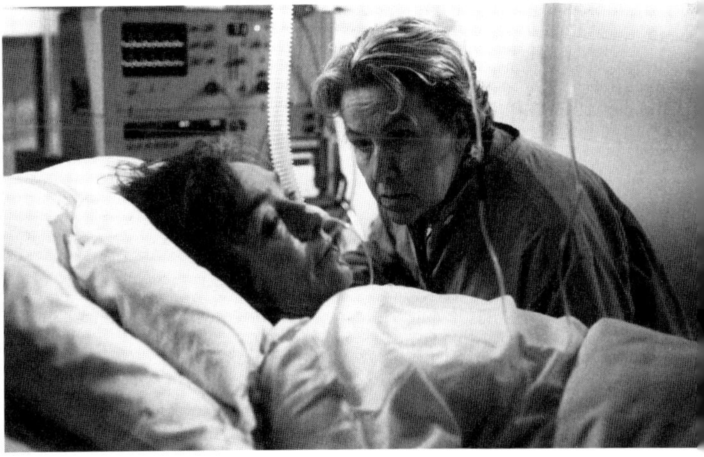

Hauptkommissar Schimanski und Hauptkommissar Thanner

Mit: Götz George (Hauptkommissar Horst Schimanski), Eberhard Feik (Hauptkommissar Christian Thanner)

Duisburg-Ruhrort

(126, EA: 28.6.1981) Regie: Hajo Gies, Buch: Horst Vocks und Thomas Wittenburg
Darst.: Ulrich Matschoss (Kriminaloberrat Karl Königsberg), Michael Lesch (Assistent Schubert), Michael Rastl (Jan Poppinga), Brigitte Janner (Frau Poppinga), Max Volkert Martens (Wittinger), Barbara Focke (Lilo), Heinz Gierke (Herr Losse), Nate Seids (Sylvia), Ben Hecker (Wolf), Meray Ülgen (Ali Engen), Kaya Gürel (Kemal), Rainer-Chr. Mehring (Paul)
Der Binnenschiffer Heinz Petschek wird aus dem Hafenbecken von Duisburg-Ruhrort gezogen. Er wurde mit einem Messer verletzt und ins Wasser geworfen, wo er ertrank. Der Verdacht fällt zunächst auf Poppinga, mit dessen Frau Petschek eine Affäre hatte. Poppinga bestreitet den Mord, aber Schimanski kann ihm nachweisen, daß das am Kai gefundene Tatmesser ihm gehört. Poppinga wird verhaftet. Doch da kommen Schimanski Zweifel. Wenig später wird die Leiche des türkischen Gewerkschafters Celik gefunden.

Grenzgänger

(131, EA: 13.12.1981) Regie: Ilse Hofmann, Buch: Felix Huby
Darst.: Ulrich Matschoss (Kriminaloberrat Karl Königsberg), Günther Maria Halmer (Gerhardt Hollai), Beatrice Kessler (Hanni), Wilhelm Thomczyk (Blickel), Charles Brauer (Kessenich), Reinhold Olszewski (Friedrich), Michael Lesch (Assistent Schubert), Karl-Heinz von Liebezeit, Grete Wurm, Heinrich Fürst, Franz Kollasch, Franziska Grasshoff
Schimanski trifft sich trotz Verbots seines Vorgesetzten Königsberg heimlich mit seinem Freund Hollai, der seit zwei Jahren als Undercover-Mann arbeitet und in den engen Kreis des Gangsters Kessenich vorgedrungen ist. Durch dieses unbesonnene Handeln »verbrennt« Hollai und wird in den regulären Polizeidienst zurückgeschickt, um Kessenich zur Strecke zu bringen. Königsberg hat Zweifel, ob Hollai noch vertrauenswürdig ist und beauftragt Schimanski mit der undankbaren Aufgabe, ihn zu beobachten.

Der unsichtbare Gegner

(134, EA: 7.3.1982) Regie: Hajo Gies, Buch: Horst Vocks und Thomas Wittenburg; unter Mitarbeit von Hajo Gies

Darst.: Werner Schwuchow (Kriminalrat Kissling), Chiem van Houweninge (Hänschen), Helga Engel (Frau Krage), Peter Bongartz (Herr Krage), Hansjoachim Krietsch (Pistolen-Manne), Wolfram Weniger (Erich), Reinhard Glemnitz (Freddy Schwarz), Nate Seids (Sylvia), Rudolf Schündler (Vater Henschel), Barbara Ahren (Marion), Jan Fantl (Fritz Henschel)

Ex-Jockey Kalle Schlohm wird ermordet. Bei ihm befinden sich die geliehenen Arbeitspapiere seines Freundes Krage. Der hat für die Tatzeit ein Alibi. Wenig später wird Krage am Kai erschossen. Offenbar war er nach einem im Hafen versunkenen Volvo getaucht. Die Morde stehen in Zusammenhang mit einem Banküberfall, bei dem Schlohm als Fahrer mit der Beute und ohne die beiden Komplizen floh. Als Schimanski den zweiten Bankräuber, Fritz Henschel, verletzt, gerät er in Lebensgefahr. Der dritte Komplize will sich nämlich rächen.

Das Mädchen auf der Treppe

(138, EA: 27.6.1982) Regie: Peter Adam, Buch: Martin Gies

Darst.: Chiem van Houweninge (Hänschen), Anja Jaenicke (Katja), Günter Lamprecht (Pit), Jörg Hube (Straub), Jan Fedder (Wolli), Erich Bar (Leo), Suzanne Geyer, Frauke Sinjen, Mathias Eysen, Gisela Weilemann

Als Schimanskis Nachbarin Betty ermordet wird, kümmert er sich um deren halbwüchsige Tochter Katja und überwältigt einen Mann, der sie verfolgt. Der Mann heißt Wolli und ist Musiker in dem Lokal, in dem Betty Geschäftsführerin war. Kurz darauf wird Wolli krankenhausreif geschlagen, und Schimanski muß Katja vor zwei Männern retten, die sie zu entführen versuchen. Sie wollen das Rauschgift, das Betty ihrem Chef gestohlen hat. Katja gibt es Schimanski. Trotzdem hören die Entführungsversuche nicht auf.

Kuscheltiere

(143, EA: 12.12.1982) Regie: Hajo Gies, Buch: Chiem van Houweninge

Darst.: Ulrich Matschoss (Kriminaloberrat Karl Königsberg), Chiem van Houweninge (Hänschen), Christoph Hofrichter (Dr. Born), Nate Seids (Sylvia), Geert de Jong (Marijke), Renate Becker (Frau im Baby-Vermittlungsbüro), Ryk de Gooyer, Hein Boele, Katalin Zsigmondy, Bert Oberdorfer, Gisela Keiner, Dieter Pfaff, Jürgen Mikol, Roland Beer

Die Leiche eines asiatischen Mädchens wird aus dem Rhein gezogen. Das Kind wurde regelrecht bestattet. Sogar ein Plüschaffe wird bei ihr gefunden. Schimanski und Thanner müssen den Vorfall aufklären. Höchste Eile ist geboten, denn Todesursache ist die gefährliche Infektionskrankheit Paratyphus. Die Spur führt zu einem Büro in Amsterdam, das ganz legal Kinder aus Asien, Afrika und Lateinamerika gegen ein hohes Honorar an adoptionswillige Paare vermittelt, allerdings auch ein illegales Nebengeschäft betreibt.

Miriam

(146, EA: 3.4.1983) Regie: Peter Adam, Buch: Horst Vocks, Thomas Wittenburg und Peter Adam
Darst.: Chiem van Houweninge (Hänschen), Christoph Hofrichter (Dr. Born), Sunnyi Melles (Miriam Schultheiß), Ruth Niehaus (Frau Jakobs), Paul-Albert Krumm (Schultheiß), Pit Krüger (Klett), Will Danin (Scholl), Richard Haller (Schröder), Francois Doge, Arnulf Schumacher, Ossi Eckmüller, Wolf Frass, Walter Gontermann
Der Mitarbeiter der Privatdetektei Scholl wird ermordet. Bei seinen Ermittlungen stößt Schimanski auf die Industriellentochter Miriam Schultheiß, deren Mutter angeblich vor zwanzig Jahren bei einem Unfall ums Leben kam. Miriam behauptet, dieser Unfall sei fingiert gewesen. Ihr Vater habe die Mutter ermordet. Sie habe Scholl engagiert, die entsprechenden Beweise zu beschaffen. Scholl hüllt sich in Schweigen. Erst als ein Attentat auf ihn verübt wird, gibt er Schimanski einen Tip, schickt ihn zu einer Frau Jakobs.

Kielwasser

(156, EA: 25.3.1984) Regie: Hajo Gies, Buch: Chiem van Houweninge
Darst.: Ulrich Matschoss (Kriminaloberrat Karl Königsberg), Chiem van Houweninge (Hänschen), Elisabeth Kaaza (Frau Kaiser), Franziska Oehme (Jacky Ruhl), Christiane Hammacher (Natascha Königsberg), Hermann Treusch (Baumgarten), Felix von Manteuffel (Dr. Waldorf), Franz Kollasch (Dr. Blatt), Franz Böhm, Jochen Kolenda
Der Arzt Dr. Fritz Waldorf wird mit einem Genickbruch in seiner Wohnung aufgefunden. Kurz zuvor wollte er Anzeige gegen die Chemiefirma Mefab erstatten. Angeblich zwingt die Mefab ihre Mitarbeiter, krebserregendes Nitroxin illegal und ohne Schutzkleidung in den Rhein zu löschen. Schimanski ermittelt bei der Mefab, doch Firmenchef Baumgarten hat ein Alibi und leugnet die illegale Entsorgung. Wenig später ist Baumgarten tot, und seine Geliebte, Waldorfs Sprechstundenhilfe Jacky Ruhl, gerät unter Verdacht.

Zweierlei Blut

(159, EA: 22.7.1984) Regie: Hajo Gies, Buch: Felix Huby und Fred Breinersdorfer

Darst.: Ulrich Matschoss (Kriminaloberrat Karl Königsberg), Chiem van Houweninge (Hänschen), Gerhard Olschewski (Ludwig), Brigitte Janner (Frau Schobert), Despina Pajanou (Belle Klein), Zacharias Preen (Fiete), Rainer Groß (Kurti), Dietmar Bär (Ernst)

Der Fußballfan Antonio wird nach dem Ende eines Spiels im Stadion mit gebrochenem Genick aufgefunden. Offenbar gab es vorher einen Kampf, bei dem er seinen späteren Mörder mit einem Stiletto verletzte. Thanner verdächtigt Kurt Schobert, den Sohn von Antonios Freundin. Kurt haßte Antonio, außerdem hat er eine Verletzung am Arm. Während Thanner nach Kurt sucht, folgt Schimanski einer anderen Spur. Er hat erfahren, daß Antonio seinen Chef Ludwig wegen des Verleihs von Schwarzarbeitern erpressen wollte.

Rechnung ohne Wirt

(164, EA: 9.12.1984) Regie/Buch: Peter Adam

Darst.: Ulrich Matschoss (Kriminaloberrat Karl Königsberg), Chiem van Houweninge (Hänschen), Wilfried Blasberg (Wolf), Guido Gagliardi (Guido Tessari), Cornelia Glogger (Susi Steuben), Pietro Giardini (Gino), Gerd Rigauer (Berger), Hans Zander (Sattmann), Vy Nguyen (Adoptivkind), Werner Schwuchow (Kriminalrat Kissling), Leonard Lansink (Kurt)

Der Ex-Boxer Bubi Kantmeier wird auf offener Straße angeschossen und stirbt daraufhin an Herzversagen. Die Täter flüchten in einem gelben Mercedes. Schimanski ermittelt, daß Bubi für den Restaurantbesitzer Guido arbeitete, mit dem er befreundet ist. Guido deutet an, daß die Mafia Schutzgelder erpressen will und daß die Schüsse auf Bruno eine Warnung waren. Schimanski will ihm helfen. Es gelingt ihm, die beiden Mafiosi nach einem Überfall auf Guido zu überwältigen. In seiner Naivität läßt er sich von Guido überreden, sie als Pfand zu benutzen.

Doppelspiel

(167, EA: 31.3.1985) Regie: Hajo Gies, Buch: Christoph Fromm

Darst.: Ulrich Matschoss (Kriminaloberrat Karl Königsberg), Chiem van Houweninge (Hänschen), Angelika Bartsch (Ann Silenski), Ludwig Böttger (Koblac), John Carpenter (Frazer), Drew Lucas (Parker), Franz Buchrieser (Gassmann), Wolf-Dietrich Sprenger (Stark), Äui Min Ko (Kwan)

Jutta Starck kommt bei einem Sprung aus dem Fenster ihrer Wohnung ums Leben. Zwar findet man einen Abschiedsbrief, doch Indizien weisen darauf hin, daß die tablettensüchtige Frau, die außerdem Kokain nahm, ermordet wurde. Juttas Mann wird als Hauptverdächtiger verhaftet. Doch Schimanski ist diese Lösung zu einfach. Er nimmt Juttas Arbeitsplatz unter die Lupe, eine von Paul Gassmann geleitetete dubiose Sekte mit angeschlossener Kampfsportschule und Rehabilitationszentrum für Drogenabhängige.

Das Haus im Wald

(171, EA: 18.8.1985) Regie/Buch: Peter Adam

Darst.: Werner Schwuchow (Kissling), Christiane Lemm (Ulla), Dominic Raacke (Franz), Rolf Zacher (Nasig), Andras Fricsay (Sonny), Hartmut Nolte (Skinny), Nicolaus Brieger (Mungo), Anke Engelsmann (Kellnerin), Ludwig Haas (Richter)

Schimanski soll nach dem verschwundenen Michael Mungo suchen, einem Schriftsteller, der jetzt als Reiseleiter für eine dubiose Firma arbeitet, welche Kaffeefahrten nach Holland organisiert. Er findet das abgelegene Haus im Wald, in dem Mungo wohnt, durchsucht vor. Mungos Freundin Ulla weiß angeblich nicht, wer hier wonach gesucht haben könnte. Als Schimanski mit ihr nach Duisburg zurückfahren will, werden sie von zwei Männern beschossen. Sie verschanzen sich im Haus.

Der Tausch

(180, EA 13.4.1986) Regie: Ilse Hofmann, Buch: Chiem van Houweninge und Hartmut Grund

Darst.: Chiem van Houweninge (Hänschen), Ulrich Matschoss (Königsberg), Yolande Gilot (Veronique), Nicole Ansari (Sheila), Rainer Matschurat (Simon), Gerhard Garbers (Karl Bohm jr.), Abbas Maghfurian (Wirt), Dieter Eppler (Bohm sr.), Heiner Lauterbach (BKA-Mann), Peter Hoberger, Bobby Gaetano, Dieter Eikelpoth

Unbekannte Terroristen entführen Simon, den kleinen Sohn von Schimanskis Freundin Veronique, einem Topmodel. Sie fordern die Freilassung eines renommierten Physikers, der wegen eines unter Alkoholeinfluß verursachten Unfalls mit Todesfolge im Gefängnis sitzt. Offenbar gehören die Männer zu einer Gruppe, die zuvor vergebens eine gewaltsame Befreiung versuchte, bei der es zwei Tote gab. Doch die Regierung will sich nicht erpressen lassen. Schimanski versucht, Simon auf eigene Faust zu befreien.

Schwarzes Wochenende

(184, EA 10.8.1986) Regie: Dominik Graf, Buch: Dominik Graf und Bernd Schwamm; nach dem Roman »Denunzianten« von Michael Hatry

Darst.: Ulrich Matschoss (Königsberg), Chiem van Houweninge (Hänschen), Marita Breuer (Mimi Engelbrecht), Barbara Freier (Reinhild Möhlmann), Dieter Pfaff (Hubert Möhlmann), Siegfried Wischnewski (Heinz Möhlmann), Michael Wittenborn (Gerrit Engelbrecht), Marie-Louise Millowitsch (Vera Karpinski), Dieter Asner (Erwin Patzke), Jochen Striebeck (Siggi Hencken)

Der Ex-Möbelfabrikant Heinrich Hencken wird nachts vor Schimanskis Stammhotel »Ideal« erschossen. Sein Sohn Siggi verdächtigt die Familie des Möbelfabrikanten Möhlmann, die mit den Henckens verwandt und verfeindet ist. Die Möhlmanns, Vater Heinz, Sohn Hubert und Tochter Reinhild, weisen jedoch Alibis vor. Dann erschießt Hubert vor Schimanskis Augen Siggi und nimmt den Mord an dem alten Hencken auf sich. Von dem Reporter Engelbrecht erfährt Schimanski, daß die Möhlmanns einen betrügerischen Bankrott planen.

Freunde

(188, EA 28.12.1986) Regie: Klaus Emmerich, Buch: Horst Vocks und Thomas Wittenburg

Darst.: Ulrich Matschoss (Königsberg), Chiem van Houweninge (Hänschen), Klaus Wennemann (Frieder), Klaus Kelterborn (Albino), Peter Freiberg (Flaak), Eberhard Witt (Haffner), Roland Teubner (Wachmann), Christian d'Orville, Fritz Müller-Scherz, Sabina Knobloch, Matthias Hell, Heidy Forster, Jürgen Mikol, Ursula Blümer, Wolfgang Flatz, Paul Beckmann

Ein Geldtransporter wird auf raffinierte Weise ausgeraubt. Von den Tätern fehlt jede Spur, doch Schimanski hat den Verdacht, daß sein Jugendfreund Frieder den Coup geleitet hat, um sich seinen Traum vom Leben auf einer Südseeinsel zu verwirklichen. Frieder, der ein Antiquitätengeschäft besitzt, weiß um Schimanskis – gerechtfertigten – Verdacht und gibt sich als biederer Geschäftsmann. Die beiden Männer umkreisen und belauern sich. Da Frieder sich nicht verrät, stellt ihm Schimanski eine Falle.

Spielverderber

(194, EA 8.6.1987) Regie: Pete Ariel, Buch: Felix Huby und Hartmut Grund

Darst.: Ulrich Matschoss (Königsberg), Chiem van Houweninge (Hänschen), Wolfgang Wahl (Tumler), Lutz Reichert (Grüber), Guntbert Warns (Toni), Jenny Evans (Jenny), Heinz Wanitschek (Geibel), Erich Will (Motten-Paule), Waldemar Wichlinski, Bianca Brors, Christine Wolff-Mewes, Gigi LaFontaine

Die Prostituierte Uschi wird ermordet. Schimanski bekommt von Motten-Paule den Hinweis, daß Uschi einen Kunden erpreßte, mit dem ihr Zuhälter Toni geheime Geschäfte machte. Die letzte Nachricht auf Uschis Anrufbeantworter führt Schimanski zu dem Waffenschieber Grüber. Wie schon bei Toni trifft er hier einen Herrn, der sich kurz darauf als BKA-Mann Tumler identifiziert. Schimanski soll mit ihm gegen Grüber ermitteln. Wenig später werden Motten-Paule und ein verdeckter Ermittler ermordet. Thanner schöpft Verdacht gegen Tumler.

Zahn um Zahn

(200, Kinostart: 10.10.1985, EA: 27.12.1987) Regie: Hajo Gies, Buch: Horst Vocks, Thomas Wittenburg, Hartmut Grund und Hajo Gies
Darst.: Ulrich Matschoss (Kriminaloberrat Karl Königsberg), Renan Demirkan (Ulli), Rufus (Hacker), Charles Brauer (Grassmann), Herbert Steinmetz (Wieland Krüger), Louis-Marie Taillefer (Bonano), Julien Maurel (Jean Pierre), Martin Lüttge (Wilkens), David Gabison (Corti), Claude Charliez (Jules), Erich Bar (Manni), Bilal Inci (Wirt)
Der Industrielle Grassmann läßt gegen die Proteste der Bewohner eine Werkssiedlung abreißen. Zur gleichen Zeit wird die Familie Krüger erschossen in einer der Wohnungen aufgefunden. Nur die jüngste Tochter überlebt unverletzt in ihrem Versteck. Der Fall wird als Mord mit anschließendem Selbstmord zu den Akten gelegt. Doch Schimanski, der Krüger persönlich kannte, glaubt nicht an eine Familientragödie und ermittelt privat. Auf Krügers Spuren reist er nach Marseille, wo er auf die Journalistin Ulli und eine Gruppe ehemaliger Fremdenlegionäre stößt.

Mit Handschellen verbunden: Schimanski (Götz George) und Thanner (Eberhard Feik)

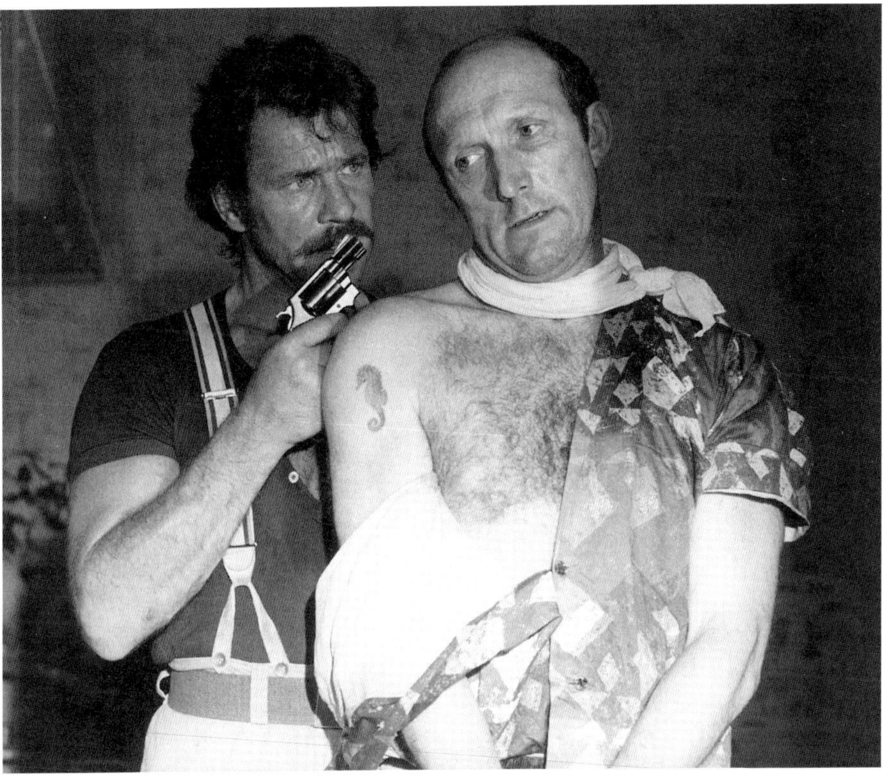

Schimanski dreht durch: Götz George und Rufus in »Zahn um Zahn«

Gebrochene Blüten

(205, EA: 1.5.1988) Regie: Hajo Gies, Buch: Martin Gies

Darst.: Ulrich Matschoss (Kriminaloberrat Karl Königsberg), Chiem van Houweninge (Hänschen), Renate Krößner (Manuela), Miro(slav) Nemec (Herbert Blatzer), Ralf Möller (Mann mit Apfel), Winfried Hübner, Frank Büssing, Wolfgang Uhl, Willy Schultes, Elisabeth Bertram, Sabine Herken

Der Tanzstudio-Besitzer Prinz wird erstochen. Zunächst deutet nichts auf ein gezieltes Attentat. Wenig später wird der Täter, ein Thailänder, ermordet. In seiner Wohnung gibt es Hinweise, daß er Prinz kannte. Prinz entpuppt sich als Mitglied eines Rings, der mit Thaimädchen handelt. Als Prinzens Ehefrau Manuela von einem der Mädchenhändler zu einem Treffen gebeten wird, um wichtige Papiere ihres Mannes auszuhändigen, haben Schimanski und Thanner eine erste Spur. Schimanski begeht einen Fehler. Er verliebt sich in Manuela.

Götz George, Chiem van Houweninge, Eberhard Feik

Einzelhaft

(209, EA: 21.8.1988) Regie: Theodor Kotulla, Buch: Frank Göhre
Darst.: Chiem van Houweninge (Hänschen), Brigitte Karner (Ilona Vogtländer), Juraj Kukura (Reiko Plewitsch), Maria Hartmann (Petra Carstens), Franz Boehm (Rolf Vogtländer), Folkert Milster (Berni), Sabine Lessjak (Gina), Christina Weindl (Alexandra), Ernst Petry (Jani), Karl-Heinz Krolzyk, Henry van Lyck, Andrea Rau-Köhler, Katinka Schirk
Rolf Vogtländer sitzt wegen Mordes an seiner Frau Eva im Gefängnis. Die Tat hat er immer bestritten. Auch seine Tochter Ilona glaubt an seine Unschuld. Sie wendet sich an Schimanski, der den alten Fall wieder aufnimmt und Evas Liebhaber, den jugoslawischen Spediteur Reiko Plewitsch, verdächtigt. Erst nachdem Schimanski einen Mordanschlag auf Ilona vereitelt hat, erzählt sie ihm, daß ihre Freundin Petra bei Plewitsch arbeitet und einen auf Eva ausgestellten Vertrag für eine Mietwohnung bei ihm fand, die sich als Bordell entpuppte.

Moltke

(214, EA: 28.12.1988) Regie: Hajo Gies, Buch: Axel Götz, Jan Hinter und Thomas Wesskamp

Darst.: Ulrich Matschoss (Kriminaloberrat Karl Königsberg), Chiem van Houweninge (Hänschen), Hubert Kramar (Moltke), Iris Disse (Ariane), Gerd Silberbauer (Cantz jr.), Jürgen Heinrich (Gress), Jan Biczycki (Pfarrer), Norbert Steinke (Thomas Bachmann), Tana Schanzara, Christiane Hammacher, Dieter Bohlen, Ludger Pistor, Erich Will, Wolfgang Preiss

Der Pole Zbigniew Pawlak wird nach acht Jahren, die er wegen eines Banküberfalls abgesessen hat, aus dem Gefängnis entlassen. Aufgrund seines beharrlichen Schweigens während der Ermittlungen und der Haft hat er den Spitznamen Moltke bekommen. Schimanski kennt den Grund für das Schweigen: Pawlak will sich an dem Anführer der Bande rächen, der seinen verletzten Bruder in der Bank erschoß. Schimanski muß die Tat verhindern. Da Pawlak die Komplizen kennt, ist er ihm jedoch immer einen Schritt voraus.

Der Pott

(217, EA: 9.4.1989) Regie: Karin Hercher, Buch: Axel Götz und Thomas Wesskamp

Darst.: Ulrich Matschoss (Kriminaloberrat Karl Königsberg), Thomas Rech (Jo Wilms), Michael Brandner (Struppek), Guido Föhrweisser (Golonska), Wilhelm Thomczyk (Hugo Wilms), Ruth Brück-Boltersdorf (Gerda), Angelika Hurwicz (Mutter Wilms), Sabine Postel (Vera), Christoph Lindert (Heinz Hoettges), Miroslav Nemec, Axel Götz, Ludger Pistor, Rio Reiser

Bei einem Überfall wird eine halbe Million Mark, eine Spende für die streikbereiten Stahlarbeiter eines von der Schließung bedrohten Werkes, geraubt. Kurz darauf wird einer der Überfallenen, Gewerkschaftsfunktionär Günther Broegger, ermordet. Da Thanner jetzt bei einer Bonner SOKO des BKA ist, wendet sich Schimanski an den Kollegen Jo Wilms, der im Spendenraub ermittelt. Bald werden die Räuber, Struppek und Golonska, gefaßt und verraten den Namen ihres Auftraggebers: Broegger. Und der war V-Mann des BKA.

Blutspur

(222, EA: 20.8.1989) Regie: Werner Masten, Buch: Peter Steinbach

Darst.: Gerhard Olschewski (Kriminaloberrat Ossmann), Chiem van Houweninge (Hänschen), Rolf Zacher (Freddie), Vadim Glowna (Leszek), Marita Marschall (Ela), Michaela Wolko (Roswitha), Veronica Ferres (Helma), Jan Groth (Hofmann), Dieter Pfaff (Geiger), Erika Skrotzki (Frau Doktor), Thomas Rech (Taxifahrer)

Schimanski und Thanner erleben, wie auf einem Schrottplatz ein arabisches Killerkommando zwei polnische Fernfahrer tötet und einen Anschlag auf den Exilpolen Leczek, Besitzer des Schrottplatzes und Zuhälter, verübt. Kurz darauf explodiert eine Bombe im Hotel »Aviv«. Leczek überlebt auch diesen Anschlag. Schimanski und Thanner finden heraus, daß Leczek illegal Blut einer bestimmten, im Nahen Osten verbreiteten Blutgruppe, an die Palästinenser im Libanon verkauft.

Katjas Schweigen

(225, EA: 3.12.1989) Regie: Hans Noever, Buch: Uwe Erichsen
Darst.: Chiem van Houweninge (Hänschen), Gerhard Olschewski (Kriminaloberrat Ossmann), Ulrich Pleitgen (Jannek), Katja Riemann (Katja), Paul Cabanis (Tommy Schaaf), Will Danin (Hecht/Zander), Nellis Du Biel (Kapstadt-Billy), Edgar N. Böhlke (Norbert Schaaf), Maddalena Kerrh (Gerda Schaaf)
Eine Einbruchserie beschäftigt die Polizei. Als bei einem weiteren Einbruch in einem Supermarkt ein Polizist getötet wird, verdächtigt Thanner den ehemals straffällig gewordenen Jugendlichen Tommy Schaaf. Schimanski, der Tommy in einer Footballmannschaft trainiert, glaubt lange an die Unschuld seines Spielführers und Lieblings. Bei der Verhaftung kommt Tommy durch eine Schuß ums Leben. Für Schimanski hat es den Anschein, als habe Thanner den Jungen getötet, doch der bestreitet dies vehement.

Medizinmänner

(230, EA: 13.5.1990) Regie: Peter Carpentier, Buch: Chiem van Houweninge
Darst.: Chiem van Houweninge (Hänschen), Gerhard Olschewski (Kriminalrat Ossmann), Nikolai Bury (Thomas Bähr), Heidemarie Wenzel (Karin Bähr), Christoph Bantzer (Peter Schatz), Rolf Becker (Kapitän), Mariska van Kolck, Sylvia de Leur, Joop Doderer, Hans Dagelet, Serge-Henri Valcke, Guusje van Tilborgh, Marina van Houweninge
Jochen Bähr, Abteilungsleiter einer Pharma-Firma, wird ermordet. Einziger Zeuge ist sein kleiner Sohn Thomas. Der steht jedoch unter Schock und hat die Sprache verloren. Schimanski versucht, ihn aus seinem katatonischen Zustand herauszuholen. Als sich erste Erfolge einstellen, wird der Junge entführt. Die Suche führt Schimanski, Thanner und Hänschen nach Rotterdam, von wo aus illegal Medikamente, darunter auch Psychopharmaka, nach Afrika verschifft werden. Schimanski geht heimlich an Bord des Frachters.

Zabou

(232, Kinostart: 5.3.1987, EA: 22.7.1990) Regie: Hajo Gies, Buch: Martin Gies

Darst.: Claudia Messner (Conny/Zabou), Wolfram Berger (Hocks), Hannes Jaenicke (Melting), Dieter Pfaff (Schäfer), Ralf Richter (Sandrowski), Klaus Lage (Koch), Gerd Jochum (Geschäftsführer), Sünje Zittel (Punkerin), Bettine Schüssler (Klein-Conny), Martin May (Drogenabhängiger), Annette Kreft (Empfangsdame), Gabriele Ausböck, Claudia Gärtner

Im Zusammenhang mit einer Messerstecherei gerät Schimanski in den Nachtclub »Sunset«, wo er Conny wiedertrifft, die Tochter seiner Ex-Freundin. Conny war für ihn wie ein eigenes Kind. Sie nennt sich jetzt Zabou. Schimanski will sie aus dem Milieu herausholen. Bei einem Treffen mit Geschäftsführer Hocks wird er unter Drogen gesetzt und Hocks mit seiner Dienstwaffe erschossen. Gemeinsam mit Conny sucht er den Mörder. Dabei gerät er in Konflikt mit einem Rauschgiftring und findet heraus, daß Conny ihn hintergeht.

Thanner (Eberhard Feik) ist das Opfer einer Verfolgungsjagd geworden. Schimanski (Götz George) fragt sich, ob sein Freund und Kollege überleben wird.

Schimanskis Waffe

(234, EA: 2.9.1990) Regie: Hans Noever, Buch: Hans Noever, Wolfgang Hesse und Uwe Erichsen

Darst.: Chiem van Houweninge (Hänschen), Klaus Behrendt (Erwin Spilonska), Nina Petri (Martina Spilonska), Remo Remotti (Giovanni Salvatore), Martin Halm (Mario Salvatore), Herb Andress, Nellis du Biel, Renate Becker, Caroline Schröder, Norbert Goth, Angelika Kraml, Hubert Skolud

Bei einem bewaffneten Überfall auf das Restaurant von Giovanni Salvatore wird Schimanskis Freundin Renate erschossen – von ihm selbst, als einer der Gangster die Frau in seine Schußlinie stößt. Erschüttert gibt Schimanski seine Waffe ab. Thanner sucht nach den Tätern, wird schwer verletzt und verliert das Bewußtsein. Erst als sein Sohn Mario ermordet wird, vertraut sich Giovanni Schimanski an: In seinem Besitz befindet sich ein Koffer mit Schutzgeldern, den die Mafia sich holen will.

Unter Brüdern

(235, Sender: WDR und DFF, EA: 28.10.1990) Regie: Helmut Krätzig, Buch: Helmut Krätzig und Veith von Fürstenberg

Darst.: Chiem van Houweninge (Hänschen), Peter Borgelt (Hauptkommissar Fuchs), Andreas Schmidt-Schaller (Oberkommissar Grawe), Susanne Bentzien (Dr. Viola Bender), Ulrich Thein (Dörfler), Peter Aust (Schrader), Stephan Kuno, Peter Reusse, Heidemarie Wenzel, Jürgen Reuter, Walfriede Schmitt, Warumee Trost, Karl-Heinz Knaup

Im Hafenbecken wird die Leiche des DDR-Übersiedlers Kröger gefunden, den die Ostberliner Kommissare Fuchs und Grawe als polizeilich gesuchten Unterleutnant der Stasi identifizieren. Sie glauben, daß er zu der Stasi-Gruppe »Dürer« gehörte, die Privatpersonen der DDR zwecks Devisenbeschaffung Kunstwerke abpreßte und weiterhin aktiv ist, die Werke über den Düsseldorfer Kunsthändler Schrader verkauft. Mit ihrer Rückendeckung quartieren sich Schimanski und Thanner als angebliche Kunstliebhaber in einem Ostberliner Luxushotel ein.

Bis zum Hals im Dreck

(244, EA: 9.6.1991) Regie: Peter Carpentier, Buch: Chiem van Houweninge; unter Mitarbeit von Wolfgang Hesse

Darst.: Chiem van Houweninge (Hänschen), Ilona Schulz (Silke Faber), Peter Striebeck (Bauer Faber), Max Herbrechter (Dr. Karl-Heinz Ascher), Helmut Stauss (Franz Bolling), Horst A. Fechner, Wilm Roil, Paul Fassnacht, Ferdinand Zander, Torsten Münchow, Astrid Boner, Claus Dieter Reents

Tierarzt Karl-Heinz Ascher wird am Tag seiner Hochzeit erhängt aufgefunden. Seine Braut Silke Faber, Tochter des reichsten Bauern im Ort, glaubt nicht an Selbstmord. Schimanski ermittelt, daß jeder Bauer im Dorf Ascher haßte, denn er versorgte sie mit verbotenen Hormonpräparaten für die Kälbermast und beutete sie dabei schamlos aus, trieb sie an den Rand des Ruins oder vernichtete Existenzen, wie die von Bauer Bolling, dessen Sohn Franz nun als Knecht für Faber arbeitet. Der bekam als einziger wegen Silke die Präparate fast geschenkt.

Kinderlieb

(250, EA: 27.10.1991) Regie: Ilse Hofmann, Buch: Guby Pauler und Hartmut Grund

Darst.: Chiem van Houweninge (Hänschen), Florian Dreyer (Markus), Wolf-Dietrich Sprenger (Köglmeier), Victoria Trauttmansdorff (Frau Köglmeier), Christine Merthan (Frau Czermak), Wolfgang Reichmann (Krause), Saskia Vester (Frau von Stein), Helga Storck (Frau Krause), Hansa Czypionka (Andreas)

Als Schimanski beim Schlittschuhlaufen in ein Eisloch fällt, entdeckt er die Leiche eines kleinen Mädchens, das infolge einer Vergewaltigung starb. Da keine Vermißtenanzeige vorliegt, dauert es, bis die Mutter, die verwitwete Frau Czermak, gefunden ist. Ihr Sohn Markus, der im Heim lebt, macht sie für den Tod der Schwester verantwortlich. Schimanski und Thanner entdecken, daß Markus den Heimleiter Köglmeier wegen Vergewaltigung anzeigte. In einem Kinderporno finden sie Fotos von ihm und seiner Schwester.

Der Fall Schimanski

(252, EA: 29.12.1991) Regie: Hajo Gies, Buch: Axel Götz und Thomas Wesskamp

Darst.: Chiem van Houweninge (Hänschen), Ulrich Matschoss (Kriminaloberrat a.D. Königsberg), Ludger Pistor (Schäfer), Armin Rohde (Bernd Pfeiffer), Maja Maranow (Corinna/Nora Zech), (Staatssekretär Albert Zech), Brigitte Janner (Polizeipsychologin), Jochen Senf (Gastkommissar Palu)

Schimanski sieht auf einem Campinglatz, wie seine neue Bekannte Corinna von einem Mann namens Pfeiffer bedroht wird. Als er ihn zur Rede stellt, kommt es zu einer Prügelei, bei der seine Jacke zerreißt. Pfeiffer bezahlt sie ihm. Kurz darauf wird Schimanski wegen des Vorwurfes der Bestechlichkeit suspendiert und von einem Killer gejagt. Er entdeckt, daß Pfeiffer für ein Syndikat arbeitet, das Drogengelder über Immobilien-Transaktionen wäscht und dafür Regierungsbeamte besticht, wie den Staatssekretär Zech, Corinnas Mann.

Hauptkommissar Flemming

Mit: Martin Lüttge (Hauptkommissar Bernd Flemming), Roswitha Schreiner (Kommissarin Miriam Koch), Klaus J. Behrendt (Kriminalhauptmeister Max Ballauf – bis 295)

Der Mörder und der Prinz

(258, EA: 17.5.1992) Regie: Kaspar Heidelbach, Buch: Nikolaus Stein, Jacki Engelken und Wolfgang Hesse

Darst.: Jürgen Schmidt (Gero Schuba), Nicole Heesters (Dagmar Schuba), Uwe Ochsenknecht (René Wolff), Brigitte Janner (Adelheid Pönsken), Claudine Wilde (Jacqueline Bordenave), Dirk Galuba (Kriminalrat Tejung), Jochen Kolenda, Daniele Legler, Leonard Lansink, Max Nerbrechter

Zur Karnevalszeit in Düsseldorf wird die Leiche des Mannequins Jacqueline Bordenave in einem Waldstück gefunden, kurze Zeit später liegt der Taxifahrer Pönsken tot in seinem Wagen. Während einer Sitzung wird auf den Karnevalsprinzen Gero Schuba geschossen. Jacqueline Bordenave hatte für die Werbeagentur Wolff gearbeitet und war Modell für eine Kampagne des Elektro-Großmarktbesitzers Schuba. Am Tag ihrer Ermordung ist Jacqueline, die ein Kind von Schuba erwartete, mit Pönsken im Taxi gefahren.

Ermittlungen in Düsseldorf: Martin Lüttge (2. v. li.) und Klaus J. Behrendt (3. v. re.)

Unversöhnlich

(263, EA: 4.10.1992) Regie: Ilse Hofmann, Buch: Norbert Ehry

Darst.: Heinz Baumann (Erwin Joest), Hannelore Hoger (Dorothea Joest), Christoph Marius Ohrt (Markus Joest), Uwe Rohde (Dieter Ahrweiler), Andrea Sawatzki (Anita Joest), Katharina Abt (Ute Vonhoff), Dirk Galuba (Kriminalrat Tejung), Thomas Flach, Angela Graas, Fiona Molloy, Marlen Breitinger, Karlheinz Lemken, Franz Arnold

Beim Verlassen der Wohnung seiner Geliebten, der Studentin Ute Vonhoff, wird der Industrielle Erwin Joest entführt, sein Fahrer findet dabei den Tod. Nach erfolgter Lösegeldzahlung wird Joest nicht gleich freigelassen. Einer seiner Entführer scheint das Bedürfnis zu haben, ihn zu demütigen. Wieder in Freiheit, erweist sich Joest gegenüber Flemming und dessen Mitarbeitern als wenig kooperativ. Familie Joest hütet ein Geheimnis, das ihre Mitglieder schicksalhaft aneinanderkettet.

Tod eines Wachmanns

(265, EA: 25.10.1992) Regie: Ilse Hofmann, Buch: Axel Götz und Thomas Wesskamp

Darst.: Ulrich Pleitgen (Helmer), Ralph Schicha (Meyer), Ralph Herforth (Hörster), Michael Seyfried (Kranich), Udo Weinberger (Voschge), Walter Tschernich (Kampmann), Christine Merthan (Frau Marquard), Helga Storck (Frau Kampmann), Dirk Galuba (Kriminalrat Tejung), Wilhelm Blasberg (Wachmann)

Bei einem Einbruch in das Düsseldorfer Bauamt werden Baupläne gestohlen, ein Wachmann wird getötet. Die gestohlenen Pläne beziehen sich auf Objekte, die auf der Fahrstrecke der britischen Königin liegen, die in Düsseldorf zu Besuch ist. Flemming kann durch seine Intuition verhindern, daß die Königin einem Attentat zum Opfer fällt, jedoch wird durch die Bombe ein Begleitfahrzeug zerstört, die beiden Insassen kommen ums Leben. Flemming findet heraus, daß der Anschlag tatsächlich den beiden Bombenopfern gegolten hat.

Flucht nach Miami

(274, EA: 18.4.1993) Regie: Ulrich Stark, Buch: Nikolaus Stein von Kamienski und Jacki Engelken

Darst.: Manfred Steffen (Schönfließ), Heiner Lauterbach (Kampen), Stefan Rabow (Erwin), Sammy Orfgen (Frau Kallenbach), Wolfgang Müller (Markus Schättle), Ulrike Mai (Frau Gohlke), Dirk Galuba (Kriminalrat Tejung), Ulrich Gebauer, Jenny Thelen, Léonie Thelen, Marlen Breitinger, Norbert Gastell

Nora Fray wird tot auf einem Schrottplatz gefunden, ein Kreditvertrag über DM 20.000 in ihrer Wohnung. Ihr Ehemann hat für den Vertrag keine Erklärung.

Erste Ermittlungen führen zu Kampen, einem Kredithai und Eigentümer der SOS-Kreditvermittlung. Kampens Mitarbeiter, der Rentner Schönfließ, treibt arglose Frauen, indem er ihre Notlagen durch die Übernahme von Bankbürgschaften ausnutzt, in finanzielle Abhängigkeit von ihm und zwingt sie anschließend zur Prostitution. Mit den Einnahmen will er nach Miami fliehen.

Gefährliche Freundschaft

(277, EA: 11.7.1993) Regie: Ulrich Stark, Buch: Wolfgang Mühlbauer
Darst.: Kerstin de Ahna (Hilde Flemming), Thomas Flach (Ingo Flemming), Sebastian Rudolph (Alexander Weckwerth), Jan Meyer (Philipp Weckwerth), Monika Schwarz (Stella Weckwerth), Rolf Illig (Wenzel), Dirk Galuba (Kriminalrat Tejung), Gerd Silberbauer, Ivan Desny
Erika Güstrow wird von Johannes Wenzel, ihrem Nachbarn und Freund aus der Jugendzeit, ermordet in ihrer Wohnung aufgefunden. Alexander Weckwerth, drogenabhängiger Enkel der Toten, ist tatverdächtig, weil Wenzel bezeugt, Alexander habe die Wohnung seiner Großmutter mit einem Videorecorder fluchtartig verlassen. Flemming muß erfahren, daß sein Sohn Ingo mit Alexander befreundet ist und für ihn den Recorder aufbewahrt. Ingo hält Alexander, der die Tat erst gesteht und kurze Zeit später widerruft, für unschuldig.

Deserteure

(285, EA: 19.12.1993) Regie: Ilse Hofmann, Buch: Horst Vocks
Darst.: Heinz Schubert (Hans Gebhardt), Gunnar Möller (Kalle Maisch), Stefan Reck (Charly), Jürgen Tonkel (Axel), Andreas Borcherding, Marlen Breitinger, Helga Fellerer, Raimund Gensel, Peter Nottmeier, Bernhard Baier, Otto Edelmann, Erich Tiebel, Epaminondas Sdoukos
Charly, V-Mann der Polizei, soll in einem Waffengeschäft einen Geldkoffer annehmen, die Polizei will den Handelspartner verhaften. Doch Charly veranlaßt den Verbrecher zur Flucht, die dieser nicht überlebt. Er tauscht mit Axel Gebhardts Hilfe die Transfersumme gegen Falschgeld aus. Statt Axel später dessen Anteil zu übergeben, sprengt er ihn mit einer Bombe in die Luft. Während Flemming, Koch und Ballauf ermitteln, begeben sich auch Axels Vater Hans und dessen Freund Kalle Maisch auf die Suche nach dem Mörder.

Mord in der Akademie

(290, EA: 24.4.1994) Regie: Ulrich Stark, Buch: Claus-Michael Rohne
Darst.: Markus Knüfken (Till Bornemann), Joachim Kemmer (Heinz Joesges), Gerd Böckmann (Gerd Kosminski), Anne Kasprik (Pia Erzberger), Rufus Beck (Gereon Müller), Oliver Lentz (Heinz Dombrowsky)

In der Gipswerkstatt der Düsseldorfer Kunstakademie wird der Student Till Bornemann ermordet. Flemming ermittelt im Umfeld des Leiters der Gipswerkstatt, Heinz Joesges. Joesges ist homosexuell und hatte ein Verhältnis mit Till, bevor dieser sich seiner Kommilitonin Pia zuwandte. Die erste Vermutung geht dahin, der Mord könnte von Joesges aus Eifersucht begangen worden sein. Dann ergibt eine Untersuchung jedoch zu Pias Entsetzen, daß Till aidskrank war und gezielt Menschen in seinem Umfeld infizieren wollte.

Die Frau an der Straße

(295, EA. 14.8.1994) Regie: Ilse Hofmann, Buch: Nikolaus Stein von Kamienski und Jacki Engelken
Darst.: Rüdiger Joswig (Professor Dernheim), Andrea Sawatzki (Alice Rains), Claus Ebert (Friedhelm Rains), Armin Rohde (Pfleger Freimuth), Hanna Petkoff (Schwester Paula), Claudia Pielmann, Brigitta Köhler, Ludwig Schütze, Andreas Borcherding, Volker Spahr, Gunda Ebert, Karl-Heinz Gierke, Udo Jolly
In einer regnerischen Nacht nimmt Flemming die an der Straße stehende, verstört wirkende Alice Rains mit zu sich nach Hause. Er erfährt, daß sie aus einer Privatklinik geflohen ist und benachrichtigt heimlich ihren Mann. Der sorgt für ihren Rücktransport, da sie unter einer schweren Psychose leide. Tage später erscheint Alice Rains wieder bei Flemming und bittet ihn um Hilfe, weil sie vermutet, der Geschäftspartner ihres Mannes, ihr Geliebter, solle umgebracht werden. Tags darauf ist der tatsächlich tot.

Die schwarzen Bilder

(308, EA: 17.4.1995) Regie: Erwin Keusch, Buch: Susanne Schneider
Darst.: Katja Flint (Marie Eschen), Lara Körner (Amanda Eschen), Vanessa Sobolowski (Julia Eschen), Max Volkert Martens (Dr. Tall), Heide Simon (Carlotta), Marlen Breitinger, Jürgen Polzin, Rüdiger Hacker, Peter E. Funck
Der Leiter einer psychiatrischen Klinik, Professor Eschen, wird in seinem Wagen ermordet aufgefunden. Eschens Partner, Dr. Tall, ist verdächtig, weil er illegale Medikamentenversuche an Patienten durchgeführt hat, die von Eschen auf Video aufgezeichnet wurden. Bei ihren Ermittlungen stoßen Flemming und Koch auf diese Dokumente wie auch auf Bänder, die ein sehr problematisches Verhältnis Eschens zu seiner Tochter Amanda dokumentieren und dem Fall eine neue Qualität verleihen.

Tod eines Auktionators

(313, EA: 25.6.1995) Regie: Erwin Keusch, Buch: Claus-Michael Rohne
Darst.: Ilse Neubauer (Cornelia Kampenrath), Nicolas Lansky (Johann Kam-

penrath), Christian Wittmann (Christoph Eckstein), Saskia Vester (Elvira Heckmann), Jochen Nickel (Karl-Heinz Heckmann), Johanna Schubert (Helga Wolfhard), Ernst Cohen (Bernd Pätzold), Emily Woods
Während der Vorbereitungen zu einer Versteigerung von Objekten aus der Zeit des deutschen Kolonialismus wird der Auktionator Johann Kampenrath mit einem Dolch, dem begehrtesten dieser Objekte, ermordet. Die Tatwaffe und andere Stücke werden gestohlen, was auf einen Raubmord schließen läßt. Der Dolch taucht in einem Trödlerladen wieder auf, wo er vor ergrauten Militaria-Sammlern versteigert wird. Die Ex-Frau des Toten sagt aus, Kampenrath habe seine Schwester verlassen und wieder zu ihr zurückkehren wollen, wodurch sich ein weiteres Mordmotiv ergibt.

Herz As

(316, EA: 30.7.1995) Regie: Ulrich Stark, Buch: Horst Vocks
Darst.: Andrea Jonasson (Jeanne), Arthur Brauss (Hugo Brandstätt), Jasmin Tabatabai (Elfie Martens), Johanna Mertinz (Pia Martens), Oliver Lentz (Staatsanwalt Heinz Dombrowski), Klaus Becker (Paul Martens), Wilfried Hochholdinger (Frank)

Roswitha Schreiner, Martin Lüttge, Klaus J. Behrendt

Nach fünfzehn Jahren taucht der totgeglaubte Hugo Brandstätt überraschend wieder in seiner Heimatstadt Düsseldorf auf. Kurze Zeit später wird sein ehemaliger Geschäftspartner Paul Martens ermordet, Brandstätt selbst im Haus seiner Ex-Frau Pia gestellt. Nach Brandstätts Verschwinden hatte Pia Martens geheiratet. Als Flemming den Untersuchungshäftling Brandstätt in Notwehr tötet, ist er deprimiert und bekommt Zweifel an der Schuld des Toten. Zu Recht, wie sich zeigt, ermittelt er im Mordfall Martens weiter.

Der Spezialist

(323, EA: 1.1.1996) Regie: Markus Fischer, Buch: Markus Fischer und Alexander Adolph

Darst.: Rolf Hoppe (Karl Ammond), Rainer Pigulla (Schubert), Joost Siedhoff (Preisig), Claudio Maniscalco (Moretta), Claudine Wilde (Edith), Brigitta Köhler (Renate Ammond), Heidrun Gärtner, Krysztof Machowski, Christian Tasche, Luigi Tortora, Alexander Opitz, Dirk Salomon, Gloria Swoboda, Inka Calvi, Robinson Reichel

Hauptkommissar Ammond aus der Abteilung für Wirtschaftskriminalität genießt bei der Polizei einen legendären Ruf. Als Flemming und Koch in einem Todesfall ermitteln, müssen sie nicht nur erfahren, daß Ammond seit Jahren seine Position ausnutzt und mit dem Spediteur Schubert schmutzige Geschäfte tätigt, sondern auch, daß er in den Todesfall verwickelt ist. Der Tote, Moretta, wollte Ammond mit verräterischem Material erpressen. Tage darauf wird die Freundin Morettas ebenfalls tot aufgefunden, scheinbar hat sie sich selbst getötet.

Heilig Blut

(324, EA: 14.1.1996) Regie: Hartmut Griesmayr, Buch: Dorothee Schön

Darst.: Maria Schell (Äbtissin), Ina Weisse (Schwester Elia), Carmen Hanion (Schwester Theresa), Monika Schwarz (Schwester Maria Benigna), Lauretta Hickmann (Schwester Susanna), Holger Handtke (Gabriel Engelhardt), Friedrich Theuring (Wollersheim), Karl-Heinz Lemken (Pater Dominikus)

Die Nonne Theresa wird im Kloster Heilig Blut tot aufgefunden. Die Äbtissin glaubt an einen Unfall. Da Theresa jedoch schwanger war, glaubt Flemming nicht an diese Todesversion. Miriam Koch ermittelt im Kloster, damit Heilig Blut nicht in die Schlagzeilen gerät. Eines Nachts entdeckt sie im Klostergarten einen Mann, der jedoch fliehen kann. Flemming findet heraus, daß es sich bei dem Fremden um den Kunstschreiner Gabriel handelt, der zugibt, während Restaurationsarbeiten im Kloster Schwester Theresa geschwängert zu haben.

Das Mädchen mit der Puppe

(330, EA: 8.4.1996) Regie: Markus Fischer, Buch: Peter Märthesheimer und Pea Fröhlich

Darst.: Marcus Signer (Milan), Udo Kier (Kurt), Stefan Witschi (Stipe), Detlev Kügow (Carlo), Kristyna Lutanska (Babsi), Julia Stoll-Palmer (das Mädchen), Slaheddine Ben Saad (Kurts Kunde), Ulrich Radke, Lauretta Hickman, Michael Fischer, Hermann van Ulzen

Kurt vermittelt illegale Arbeitskräfte aus Osteuropa an deutsche Unternehmen; außerdem betreibt er einen regen Mädchenhandel. Als Kurt eine junge Kroatin bei Carlo, einem befreundeten Pornofotografen, vergewaltigen will, kommt das Mädchen zu Tode. Milan, der Bruder des Mädchens, reist nach Düsseldorf, um den Tod seiner Schwester zu rächen. Er macht Carlo ausfindig, der daraufhin von Kurt ermordet wird. Flemming und Koch kommen auf Kurts Spur. Ihre Wege kreuzen sich mit denen Milans, der in seinem Bemühen scheitert.

Brüder

(354, EA: 23.3.1997) Regie: Hartmut Griesmayr, Buch: Wolfgang Brenner

Darst.: Martin Lüttge (Karl Flemming), Ulrich Gebauer (Dr. Fritz Sonders), Thorsten Nindel (Harry), Rita Lengyel (Sandra), Diana Körner (Ulla Flemming), Heie-Andreas Grau, Inka Calvi, H.C. Blumenberg, Pius Schmitt, Christoph Lindert, Hannes Kaetner, Brigitta Köhler, Werner Karle jun., Axel Meinhardt, Ariane Wirth, Woytt Lucius

Die Studentin Birgit Lauffer wird am Steuer eines gepanzerten Wagens erschossen. Die Limousine war für Flemmings Bruder Karl geleast worden, einen Anwalt und Spitzenkandidaten der Bürgerpartei. Flemming vermutet zunächst ein politisches Attentat, dann einen Anschlag eines ehemaligen Klienten. Als er entdeckt, daß Birgit eine Affäre mit Karl hatte und ein Kind erwartete, fürchtet er, sein Bruder habe seine Geliebte umbringen lassen. Karls Wahlkampfhelfer Dr. Sonders und Birgits Ex-Freund Harry verbergen etwas.

Hauptkommissar Ballauf und Oberkommissar/Hauptkommissar Schenk

Mit: Klaus J. Behrendt (Hauptkommissar Max Ballauf), Dietmar Bär (Oberkommissar Freddy Schenk – ab 372 Hauptkommissar)

Willkommen in Köln

(371, EA: 5.10.1997) Regie: Kaspar Heidelbach, Buch: Nikolaus Stein von Kamienski

Darst.: Peter Bongartz (BKA-Mann Horst Körber), Thomas Thieme (Garry Busch), Anna Loos (Sekretärin Lissy Pütz), Paul Faßnacht (Assenbach), Julia Grimpe (Eva), Christian Tasche (Staatsanwalt), Shellye D. Broughton-Maier (Ellen)

Drogenfahnder Max Ballauf wird nach der Falschaussage eines Cops von Miami nach Köln versetzt, als neuer Leiter der Mordkommission. Gleich an seinem ersten Tag wird die Leiche von Ex-Polizist Korff, der für einen Sicherheitsdienst arbeitete, im Rhein gefunden. Drogenfahnder Assenbach gibt Ballauf den Hinweis, daß zwischen Korffs Chef Busch und der Drogenszene ein Privatkrieg tobt und lenkt den Verdacht auf den Dealer Zorro. Ballauf verdächtigt jedoch den dubiosen Geschäftsmann Amalfi, bei dessen Lagerhalle der Mord verübt wurde.

Bombenstimmung

(372, EA: 12.10.1997) Regie: Kaspar Heidelbach, Buch: Peter Zingler; nach einer Idee von Michael Fengler und Margot Rothkirch

Darst.: Katharina Schüttler (Kathrin Stein), Dieter Landuris (Paul Grimme), Dennis Grabosch (Hubert), Nina Petri (Helga Grimme), Anna Loos (Sekretärin Lissy Pütz), Claudia Wenzel (Edith Ziemann), Marita Breuer (Erika Stein), Dennis Grabosch (Hubert Kamphofen), Christian Tasche (Staatsanwalt)

Lehrer Ziemann, der gerade einen Vergewaltigungsprozeß gegen seine Schülerin Kathrin gewonnen hat, fällt einem Bombenattentat zum Opfer. Ein Kamerateam der Firma Grimme, das ihn interviewen wollte, filmt das Unglück. In der Bombe waren zwei Zünder. Jeder könnte die Explosion ausgelöst haben. Eine Spur führt zu Kathrins Mitschüler und Freund Hubert, eine zweite zum Firmeninhaber Paul Grimme, für den Kathrin als Schauspielerin arbeitet, eine dritte zu Grimmes Frau Helga, Kathrins Lehrerin. Sie haßt Kathrin.

Manila

(383, EA: 19.4.1998) Regie/Buch: Niki Stein [= Nikolaus Stein von Kamienski]

Darst.: Mathieu Carrière (Staatsanwalt Wehling), Antje Schmidt (Kriminalrätin Franziska Berger), Anna Loos (Sekretärin Lissy Pütz), Tom Taus (March), Susan Africa, Silvia Rachor, Milanie Sumalinog, Chris Vertido, Walter Gontermann, Heinrich Giskes, Iris Böhm, Friderike Bellstedt, Ilse Strambowksi, Jo Bausch, Antje Lewald, Joonee Gamboa

Bei der Fahndung nach einem als Nikolaus verkleideten mehrfachen Raubmörder fällt der Polizei der philippinische Junge March auf. March ist ohne Angehörige und wurde von einem Kinderschänder mißbraucht. Ballauf verdächtigt Staatsanwalt Wehling, kann ihm aber nichts nachweisen. Wehling sorgt dafür, daß March nach Manila abgeschoben wird. Kurz darauf wird der Kinderhändler und Erpresser Swoboda ermordet. Ballauf reist auf eigene Faust nach Manila, um March zu suchen. Wehling will ihm zuvorkommen.

Bildersturm

(388, EA: 21.6.1998) Regie: Niki Stein [=Nikolaus Stein von Kamienski], Buch: Robert Schwentke und Jan Hinter

Darst.: Traugott Buhre (Richard Schenk), Sabine Vitua (Anne Klee), Hark Bohm (Professor Koning), Gisela Uhlen (Frau Brenner), Wichart von Roell (Rechtsanwalt Henninger), Christian Kahrmann (Polizist Heinz), Anna Loos (Lissy), Gerda Gmelin, Jo Bausch, Jo Betzing, Bouli, Luc Feit, Barbara Frenz, Hannes Kaetner, Sven Kuntze, Konstantin Moser, Marc Olinger, Naomi Schenk, Laura Tassi

Anne Klee, Leiterin des Stadtmuseums, in dem eine Fotodokumentation über die Verbrechen der Wehrmacht ausgestellt ist, erhält eine Morddrohung. Dann wird die Leiche des Bankiers Brenner gefunden. Der alte Mann wurde exekutiert. Unter dem Toten liegt ein Bündel verkohlter Banknoten. Als der Täter ein zweites Mal zuschlägt und den Rentner Waldmann ermordet, entdecken Ballauf und Schenk eine Spur. Die beiden nun Getöteten sind auf einem Ausstellungsfoto zu sehen, das sie bei der Erschießung einer belgischen Familie zeigt. Dritter Mann auf dem Bild ist Schenks Onkel Richard, der nun in Lebensgefahr schwebt.

Chronologie der TATORTE

1. Taxi nach Leipzig	Trimmel	NDR	1970
2. Saarbrücken an einem Montag	Liersdahl	SR	1970
3. Kressin und der tote Mann im Fleet	Kressin	WDR	1971
4. Auf offener Straße	Lutz	SDR	1971
5. Kressin und der Laster nach Lüttich	Kressin	WDR	1971
6. Frankfurter Gold	Konrad	HR	1971
7. Kressin stoppt den Nordexpress	Kressin	WDR	1971
8. Blechschaden	Finke	NDR	1971
9. Exklusiv!	Trimmel	NDR	1971
10. AE 612 ohne Landeerlaubnis	Trimmel	NDR	1971
11. Der Richter in Weiß	Trimmel	NDR	1971
12. Mordverdacht	Marek	ORF	1971
13. Der Boß	Kasulke	SFB	1971
14. Münchner Kindl	Veigl	BR	1972
15. Wenn Steine sprechen	Pflüger	SWF	1972
16. Der Fall Geisterbahn	Konrad	HR	1972
17. Kennwort Fähre	Lutz	SDR	1972
18. Kressin und die Frau des Malers	Kressin	WDR	1972
19. Strandgut	Finke	NDR	1972
20. Kressin und der Mann mit dem gelben Koffer	Kressin	WDR	1972
21. Rechnen Sie mit dem Schlimmsten	Trimmel	NDR	1972
22. Rattennest	Kasulke	SFB	1972
23. Die Samtfalle	Marek	ORF	1972
24. Kennwort Gute Reise	Konrad	HR	1972
25. Tote Taube in der Beethovenstraße	Kressin	WDR	1973
26. Ein ganz gewöhnlicher Mord	Böck	RB	1973
27. Cherchez la femme ...	Gerber	SWF	1973
28. Stuttgarter Blüten	Lutz	SDR	1973
29. Jagdrevier	Finke	NDR	1973
30. Weißblaue Turnschuhe	Veigl	BR	1973
31. Kressin und die zwei Damen aus Jade	Kressin	WDR	1973
32. Platzverweis für Trimmel	Trimmel	NDR	1973
33. Das fehlende Gewicht	Liersdahl	SR	1973
34. Tote brauchen keine Wohnung	Veigl	BR	1973
35. Frauenmord	Marek	ORF	1973
36. Nachtfrost	Finke	NDR	1974
37. Eine todsichere Sache	Konrad	HR	1974
38. Playback oder die Show geht weiter	Gerber	SWF	1974
39. Acht Jahre später	Haferkamp	WDR	1974
40. 3:0 für Veigl	Veigl	BR	1974
41. Zweikampf	Haferkamp	WDR	1974
42. Gift	Trimmel	NDR	1974

43. Gefährliche Wanzen	Lutz	SDR	1974
44. Mord im Ministerium	Marek	ORF	1974
45. Kneipenbekanntschaft	Brammer	NDR	1974
46. Der Mann aus Zimmer 22	Haferkamp	WDR	1974
47. Die Rechnung wird nachgereicht	Konrad	HR	1975
48. Als gestohlen gemeldet	Veigl	BR	1975
49. Tod eines Einbrechers	Gerber	SWF	1975
50. Wodka Bitter-Lemon	Haferkamp	WDR	1975
51. Das zweite Geständnis	Veigl	BR	1975
52. Die Abrechnung	Haferkamp	WDR	1975
53. Mordgedanken	Brammer	NDR	1975
54. Schöne Belinda	Lutz	SDR	1975
55. Urlaubsmord	Marek	ORF	1975
56. Treffpunkt Friedhof	Haferkamp	WDR	1975
57. Tod im U-Bahnschacht	Schmidt	SFB	1975
58. Kurzschluß	Finke	NDR	1975
59. Augenzeuge	Lutz	SDR	1976
60. Kassensturz	Gerber	SWF	1976
61. Zwei Leben	Haferkamp	WDR	1976
62. Zwei Flugkarten nach Rio	Konrad	HR	1976
63. Wohnheim Westendstraße	Veigl	BR	1976
64. Fortuna III	Haferkamp	WDR	1976
65. ... und dann ist Zahltag	Brammer	NDR	1976
66. Annoncen-Mord	Marek	ORF	1976
67. Trimmel und der Tulpendieb	Trimmel	NDR	1976
68. Abendstern	Haferkamp	WDR	1976
69. Transit ins Jenseits	Schmidt	SFB	1976
70. Das Mädchen am Klavier	Veigl	BR	1977
71. Himmelblau mit Silberstreifen	Lutz	SDR	1977
72. Flieder für Jaczek	Konrad	HR	1977
73. Reifezeugnis	Finke	NDR	1977
74. Finderlohn	Gerber	SWF	1977
75. Spätlese	Haferkamp	WDR	1977
76. Wer andern eine Grube gräbt	Schäfermann	SR	1977
77. Schüsse in der Schonzeit	Veigl	BR	1977
78. Drei Schlingen	Haferkamp	WDR	1977
79. Der vergessene Mord	Marek	ORF	1977
80. Feuerzauber	Schmidt	SFB	1977
81. Das stille Geschäft	Brammer	NDR	1977
82. Das Mädchen von Gegenüber	Haferkamp	WDR	1977
83. Rot-rot-tot	Lutz	SDR	1978
84. Der Mann auf dem Hochsitz	Buchmüller	SWF	1978
85. Züricher Früchte	Bergmann	HR	1978
86. Trimmel hält ein Plädoyer	Trimmel	NDR	1978
87. Rechnung mit einer Unbekannten	Haferkamp	WDR	1978

88. Schlußverkauf	Veigl	BR	1978
89. Lockruf	Haferkamp	WDR	1978
90. Himmelfahrt	Finke	NDR	1978
91. Der Feinkosthändler	Haferkamp	WDR	1978
92. Mord im Krankenhaus	Marek	ORF	1978
93. Sterne für den Orient	Behnke	SFB	1978
94. Schwarze Einser	Veigl	BR	1978
95. Die Kugel im Leib	Haferkamp	WDR	1979
96. Der King	Konrad	HR	1979
97. Alles umsonst	Nagel	NDR	1979
98. 30 Liter Super	Schäfermann	SR	1979
99. Ende der Vorstellung	Veigl	BR	1979
100. Ein Schuß zuviel	Haferkamp	WDR	1979
101. Freund Gregor	Delius	NDR	1979
102. Zweierlei Knoten	Lutz	SDR	1979
103. Mitternacht, oder kurz danach	Buchmüller	SWF	1979
104. Gefährliche Träume	Behnke	SFB	1979
105. Mord im Grand-Hotel	Marek	ORF	1979
106. Schweigegeld	Haferkamp	WDR	1979
107. Maria im Elend	Veigl	BR	1979
108. Kein Kinderspiel	Lutz	SDR	1980
109. Der gelbe Unterrock	Buchmüller	SWF	1980
110. Mit nackten Füßen	Sander	HR	1980
111. Der Zeuge	Enders	WDR	1980
112. Hände hoch, Herr Trimmel!	Trimmel	NDR	1980
113. Schußfahrt	Haferkamp	WDR	1980
114. Spiel mit Karten	Veigl	BR	1980
115. Streifschuß	Piper	NDR	1980
116. Tote reisen nicht umsonst	Schäfermann	SR	1980
117. Mord auf Raten	Marek	ORF	1980
118. Schönes Wochenende	Haferkamp	WDR	1980
119. Herzjagd	Kreutzer	WDR	1980
120. Nebengeschäfte	Lutz	SDR	1981
121. Schattenboxen	Bergmann	HR	1981
122. Beweisaufnahme	Walther	SFB	1981
123. Usambaraveilchen	Veigl	BR	1981
124. Das Lederherz	Wiegand	SWF	1981
125. Das Zittern der Tenöre	Greve	NDR	1981
126. Duisburg-Ruhrort	Schimanski/Thanner	WDR	1981
127. Katz und Mäuse	Walther	SFB	1981
128. Slalom	Beck	NDR	1981
129. Mord in der Oper	Marek	ORF	1981
130. Im Fadenkreuz	Lenz	BR	1981
131. Grenzgänger	Schimanski/Thanner	WDR	1981
132. Blinde Wut	Lutz	SDR	1982

133. So ein Tag ...	Rolfs	HR	1982
134. Der unsichtbare Gegner	Schimanski/Thanner	WDR	1982
135. Tod auf dem Rastplatz	Lenz	BR	1982
136. Wat Recht is, mutt Recht bliewen	Schnoor	NDR	1982
137. Sterben und sterben lassen	Walther	SFB	1982
138. Das Mädchen auf der Treppe	Schimanski/Thanner	WDR	1982
139. Blaßlila Briefe	Wiegand	SWF	1982
140. Kindergeld	Piper	NDR	1982
141. Trimmel und Isolde	Trimmel	NDR	1982
142. Mordkommando	Marek	ORF	1982
143. Kuscheltiere	Schimanski/Thanner	WDR	1982
144. Mord ist kein Geschäft	Lutz	SDR	1983
145. Fluppys Masche	Walther	SFB	1983
146. Miriam	Schimanski/Thanner	WDR	1983
147. Blütenträume	Bergmann	HR	1983
148. Peggy hat Angst	Wiegand	SWF	1983
149. Wenn alle Brünnlein fließen	Ronke	NDR	1983
150. Mord in der U-Bahn	Marek	ORF	1983
151. Roulette mit sechs Kugeln	Lenz	BR	1983
152. Der Schläfer	Delius	NDR	1983
153. Rubecks Traum	Rullmann	HR	1984
154. Freiwild	Walther	SFB	1984
155. Verdeckte Ermittlung	Lutz	SDR	1984
156. Kielwasser	Schimanski/Thanner	WDR	1984
157. Haie vor Helgoland	Stoever	NDR	1984
158. Täter und Opfer	Wiegand	SWF	1984
159. Zweierlei Blut	Schimanski/Thanner	WDR	1984
160. Gelegenheit macht Liebe	Stoever	NDR	1984
161. Heißer Schnee	Lenz	BR	1984
162. Geburtstagsgrüße	Schäfermann	SR	1984
163. Der Mann mit den Rosen	Hirth	ORF	1984
164. Rechnung ohne Wirt	Schimanski/Thanner	WDR	1984
165. Ordnung ist das halbe Sterben	Walther	SFB	1985
166. Acht, neun – aus	Dietze	HR	1985
167. Doppelspiel	Schimanski/Thanner	WDR	1985
168. Irren ist tödlich	Stoever	NDR	1985
169. Miese Tricks	Lutz	SDR	1985
170. Der Mord danach	Wiegand	SWF	1985
171. Das Haus im Wald	Schimanski/Thanner	WDR	1985
172. Nachtstreife	Hirth	ORF	1985
173. Schmerzensgeld	Bergmann	HR	1985
174. Tod macht erfinderisch	Bülow	SFB	1985
175. Baranskis Geschäft	Delius	NDR	1985
176. Schicki-Micki	Lenz	BR	1985
177. Die kleine Kanaille	Bülow	SFB	1986

178. Einer sah den Mörder	Lutz	SDR	1986
179. Leiche im Keller	Stoever/Brockmöller	NDR	1986
180. Der Tausch	Schimanski/Thanner	WDR	1986
181. Riedmüller, Vorname Siggi	Riedmüller	BR	1986
182. Aus der Traum	Wiegand	SWF	1986
183. Tödliche Blende	Bülow	SFB	1986
184. Schwarzes Wochenende	Schimanski/Thanner	WDR	1986
185. Tod auf Eis	Stoever/Brockmöller	NDR	1986
186. Wir werden ihn Mischa nennen	Hirth	ORF	1986
187. Automord	Brinkmann	HR	1986
188. Freunde	Schimanski/Thanner	WDR	1986
189. Die Macht des Schicksals	Lenz	BR	1987
190. Eine Million Mäuse	Schreitle	SDR	1987
191. Blindflug	Brinkmann	HR	1987
192. Tod im Elefantenhaus	Stoever/Brockmöller	NDR	1987
193. Spiel mit dem Feuer	Wiegand	SWF	1987
194. Spielverderber	Schimanski/Thanner	WDR	1987
195. Pension Tosca	Scherrer	BR	1987
196. Wunschlos tot	Passini	ORF	1987
197. Gegenspieler	Lenz	BR	1987
198. Voll auf Haß	Stoever/Brockmöller	NDR	1987
199. Der letzte Mord	Marek	ORF	1987
200. Zahn um Zahn	Schimanski/Thanner	WDR	1987
201. Salü Palu	Palu	SR	1988
202. Schuldlos schuldig?	Bülow	SFB	1988
203. Sein letzter Wille	Schreitle	SDR	1988
204. Die Brüder	Brinkmann	HR	1988
205. Gebrochene Blüten	Schimanski/Thanner	WDR	1988
206. Ausgeklinkt	Wiegand	SWF	1988
207. Spuk aus der Eiszeit	Stoever/Brockmöller	NDR	1988
208. Pleitegeier	Stoever/Brockmöller	NDR	1988
209. Einzelhaft	Schimanski/Thanner	WDR	1988
210. Tödlicher Treff	Schreitle	SDR	1988
211. Feuerwerk für eine Leiche	Pfeifer	ORF	1988
212. Winterschach	Palu	SR	1988
213. Programmiert auf Mord	Brandenburg	BR	1988
214. Moltke	Schimanski/Thanner	WDR	1988
215. Kopflos	Brinkmann	HR	1989
216. Schmutzarbeit	Stoever/Brockmöller	NDR	1989
217. Der Pott	Schimanski/Thanner	WDR	1989
218. Bier vom Faß	Brandenburg	BR	1989
219. Keine Tricks, Herr Bülow	Bülow	SFB	1989
220. Armer Nanosh	Stoever/Brockmöller	NDR	1989
221. Alles Theater	Bülow	SFB	1989
222. Blutspur	Schimanski/Thanner	WDR	1989

223. Blinde Angst	Fichtl	ORF	1989
224. Die Neue	Odenthal	SWF	1989
225. Katjas Schweigen	Schimanski/Thanner	WDR	1989
226. Herzversagen	Palu	SR	1989
227. Lauf eines Todes	Stoever/Brockmöller	NDR	1990
228. Tod einer Ärztin	Brinkmann	HR	1990
229. Howalds Fall	Howald	SF-DRS	1990
230. Medizinmänner	Schimanski/Thanner	WDR	1990
231. Rendezvous	Odenthal	SWF	1990
232. Zabou	Schimanski/Thanner	WDR	1990
233. Zeitzünder	Stoever/Brockmöller	NDR	1990
234. Schimanskis Waffe	Schimanski/Thanner	WDR	1990
235. Unter Brüdern	Schimanski/Thanner	WDR	1990
236. Seven - Eleven	Fichtl	ORF	1990
237. Blue Lady	Palu	SR	1990
238. Animals	Batic/Leitmayr	BR	1991
239. Finale am Rothenbaum	Stoever/Brockmöller	NDR	1991
240. Wer zweimal stirbt	Batic/Leitmayr	BR	1991
241. Rikki	Brinkmann	HR	1991
242. Kameraden	Carlucci	SF-DRS	1991
243. Tödliche Vergangenheit	Markowitz	SFB	1991
244. Bis zum Hals im Dreck	Schimanski/Thanner	WDR	1991
245. Tini	Markowitz	SFB	1991
246. Tod eines Mädchens	Stoever/Brockmöller	NDR	1991
247. Telephongeld	Fichtl	ORF	1991
248. Blutwurstwalzer	Markowitz	SFB	1991
249. Tod im Häcksler	Odenthal	SWF	1991
250. Kinderlieb	Schimanski/Thanner	WDR	1991
251. Die chinesische Methode	Batic/Leitmayr	BR	1991
252. Der Fall Schimanski	Schimanski/Thanner	WDR	1991
253. Ein Fall für Ehrlicher	Ehrlicher	MDR	1992
254. Camerone	Palu	SR	1992
255. Verspekuliert	Brinkmann	HR	1992
256. Blindekuh	Stoever/Brockmöller	NDR	1992
257. Das Experiment	Stoever/Brockmöller	NDR	1992
258. Der Mörder und der Prinz	Flemming	WDR	1992
259. Tod aus der Vergangenheit	Ehrlicher	MDR	1992
260. Stoevers Fall	Stoever/Brockmöller	NDR	1992
261. Kinderspiel	Fichtl	ORF	1992
262. Kainsmale	Batic/Leitmayr	BR	1992
263. Unversöhnlich	Flemming	WDR	1992
264. Marion	Carlucci	SF-DRS	1992
265. Tod eines Wachmanns	Flemming	WDR	1992
266. Bienzle und der Biedermann	Bienzle	SDR	1992
267. Falsche Liebe	Odenthal	SWF	1992

268. Amoklauf	Stoever/Brockmöller	NDR	1993
269. Berlin – Beste Lage	Markowitz	SFB	1993
270. Renis Tod	Brinkmann	HR	1993
271. Verbranntes Spiel	Ehrlicher	MDR	1993
272. Kesseltreiben	Palu	SR	1993
273. Bienzle und die schöne Lau	Bienzle	SDR	1993
274. Flucht nach Miami	Flemming	WDR	1993
275. Tod einer alten Frau	Markowitz	SFB	1993
276. Gehirnwäsche	von Burg	SF-DRS	1993
277. Gefährliche Freundschaft	Flemming	WDR	1993
278. Ein Sommernachtstraum	Batic/Leitmayr	BR	1993
279. Alles Palermo	Batic/Leitmayr	BR	1993
280. Um Haus und Hof	Stoever/Brockmöller	NDR	1993
281. Stahlwalzer	Fichtl	ORF	1993
282. Die Zärtlichkeit des Monsters	Odenthal	SWF	1993
283. Bauernopfer	Ehrlicher	MDR	1993
284. Himmel und Erde	Batic/Leitmayr	BR	1993
285. Deserteure	Flemming	WDR	1993
286. Bienzle und das Narrenspiel	Bienzle	SDR	1994
287. Die Sache Baryschna	Markowitz	SFB	1994
288. Ein Wodka zuviel	Stoever/Brockmöller	NDR	1994
289. Der Rastplatzmörder	Brinkmann	HR	1994
290. Mord in der Akademie	Flemming	WDR	1994
291. Laura, mein Engel	Ehrlicher	MDR	1994
292. Singvogel	Stoever/Brockmöller	NDR	1994
293. Klassen-Kampf	Batic/Leitmayr	BR	1994
294. Jetzt und alles	Ehrlicher	MDR	1994
295. Die Frau an der Straße	Flemming	WDR	1994
296. Geschlossene Akten	Markowitz	SFB	1994
297. Herrenboxer	von Burg	SF-DRS	1994
298. Ostwärts	Fichtl	ORF	1994
299. Der schwarze Engel	Odenthal	SWF	1994
300. Und die Musi spielt dazu	Batic/Leitmayr	BR	1994
301. Tod eines Polizisten	Stoever/Brockmöller	NDR	1995
302. Ein ehrenwertes Haus	Ehrlicher	MDR	1995
303. Eine mörderische Rolle	Felber	HR	1995
304. Die Kampagne	Odenthal	SWF	1995
305. Endstation	Markowitz	SFB	1995
306. Mordnacht	Brinkmann	HR	1995
307. Im Herzen Eiszeit	Batic/Leitmayr	BR	1995
308. Die schwarzen Bilder	Flemming	WDR	1995
309. Bienzle und der Mord im Park	Bienzle	SDR	1995
310. Tödliche Freundschaft	Stoever/Brockmöller	NDR	1995
311. Rückfällig	von Burg	SF-DRS	1995
312. Falsches Alibi	Ehrlicher	MDR	1995

313. Tod eines Auktionators	Flemming	WDR	1995
314. Mordauftrag	Brinkmann	HR	1995
315. Bienzle und die Feuerwand	Bienzle	SDR	1995
316. Herz As	Flemming	WDR	1995
317. Die Freundin	Fichtl	ORF	1995
318. Der König kehrt zurück	Stoever/Brockmöller	NDR	1995
319. Bomben für Ehrlicher	Ehrlicher	MDR	1995
320. Eine todsichere Sache	Palu	SR	1995
321. Blutiger Asphalt	Batic/Leitmayr	BR	1995
322. Frau Bu lacht	Batic/Leitmayr	BR	1995
323. Der Spezialist	Flemming	WDR	1996
324. Heilig Blut	Flemming	WDR	1996
325. Der Freitagsmörder	Brinkmann	HR	1996
326. Schneefieber	Odenthal	SWF	1996
327. Wer nicht schweigt, muß sterben	Ehrlicher	MDR	1996
328. Tod auf Neuwerk	Stoever/Brockmöller	NDR	1996
329. Bei Auftritt Mord	Ehrlicher	MDR	1996
330. Das Mädchen mit der Puppe	Flemming	WDR	1996
331. Fetischzauber	Stoever/Brockmöller	NDR	1996
332. Die Abrechnung	von Burg	SF-DRS	1996
333. Kolportage	Fichtl	ORF	1996
334. Lockvögel	Stoever/Brockmöller	NDR	1996
335. Tod im Jaguar	Roiter	SFB	1996
336. Frankfurt - Miami	Brinkmann	HR	1996
337. Aida	Batic/Leitmayr	BR	1996
338. Mein ist die Rache	Becker	ORF	1996
339. Der Phönix-Deal	Roiter	SFB	1996
340. Schlaflose Nächte	Odenthal	SWF	1996
341. Schattenwelt	Batic/Leitmayr	BR	1996
342. Bienzle und der Traum vom Glück	Bienzle	SDR	1996
343. Der kalte Tod	Odenthal	SWF	1996
344. Buntes Wasser	Roiter	SFB	1996
345. Parteifreunde	Stoever/Brockmöller	NDR	1996
346. Krokodilwächter	Roiter	SFB	1996
347. Der Entscheider	Palu	SR	1996
348. Perfect Mind	Batic/Leitmayr	BR	1996
349. Die Reise in den Tod	Ehrlicher	MDR	1996
350. Tod im All	Odenthal	SWF	1997
351. Akt in der Sonne	Brinkmann	HR	1997
352. Ausgespielt	Stoever/Brockmöller	NDR	1997
353. Eulenburg	Brinkmann	HR	1997
354. Brüder	Flemming	WDR	1997
355. Gefährliche Übertragung	Sommer	NDR	1997
356. Liebe, Sex, Tod	Batic/Leitmayr	BR	1997
357. Bierkrieg	Ehrlicher	MDR	1997

358. Hahnenkampf	Fichtl	ORF	1997
359. Alptraum	Sommer	NDR	1997
360. Morde ohne Leichen	Fichtl	ORF	1997
361. Mordsgeschäfte	Roiter	SFB	1997
362. Das Totenspiel	Brinkmann	HR	1997
363. Mord hinterm Deich	Stoever/Brockmöller	NDR	1997
364. Tödlicher Galopp	Ehrlicher	MDR	1997
365. Bienzle und der tiefe Sturz	Bienzle	SDR	1997
366. Der Tod spielt mit	Ehrlicher	MDR	1997
367. Schlüssel zum Mord	Roiter	SFB	1997
368. Geld oder Leben	Roiter	SFB	1997
369. Der Teufel	Batic/Leitmayr	BR	1997
370. Eiskalt	Roiter	SFB	1997
371. Willkommen in Köln	Ballauf/Schenk	WDR	1997
372. Bombenstimmung	Ballauf/Schenk	WDR	1997
373. Nahkampf	Odenthal	SWF	1997
374. Undercover-Camping	Stoever/Brockmöller	NDR	1997
375. Bluthunde	Batic/Leitmayr	BR	1997
376. In flagranti	Lürsen	RB	1997
377. Russisches Roulette	von Burg	SF-DRS	1998
378. Rosen für Nadja	Brinkmann	HR	1998
379. In der Falle	Batic/Leitmayr	BR	1998
380. Jagdfieber	Odenthal	SWF	1998
381. Blick in den Abgrund	Roiter	SFB	1998
382. Gefährliche Zeugin	Brinkmann	HR	1998
383. Manila	Ballauf/Schenk	WDR	1998
384. Brandwunden	Lürsen	RB	1998
385. Am Ende der Welt	von Burg	SF-DRS	1998
386. Arme Püppi	Stoever/Brockmöller	NDR	1998
387. Fürstenschüler	Ehrlicher	MDR	1998
388. Bildersturm	Ballauf/Schenk	WDR	1998
389. Schüsse auf der Autobahn	Stoever/Brockmöller	NDR	1998
390. Ein Hauch von Hollywood	Roiter	SFB	1998

Literatur

Ludwig Bauer: Authentizität, Mimesis und Fiktion: Fernsehunterhaltung und Integration von Realität am Beispiel des Kriminalsujets. (Diskurs Film: Bibliothek; Bd. 3). München 1992

Frank Becker/Frank Jaeger: Das große Schimanski Buch. Bergisch Gladbach 1988

Heiko R. Blum: Götz George. Das liebenswerte Rauhbein. München 1989 u. 1994

Heiko R. Blum: Manfred Krug. Seine Filme – sein Leben. München 1993

Ulrich Brandt: Der Freitagabendkrimi in der ARD. In: Werner Faulstich/Christian W. Thomsen (Hrsg): Seller, Stars und Serien im Produktverbund. (Reihe Siegen, Bd. 89). Heidelberg 1989, S. 116-130

Deutsches Fernsehen/ARD (Hrsg.), Pressedienst, TATORT-Sonderbeilage Nr.24/1979 (zum 100. TATORT)

Deutsches Fernsehen/ARD (Hrsg.), Pressedienst, TATORT-Sonderbeilage Nr.36/1983 (zum 150. TATORT)

Deutsches Fernsehen/ARD (Hrsg.), Pressedienst, TATORT-Sonderbeilage Nr.51/1987 (zum 200. TATORT)

Manfred Durzak: Kojak, Columbo und deutsche Kollegen. Überlegungen zum Fernseh-Serial. In: Helmut Kreuzer/Karl Prümm (Hrsg.): Fernsehsendungen und ihre Formen. Stuttgart 1979

Frank Goyke/Andreas Schmidt: Horst Schimanski – »Tatort« mit Götz George. Berlin 1997

Knut Hickethier/Wolf Dieter Lützen: Krimi-Unterhaltung. Überlegungen zum Genre am Beispiel von Kriminalfilmen und -serien. In: Helmut Hartwig (Hrsg.): Sehen lernen. Köln 1986, S. 312-335

Knut Hickethier: Die Fernsehserie und das Serielle des Fernsehens. (Kultur Medien Kommunikation; Lüneburger Beiträge zur Kulturwissenschaft 2). Lüneburg 1991

Knut Hickethier: Die umkämpfte Normalität. Kriminalkommissare in deutschen Fernsehserien und ihre Darsteller. In: Karl Ermert/Wolfgang Gast (Hrsg.): Der neue deutsche Kriminalroman. Beiträge zu Darstellung, Interpretation und Kritik eines populären Genres. (Loccumer Kolloquien 5). Rehburg-Loccum 1985, S. 189-206

Rüdiger Humpert: Von der Schwierigkeit, einen Mörder zu finden. In: Deutsches Fernsehen/ARD (Hrsg.) Pressedienst, TATORT-Sonderbeilage

Institut für Neuere deutsche Literatur der Phillips-Universität-Marburg (Hrsg.): Tatort. Die Normalität als Abenteuer. (Augen-Blick 9, Marburger Hefte zur Medienwissenschaft). Marburg 1990

Hans Janke u.a.: Fernseh-Krimi. In: Weiterbildung und Medien 2, 1985, S. 17-43

Herbert Lichtenfeld: Ich bin mitschuldig. In: Deutsches Fernsehen/ARD (Hrsg.) Pressedienst, TATORT-Sonderbeilage

Wolf Dieter Lützen: Der Krimi ist kein deutsches Genre. Momente und Stationen zur Genregeschichte der Krimiunterhaltung. In: Karl Ermert/Wolfgang Gast (Hrsg.): Der neue deutsche Kriminalroman. Beiträge zu Darstellung, Interpretation und Kritik eines populären Genres. (Loccumer Kolloquien 5). Rehburg-Loccum 1985, S.162-181

Hansjörg Martin: Betr.: Trimmel. In: ARD-Fernsehspiel 2/1980
Egon Netenjakob: Der Regionalkrimi und das Publikum: Zwanzig Jahre »Tatort«. In: ARD-Pressedienst Nr. 48, 1990, S. I/3-I/10
Egon Netenjakob: Die »Tatort«-Serie der ARD und andere Krimis. In: Fernsehen und Film, 9. Jg., Heft 1/1971
Wolfgang Petersen: Ich liebe die großen Geschichten. Vom »Tatort« bis nach Hollywood. (mit Ulrich Greiwe). Köln 1997
Pressestelle/Öffentlichkeitsarbeit des Westdeutschen Rundfunks (Hrsg.): TATORT 300! Köln, Oktober 1994 (zum 300. TATORT)
Karl Prümm: Der Fernsehkrimi – ein Genre der Paradoxien. In: Rundfunk und Fernsehen. Jg. 35, Nr.3/1987, S. 349-360. (gekürzte Fassung: W&M Weiterbildung und Medien, Nr. 2, 1985, S. 41-43)
Thomas Radewagen: Ein deutscher Fernsehbulle. Trimmel – der »Tatort«-Star und seine Mediengenese. Eine vergleichende Untersuchung von Werremeiers Kriminal-Romanen und »Tatort«-Drehbüchern. (Reprints zur Medienwissenschaft 3). Berlin 1985
Jutta Scherp: Die Fernsehkommissare der Reihe »Tatort«. Eine figurenorientierte Untersuchung der erfolgreichen Kriminalfernsehserie »Tatort« anhand von Beiträgen des Westdeutschen Rundfunks. (Magisterarbeit). Bochum 1994
Hans-Joachim Schneider: Kriminalitätsdarstellungen im Fernsehen und kriminelle Wirklichkeit. Opladen 1977
Peter Schulze-Rohr: Fragen an den Regisseur. In: ARD (Hrsg.): ARD-Fernsehspiel 2/1977
Christiane Uthemann: Die Darstellung von Taten, Tätern und Verbrechensopfern im Kriminalfilm des Fernsehens. (Dissertation). Essen 1990
Kirsten Villwock: Schimanski – in der Fernsehserie, im Kinofilm, im Roman. (IfAM-Arbeitsberichte 4; Fernsehstars 2). Bardowick 1991
Holger Wacker: Enzyklopädie des Kriminalfilms. Meitingen 1995 ff.
Thomas Weber: Die unterhaltsame Aufklärung: ideologiekritische Interpretation von Kriminalfernsehserien des westdeutschen Fernsehens. Bielefeld 1992
Martin Wiebel: Ohne Mord und Totschlag geht es nicht. Verhör mit einem Geständigen. In: ARD (Hrsg.), ARD-Fernsehspiel 2/1979
Gunter Witte: Tatort – fast ein Jahrzehnt. In: Deutsches Fernsehen/ARD (Hrsg.) Pressedienst, TATORT-Sonderbeilage

Fotos: Bayerischer Rundfunk (Seite 46, 61, 92/F) – MDR (S. 9, 38, 39, 89, 93, 97, 103) – NDR (S. 7, 11, 18, 20, 23, 24, 26, 27, 36, 37, 84, 85, 87, 91, 92, 105, 110, 112, 114, 116, 118, 119, 122, 123, 124, 126, 128, 139) – ORF (S. 84, 89, 95, 142, 146, 148, 150, 153, 156) – Radio Bremen (S. 91, 158, 160) – SDR (41, 89, 193, 196, 197, 204) – SF-DRS (S. 94, 95, 168, 169, 172, 173) – SFB (S. 45, 94, 175, 181, 185, 190) – SWF (Seite 19) – SWF/Hans-Jörg Allgeier (S. 90) – SWF/Castagne (S. 207, 209) – SWF/Claus Flemming (S. 86) – SWF/J. Hollmann (S. 32) – SWF/Wolfgang Pankoke (S. 90) – SWF/Tschira (S. 220) – WDR (S. 7, 13, 15, 17, 29, 30, 33, 34, 81, 82, 83, 86, 88, 93, 96, 222, 225, 226, 230, 234, 236, 237, 244, 245, 246, 249, 252, 256)

Dank

Durch die kooperierenden Sendeanstalten sind die Entstehungsbedingungen für diese Monographie erheblich erleichtert worden. In besonderer Weise möchte ich in diesem Zusammenhang Heidi Steinhaus vom Westdeutschen Rundfunk (WDR) danken. Des weiteren danke ich recht herzlich Rose Wich, Gunther Witte, Beate Jung und Vera van Beveren (WDR); Doris Heinze, Sylvia Matzke, Birgit Bachmann, Manuela Haddadzadeh, A. Koslowski, Helga Wildauer und Frau Schaaf (Norddeutscher Rundfunk, NDR); Silvia Koller, Maike Beba und A. Blume (Bayerischer Rundfunk, BR); Norbert P. Flechsig, Brigitte Dithard und Elke Wißmann (Süddeutscher Rundfunk, SDR); Sabine Manthey (Mitteldeutscher Rundfunk, MDR); Jutta Boehe-Selle und Heidrun Stöver (Radio Bremen, RB); Saskia Hayn und Bettina Reiss (Südwestfunk, SWF); Susann Wach, Helen Kiss Zehnder, Martin Schmassmann, Markus Bamberger und Christine Dobler (Schweizer Fernsehen, SF-DRS); Margot Dudek (Sender Freies Berlin, SFB); Heinz Ambrosch (Österreichischer Rundfunk, ORF); Sonja Biallas und W. Preusker (Hessischer Rundfunk, HR).
Für Kommentare zu früheren Fassungen von Teilen des Manuskriptes möchte ich insbesondere Almut Oetjen und Judith Maus danken.
Die Veröffentlichung der Fotos erfolgt mit freundlicher Genehmigung der für den jeweiligen Kommissar und die jeweilige Kommissarin verantwortlichen regionalen Sendeanstalt. Für die Abdruckgenehmigung sei an dieser Stelle herzlich gedankt.
Die Idee zu einer Monographie über die Sendereihe TATORT sowie die vorliegende konzeptionelle Ausgestaltung gehen zurück auf eine Vielzahl von Gesprächen mit Udo Piplak. Ursprünglich wollten wir das Werk gemeinsam verfassen. Am 27. Juli 1996 ist Udo gestorben. Das Buch ist seinem Andenken gewidmet.

Redaktionsschluß: 15. Juli 1998

BIN TRAVERLER FORM

Cut By: Araceiy Qty 25 Date 11/12/26

Scanned By: Laura Qty ____ Date ____

Scanned Batch ID's

Notes / Exceptions